哈佛百年经典

欧洲大陆戏剧

[西]卡尔德隆 等◎著
[美]查尔斯·艾略特◎主编
李 翔/钱 磊◎译

北京理工大学出版社
BEIJING INSTITUTE OF TECHNOLOGY PRESS

图书在版编目（CIP）数据

欧洲大陆戏剧 /（西）卡尔德隆等著；李翔，钱磊译．—北京：北京理工大学出版社，2014.12（2019.9重印）
（哈佛百年经典）
ISBN 978-7-5640-9796-7

Ⅰ．①欧… Ⅱ．①卡… ②李… ③钱… Ⅲ．①剧本－作品集－欧洲 Ⅳ．①I503

中国版本图书馆CIP数据核字（2014）第221928号

出版发行 / 北京理工大学出版社有限责任公司
社　　址 / 北京市海淀区中关村南大街 5 号
邮　　编 / 100081
电　　话 /（010）68914775（总编室）
82562903（教材售后服务热线）
68948351（其他图书服务热线）
网　　址 / http://www.bitpress.com.cn
经　　销 / 全国各地新华书店
印　　刷 / 三河市金元印装有限公司
开　　本 / 700 毫米 × 1000 毫米　1/16
印　　张 / 25.25
字　　数 / 430千字
版　　次 / 2014 年 12 月第 1 版　2019 年 9 月第 2 次印刷
定　　价 / 69.00元

责任编辑 / 钟　博
文案编辑 / 钟　博
责任校对 / 周瑞红
责任印制 / 边心超

出版前言

人类对知识的追求是永无止境的，从苏格拉底到亚里士多德，从孔子到释迦摩尼，人类先哲的思想闪烁着智慧的光芒。将这些优秀的文明汇编成书奉献给大家，是一件多么功德无量、造福人类的事情！1901年，哈佛大学第二任校长查尔斯·艾略特，联合哈佛大学及美国其他名校一百多位享誉全球的教授，历时四年整理推出了一系列这样的书——《Harvard Classics》。这套丛书一经推出即引起了西方教育界、文化界的广泛关注和热烈赞扬，并因其庞大的规模，被文化界人士称为The Five-foot Shelf of Books——五尺丛书。

关于这套丛书的出版，我们不得不谈一下与哈佛的渊源。当然，《Harvard Classics》与哈佛的渊源并不仅仅限于主编是哈佛大学的校长，《Harvard Classics》其实是哈佛精神传承的载体，是哈佛学子之所以优秀的底层基因。

哈佛，早已成为一个璀璨夺目的文化名词。就像两千多年前的雅典学院，或者山东曲阜的“杏坛”，哈佛大学已经取得了人类文化史上的“经典”地位。哈佛人以“先有哈佛，后有美国”而自豪。在1775—1783年美国独立战争中，几乎所有著名的革命者都是哈佛大学的毕业生。从1636年建校至今，哈佛大学已培养出了7位美国总统、40位诺贝尔奖得主和30位普利策奖获奖者。这是一个高不可攀的记录。它还培养了数不清的社会精英，其中包括政治家、科学家、企业家、作家、学者和卓有成就的新闻记者。哈佛是美国精神的代表，同时也是世界人文的奇迹。

而将哈佛的魅力承载起来的，正是这套《Harvard Classics》。在本丛书里，你会看到精英文化的本质：崇尚真理。正如哈佛大学的校训："与柏拉图为友，与亚里士多德为友，更与真理为友。"这种求真、求实的精神，正代表了现代文明的本质和方向。

哈佛人相信以柏拉图、亚里士多德为代表的希腊人文传统，相信在伟大的传统中有永恒的智慧，所以哈佛人从来不全盘反传统、反历史。哈佛人强调，追求真理是最高的原则，无论是世俗的权贵，还是神圣的权威都不能代替真理，都不能阻碍人对真理的追求。

对于这套承载着哈佛精神的丛书，丛书主编查尔斯·艾略特说："我选编《Harvard Classics》，旨在为认真、执著的读者提供文学养分，他们将可以从中大致了解人类从古代直至19世纪末观察、记录、发明以及想象的进程。"

"在这50卷书、约22000页的篇幅内，我试图为一个20世纪的文化人提供获取古代和现代知识的手段。"

"作为一个20世纪的文化人，他不仅理所当然的要有开明的理念或思维方法，而且还必须拥有一座人类从蛮荒发展到文明的进程中所积累起来的、有文字记载的关于发现、经历以及思索的宝藏。"

可以说，50卷的《Harvard Classics》忠实记录了人类文明的发展历程，传承了人类探索和发现的精神和勇气。而对于这类书籍的阅读，是每一个时代的人都不可错过的。

这套丛书内容极其丰富。从学科领域来看，涵盖了历史、传记、哲学、宗教、游记、自然科学、政府与政治、教育、评论、戏剧、叙事和抒情诗、散文等各大学科领域。从文化的代表性来看，既展现了希腊、罗马、法国、意大利、西班牙、英国、德国、美国等西方国家古代和近代文明的最优秀成果，也撷取了中国、印度、希伯来、阿拉伯、斯堪的纳维亚、爱尔兰文明最有代表性的作品。从年代来看，从最古老的宗教经典和作为西方文明起源的古希腊和罗马文化，到东方、意大利、法国、斯堪的纳维亚、爱尔兰、英国、德国、拉丁美洲的中世纪文化，其中包括意大利、法国、德国、英国、西班牙等国文艺复兴时期的思想，再到意大利、法国三个世纪、德国两个世纪、英格兰三个世纪和美国两个多世纪的现代文明。从特色来看，纳入了17、18、19世纪科学发展的最权威文献，收集了近代以来最有影响的随笔、历史文献、前言、后记，可为读者进入某一学科领域起到引导的作用。

这套丛书自1901年开始推出至今，已经影响西方百余年。然而，遗憾的是中文版本却因为各种各样的原因，始终未能面市。

2006年，万卷出版公司推出了《Harvard Classics》全套英文版本，这套经典著作才得以和国人见面。但是能够阅读英文著作的中国读者毕竟有限，于是2010年，我社开始酝酿推出这套经典著作的中文版本。

在确定这套丛书的中文出版系列名时，我们考虑到这套丛书已经诞生并畅销百余年，故选用了“哈佛百年经典”这个系列名，以向国内读者传达这套丛书的不朽地位。

同时，根据国情以及国人的阅读习惯，本次出版的中文版做了如下变动：

第一，因这套丛书的工程浩大，考虑到翻译、制作、印刷等各种环节的不可掌控因素，中文版的序号没有按照英文原书的序号排列。

第二，这套丛书原有50卷，由于种种原因，以下几卷暂不能出版：

英文原书第4卷：《弥尔顿诗集》

英文原书第6卷：《彭斯诗集》

英文原书第7卷：《圣奥古斯丁忏悔录 效法基督》

英文原书第27卷：《英国名家随笔》

英文原书第40卷：《英文诗集1：从乔叟到格雷》

英文原书第41卷：《英文诗集2：从科林斯到费兹杰拉德》

英文原书第42卷：《英文诗集3：从丁尼生到惠特曼》

英文原书第44卷：《圣书（卷Ⅰ）：孔子；希伯来书；基督圣经（Ⅰ）》

英文原书第45卷：《圣书（卷Ⅱ）：基督圣经（Ⅱ）；佛陀；印度教；穆罕默德》

英文原书第48卷：《帕斯卡尔文集》

这套丛书的出版，耗费了我社众多工作人员的心血。首先，翻译的工作就非常困难。为了保证译文的质量，我们向全国各大院校的数百位教授发出翻译邀请，从中择优选出了最能体现原书风范的译文。之后，我们又对译文进行了大量的勘校，以确保译文的准确和精炼。

由于这套丛书所使用的英语年代相对比较早，丛书中收录的作品很多还是由其他文字翻译成英文的，翻译的难度非常大。所以，我们的译文还可能存在艰涩、不准确等问题。感谢读者的谅解，同时也欢迎各界人士批评和指正。

我们期待这套丛书能为读者提供一个相对完善的中文读本，也期待这套承载着哈佛精神、影响西方百年的经典图书，可以拨动中国读者的心灵，影响人们的情感、性格、精神与灵魂。

目
Contents
录

目
Contents
录

人生如梦

Life is a Dream

〔西〕卡尔德隆

主编序言

本卷选取了西班牙、法国以及德国最著名剧作家的代表作。歌德的《浮士德》与《埃格蒙特》本应收于此卷，但碍于篇幅它们被收录在其他卷目中。本套丛书收录的戏剧作品，包括本卷的这六部剧作、伊丽莎白时期的戏剧作品以及英国现代戏剧，都标志着当时戏剧作品的最高水平。

佩德罗·卡尔德隆·德·拉·巴尔卡于1600年1月17日生于马德里的一个贵族家庭。他起初在马德里的耶稣会皇家学校接受教育，接着就读于萨拉曼卡大学。相传他在13岁时就开始创作戏剧。1625～1635年，他到意大利以及其他小国服役，他的文学生涯因此被切断。1637年，他成为圣地亚哥骑士团的骑士。1651年，他入教士籍，在马德里的兄弟会圣佩德罗担任重要职务。在菲利普四世时期，他在宫廷里担任了很多重要的职务，得到了国王的赞赏和奖励，而他所创作的戏剧更是造就了极大辉煌。1681年5月5日，他与世长辞。

当卡尔德隆步入创作戏剧的舞台时，西班牙戏剧文学正处于顶峰期，史称“黄金时代”。当时，最盛产戏剧的洛佩·德·维加与西班牙最伟大的戏剧家卡尔德隆在这个舞台上甚是活跃。而卡尔德隆备受青睐的作品也给当时在戏剧创作上追名逐利的新手们极大的动力。在保留了洛佩所创作的民族戏剧的本质特征的前提下，卡尔德隆又创作了丰富的戏剧作品。他大约留下了120部戏剧作品，其中有73部宗教剧，在西班牙中世纪有特殊寓意；其次，他还留下了若干滑稽剧。

卡尔德隆的戏剧具有典型的民族性——带有浓厚的宗教性和皇家帝王的色彩，而且在很大程度上提高了现实中美好事件的荣誉感。尽管，他剧中的场景以及人物年龄千变万化，但剧中人物的特征都没有脱离西班牙戏剧的本质。也正是这种强烈的西班牙特征减少了卡尔德隆在其他国家受追捧的机会。他在情节的构造和组织上显现出了极大的技巧，在创作戏剧时所运用的独特性也没有掩盖他炙热的情感和丰富的想象力。而正是这些特征使得他的戏剧的独白后来成了流行的抒情诗，而评论家们也将此作为他与其他戏剧家的最大区别。毫无疑问，他是当时最伟大的戏剧家。

在卡尔德隆的所有作品中，《人生如梦》是最具有代表性的作品。它试图从多年前的哲学家以及宗教思想家们那里获得一个启示——我们所感知的世界实际上都是虚幻的，而唯一真实存在的都在无形和不朽之中。整个故事的构成基于中古题材，是中世纪所有文学都盛行的传说“巴拉姆和乔斯福”的化身。它与阿布桑的“阿拉伯之夜”的故事情节相结合，而整个故事所凸显的幽默滑稽与莎士比亚的《驯悍记》相辉映，但卡尔德隆的戏剧主题在整体已有所提升，脱离了一般喜剧的范畴。卡尔德隆戏剧中诗意的情感及其神秘的宗教主义色彩使其具有深远影响，是具有典型象征性和普遍哲学意义的戏剧。

查尔斯·艾略特

剧中人物

巴西利奥	波兰国王
赛西斯蒙多	国王的儿子
阿斯托尔福	国王的侄子
爱丝特蕾莉娅	国王的外侄女
克洛塔尔多	巴西利奥的大将军
罗撒乌拉	俄国女士
沸弗	俄国女士的随从

宫廷大臣、上议官员、军官、士兵若干

场景

第一场和第三场发生在波兰边疆

第二场发生在波兰首都华沙

第一幕

第一场

【太阳落山了，狂风暴雨席卷而来，石头疯狂滚落。在山顶上，穿着男士旅行装的罗撒乌拉从马背上滚落，马带着行李跑远了。罗撒乌拉走下山岗，后面跟着她的随从——沸弗。

罗撒乌拉　（向着远去的马）你这四足的狂兽，狂野残暴，没有一丝理智。难道你这样就满足了吗？当这轰隆声渐渐淡去，在狂风暴雨中，在陡峭的山崖间，你冷酷无情地踢动你的蹄子，是想要把你的主人摔落山崖吗？那你就留在这山上自生自灭吧！或许你会发现另一个法厄同[①]！留在这里发疯吧！而我，疲惫、绝望、没有去路，我会一个人沿着山岗走下去——这座山，甚至使太阳蹙起眉头。

沸弗　你这畜生，你就是那遥远的闪电，你就是那猛烈的狂风，你就是那飓风中的野兽。（一直骂到声嘶力竭）你就在这盘好自己的窝吧，不管潮湿还是干燥，躺在里面吧。让原本属于

① 法厄同是太阳神赫里阿斯与克吕墨涅的私生子，他不顾赫里阿斯的劝告，驾驶太阳车差点将整个世界焚毁，最后宙斯只好用一道闪电将其击毙。

我的都降临到你的身上吧。烧吧，吹吧，冻吧，击打吧！让饥饿消耗你、让邪恶折磨你吧！让动乱将你消磨得绝望和沮丧吧！（转向罗撒乌拉）在这栏杆旁，我要和你紧紧地依偎在一起。

罗撒乌拉　哦，我的好沸弗，最忠实的伴侣。悲伤总是和灾难一起到来。难道你也要与我同处困境吗？

沸弗　我们两个一起离开祖国，远走异邦；一起遭受苦难，如疯似狂；一同滚下山岗，来到这里，你却不把我算到账上！

罗撒乌拉　哦，我的好伙伴，我只吟唱自己的悲痛，是因为有哲人说过，悲痛自有它的乐趣。你得自讨苦吃，才能体会。

沸弗　那哲人准是喝醉酒说的胡话！谁刮他一千个耳光才好！挨了耳光就让他自己去体会悲痛吧。

罗撒乌拉　一条手帕就可以治愈身上的伤痕，你是否也是一样？

沸弗　我的伤不足挂齿，但是我们接下来该怎么办？在这光秃秃的山岗，没有马，也没有食物，我们该怎么翻越这山岗？

罗撒乌拉　什么，难道我们的食物也没有了吗？

沸弗　唉，那畜生已经把我们的东西都带走了，衣物、食物，所有的一切都没了。

罗撒乌拉　啊！太阳，我们唯一的朋友和指引者，现在也要落山，沉没于地平线下。

沸弗　夜幕来临，祈求上帝吧。

罗撒乌拉　今晚，阴暗、漆黑。奔走了一个月，我的身体已经精疲力竭。但是，不管是好是坏，骑马还是走路，我都要找到通往波兰的大门。一个人把自己的血写在岩石上，告诉人们他的到来——他宁可死在这无情的入口，也不愿苟活在无法解恨的地方。波兰并没有友好地欢迎这位客人。

沸弗　噢，那人有着怎样的灵魂呀！

罗撒乌拉　哦，沸弗，你要保护好自己的灵魂，否则，一切都会被毁。

沸弗　我会的。

罗撒乌拉　你知道我爱你，就像我知道你爱我并忠于我一样。你已经跟随我冒险到这么远了，你已经看到了我很安全。你为什么不沿路返回？暴风雨已经停止呼啸，现在，你就离开我吧。沿着这边的山脊走，找到回家的路。而我，会继续前行。哦，我可怜的小伙伴，你哭什么？

沸弗　噢，我的上帝呀！留你一个人在这里，在这个奇怪的地方，和这些野兽一起？噢，我的小姐！好，现在我知道了，你是因为我那笨拙的言语而要抛弃我！

罗撒乌拉　哦，不，不，不！你陪伴着我，我万般放心。好吧，在你想要离开之前，我们将永远不会分开。

沸弗　就这样定了！

罗撒乌拉　那么，现在开始跟着我吧，你这淘气的小精灵！

沸弗　哎，继续吧，就像是梦跟随着黑暗一样，我们也要追随黑暗。

罗撒乌拉　不，是太阳。在太阳消失时，我们要努力抓紧它悬挂在山上那闪闪发光的边缘。

沸弗　它会逃脱的，你说话时，它已经听到了。你看，它就像受惊吓的水鸟，远去得更快了。

罗撒乌拉　我们必须竭尽所能地跟随太阳。波兰不是一个富有的国家，人力和财产也不富足，没有多少多余的土地赤裸地躺在山的交界处。我相信，我们已经离那儿不远了。

沸弗　是呀！还有水井，提供给男人、女人，还有野兽。不，不会给野兽使用的。哦，我的心已经燃起了希望。

罗撒乌拉　快点跟上，别让你的脚阻碍你。

沸弗　熊、狮子、狼之类的野兽，如果缺少了娱乐活动，就会以扑食我们为乐。

罗撒乌拉　呀，不要怕！

沸弗　要不然就是另外的一些野兽：狂猛的男人、食人族，还有裸露的波兰人。在没有见到以前什么都不能肯定。

罗撒乌拉　看，快看！莫非是我的幻觉？依赖着太阳遗留下的昏暗光线，我仿佛看到了人的住所，就在这些岩石下面！沸弗，是真的！或者你认为只是岩石里被震碎的一块石头？还是木头莫名其妙地混在了这些石头里？

沸弗　我想，大概就是这样的吧！

罗撒乌拉　哦，不！再看看呀！那里面好像还有一个正方形的入口，黑漆漆的。

沸弗　我觉得那根本就不像是入口呀！

罗撒乌拉　这入口在朦胧的黑夜中向外散发它那幽深黑暗的光呢。

沸弗　上帝呀！在这样阴森的地方、这么恐怖的时刻，祈求您就让一切不幸和悲剧都停止吧！

【赛西斯蒙多拿着灯，脚上戴着镣铐上场。

罗撒乌拉　现在，再看呀！有一束光正犹豫着若隐若现地要蹦出来呢，就像现在的我们。那黑暗变得更远、更深、更加漆黑。

沸弗　我们可以跟随着那束光，让它指引我们。这样就可以对抗日落带给我们的不便了——听！有铁链声！

罗撒乌拉　灯！灯！那人手里拿着灯！

沸弗　噢，老天呀！多么糟糕不堪的铁链呀！

罗撒乌拉　现在，看，拿着灯的人！他真的就像阿拉伯传说中的人一样古怪。就算不看他那包裹在身上的兽皮，他还是那么的庞大、那么的恐怖、那么的糟糕。

沸弗　他怎么会是这个样子？哦，我知道了，他肯定是这荒山的野人。我听说他们可以做火把。

罗撒乌拉　野猿人是不会有这么令人厌烦的表情的，还有你刚说的那糟糕的铁链。

沸弗　噢，是呀！多么肮脏不堪的铁链！

罗撒乌拉　现在他把火把放在了他身旁，一只手还紧紧地握着他那缠结的、乱糟糟的头发。他的表情就像他的心被撕碎了一样。

【赛西斯蒙多走进幕后。

赛西斯蒙多 狂风暴雨再一次咆哮悲鸣，趁着上帝休息，它们想要撕碎悬崖峭壁。凶猛冲击后只留下寂静，正如人类的罪恶行为所造成的结果。啊，我多么可怜！不管在这里面，或是在外面，我都在等待着！我在内心私语，祈求上天不要如此不公。我不敢摧毁自己，我要摆脱恐惧。将来，会比此刻更为不堪。盲目轻率地投入，直到不能等待，最后擦拭人类眼中溢出的悲伤和懊恼，清理掉那沉重的天命。就这样，我从出生到现在，一直忍受着。阴沉无能地蜷缩着，日复一日，直到有一些突然爆发出来，唤醒体内沉睡的激情。站在夜晚的大门前，结束沉重悲哀的一天，期待着新的美好的一天，但门后却又是相同的悲苦夜晚。苍天啊！我问问你：你所看到的，都是光环环绕的地方，而人类的悲伤、苦恼，你又看到多少？若你能透过这狭小石缝看到，在这牢笼之中，你便会看到人类最深的不幸和悲哀。这些都不是你之前设想好的，但注定有人要去承受这一切。

沸弗 这是桂冠诗人的吟诵，难怪我们沉浸在这韵律之中。

罗撒乌拉 嘘——快看！他已经移动他的脚，跨出大大的步子！

赛西斯蒙多 一个无辜的婴儿从出生就有罪，来到这个世界的欲望本就是罪恶，还有对所有这些事情的怨恨、不满！苍天啊，就是因为这些，你用镣铐紧紧把我禁锢！为了减轻我的苦恼，我只想知道，到底是什么触怒了你，让我遭受这么严厉的处罚？要说出生的罪孽，别人也出生了，为什么他们却拥有我所没有的特权？哪怕是穷人、哑巴，尚且能够在蓝天下自由地走动，而我却只能徘徊在黑夜里！

罗撒乌拉 这是多么不可思议的事啊！

沸弗 管他呢，这男的根本就是疯子！这就是不可理喻的事，这就是为什么他被禁锢，这就是为什么——

赛西斯蒙多 不是因为天性无辜！有很多无辜的人却生活在血泊和困苦

中！无辜的天性使他们在拥有更多自由时被残害。上天的怒气和杀戮一起飙升，善良的上帝在地球之门大开杀戒。狮子、狼和熊凭借狡诈和阴险，剥夺了其他动物的生命。在这大山中，它们过着屠杀的生活。它们肆虐横行，无辜的鲜血赋予了它们更多的欲望和无限的能力，超越了其他所有生物。日复一日，这些狂兽在徒劳的肆掠中，发疯、发狂。

沸弗　那肯定就是我的骡子反抗的原因吧！

罗撒乌拉　嘘！安静！

赛西斯蒙多　杀戮者是良心被蒙蔽的生物，人类若太过依仗天性行动，必然会让无辜的伙伴受到牵连。你所制定的宿命，联合那神秘莫测的禁令，荼毒着清白无辜和软弱无助的人类。你剥夺他们的自由，让他们杀戮，禁止他们喧闹，他们就像天堂的哑巴大师，就像在黑暗的面具中旋转——他们都在执行着你交代的工作。

罗撒乌拉　就像我所想的，有一些悲哀贫穷的可怜虫，被人们冤枉、虐待、报复，就像我。不，他们甚至比我还糟糕许多。他们被镣铐束缚、报复，却是他们罪有应得。而我，不久前才辱骂、奚落了上帝，而他把所有的愤怒都泼洒在我头上。一个人拒绝理会我的悲伤，而他可以得到他想要的所有美好。哎，多么可怜的灵魂，多么可悲的灵魂呀！

沸弗　小声点，他会听到！

罗撒乌拉　就算他听到了又怎样？就算他听到了，他也不能伤害我。不，就算他伤害我，那也只是我在经历人生中的冒险，我不在意——

赛西斯蒙多　是谁在那儿？克洛塔尔多吗？你是谁，你怎敢闯进这禁区？你点亮了我痛苦迷茫的生活！你难道是死神？

罗撒乌拉　你不会伤害我的，是吧？

赛西斯蒙多　是的，我不会！但是那些使我徘徊在生死边缘的铁链会瞬间杀害你！你究竟是谁？

罗撒乌拉　我从这座山的对面翻越过来，在这个奇怪的地方迷了路。夜幕降临，在这隐秘的岩石洞里，好像有人居住，于是我就来到了这里。一个人的悲泣声使我停住了脚步。

赛西斯蒙多　哎，过来一点！要不是此时此刻朦胧不清，我或许还可以看看是谁说话这样温婉甜美，令人心疼。

沸弗　小心！小心！

罗撒乌拉　哎，可怜的人啊，我也是如此的无助。假惺惺地怜悯你，还不如好好地帮帮你，而我现在这样卑微地出现——

赛西斯蒙多　够了！多么糟糕的时刻——拥有时欣喜若狂，失去时崩溃绝望！处在这样的折磨中，每一刻的消逝，都抑制着言语和行动。这折磨高速前进，直到你彻底绝望，我想我会被彻底撕碎！

沸弗　这一点上，他说得完全正确。

赛西斯蒙多　噢，想一想，你若和自己的同伙迷失在这荒凉的岩石中，一小时后，你变得饥渴难耐，你开始想象喝掉人的血，吃掉人的肉。但如果你见到的都是如地狱面具般残忍的脸庞时，你又该怎么办呢？那就穿越这座山吧，穿越这座山！山的另一边倘若就是他们所说的另外一个世界，我到死也不会有机会见到。你定是其中的天使！

罗撒乌拉　哎，没有天使！你看到的脸庞如此美丽，都是这些岩石阴郁的表面造成的。我所来的那个世界，哎，那里有很多人拥有天使般美丽的脸庞、恶魔般黑暗的内心。他们带给我的仅仅是悲伤。至于你自己，我或许可以帮助你。你说上帝给你沉重的命运，还让那些匪徒去执行这残酷的指令，现在我理解了。但是，为什么要这样做？又是谁让你遭受——

赛西斯蒙多　（指着上面）问他们呀！谁？我今晚都问了好多次了，都是白费力气！

【喇叭声响起。

罗撒乌拉　但——

赛西斯蒙多　听！监视我的人发出喇叭声让我们安静。噢，他们会发现你！快！躲到石头后面去。明天，如果明天——

罗撒乌拉　（把刀扔向赛西斯蒙多）拿着我的刀！

【罗撒乌拉和沸弗藏到了石头后面，克洛塔尔多走了进来。

克洛塔尔多　这几天狂风暴雨，赛西斯蒙多，我想，你最后见到的也只有邪恶的乌云吧！今晚，我想你不会不听从命令——哎呀，刀！你有刀？

【士兵们戴着黑色面具手持火把走了进来。

赛西斯蒙多　你们这是在开蒙面舞会吗？

克洛塔尔多　不管是谁来到这里，都必须付出沉重的代价。这刀必定有主人！不管是死是活，把他找出来！

赛西斯蒙多　克洛塔尔多！善良的克洛塔尔多！

【克洛塔尔多让士兵围着赛西斯蒙多，另外一些士兵去搜查岩石后面。

克洛塔尔多　（向士兵）你们该知道自己的职责。

【士兵把罗撒乌拉和沸弗带了过来。

士兵　这儿有两个，再没有其他人了。

克洛塔尔多　（向罗撒乌拉）你是谁？胆敢违抗国王的诏书，闯进这里？

沸弗　哦，我的主呀！她，我意思是，他——

罗撒乌拉　安静，沸弗！让我来说。我们是外国人，对你们国家的条令一无所知。我们不是目无王法的狂暴之徒。岩石上的狂风暴雨使我们感到恐惧不安，我们在岩石上摇晃、摆动——

沸弗　我的骡子——

克洛塔尔多　你们是外国人？哪个国家的？

罗撒乌拉　俄国。

克洛塔尔多　那你们去哪儿？

罗撒乌拉　波兰。我们没有任何恶意，如果就这样被无理地拒之门外，是多么遗憾。

克洛塔尔多　你要去波兰哪个地方？

罗撒乌拉　去它的首都。

克洛塔尔多　你回答得很是坚决、干脆，但你还那么年轻，而且——（提高音量）你确定你的使命和这个男人（指着赛西斯蒙多）无关？

罗撒乌拉　他只是我们迷路时见到的第一个人而已。我们迷路了，走进来和他交谈——若是你，你也会这样做。

克洛塔尔多　嗯，但是这把刀呢？

罗撒乌拉　是我扔给他的。

克洛塔尔多　为什么？

罗撒乌拉　为了让他报复伤害、虐待他的人。

克洛塔尔多　是这样啊！做这样的决定是需要胆识的，而且，我想，还不能是一点小勇猛。哦，我必须得收缴你的刀，还要把你关起来。

沸弗　（拿出一根木棒）把我的也拿去吧，我只拿它对付我的骡子。

罗撒乌拉　拿去吧，现在你总该对我们好点儿了吧？

克洛塔尔多　（仔细打量着罗撒乌拉的刀）有点意思！你从哪儿弄来的？

罗撒乌拉　我爸爸那里。

克洛塔尔多　他在哪里？

罗撒乌拉　他就在你们波兰王国，他说一有机会就会回国。他认定自己是俄国人，因此在离开家之前特意保证过。不过，如今看来，他恐怕要食言了。

克洛塔尔多　（旁白）哦，真是神奇，真是天意！这把刀原本属于我！那时，我还年轻，在莫斯科和他的国家作战。他救了受伤的我，把我带回家，把我当亲兄弟一样照顾，直到我完全康复，还说有机会我们再战。为了表示感谢，我把这把刀留给他当作纪念品。如今，这把刀再次回到我的手中，在我看来，不是经他之手，就是经他儿子之手。这把刀作为我第一次表示感谢和敬意的礼物，在佩戴者取下那掩饰的面具之时已失去了意义。（提高音量，转向罗撒乌拉）好，你们因轻率和厄运所要承受的严酷惩罚，又因奇妙的宿命轮回被赦免了！你很年轻、温柔，哦，抱歉——而且，对这把刀的由来，你也没有拒绝回答。我很想赞扬你，不仅因为你的态度和冒险中表现出的勇敢，更因为你的使命感。找个好时机，我和你说说我现在的工作，你也可以问我你想知道的所有细节。

罗撒乌拉　首都那儿怎么交代？

克洛塔尔多　哎，首都，首都——法院，你去法院恳求原谅。我保证，你会得到释放的。你说你不是有意闯入的，你把你内心的一切罪恶感都说出来，我会尽我所能帮助你，你要对我所服务的人真心实意地效忠。

罗撒乌拉　好，就按你说的做。我保证我这方会对你和你所尽忠的人忠心耿耿，作为你的从属亲近你。

克洛塔尔多　够了！就这样定了！今晚你就在这儿睡吧，明日破晓时来找我，我们一起去。

罗撒乌拉　我误闯禁区本要受罚的，却因此让我的目的得到满足。

第二场

【波兰的首都华沙。

【俄国公爵阿斯托尔福上场，身后跟着一列随从。

【公主爱丝特蕾莉娅也带领一列随从从另一侧上场。

阿斯托尔福　我高贵的表妹，如果我们的血缘不是如此接近，这次幸运的会面几乎无人知晓。所有曾经懵懵懂懂许下的美丽诺言，如今已完美绽放，我们终于见面了！或许，我们可以——

爱丝特蕾莉娅　够了，我的主呀！相信我，你所说的这些恭维和求爱言语太简短了，无法掩饰你内心的意图。

阿斯托尔福　不，是真的，我美丽的表妹——

爱丝特蕾莉娅　用行动来检验你所说的吧！实际上，你那华丽的辞藻和我所看到的你的冷酷无情，还有你那套恭维的言语，真的是讽刺至极！

阿斯托尔福　真的，是真的，你误解我了，我高贵的表妹！你是如此美丽高贵，你误解我对你另有目的。我如果对你不真诚，那也是对我自己致命的伤害！

爱丝特蕾莉娅　什么，我的主啊！这些花言巧语背后的肮脏意图在闪闪发光，除此之外这还能意味着什么？难道意味着如果你的甜言蜜语诱骗失败后，你要强迫我吗？

阿斯托尔福　不，我也没你说的那样坏！难道这些穿盔甲的战士点头赞许你的衣服漂亮也是奉承你吗？

爱丝特蕾莉娅　你维护自己所说的就是在强迫我！

阿斯托尔福　姑娘，或许是我没有把我想说的话表达清楚，但是我不是要和你作战，即使在言语上也不是。你是美丽的淑女，又是我的骨肉至亲。尽管在贤明的国王赶来理清一切之前，我不太愿意站在你面前，在你的耻辱中遭受谴责，我毫无招架之力，但你会赐给我机会来聆听我的心声吗？

爱丝特蕾莉娅　随便你！

阿斯托尔福　你知道，当我们的皇家祖父——国王阿方索，离开这个世界的时候，留下了三个孩子。一个是他的儿子——巴西利奥，他穿着和他的父亲一样的波兰皇袍。另外还有一对女儿，你母亲克洛莉来内夫人是其中年长的一位——她现在在更美好的国度而不在那致命的王座上；还有我的母亲——年幼的妹妹——雷西逊达，她嫁给了俄国王子——我祝愿她能长命百岁！另外，我们的好国王——巴西利奥，就像你所知道的，他喜欢钻研学问，而无心迷恋女人。他早期的婚姻迫使他失去继承人，他年轻的王后在分娩时和腹中的胎儿一起死去，在这样的悲痛中，他瞬间苍老，直到现在也没有开始第二段婚姻。除了他姐姐的两个孩子，美丽的表妹你，还有我，就没有波兰王国的后继人了。这个国家的百姓已自动分成了两个派别：或是支持你——姐姐的女儿；或是支持我——妹妹的儿子。但是，他们说，我作为男人天生的领导气派从出生时就胜你一筹。这不和谐的呼声变得越来越高昂、越来越危险。我们精明的叔叔——巴西利奥预测着将来。他让我们在这么庄严的国会上相见，和一些自以为了不起的人一起。外面的鼓声已经敲响，国王就要来了，没有必要再商议了，除非我心里的预言是英明睿智的，可现在它已被证实只是虚妄而已。我有意定下如此幸福的契约，但在高贵的国王发表声明之前，我只能眼睁睁地看着。

【喇叭声响起，国王巴西利奥和他的委员会成员一起上场。

众人　我王万岁！

爱丝特蕾莉娅　（跪下）愿您万岁，国王陛下！

阿斯托尔福　（跪下）愿上帝保佑您，陛下！

国王　起来吧，你们两个！过来扶着我，爱丝特蕾莉娅、阿斯托尔福。你们是我两个姐姐的孩子，也就是我的孩子。现在更是如此，因为你们是我波兰王国的继承人。现在，你们听好了，今天的会议就是要谈论关于你们的几个派别、同伴，还有这个王国的王子这些问题。总的来说，没有什么我必须相信的，而一些问题也是可以原谅的。你们都称我为“圣人”，但我知道我不配。有一本书躺在我们头顶上，我就经常沉思——这本书就是上天！我想，几乎没有人读过吧！上天用金黄色的线条，在蓝宝石的本子上记录着每年中所有顺心或不顺心的事。翻阅每一页的内容，都颠倒着人们的预言。它们记录着人类的命运，直到人们的眼睛因年迈而变得灰暗。我战胜时间，通过它展示我的预言。在上天的某一页，记录着我的死亡。我想，我应该读读我的人生。我的不幸遭遇预示着，在我的悲剧中，我不是受伤，而是自我毁灭。但是，你们听着，作为国王，就必须为了人民而存在，只有聪明的平凡人，才可以只为自己而存在。

关于我的婚姻，你们知道我的王后为孩子而死。但你们不知道的是，她在怀孕时，梦到有条毒蛇撕扯她的肝腹。分娩的时候，一切都应验了，她就像是中风一样。（因为凶恶的预兆，几乎都不会虚报）这个男孩从他母亲的肚子这个活坟茔中来到人世，成为了毁灭她的人——他杀死了他的母亲以感谢她所给予的生命。在这样的悲剧中，他来到了这个明亮的世界，而如此明亮的世界却因为他的到来而瞬间黑暗，因为他在那样的星象中到来。上天的两位主神，太阳和月亮，被鲜血沾染后愤怒对抗。自从太阳为基督之死流下血泪以来，那次的日食，是最可怕、最严厉的。当死神来临，河流都成了血水；地球和建筑物都在晃动，整个世界几乎瘫痪。就在那样可怕的情形下，我的儿子降世了。他一出世就露出本性，犯下了这么丑陋的罪恶。他出生时的星象显示，他会成为人类历史上最邪恶的怪物。他残暴野蛮、嗜血成性、凶狠狂暴、毫无人性，他会把这个王国糟蹋毁灭，就像他出生时毁灭他的母亲一样。以这样的罪恶出生，他会被狂怒驱使，会把我死死地践踏。从星象预测和他出生的事实上看，这就是天命。

为了避免这个王国遭受和他的母亲一样的悲剧，我散布消息说他一出生就和他的母亲一起去世，并把他送进了一座孤塔里。这座孤塔在层峦叠嶂里，在断崖和巉岩之间。我颁布严酷的法令，禁止任何人靠近。拯救这样的囚犯必须要负责任的人，在他束缚着的身躯中，灌输营养而有益的学问，指导他的灵魂，让他看到人类心灵的美好与神圣。这样，或许可以安慰他那终身被囚禁的心灵，或许可以驯服他那猖狂、野蛮的天性。这也是一直以来我的目标所在。

现在，你们听好了，我对我的亲生骨肉、我的继承人做了一件多么残忍的事情！我发誓，倘若不是上天有明确的预言判定他凶狠残暴，我绝不会千方百计地惩罚他。但是，作为国王，一个基督教的国王，我不得不慎重考虑，比起凶狠残暴的禽兽，大家可能更愿意让一个不仁慈的君王统治吧！而且，即使不谈他从活坟茔出来时的罪恶，为了避免星象预言，避免我所见到的上天的预示，我还是要剥夺他作为波兰最高统治者的特权。因为，我确信星象的预言是正确的。尽管有时它们也会犯错，它们在天上勾勒出粗略线条，我们就应该采取行动。如果我们的意愿是神圣的，那么结果也会令人欣喜。如果有奇迹发生，他纯朴善良的本性被唤醒。那么，那些星星就会取消之前勾勒的线条，否认之前的一切。就比如说，一个再有自由意志的人仍旧无法打破天定的命运，因为其有自由意志，更害怕被上天的预先安排毁灭。为了这种残酷的责任感，我不承认他为我的亲生骨肉，我囚禁他的自由，囚禁他是为了对抗邪恶，但同时也可能毁灭的是一个纯结的人，因此我的良心备受折磨，是的，这的确有些矛盾。我最后想出一个检验这个问题的办法——我的同伴们，还有我所重视的人，你们要见证我的提议，这样我才会真正实施。一直很忠诚地监视我儿子生活的克洛塔尔多，今晚会把我儿子从铁塔中带到这儿来。我会让他像死了一样睡熟，当然，他肯定不会死。明天黎明前我会使他苏醒，让他理智清醒，并且坐在我的王座上。他会拥有作为王子的光鲜亮丽，他会有一大堆随从对他言听计从。而我忠心的臣民，你们要对他俯首称臣，并高呼他：赛西斯蒙多，波兰最尊贵的王子。如果他表现出的天性是仁慈的，那证明上天对他的预言都是虚妄之词。那样，我会亲自把王冠戴到他头上，我没有做到宗教上的仁慈，我会道歉，我这样做也不是恶意针对他。我如今已是风烛残年，我会祈求上帝和我儿子原谅我误信命运的安排。但是，如果就像我想象的那样，他一开始就表现得野蛮、残暴、毫无人性，那在预言的灾难和悲剧发生之前，我会让他沉睡并再次用镣铐束缚他，把他重新投入那个地方，并且永远都不会再给他解开束缚。我会直接剥夺他的继承权，我会让我两个姐姐的孩子继承，让他们俩拥有相同的权力。波兰人民对他们的呼声都分成了几派，但是，我相信，把他们两个的权力结合在一起才是最公平、最强大的力量。这样，不同的呼声才会消失，我们王国的国土也不会因为他们而被瓜分。这就是我的意图和设想。他们不是最高统治者，不是先知，但他们这样的结合会促进人民紧密团结在一起。如果没有其他什么，那么，我恳请你们照此办理。

阿斯托尔福 这样的话，从这样的嘴中说出，这样平稳的回答，可能难以置信。但是如果该我回答，我就代表大家讲话，就让赛西斯蒙多——您的合法继承人，来吧！只要他证明了他是您骄傲的儿子就足够了！那样他就是波兰王国的继承人了。你说呢，我的表妹？

爱丝特蕾莉娅 哦，我也是这样想，但如果我的同伴们指责我的做法，那么，我胆敢问英明的国王——

国王 问吧，问吧！我相信你什么都是想好了的。不，如果你没想好，你嘴里就只会说出歉意的话。

爱丝特蕾莉娅 那么，国王，很抱歉。我想说如果我的表弟，像您所提议的那样，赛西斯蒙多来到波兰接受命运的考验，为什么要让他在沉睡着、毫无意识的情况下到这儿呢？

国王 问得真好！那我也得做一个明智的回答——因为这是不确定的事，明白吗？因为我想区分他在惊醒后只会犯点人性小错呢，还是会像野兽一样有野蛮、跋扈之举。如果他只是有点失态、不适应、不清醒，那他应该也会是明君，毕竟他处在突如其来的转变中。如果他有一腔热血，豪气万丈，或在中间出现混乱时，还能沉着应对的话，那我们就要好好地守护他。但是如果他野性难驯，又如之前一样残暴、凶狠的话，那他就会立刻被关进塔里。那么，他从一瞬间绚丽、自由的生活，回到被镣铐束缚的生活中，他会万分痛苦绝望。如果让他在沉睡的情况下进出这道绚丽光环的门，他会感觉这只不过是一场梦。

爱丝特蕾莉娅　哦，回答得真是好呀！尽管礼貌地问您这个问题显得太笨拙。那么，我会高兴地、静静地等待他的到来。

阿斯托尔福　国王陛下，相信我，我心里所想的和表妹所说的都一致。不管测试的结果怎样，我始终忠于您的命令。

大众　就这样决定吧！

国王　我迫切地希望着、期待着，他可以赢得大家的忠诚和关爱。从现在开始，不仅有把我的儿子带回来，恢复他的身份的问题，还有我作为你们的国王所存在的问题。不管他的表现怎么样，我也不会再拥有像以前一样的荣誉。因为如果这次考验证明了预言，那么我将从他手里夺回王权。这难道不是对一个父亲的羞辱吗？如果考验证明预言错误，那我的儿子将一直掌握着他的王权。他也会责备父亲以前对他的残忍，我也会为自己的行为感到羞愧和悔恨。但是，那就来吧！对人生这段路程，我已疲惫不堪。这段陈旧的历史早应该被刷新。我等待着退出王位的时刻，我们一定要团结一致。现在，你们都去休息吧！我要和克洛塔尔多计划一下，想想应付突发事件的好办法。（退场）

第二幕

【君王的宫殿里，音乐声萦绕。

【国王坐在椅子上，克洛塔尔多在其身后，一位大臣上场，接受国王问话。

国王 在这个时候把你召来，是想问一问，一切是否准备妥当？药性是否会在适当时解除？

大臣 国王陛下，您问的正是时候。我们在他早上喝的东西里放了睡眠的良方。现在的他仍然有些昏沉，意识还没恢复。王子的华丽服饰已为他定制好，除了佩剑以外，一切都是按照您的指示办的。

国王 哦——

大臣 我想，如果不嫌太吵闹的话，我们应该着重强调王子的尊称。

国王 但是，他会不会厌烦这样呢？

大臣 尊敬的国王，这是任何人做梦也想不到的，他也会甘愿沉醉在这梦中。

国王 就这样吧！（转向克洛塔尔多）如果情况比我担心的还糟

糕，会不会出现什么不可挽救的暴力行为呢？

克洛塔尔多　那样的话，我们就采取强硬措施，让他疲惫、失去耐心。

国王　噢，克洛塔尔多！这样就好了，我多么希望我自己喝掉他喝的药！这样的担心使我胆战心惊。而更让我全身发抖的是，我要离开波兰王冠，我将不再是大家心目中的太阳。

克洛塔尔多　国王，勇敢些！这件事将拉上帷幕，每个人都要英勇潇洒地扮演好自己的角色。其他的就让上天决定吧！

【大臣退场。

国王　我误解了预言，我违反了基督教的仁慈！但是，正如你所说——（对着正要出去的大臣）你，立刻回到他那里去！还有你，克洛塔尔多，当他适应了大家尊称他为王子，当他习惯了这奢华、绚丽的宫殿，当他面对突如其来的转变，你就要以你在宫殿时的服饰穿着，以庄严的礼节，去拜见他。告诉他这本是属于他的世界，让他确信他是这儿的新主人。最后，在他奇怪的质问下，我会完成我该做的，来减轻我对他造成如此大的悲剧的罪恶。在上天的应允下，皇冠会戴到他的头上！听！听！那里面是他的声音吧！现在更大声了，哦，克洛塔尔多！这么快他就开始咆哮！又来了，比音乐声还大！接下来会发生什么呢？我们必须藏起来！

【国王和克洛塔尔多退场。

赛西斯蒙多　（在幕后）天！我快窒息了！快停止你们的称呼！安静——我说——求你，让我走——你们这样高呼，你们这样盯着我，我要发疯了！我将要变得不可抑制的危险、疯狂，我要空气、要自由——（冲过去，音乐声停止了）噢，我要从这迷惑的感觉中，拯救我那摇摇欲坠的大脑！（他揉了一下自己的双眼）什么，巴别塔现在就在我身后！还是我眼睛现在仍然被迷惑着，但眼前的一切不可能都是假的：闪闪发光的地面，光滑得连脚后跟都站不稳；冰冷的大理石雕刻而成的圆柱直冲云霄，金黄色的雕花攀缘而上；墙壁四周堆放着水果和鲜花，像西方国家那样边缘镶着黄金的紫色窗帘悬挂在墙上；穿着精美的仆人们，带着疲惫的眼神，全部都在屋里忙碌着，他们或是看着墙，或是盯着我看。还有一个最奇怪的人，当我经过那透明洁净的墙时，他看我一眼，当我走回来时，他又盯着我。难道这些都是我大脑的幻想，难道这只是我的外壳，不是真实的自己？这只是我的幻影。但是，当我移动，举起双手，我确定这是我的动作，这就是我自己啊！这个奇怪的赛西斯蒙多，就是昨晚的那个自己。昨晚，我还穿着兽皮，躺在黑漆漆的塔里的地面上，周围还伴随着狼的嚎叫声。醒来却躺在这金碧辉煌的床上，能看到初升的太阳破云而出。音乐声轻抚，他们围了过来，给我换上了金光闪闪的服饰。金杯里盛着上天赐予的美酒，在柔美悦耳的歌声下，他们双膝跪下，高呼我是波兰王子——赛西斯蒙多，他们一次又一次地高呼着："王子，我们的波兰王子，哦，王子，欢迎您回来，赛西斯蒙多！"噢，但是，脑海中突然闪现那穷山僻岭，突然闪过那冷酷无情的面孔。

（他走向窗边）在这富丽堂皇的宫殿里，一切嘈杂都被庄严取代，他们高呼得多么庄严啊！在这些通道的四周，紧密排着牢不可破的塔，镀金的塔峰和尖顶巍峨地延伸到天空。如潮的人群从不同的方向过来，踏着舒缓的步伐来来回回地走动。克洛塔尔多，是克洛塔尔多——他会突然打断你的谈话，但没有他在身边，我都不敢任意走动。什么，现在我没有他的妨碍仍在走动，而且每一步都走得那么荣耀。我感觉自己在带领一群人走动。昨天，就是在昨天，拘禁、束缚就是我之前的全部生活。今天我就在眩晕虚幻中实现了自我认证，这是多么不可思议的转化！噢，疯子，为什么不是呢？说服力、理性和认同都堵在破烂的大脑里。想到昨天的自己，简直就是挣扎着想要清醒的疯子，就像是无用的麻风病患者，最好是被扔出去。但如果不是疯了，难道我是在做梦吗？这或许就是在做梦吧！如果我自己还是真实的自己，那我不应该就这样被嘲弄。因为那只是我可怜的灵魂，有人给予了它错误而美好的信息。那些恒星也确实告诉我，我就是以前惨淡生活的主人。要与那些美好的星座会合，并把我美好的未来带到地球中像天堂一样明亮的地方，他们称呼我“赛西斯蒙多王子”，那么我可以任意地射击他们，他们还会服从我的命令这样称呼我吗？你，到这里来！赛西斯蒙多在叫你，是王子赛西斯蒙多——

【赛西斯蒙多坐在王座上，宫廷大臣走了进来，还有上议官员在等待着。

宫廷大臣　我很高兴您没有任何野性，而是一腔纯正的皇家血统，阁下您天生就该坐上这王座的。

赛西斯蒙多　王座？

宫廷大臣　波兰国王高贵的王座！您可以像他一样，坐在王座上长久统治，直到上帝召唤他而去。

赛西斯蒙多　你所说的他是指——

宫廷大臣　他是您的父亲，国王巴西利奥！

赛西斯蒙多　我的父亲——国王巴西利奥？你听，我的回声也在回答，我都不知道它在听着并且还在重复。这是我的王座——这是我的宫殿——哦，但是，窗外的是？

宫廷大臣　华沙，阁下，那是您的首都。

赛西斯蒙多　那些来回走动的人呢？

宫廷大臣　那些人和我们一样，都是您的下臣和随从。

赛西斯蒙多　噢，噢，我的下臣——我的首都——而我是这里的王子，我要强调很多次才能确定这是否真实。

宫廷大臣　快速在大脑里闪现一下吧，这个词很快就会展现出完整的意义。

赛西斯蒙多　你也是这样觉得？

宫廷大臣　与此同时，我们对您俯首称臣，向王子殿下展现理所应当的尊重，我们对您致以最诚挚的欢迎，诚惶诚恐地侍奉您。要我们再次退下吗？还是站成两列？或者再为您放音乐？他们说，音乐萦绕在空中，可以让您静心。

赛西斯蒙多　音乐？哦，那就来点喇叭声！（走到一边）但要把部队也带来。

一官员　喇叭声？波兰王子怎么可以说出喇叭声这样的话！

宫廷大臣　黎明时分，在您的窗下，您就可以看到士兵们伴随着喇叭声前行。

赛西斯蒙多　哦，士兵，我的士兵，不是黑色帽舌会？

宫廷大臣　哦，您？

赛西斯蒙多　好，没事！但是，现在，有一件事，你听好，你认识一个叫克洛塔尔多的人吗？

宫廷大臣　哦，我的天！我想说，他是和我一起的，尽管我们的任务不同，但我们都服从于您的父皇。而且，我们都会为您竭尽全力。

赛西斯蒙多　说得好！说得好！巴西利奥，我的父皇。还有，克洛塔尔多，难道他也是我的皇亲国戚？

宫廷大臣　哦，天啊，他只是您父皇比较信任的下臣！

赛西斯蒙多　噢，正如你刚才所说。你的白色魔杖——哦，我读过关于白色魔杖的书，只要挥动它，在一瞬间，就能把破布变成黄金，小丑变成皇帝。就是通过这比恒星还要好的魔法，很多善良贫穷的人都从悲伤中得到解脱。它还使一些人在昏睡的时候，从深山中的粗糙塔楼里，穿过千沟万壑，穿过崇山峻岭，被带到像仙境一样的皇宫中。

宫廷大臣　噢，伟大的主，您嘲笑我了。如果这样能让您开心，我很满意。但我是没有魔法的，如果我有，那我和我的魔杖就可以像您一样高贵了，我现在只是您的下臣。

赛西斯蒙多　我的下臣？这些人可都是听从你的！

宫廷大臣　哦，我的主！他们都是在等待着您的！

赛西斯蒙多　等我？哦，我现在学会了重复，但还好不是死记硬背！这是我的宫殿——这是我的王座——窗外是我的首都。还有所有来来回回的人都像你一样是我的下臣。我的宫廷大臣——还有等待着的官员——还有克洛塔尔多，哦，克洛塔尔多？你上了年纪，看起来德高望重，不像那些年轻的官员，你不是在跟我恶作剧吧！

宫廷大臣　噢，尊贵的陛下！

赛西斯蒙多　好了，就像你所说，没有魔法，但是我的脑袋还是眩晕的，所有的神经交织在一起，无法思考。你们现在必须告诉我，昨晚我还在一个波兰不知名的深山里，被囚禁着睡着，我醒来又怎么会在高贵的王座上的，身边还有一堆的随从、大臣，还有曾监视我的人，都是我的大臣！

【克洛塔尔多走了进来。

克洛塔尔多　都站到一边，我会告诉他信息，解除他的疑惑。陛下，首先请您接受我诚挚的跪拜。

赛西斯蒙多　克洛塔尔多！哦，你最后还是卸下了你的伪装。现在，你还会对我跪拜了！对了，你说星象预示我必须在以前的那个地方，被镣铐束缚，过畜生般的生活。现在，你又解开我的束缚，扰乱我的思绪，谁知道你又要把我带到哪儿呢？现在怎么又给我套上华丽的服饰，你们对我俯首称臣，称呼我是王子，还在我头上戴上王冠？

克洛塔尔多　尊贵的殿下，我现在必须这样称呼您，还有我对您的跪拜绝对比任何人都忠诚。关于您的一切，或许您一点也不理解。但是，您要依赖您大脑里仅有的一丝理智，听我把接下来的故事说完。因为接下来您所听的或看的都能确保您并没有疯或者被愚弄。

赛西斯蒙多　那是什么？

克洛塔尔多　正如您所看到的一切：这富丽堂皇的宫殿，还有首都，这些铁塔、军械，还有兵工库，都是波兰王国的核心地。还有这些城市、山村、地区，还有武器、武装、贸易，全部都属于你。现在所有的下臣，还有平民百姓都要向您致敬。他们强壮而有力的声音都在呼喊：波兰王子！赛西斯蒙多！

赛西斯蒙多　这就是全部了？

克洛塔尔多　是的，如果您相信的话，就是这些了。

赛西斯蒙多　你发誓你是在忠诚地告诉我——没有其他的了？

克洛塔尔多　（亲吻了一下剑柄）我用它发誓，我绝对忠诚！

赛西斯蒙多　（对着他自己）我的眼睛是不会欺骗我的，我的耳朵也不会。这些人的表情显得庄重而严肃，连他们的呼吸似乎都很忠诚。还有克洛塔尔多，他都那么年迈了，不会说这些不着边际的话。（提高音量）好，那就是这样的。因为有这么多好人都这样说了，还有你，克洛塔尔多，你还要发誓吧？所以你们这样跟随着我。但是，但是，你诚实回答我，为什么要这样对待我，我的脑袋都快被压爆了。我正在这里问他们的话，你就走了进来，那我怎么——我是赛西斯蒙多，你已经知道很久的，我不再是以前的我，就像你所知道的，我怎么会是波兰的王子？

克洛塔尔多　王子，这已经是被公认和接受的了。

赛西斯蒙多　被公认和接受的，那好，就你所说的一切，容我再想想。你证实了你所说的，你知道有关我的一切，你却隐瞒了所有。为什么要到这个时候才告诉我，在这个黎明来临时？

克洛塔尔多　哦，是为了让您在这个新的黎明来临时，对过去所有悲惨、痛苦的夜晚都画上一条分割线。

赛西斯蒙多　我没有死，而是恢复了本来应有的美好人生。我还要快速而直接地抛掉以前的不幸和痛苦！

克洛塔尔多　但是，不要憎恨——对于过去所有的悲伤和不幸，都应画上圆满的句号。

赛西斯蒙多　这些我自会判决，这个地球在上天的狂怒中被毁灭，而这地面上有权威的人全部都会被处置。这就是他们应得的报应。还有那些被冤枉的人，不是你，克洛塔尔多，我知道不是你，但是，可怜的人在任何领域都有罪，任何叛国者都是有罪的，不过，显然你不知道，所以你才会这么残忍地对待我。你确实是不知道我会是你至高无上的君王，所以你才如此严厉苛刻地对待我。

克洛塔尔多　哎，陛下，我确实是赤胆忠心地效忠着您啊！

赛西斯蒙多　你是忠心地用镣铐束缚着你的王子吧！

克洛塔尔多　但我是忠心地使您尽快得到自由——

赛西斯蒙多　在头脑中的意识刚刚萌芽的时刻，在那贫瘠的岩石下面，几乎没有一缕阳光能照耀到他的身上，在他的周围，哪怕是最贫穷的乞丐，也能像人类一样正常成长。那个人就是我，是我！我是这个王国的最高统治者，我的光芒要遮挡一切！

克洛塔尔多　我仍然是忠心——

赛西斯蒙多　是对我！

克洛塔尔多　是的，是对您！您的威信和权威都是建立在这神圣的忠诚之上，它可以对抗一切——

赛西斯蒙多　那恐怕也可以对抗恒星吧！

克洛塔尔多　以及能够理解权威之人。拥有这样至高无上的权威，像他一样穿上国王的华服。有个人会来看您，他不仅仅是这里的大臣，而且是能赢得这些大臣忠心的您的父皇，国王——巴西利奥——

赛西斯蒙多　巴西利奥——国王——我的父亲——

克洛塔尔多　哦，殿下！让我双膝跪下祈求您，为了您的安全，为了波兰王国的安全，也为了我自己的安全，我想向上帝问问，他所做的一切都是在权力之下的，地球上所有的君王都是他的臣下，不但要在他的命令下受罪，他的命令还令人迷惑，但只有他的命令——

赛西斯蒙多　国王——我的父亲——要么就是我疯了，要么就是一切发生得太快。我需要知道或许我父亲不在意有关他的儿子的谣言，或是人们对我父亲——国王，或上天的命令不再忠诚。但不管怎样，复仇的时候到了，我要把一切都算清！不管你是否说谎，在这至高无上的权威下，我要惩处你的背叛。即使是星象的误判，也不能免除对你的处罚。不管你是实际参与还是在旁出招，你都是第一个受到报复的。你都要得到应有的报应和处罚。

【赛西斯蒙多夺过克洛塔尔多的剑并准备刺向他，仍做男装打扮的罗撒乌拉突然走进来。

罗撒乌拉　呸，我的祖先啊！什么，一个年轻的男人却和白发苍苍的老人作对！（她从人群中退出）

赛西斯蒙多　等等！等等！之前你怎么消失了——我依稀记得什么，但是——

（罗撒乌拉的声音从幕布后面传来。）

【阿斯托尔福从幕后上场。

阿斯托尔福　欢迎，真是十分欢迎！今天真是好日子！当波兰的阳光照射到他所躺的山上时，他迎来了所有的光明和荣耀——

赛西斯蒙多　（仍在寻找罗撒乌拉）他在哪里，为什么非要我问两次？

官员　侍从，我的主啊！我怀疑他的胆量——

赛西斯蒙多　我告诉你们，他进来时带着天使的面孔，当所有一切都像地狱一样黑暗时，你们没有人知道，他来了。他天使般地给了我一把闪亮的剑，防止我陷入黑暗中。但他却又再次像天使一样把它从我手里抢夺而去。我愿意宽恕他，但他必须来到这里用同样的语气向我祈求。但实际上不管怎么做，一切还是会白费力气。

宫殿大臣　他已经出发，并很快到来。此外，尊贵的殿下，出于礼貌，您是否应该回敬一下您的堂兄呢？

赛西斯蒙多　是谁？

宫廷大臣　阿斯托尔福，俄国公爵。我的主呀，他在给您请安，竭诚欢迎您来到荣耀的皇室。

赛西斯蒙多　（对着阿斯托尔福）哦，那你也知道？

阿斯托尔福　我的主，我知道什么？

赛西斯蒙多　知道我是波兰的王子，而你也是我的下臣？

阿斯托尔福　对不起，我的主！我也是在几个小时前才了解到您的高贵身份的，但仅仅是知道而已，我也不是您的下臣。

赛西斯蒙多　那你是？

阿斯托尔福　刚才您的宫廷大臣已经告诉您了，我是阿斯托尔福，俄国的侯爵，您父亲妹妹的儿子，您的堂兄。您父亲现在是真正的国王，他也期望您能虔诚、仁厚。

赛西斯蒙多　他在哪儿？我已厌恶所有这一切——王子、堂兄、宫廷大臣，还有所有的奉承谄媚。我的士兵们在哪里？快吹角，给这群人一点尖锐的冲击！把那些强壮的都带到我这儿来，既然是国王那就该有国王的样子！

女官们　（从幕后传来声音）好了！给公主爱丝特蕾莉娅的房间已经准备好了！

【爱丝特蕾莉娅和女官们一起上场。

爱丝特蕾莉娅　欢迎您，我的主！这个皇位已经等待您太长时间了！我作为您的堂妹和波兰人民一样诚挚地欢迎您。

赛西斯蒙多　哦，这真是值得欢迎啊！更是值得堂妹你欢迎！哦，我在深山的入口也看到过，月亮领导着一群美丽的星星进入天堂的法院。我的骨肉至亲啊！我的堂妹！但是，你是我的下臣吗？

爱丝特蕾莉娅　如果您想让您的堂妹服从您，那您会发现，她会对您绝对忠诚！

赛西斯蒙多　哦，天空中有一对星星光芒闪耀，但我现在知道，那是因为它们压制着那些邪恶之星，这些邪恶使我的过去成为一片黑暗，并使我摆脱囚禁之地，避免成为给我自由之人的奴隶。

爱丝特蕾莉娅　真的，我的主，它们没有能力控制您的过去或现在，但是，它们会以光明欢迎您。而且我希望，不管地位高低，我们会是朋友。

赛西斯蒙多　你的手——为什么你的手让我不寒而栗？

爱丝特蕾莉娅　或许，你心里想着要对我报复，就像对着那冰冷的月亮。

赛西斯蒙多　哦，但是，音乐告诉我，我必须要拯救你那双背叛的手！

（他抓紧她并抱住她）

爱丝特蕾莉娅　放开我，王子！

宫廷大臣　抱歉，我的主。她是公主，而且已有婚约。不过，王子也只不过是对她表示敬意而已吧。

赛西斯蒙多　好，你这个恶毒妇人，是你用你的白色魔杖毁了我和我的幸福！

阿斯托尔福　好，是因为我，但——

爱丝特蕾莉娅　好，你又要装腔作势了？

阿斯托尔福　鉴于您才初步接触到尊严，我可以忽略您对我的侮辱，以后您还会对尊严有更深刻的理解。但是，这位小姐是我的堂妹，所以希望您对她的称呼要尊重点、亲切点。

赛西斯蒙多　我在乎什么？她也同样是我的堂妹，如果，你是王子——那我还能站在这片土地上吗？我身上的血液，就像炽热的泉水，从岩石上倾流而下，而我，特别是你们，都流着同样的血液！你们称呼我波兰王子，而你们是我的下臣。你们在此时此刻却还在背叛我！你们将我捆绑着，扔在深山的铁塔中，让我失去自由，自生自灭。你们之前的背叛实在是让我胆战心惊。现在，你们又假惺惺地鼓励我、尊重我，你们把我当成你们戏弄的鹦鹉。房间的香气和音乐都让我讨厌，使我窒息。最为糟糕的是，所有的气味和音乐声，都是虚假、冗长和过分的阿谀奉承！“哦，您是我的主人！”你们就这样虚假地重复着。我所走的每一步，都让我感觉很受挫。我想要报复你们这些大叛徒，对他——我恨他——我又爱他——这是我第一次面对，也会是仅有的一次——直到现在——我想在法庭上看看你们丑陋的面孔，现在我还想抓住——或许这是我梦中最后的影子，那些婚约和侮辱。谁敢第一个瞎掺和我的事——王子，宫廷大臣还是参赞，我看谁敢动她？

阿斯托尔福　我敢——

赛西斯蒙多　（掐住他的喉咙）你敢！

宫廷大臣　我的主——

官员　他的力量大得像狮子——

侍从　（声音从幕布里面传来）国王驾到！国王驾到！

【国王入场。

官员　他就像是刚抓住猎物的狼，又站在那儿愕然凝视着走过来的狮子。

国王　我到这里来张开双臂欢迎我的儿子回到大家的关注中，现在，我还得回去督促那些心不在焉的人们。（他坐到王座上）

赛西斯蒙多　他就是国王？我的父亲？（停顿了很长时间）我听说，有时候人们会因为盲目的直觉就认出他们拥有相同的血缘，甚至他们素未谋面，也没有任何破碎的记忆。我不知道这是怎么了——也许这就是野兽行为。依靠这样美好的本能直觉生活着，但是——我知道，他头上的皇冠宣称他就是最高统治者，国王。我感觉我身上根本没有流动着皇家血液，你认为呢，老头儿，你认为我真的就是他们叫的你的儿子？

国王　唉！唉！

赛西斯蒙多　那你会悲伤吗？

国王　看看我所做的一切——

赛西斯蒙多　现在你们面前这个丑陋不堪的男人，悲伤是怎样在他体内成长和铸造的，你是什么时候把悲伤带给他的？

国王　从出生——

赛西斯蒙多　但是从那时到现在，已经过去了二十多年。我每天就在贫瘠的岩石中生活，从来都没有见过你，你也从没来看过我——在这样阴森、黑暗的地方，就算是最伟大的父亲，他的儿子也那法认出。

国王　你应该这样想：我们现在已经彼此面对面，相互了解。或许我不是很了解你，但是，不管有怎样的预示，你也不必冒险证实什么。

赛西斯蒙多　你是我的父亲，正如克洛塔尔多发过的誓，这是真的。是你使我存在，但你同时也夺走了我与生俱来的权利——不止是作为王子的权利，也包括作为人的权利。你囚禁我、束缚我，就像对待野兽。你为什么强迫我和深山里粗暴的畜生一起，直到现在？回答我——

国王　哦，赛西斯蒙多，可能你认为，我所做的一切是那么残忍，没有人性，你认为我没有经过深思熟虑就下决定——但我不是的，是因为上天的旨意，我不敢忽视和违抗，但我不情愿——

赛西斯蒙多　哦，那些星星吧！那些恒星！星星离人类的指责太过遥远，于是，人们想清除自己的罪恶、脱离惩罚，就把他们所背负的所有罪恶都推到它们身上是吧！

国王　不，你想想：这并不是一般事件，而关系到国家和人民。

赛西斯蒙多　那些星星都预示什么，是说我要胁迫父亲，对抗国家吗？

国王　现在，我冒着风险，把你带回来，违背了它们的预言，我就是希望你能用人性、仁慈和正义，去证明预示是荒谬的。

赛西斯蒙多　因此，你就成为它们的工具，让你的儿子变得野蛮、残暴？我不去理会那虚无的恒星，我只确信，是你使我变得残暴、失去人性，我会报复你——有其子必有其父，我与生俱来的邪恶不正来自你吗？

国王　你从来都不是从我这里继承野蛮的心性的，我是波兰人民亲近爱戴的国王。

赛西斯蒙多　那是从哪儿？如果人的心性是纯洁的，那么我就是被你所污染，邪恶的血液就在身上流动。正如我所见，将我变得不再是原来那个人，退化到低人一等。你把你的血肉拿去喂狗了吧！如果是害怕那不祥的预言，为什么不在当时，把我淹死或勒死——这样的幼兽养起来不是太费力、太危险了吗？

国王　生活，你必须学会生活！这样你才可以控制你自己甚至整个波兰。

赛西斯蒙多　你就是以这样的方法来践踏我吗？

国王　不，赛西斯蒙多！你知道不是——你不知道——我多么希望在悲伤的经历中，天性可以改变，禀赋可以增长。我早就意识到上天的力量可以破坏一切，废除你的权力，对你长期束缚，会使你我敌对但是，你记住，我本人以及我对你的仁厚的爱冲破了命运的束缚，已然成为永恒。现在你不能得到充分的补偿，但你依然还有青春。如果你这朵花过早开放，那么你就会沉溺在骄奢淫逸的生活里。那么很快，整个皇室的鲜花都会被摧残致死。

赛西斯蒙多　但是，仍有一些早熟的花朵散发出温情，或许置他们于死地的不过是早期的冰霜呢？

国王　但是，赛西斯蒙多，我的儿子！你实太过唐突，不是我要压制你、毁灭你，我不应该是被你谴责报复的人。不管你要怎么谴责我，当时甚至都发生日食来预示。就在那一时刻，那些恒星，那些眼睛，日日夜夜地盯着我们，尽管我们看不见它们。似乎你的行为都是由上天注定了的，这就使我陷入极大的混乱！让你孤单一人，失去人情温暖——我的确应该对此负责。现在你就是你亲身父亲的法官，也是波兰王国君王的法官。公正、仁慈、清醒，一言一行都合情合理，你应该以这样的标准来对他判决。其他人都不可以，他们不能对我判决。但是，如果你哪怕萌生一点点这样的念头——我们应该回首已经过去的一切，你从出生开始就丢弃了人类慷慨的本性，因此你的暴乱毁掉了你的人生自由。如果你的出生是给人希望的花朵，这朵花有希望孕育善良的果实，那我会毫不犹豫地给你戴上皇冠。现在，这皇冠重重地压在我年迈的头顶上，我要把它移交出去，然后去修道院，和那些造世主一起，度过余生。我会每天忏悔、祈祷以保平安。现在我迫切需要世袭继承人，以免波兰王国的土地分裂。

赛西斯蒙多　所以——当皇冠在你年老的头上摇摇欲坠，当你颤抖的双手已不能掌控军权，而波兰王国也急需它的合法继承人；当你的专横独裁使你失去统治权，更使你害怕到另外一个世界后会因你的不仁和罪恶受惩处，然后，哦，接着，就是在这双重危机的恐惧下，你把我从肮脏的洞里拽出——吹嘘着不会放弃你几乎已经无法掌控的权力，这些权力你从来都未曾合法地拥有过，其实是害怕我要强行从你手中夺回吧。还有你确信我是野蛮凶残的怪物，一旦放松，就再也不能把我关回去。在我与我的加害人彻底摊牌之前，你是不会被我的威胁和谄媚吓到的。

国王　冷静！冷静！压制住你眼中的怒火，没有必要把我和命运绑定在一起，或者用你的恐怖行为来威胁我、我的人民和我的国家。你要知道，尽管我老了，我依然气势如虹，依然可以统治国家。如果有些事情我失败了，也不需要因此让我的后代接手我的任务。比起为一些扭曲的事作牺牲，后代的健康成长更为重要。

赛西斯蒙多　我立即审判——哦，就在揭露这些以后，按照法律，你最后一天即将玩完，这是你残暴和邪恶的报应！不，现在开始应该依据地球来审判，我自己，我想，看到我所有的错误，任命上天为复仇部长、原告、法官、刽子手，手里握着剑，列举罪行——首先，也是最为严重的，他儿子继承权的篡位者，他和他的老共犯，时间和罪恶早已根深蒂固，再也无力偿还那些美好的黄金岁月。什么，现在他还统治着这片领土，保持着应该被判出局的王权？他真是下贱，我要践踏这个长期侵蚀我王权的糟老头儿！我的士兵呢？我的随从、大臣呢？就没有人来执行我的命令吗？听！喇叭声！是喇叭——（他听到喇叭声时停住了，蒙面士兵渐渐依次来站在王座后面）

国王　（站起来，走到王座前面）哎，喇叭声吹响了，显著的音调把这些人召唤来了。如果你此刻不立即跪下双膝，向你威胁恐吓的人忏悔，那过去的一切都会重新上演。而这些荣耀和光芒的短暂记忆，你自己也能感到它来得太快，那么，它也会很快消失，这一切都只不过是一场梦。

赛西斯蒙多　他的预示，这个老头儿的预示，还有他的喇叭声的号召！他松开对我的束缚，把我从深山的铁塔中解救出来，然后给予我无限的荣耀——但我没有达到我应有的高度，而是和他一样陷入黑暗的深渊（他冲向王位，但是被士兵围住）。叛徒！放开我，我是你们的君王！你们是想要勒死我啊！但我内心火冒三丈，会把你们都烧焦。你们这样缠绕我，把他的剑给我——给我倒一杯酒——这样可以唤醒一天——

国王　可以拉下帷幕了，克洛塔尔多知道你的过去——（闭幕）

第三幕

【铁塔里，赛西斯蒙多和克洛塔尔多在一起。

克洛塔尔多　尽管我白发苍苍，我们的国王还是需要我。事实上，你是在做狂野的工作，这是从你的肢体动作上看出来的。你睡觉的时候，挥舞着你的双臂，把你的牙齿磨得吱吱作响。哦，我还记得，你醒来时一脸苦相，好像是要被判死刑——这些全在你身上体现出来。

赛西斯蒙多　哎，的确是这样。

克洛塔尔多　即使现在，你仍是眼神涣散，头发暴乱，脉搏上下跳动不停，就好像你还在狂风暴雨般的梦中盘旋。

赛西斯蒙多　是梦啊！梦中的我像是醒着的，好似真实。

克洛塔尔多　哎，如何想象在沉睡的大脑中，本没有意识的神经却有如此强壮而真实的感觉。不仅放声大笑或泪雨滂沱浸湿枕头，而且还为一些虚幻的事而争执苦恼、反抗挣扎——好像在梦中因为抽风而死亡。

赛西斯蒙多　这是多么奇怪——在那个世界的人和所有地方都很奇怪。甚至，我自己都很奇怪。你，只有你，克洛塔尔多，只有你和现在是一样的。你就是以现在这样的装饰进入我梦里的，你说，这是过去的标志，你向我担保梦中的一切都是真的。

克洛塔尔多　咦？

赛西斯蒙多　你甚至告诉我，就是那些恒星，你还说，哪怕没有它们，我依然能得到所有的荣耀。

克洛塔尔多　就是脑袋里那些虚假的神经，让一点真理都变得错误，虚假使我们迷惑。

赛西斯蒙多　因为你知道这只不过是一场梦？

克洛塔尔多　你自己在刚醒来时还记得你睡觉的时候吗？——你之前像这样做过梦吗？

赛西斯蒙多　从来没有，这太真实了。

克洛塔尔多　当你的野心被烧焦，在人生最不幸时成为灰烬，你就只有在这样的睡梦中发泄。就这样，当沉睡的时候，你失去了理智，思想飞到一些比我们高很多的地方，而且几乎不会再降落——成为国王，或是女皇，戴着月桂或金的皇冠。不，依靠鹰的翅膀爬上天堂，同时，我想，这或许就是我们到达无止境高度的关键。昨晚，当你睡觉时，我们都在看着那忠实的鹰并且谈论着。

赛西斯蒙多　昨晚？是昨晚？

克洛塔尔多　哎，你不记得当它从岩石中飞起，在山顶上盘旋，最后飞向西方时，你还很羡慕它那矫健的双翅吗？它暗红色的翅膀悬在空中，就像是一种燃料，要烧掉自己。它难道不像是在怒火中闷烧吗？

赛西斯蒙多　昨晚！昨晚！哦，昨晚到悲惨的今天之间是怎样的一天啊！

克洛塔尔多　或许，那只是一段黑暗的时光，一旦用无限的时间和空间将之点亮，就会倾注进去无穷的想象。

赛西斯蒙多　我还记得被他们称作国王的老男人，他银白色的头上戴着金灿灿的皇冠，腰上还系着非常美妙的腰带。正当我要对他大发雷霆时，一切又变得黑暗，他还让我谨记这一切都只是梦。

克洛塔尔多　哎，这又是一个非同寻常的梦。一旦做梦的人在梦中做梦，那他就正处在清醒的边缘。

赛西斯蒙多　那可能是处在死亡的边缘，不再进来——让我处在荣誉的最高峰，又跌下来，这时的我比之前更惨败、更悲伤——

克洛塔尔多　没有那么荣耀，赛西斯蒙多，你所幻想的荣耀是如此邪恶，以至于你要对那些那么在意你的人报复。

赛西斯蒙多　谁在意过我——我！我是波兰的王子，却像罪犯一样被囚禁着——

克洛塔尔多　停下，停下，别说得那么快！你还记得你梦到你是王子。

赛西斯蒙多　梦中只是复仇。

克洛塔尔多　是，但有人说，梦境实际就是醒着时灵魂的盗版，是人未经调整的最高的意志，所以人们会在他们的梦境中添加一些未知的东西或忘记自我。一个人必须注意核对——哎，可能在出生前窒息，这样的激情，摧毁了我们的睡梦，在醒来的一天中，都造成了不好的影响。顺便提一下，关于那个测试，赛西斯蒙多，在这些带有誓言的现实中——因为梦境、疯狂、激情都是同一类的。每一种都有支配的原因，都能领导一个人的意愿。我认为，清醒的头脑应该要意识到自我克制的力量，要控制所有的激情和欲望，特别是大多数邪恶和复仇的欲望。人都有邪恶的时候，但大多数情况下绝对不能少了圣洁与善良；它可以使我们宽恕敌人。还有那些不存在善良意愿的人；他们错误地拿起棍棒，他们想，这是上天放在他们手上的。

赛西斯蒙多　我想等会儿我还得继续尝试，我还不能掌控我的睡眠。

克洛塔尔多　这样的睡眠，听我的——现在还早——山顶上还有太阳的余光。走进去，如果你晚上不能成功，那就明早重试。他们说早上做的梦都会实现。

赛西斯蒙多　我宁愿祈求快点入睡，消除梦境，变得清醒也无所谓。（走

进铁塔中）

克洛塔尔多　那就睡吧，快点睡。用睡觉消磨这两个夜晚。你要相信清醒的梦境中的一切。如果你再一次梦到，可怜的赛西斯蒙多，那梦一定是——哎，但是，但是，我们过着幽灵般的生活，半夜、半天、半睡、半醒。假若我们的人生就像是梦境，那么我们在梦中死去的话会怎么样？我们在梦中相信感知是明智的，而明智本身实际是一种人的本能，之后会有所超越。当我们梦醒了，才急切地认识到这些，承认自己之前的愚蠢，那时我们应该如何呢？相信自己就是坐在王位上的国王，和自己的同僚们玩着危险的游戏，在梦中可以轻易取走他们的生命。水手们梦到在波涛汹涌的水中颠簸，士兵梦到自己在血泊中绽放荣耀，情人的美貌也只是过眼云烟。富人的大口袋和金戒指，衣衫褴褛的乞丐，我们似乎都是演员，在地球这个舞台上，扮演着我们的角色。一切都是海市蜃楼，只不过是在梦中做梦而已！

【沸弗上场。

沸弗　先生，这不是还没出世的哲学家说的吧？任何人，清洁了十二个小时的烟囱后都会把自己想象成国王，那他就会像国王一样开心。谁会在那种情况下还总是想着再清洁十二个小时的烟囱呢？

克洛塔尔多　不需要你这笨头脑来教化我——你怎么来到这儿的？

沸弗　我向你保证，先生，来这里并非我本意，我是知道，我的小姐——我是说——我的主人——

克洛塔尔多　哦，现在我想起来了——你的女主人是吧，精明的执行使命的人，正如你会——你要管住你的嘴，你能吗？

沸弗　我宁愿再次回家去。

克洛塔尔多　现在保持安静的话可能会快些。

沸弗　要是我吹口哨呢？我以我家族的名誉，还有清醒的理智来试试看——

克洛塔尔多　好，那你就吹呀。你还忘了另外一个理由，你在吹的时候就可以停止喋喋不休了。你只要记住，如果你离开——

【沸弗说话已经不连贯，看来已经理屈词穷。

克洛塔尔多　一颗子弹会带你去。我现在要赶去法庭告诉国王这可悲的一天，今晚，他所有的希望都会破灭。（对着沸弗）再见。

沸弗　等等！——告诉我！——我什么时候才能见到我的女——主——人。

克洛塔尔多　放弃吧，保持好心情，不要再像之前那样，别再想你的女主人了。

沸弗　这样说着就像在梦里——在做梦——我怀疑我只是在梦中才是沸弗，有个家伙还称呼她是小伙子，因为——这里一切都很混乱，让我怀疑——我穿的不是裙子，从俄国骑着骡子到一半，我一定梦到我是一匹骡子。在这座铁塔下面，在墙角旁，哨兵们拿着枪来回走动。我被骡子摔下去，面临阻碍。士兵们高呼一切正常，实际上一切并非正常。直到我梦到——如果那真的是梦境而非现实——带着蜡烛、十字架、横幅，伴随着丁零声游行，走过聚集了炙热面孔的街道，又走到一些黑暗的大站台前——哦，想到我亲爱的俄国，我就要怒火冲天了。就是翻越过了这座山脉，我们跌跌撞撞地前往什么都不是的地方。现在，如果不是我后面有子弹，我至少可以瞥一眼，我的家乡——或许只有我的骡子可以再次把我带回那里——或许，里面的绅士还梦想着黑夜在他们面具的后面——上帝给了他们多好的噩梦啊！——现在——听声音！——在岩石上面——武装的士兵们像猫一样爬着——接着又撞到墙角。

【克洛塔尔多藏起来，士兵们小心翼翼地从岩石上走进来。

首领　这是国家边境，不管怎样，这是波兰和俄国的交界处。

士兵　我们必须接近这座铁塔，我知道，在深山的半中央，有个隐秘处。

首领　你怎么知道的?

士兵甲　是一个男侍从告诉我的——他发现了我们的行踪。

士兵乙　而且，我想，他会很快跑下来，和我们一起。

首领　另外，我们的马走在这糟糕的岩石上，弄出的咔嗒声比它们的无能更让人受不了，把它们丢在后面，让一两个人照看。

士兵们　——在这里!

——什么在这里?

——铁塔，堡垒——

——就是这个铁塔!

——看那个捕鼠器！我们可以用自己的双手把它从岩石上扔下去。

——悬挂它的那些岩石看起来矮小又不硬朗，其实它们比你想象的要大得多、坚硬得多。

——没关系，没有什么地方能阻拦波兰王子，哪怕是这一次!

首领　不，不——等一下——等到里面的人发出信号，因为我们现在还不知道谁是站在我们这方的，而且，由步枪守着的堡垒牢不可破。

士兵　在这样岌岌可危的时刻还因为胜算等待，真是耻辱。

首领　就是因为在这样岌岌可危的时刻，才要等待，增加胜算的可能——因为这次要不赢，就再没机会了。我们在这里拖得越久，巴西利奥就会强制性地让他们继承王位。既然我们来了，就一定要把他救出去。所以，我们要静静地、静静地、静静地，而且——

士兵　（看到了沸弗）啊!

士兵们　——啊！——有人躲在这里!

——快抓住他，把他的嘴堵住!

——我说还是一剑刺死他吧，这样才能确保万无一失!

——站住，说的就是你！快点跪下!

——天啊，是王子！

——我认识他，我在什么地方见过他，不管他乔装成什么模样！

——但是，王子是被束缚着的啊！

——还有崇高的气质！

——我告诉你们了，就是他！他还是和以前一样茫然无措，上天救救皇家血脉吧！我们给您跪下了，求您回答我们吧！

沸弗　随你们高兴吧。我想，按照这个国家的习俗，把一个贫贱的人捧上王位，只是为了看着他再次跌入谷底时而获得快乐。现在又轮到我了，真是高兴。

士兵　他的神志已经被药物控制了，首领，你要问问他吗？

首领　我给您跪下了。看在我给您跪下的份儿上，我祈求您一定要对您自己的皇位负责。

沸弗　还是那样，任你高兴吧。我是如此低贱——但所有一切都可能是在做梦，似乎整个国家都处于这样的虚幻中——没有波兰王子，只有来自俄国的贫穷少年。只要帮助我回到那里，我保证绝不介入波兰王子的事，你们谁爱做就去做吧。

士兵们　——从俄国来的？——那他就是间谍了——是阿斯托尔福派来的——间谍！间谍！——快把他吊起来！

沸弗　不，想都别想！

士兵　你怎么敢冒充我们的王子，赛西斯蒙多？

沸弗　我冒充!——我喜欢这样！——你们说的赛西斯蒙多王子就是我。

士兵　你想！——看！——铁塔那里传出信号了，是赛西斯蒙多王子！

士兵　（望向铁塔）赛西斯蒙多王子！

首领　很好，克洛塔尔多的安全护卫在哪里？

士兵　不，真倒霉，就像我们看到的。他没有进去，而是跳上马，飞奔而去。

首领　毫无疑问，他是去法庭——出事了——而且可能是没经思考而做的错事。他一个人走不奇怪，他要是不走才让人奇怪。但是，那里面的人，谁会和我们站在一起？

士兵　不管是说服还是强迫，要让里面的人全部都和我们站在一起。

首领　好了，抓紧时间去营救。尽管现在克洛塔尔多不能和我们在铁塔里对抗，但首都那里很快就会知道这里的情况，国王就会发动武力追击我们。王子在哪里？

士兵　在里面，他很快就睡着了，我们使劲敲打他的铁链还是没能弄醒他。我们已经蒙住了他的眼睛，他不会知道我们在做什么。我们只是为自己对他所做的感到羞愧。

首领　没事，不管是谁做的，做得很好。来，我们把他带出那个黑漆漆的石岩洞，那里面阳光稀少，空气稀薄。他们给了他安眠的药物。（他们进去把睡在简陋小床上的赛西斯蒙多带了出来，放在站台中间。）他仍然睡得那么死，我们把他搬出来时的动静都没能弄掉一片树叶。

士兵们　他是否还活着？他内心受了这么大的打击，他为什么不发奋反击，还睡觉呢？……他死了！他死了！他们杀死了他！……不，他在呼吸，他的心脏还在跳动，他呼吸得更用力了，好像想摆脱沉重的睡眠。

首领　来，让我们全部跪下，开启战争的乐器，用我们全体的赤胆忠心宣称，拯救并恢复他的皇室地位，没有任何邪恶不忠的力量能够驱逐他。

【士兵们全部围着他跪下，喇叭声和鼓声齐鸣。

士兵们的对话　——赛西斯蒙多！赛西斯蒙多！王子赛西斯蒙多！——王子赛西斯蒙多！战胜巴西利奥！——打败阿斯托尔福！国王赛西斯蒙多！

士兵甲　他很奇怪地望着我们，他不能说话。

士兵乙　我也这样想——他被逼疯了。

士兵丙　首领，快和他说说话。

首领　哦，高贵的赛西斯蒙多，我们的王子，我们的国王。看着我们——听我们说——回答我们，现在，您忠实的士兵和下臣们都给您行跪拜之礼，大家为您披荆斩棘，扫除您的敌人，直到您坐上合法的王位。您的父亲，现在波兰的国王，星象预言您的出生会威胁他的王位，他就可耻地把日食的原因强加在您的头上。还有，阿斯托尔福，俄国的公爵，企图在您父亲之后爬上王位。我们是您最忠诚的下臣和士兵，因此我们决不会同意。我们现在既不告诉您的存在和您的权力，也不说迄今为止被那些错误的忠心蒙蔽的士兵。因为无意识的不忠，请求您赦免为您跪拜着的士兵们。他们肯为我们出血卖力，尽忠，不仅是我们和他们，还有我们的后代。我们同心协力跟随着波兰王国，一起维护我们的生活，维护我们的波兰王子赛西斯蒙多，让他安全到达波兰，登上王位。

士兵们　——赛西斯蒙多，赛西斯蒙多，王子赛西斯蒙多！——我们的国王赛西斯蒙多！（提高音量）

赛西斯蒙多　什么？又是这种情况？这么快？你们要对我做什么？我想，太阳比我上次躺下时要升得更高了。你们现在都活在表面，你们不懂生活是比你们更深远的海洋，迟早会淹没你们。

首领　殿下！

赛西斯蒙多　现在，我不是在富丽堂皇的宫殿里，我也没有穿戴那精美华丽的服饰。我们都在这里，但这里只是破旧不堪的地方，所有的东西都是破烂的——只是，你们逼我自由，嘴巴没有被堵住，你们就在这里无中生有地嘲笑我——

首领　不，真的不是无中生有，您真的是王子，现在是，永远都是。看，就像我说的，山的通道中都是士气高昂的士兵，他们因为您的荣耀而闪闪发光。殿下，还有，我们的信号，就是我们高呼的口号，“赛西斯蒙多！波兰的国王！”（高呼声、锣鼓声）

赛西斯蒙多　召集数不胜数的士兵做无力的抵抗，真的不值得！在他们说这一切以前——来点柔和的音乐。

首领　柔和的音乐？殿下，我们真的是士兵，我们要跟随正义到法庭，我们要把正义带回波兰王国。如果士兵们愿意——我们要不顾一切算清这笔账。

赛西斯蒙多　那他们会吗？白发苍苍的宫廷大臣，他有他的白色魔杖——还有国王，我很难对他下手——他也不可能支持我，还有高喊着渴望着王子光环的我的堂兄、堂妹，我们不能承受，还有——克洛塔尔多呢？

首领　逃走了，但是我们在尽力追赶——还有——

赛西斯蒙多　哦，就像他之前消失一样，他还向我跪下发过誓，又把我带了回来——带到现在我在的这个地方！——算了，不说这些了！你们都走吧！走吧！这个气氛激昂的夜晚到明早就会消散了，或者你们就是趁着白天跑进我的梦里，想把我仅剩不多的理智全部吓跑。滚吧！我知道我是在做梦，我知道我即将清醒。如果我的声音不能使一切消失，那么我拍掌肯定会。或者，你就带上你愚蠢的伙伴一起行动吧，就用那虚幻的荣耀装饰我，那样，清醒的意识也会因为这玫瑰般的美好而消失——在一个鲜花怒放、风和日丽的早晨醒来，一阵狂风呼啸而过，突然之间带走了她所有的荣耀，直至一无所有，她只得在寒冬里赤身站起，她，就是乌鸦！

首领　我不知道怎么说，也不知道怎么做，他说这一切全都只是梦。我开始怀疑他们真的把他逼疯了，而现在我们也和他一起迷失了。

士兵甲　等一下，等一下，我想起来了——听我悄悄跟你说。（秘密私语）

首领　然后——然后——然后呢？哦，殿下，现在我真的不再好奇，我告诉您，之前有关的一切，包括让您眼花缭乱的场景，还有背叛等，这些全部都只是梦境。但是，此时此刻，您已经完全清醒了，您看到的所有人都可以做证，您就是货真价实的波兰王子。不仅是您看到的，还有那些以前盲目尽忠的都举起手——

士兵甲　是我，我为自己羞愧！

士兵乙　还有我！

首领　他们都立志要洗清耻辱，所以他们都要冲锋陷阵——听！

（呐喊声、鼓声）

士兵丙　我们的武装力量，殿下，对抗国王巴西利奥，就像您看到的，他们气势如虹。

首领　殿下，您听，他们意志坚定，义无反顾——为了您的王权，也为了维护在这山上不顾一切的士兵。如果您同意了，所有人都获救了，如果不是，那所有人都完了。您之前得到的权力仅仅是一个梦，如果您现在还想拥有，伟大的士兵们一定会为您拼出美好的前程。您会像在那个梦境里一样拥有一切，那时的人、宫殿，甚至时间本身，所有都只是梦——但是，现在不一样了，就像士兵们激涌前进，使您无法逃脱。接受您的士兵，把剑拿在手里，将牢固的铁链斩断，站到我们中间来，接受耀眼的光芒。如果它不够坚固的话，那就换成钢铁——

罗撒乌拉　是王子！王子！

首领　是谁在叫他？

士兵　是一个跟着我们到这儿来的侍从，现在，现在看来她不仅是侍从——

【罗撒乌拉走进来。

罗撒乌拉　哪里是——这么庄严的场面，我不能问太多，他们全副武装，都在无声地向他宣布着、暗示着。

沸弗　我亲爱的女主人——

罗撒乌拉　我的好沸弗，快到我这边来——别出声！——哦，我的主啊！从第一次您在这里看到我，这已经是第三次了。我迷路以后在这里和您相遇，您还和这些忠实的士兵在一起，这真的是一次快乐的冒险啊。我的目标和您有所关联，像现在这样，如此有气势。一切都是如此的神奇，一次偶然的机会使我们携手走到了一起。以前是您敌人的，现在却在维护您的权利，克制我的——是我本身。我知道，您身上流的皇室血液就暗示着您必须不顾自我：您不能不顾那些无辜受害者的权利，还有，您也不能不顾一个女人的声誉。这么高贵的血统，我甚至不会叫出它，直到它给我带来耻辱。因为神圣的婚约，公爵阿斯托尔福，成为俄国的王子。为了成为波兰王子，他和美丽的爱丝特蕾莉娅一起从俄国来到波兰，他爱上了她迷人的眼睛，而抛弃了他曾许下诺言的女人。我跟随着他到这里，然后就是你所见的，我被困在了岩石上面，接着又被克洛塔尔多抓走，而他，辜负了他的爱人，亏欠了我的家。那他就要尽力补偿我，直到我犯的错和他神圣的责任发生冲突。成为一个忠臣，殿下，才是他最重要的事。他把我带到法庭，在那里，第二次，我走过你走的路，在那里，我也发现了我的机会。我要把私人恩怨和国家战争融合在一起，让它在国家的战争中爆发出来，这样才能最快地复仇。

赛西斯蒙多　天啊，不要接二连三做同样的梦，我的脑袋嗡嗡作响，好像要崩溃——但是这么快、这么集中——之前的每个人、每个场景都让我感觉那是真实的，在那所谓的梦里重复着，而每一个版本都和第一次一样。我分不清哪个是哪个，每一个梦都错综复杂地交织在一起，只是它们都揭露了一个事实：梦里面的每一个人都坚称自己不是幻影，那天，我登上了人生最高峰，那个地方不再是这糟糕的铁塔。我完全清醒以后就否定了一切，我只记得那长长的人生悲剧——击鼓吧！如果这只是我能看得见的幻觉，那我要驱除这个梦，如果这是真实的，那么一场战争正在酝酿，我能做的，就是加入这场暴动。

首领　现在正是好时机，殿下，这是明显的事实，而且也是合法的复仇。克洛塔尔多已经被抓到了。

士兵们　把他带进来！把这个叛徒带进来！（克洛塔尔多被带了进来）

赛西斯蒙多　哎，克洛塔尔多，真的，正是他本人，他还是老脾气。克洛塔尔多，你一会儿向我发誓说是事实，一会儿又骗我说全是我在做梦，为什么？

克洛塔尔多　不管是清醒还是做梦，放下你的剑！这些叛徒要向君王造反。

赛西斯蒙多　（准备打克洛塔尔多）叛徒！——你自己才是叛徒！但是——冷静！——冷静!——冷静！不久前，你告诉我，不管是清醒还是做梦——我都会忘记——我的大脑不会清晰地记得，但是，我知道这是你给我的测试，让我自己去识别，疯子和睡梦中的人都不会被征服，如果做梦的人能做到，那最安全的只有舒服地醒过来——不是这样的吗？——（转向罗撒乌拉）现在不需要你来调解了，你可以看到，正如在之前的梦中——克洛塔尔多，你是最老的大臣，也是这儿唯一的叛徒，你告诉我这不是真的——给他一把剑，把他安置在通风的房间！把你的手给我，不管这一切是不是真实的，快点！克洛塔尔多，快点！——梦也是那么快——因为我害怕被梦境超过了。

（在此之后，一场战争即将发生，众人退场）

【沸弗跑进来。

沸弗　上天救救他们，上天救救他们全部。我说！——多么紧迫啊！——不管是哪一方向另外一方开枪——我要远离那疯狂的人——主人，我看见她正处于战争的交锋处、王子的身旁——老天一定要救她啊！我诚心诚意地祈祷，让他保护着她——（“嘣！嘣！嘣！”枪响声）但是对于我——他肯定不会考虑到——我要在岩石后救她，直到暴风雨席卷而来。（退场）

【争论、争吵、开战，不久之后，国王巴西利奥、阿斯托尔福、克洛塔尔多走了进来。

国王　今天真是糟糕！

阿斯托尔福　不要绝望——那些叛贼——

国王　这些叛贼会把我们击败。

克洛塔尔多　尽管这次我们输了，但那些叛贼也只赢了一次。只要您不失去信心，一切都不会太迟。现在就骑上马，赶往首都，那里是最神圣的避难所，您要亲自拯救波兰。

阿斯托尔福　是的，您知道您自己的儿子，您也见识过他的脾气。他出生就无缘无故威胁到别人。这样的罪恶就预示着他会一直这样，而且会变得很糟糕。

国王　唉，他为何要发动战争！你说他为何要发动战争，阿斯托尔福，让士兵们按高低顺序在草地上围起来。尽管这样，我只能停下看着他。我想说的是，我要停下看着他，并祈求波兰会有这样勇猛的战士做它的国王。

阿斯托尔福　另一边胜利的高呼声已经向我们侵袭而来，但是您还有机会，我的主。就按我说的做，回到战场上去鼓舞士兵，颠覆今天的命运。（开战）

沸弗　（向前跌倒，被击中）噢，我的主，救救我。

国王　尖叫什么——哦，一些可怜的人会在这个战乱中受伤，但也不至于会失去那贫贱的生命！

沸弗　我是倒霉的人，在和死神玩捉迷藏的游戏。我想，现在这里已经没有地方可以躲藏。一旦让他看到你，那所有一切将变得黑暗——你也是如此的耀眼——可是——我们都是在做梦——但是，当子弹射出的时候——上天保佑！所以告诉我的主人——女主人——（死亡）

国王　天啊！这个可怜虫的愚昧无知真是混淆了我们所谓的智慧，尽管现在死亡已经封住了他的喋喋不休的嘴，他的创伤也随着灵魂一起消失，但是，他血淋淋的舌头让我们感到这样和命运做抗争只是徒劳！（幕布里面传来声音：追上他！追上他！这边！这边！胜利属于我们——战胜巴西利奥！）

阿斯托尔福　快跑，殿下——

国王　国王是不能忍受做逃兵的命运的！

【赛西斯蒙多、罗撒乌拉、士兵等走进来。

赛西斯蒙多　国王在哪里？

国王　（瘫痪在地上）看看他——终究还是抵制不了命运，你用你的双脚把我珍贵的皇冠踩在脚下。我也不得不低下原本戴着皇冠的白发苍苍的头，绝望地为自己赎罪。

赛西斯蒙多　波兰的贵族和勇士们——你们肯定对当前不同寻常的场景感到惊骇。人们受到上天的鼓励，做了上天所暗示的事，同时上天又让英明的预言家为过去证明。天空中宝蓝色的卷册，装点着金色的字母①，那是上帝亲手写的条令。但条令没有被正确执行，对那明确的指令，人们故意误解。是他给了我生命，但他预言我是生性凶残的野兽，于是束缚我。在压抑和怠惰中，不会培养出好的性格，只会种下邪恶的种子。如今，那邪恶的种子已经生根发芽，那狂怒已经无法抑制。我要夺回原本属于我的权利，我要使这个国家更加富足昌盛。当命运成为一个人的对手时，真是不可思议！——还有，我的父皇，命运和他的部署对抗，使他悲伤沮丧。他清楚地知道，每一剑都可以伤到他，都可以刺穿他的胸膛，所以一定要好好地把握，好好地处理一切。或者，他也可以保护自己不受伤害，但是，命运绝不会因为人类的力量而改变，也绝不会因为人类的虚情假意而退缩。目睹父亲的德高望重，让我感到皇冠是如此的神圣、崇高。他不顾尊严俯伏在地上，意味着他企图想反抗不可抑制的命运。我不会抵抗，战场上的乐器声已经停止，而我和父亲的这场命定的战

---

① “金色字母”指星星。——译者注

争，我也仅是取得了口舌上的胜利。哦，我不会阻挡，我也为自己扮演的角色羞愧，现在我俯伏在您脚下，屈服在您尊贵的皇冠之下。这不仅仅是我向命运投降，更是因为，如今我又卷入背叛的命运，我该怎么赎罪？

巴西利奥　噢，赛西斯蒙多，在你身上我看到的是重新复活的你，是更加优秀的你，完全没有了自我毁灭的影子。我会臣服在你的双脚下，我会为你的智慧鞠躬，我要辞去波兰最高统治者的职务，我也会卸去这金灿灿的皇冠，这样才可以避免它被我这银白色的头玷污，才不会贬低它的荣耀。现在向敌人低头，不会有失尊严，正如世界万物，终究回归于尘土。现在，像繁星般闪亮的光环该移交给它的继承人了。（欢呼声、鼓声等）上天保佑国王赛西斯蒙多！

赛西斯蒙多　现在，对我来说，急需解决的是国民的安全问题。我如今要牵手爱丝特蕾莉娅，毁了阿斯托尔福和爱丝特蕾莉娅的婚约，阿斯托尔福也只得放弃他的王权。（欢呼声："上帝保佑爱丝特蕾莉娅，波兰女王！"）

赛西斯蒙多　（对着克洛塔尔多）你现在对国王仍有不可推卸的责任，你之前严厉地监督被囚禁在铁塔里的王子，现在起你必须严厉监督坐在王座上的国王。你的监督绝不能少于国民们，更不能少于我自己。你要永远地盯着我，倾听国民对我的判断，但是，你不能加入他们的讨论，只能听听——不久前，我在那被施了魔咒的铁塔里，在梦中恍悟以前对我的不幸预言。我认识到，要是我再一次跌入人生无穷无尽的深渊，我该怎么承受。不是暴跳如雷、怒火冲天，那样只会糟践了灵魂，相反而应该刚正不阿、仁慈怜悯、自我节制。现在你赞颂我并高呼我国王，我以为这是在我的梦中。我身处在最为华丽的地方，但灵魂却不在里面，直到我最终沉醉在这至高无上的荣耀和威严中。我现在的位置那么高、那么宽泛，甚至自己都感觉全身散发着光芒，野心勃勃。突然，一切又变成了黑暗的无底洞，我要离开这样的梦境。庄严正义的士兵们，你们一身戎装，手持发亮的武器，诸侯、王臣、勇士都抵不过你们的铜墙铁壁，你们值得我的赞赏，值得拥有荣耀。你们气宇轩昂，你们带着雄壮的使命感向我高呼，把我从黑暗的囹圄中解救出来，让我从自以为清醒的梦境中真正清醒过来。是醒是梦，让我们平凡人困惑不安。不管是现实还是梦境，现在我知道了，人生在世，荣耀也只不过是梦境，来去不定。瞬间占有的权威与荣誉，也会在睡梦苏醒时消逝。拥有再多的荣誉，也会消失。战乱过后，所有一切又消失于无形。不管一个人是扮演幻想家还是实干者，当夜晚和梦境一起消失时，黎明打破符咒，永恒的一天开始。

首领　那他们呢，殿下，对于囚禁您的人，您都给予如此高的荣誉，那么那些解救您出来的士兵呢，你要怎么奖励?

赛西斯蒙多　这样违抗圣命、背叛国家的人，不会给国家带来任何好处，当然也不能效忠王子和国王。我让你们去那座孤塔，终身看守——而且我命令你们，绝对不能活着离开。因为，你们不是一般的背叛，你们是卖国求荣的叛国者。

（全剧终）

菲德拉

Phaedra

〔法〕拉辛

主编序言

让·巴蒂斯特·拉辛，1639年12月21日出生于拉费尔泰—米隆，他和高乃依是同时代的人，比高乃依年轻，并且挑战了高乃依在法国古典悲剧中的霸主地位。他曾先后就读于博韦学院、皇家港伟大的冉森派教会学校，以及哈尔居特学院。1660年，他写了一首赞颂国王路易十四婚姻的颂诗，引起了广泛的注意。《昂朵马格》是他第一个真正伟大的、成功的戏剧作品。他的悲剧杰作包括《布里塔尼居斯》《贝蕾妮丝》《巴雅泽》《米特里达特》《依菲草涅亚》和《菲德拉》，这些作品全都创作于1669~1677年。

后来，拉辛放弃了戏剧创作，他厌倦了对手的阴谋诡计，这些人试图通过吹捧一些并不优秀的剧作家来伤害拉辛的戏剧事业。1689年，在德曼特农夫人的劝说下拉辛恢复了戏剧创作，写出了《埃斯特》和《阿达莉》，后者是他最优秀的作品，虽然这部戏剧在他1699年去世一段时间后才得到公众的认可。除了悲剧之外，拉辛还写了一部喜剧《讼棍》，这部剧里有四首非常美丽的赞美诗，讲述了皇家港的历史。

拉辛并没有试图去修改由高乃依建立的古典悲剧的写作形式。他对希腊悲剧作家的潜心钻研以及自己的审美，使他自然而然地采用了严肃而简约的形式，这也是古典悲剧的根本标志。他与前辈们最大的区别体现在他对人物性格的处理上。正如我们所看到的，高乃依作品中的主角总是以英雄般的意志抑制自己的激情，而拉辛作品中的主角总是被几乎无法控制的激情所驱动。因此，他的作品对现代读者来说更有感染力，因为它们展现出了更多人性的温暖。在台词的处理上，除了在剧中人物非常激动的情况下，人物的语言都非常简单自然。拉辛在剧中对女性角色的描写比男性的更加耀眼。

拉辛剧作的所有这些特点都在《菲德拉》里得以体现，他的这部悲剧受到了不计其数的观众的喜爱。这部戏剧取材于希腊神话[1]，但拉辛在创作时进行了艺术修改。他借用了欧里庇得斯的传说，增加了希波吕托斯对艾瑞西娅的爱，从而为菲德拉的嫉妒提供了一个合理的动机。同时，他还把在忒修斯面前诽谤他养子的人物从菲德拉改成了她的保姆，以更加符合人性。

查尔斯·艾略特

① 希腊英雄忒修斯的妻子菲德拉，听说丈夫死于战场，就向养子希波吕托斯表白自己对他的爱慕。但忒修斯突然生还，发现了自己的妻子与养子的私情，就处死了希波吕托斯。养子死后，菲德拉也服毒自尽。——译者注

剧中人物

忒修斯	埃勾斯之子，雅典国王
菲德拉	忒修斯之妻，迈诺斯与帕西法厄之女
希波吕托斯	忒修斯与亚马孙族女王安提俄珀之子
艾瑞西娅	具有雅典皇家血统的公主
伊诺尼	菲德拉的保姆
塞拉门尼斯	希波吕托斯的老师
伊斯梅娜	艾瑞西娅的闺密
帕诺佩	菲德拉的侍女
卫兵数名	

场景

伯罗奔尼撒半岛的特洛曾城

第一幕

第一场

【在王子的宫殿内，希波吕托斯与老师塞拉门尼斯交谈。

希波吕托斯　我意已决，亲爱的塞拉门尼斯，我将离开这迷人的特洛曾。撕心裂肺的痛苦折磨着我的灵魂，长久的百无聊赖又使我无地自容。父亲远去已六月有余，他遭受了些什么我不知道，也不知道在何方能找到他的身影。

塞拉门尼斯　王子，您将去何方寻找他呢？为解除您深重的忧虑，我已穿越科林斯湾两边的大海，直到冥河消失在黑暗的尽头，一路询问可曾有人见过忒修斯。我走遍了厄利斯，绕过了德纳瑞斯，一直驶入伊卡洛斯殒身的大海。有什么新的希望，又有什么有利的迹象促使您认为可以追寻他的足迹？谁知道您父王是否希望对自己的出行保密？或许，当我们正为他的安危忧心忡忡之时，这位英雄却悄悄地惹上了另一场风流，正在等待上当的美人送上门。

希波吕托斯　住嘴，亲爱的塞拉门尼斯，请尊重忒修斯。年轻时犯的错误早已烟消云散，再也没有什么值得他停留。菲德拉早已改变了他曾经的花心，她无须再去争风吃醋。我应尽我之职去寻找他，离开这个我不敢再待的地方。

塞拉门尼斯　确实如此！王子啊，您从何时开始敬畏这宁静的地方？您在无忧无虑的童年里如此地热爱过它。我常看您宁愿待在这里，以躲避雅典和宫廷的喧嚣与浮华。什么样的威胁使您脱离此地？或者我该说是什么样的悲伤？

希波吕托斯　幸福的时光已经一去不复返，一切已然改变，自从众神送菲德拉来到此地。

塞拉门尼斯　我理解您悲痛的原因，是王后使您不安，触目神伤。真是个恶毒的继母，才一相见，就把您驱赶。不过她对您的怨恨，即使没有完全消释，也已不再那么强烈。再说，一个寻死的妇人，能给您带来什么大不了的灾难？菲德拉，对所患的绝症只字不提，厌倦了生活，也厌倦了自己，能策划怎样的阴谋来陷害您？

希波吕托斯　我并不是害怕她莫名的仇恨，希波吕托斯是为了逃离另一位敌人。说白了吧，我是为了逃避年轻的艾瑞西娅，叛乱之族的唯一幸存者。

塞拉门尼斯　什么？她连您也要迫害？虽是雅典娜残暴的儿子们的妹妹，善良的她并没有参与他们的背叛。您怎能恨这样一位可爱美丽的无辜之人？

希波吕托斯　我绝不会逃离，如果我恨她的话。

塞拉门尼斯　那么，我能够知晓您逃离的意义何在吗？这还是我认识的那个骄傲的希波吕托斯吗？他不曾为任何的男欢女爱而心动，而忒修斯常常被此枷锁所牵绊，您一直藐视维纳斯，难道她现在证明了做得对的是您父王？那么，她是否将您与其他凡人安排在一起，甚至迫使您向她焚香祷告呢？您是陷入恋爱了吧？

希波吕托斯　朋友，别这样问我。从我一出生，你就对我了如指掌，熟知我的倨傲和自豪。不要耻笑我否认曾经声明的事情。生为亚马孙族人，我吸吮了母亲的乳汁，汲取了让你吃惊的野性。当我到了更成熟的年纪，理智证实了本性的意义。你忠诚于我，全心全意地侍奉我，为我讲述父王的丰功伟绩。我聚精会神地聆听你的声音，常常在听到他的崇高行为时心潮澎湃。你描述他在阿尔喀德斯离去期间，为凡界众生带去慰藉，一路屠杀怪兽，惩戒强盗，宰杀了普罗克汝斯忒斯、刻耳库翁、斯皮罗以及辛尼斯，厄比多来恩的巨兽被他碎尸万段，尸骨遍地，克利特岛依然弥漫着弥诺陶洛斯鲜血的味道。但你也讲述到他到处许下海誓山盟的诺言，这是不太光荣的事迹。他在斯巴达将年轻的海伦从她家中骗走，在萨拉米斯让珀里玻亚落下伤心的泪水。还有多少这样的真心被欺骗，连他自己都忘记了她们的姓名。被遗弃的阿里阿德涅对着岩石哀怨。最后是这位菲德拉，她得到了最多的爱。你知道听到这些我是多么的遗憾，总敦促你快些把故事讲完。如果我能将如此辉煌的历史中的污点从我的记忆里抹除，我将会感到多么的幸福。而我现在也成了爱情的奴隶，难道我也要向爱情卑躬屈膝吗？更为可鄙的是我一文不名，不像忒修斯那样功名显赫。至今尚未灭杀过任何妖魔鬼怪，我无权如他那般春意满怀。即使我内心的高傲需要谦卑，我也绝不会拜倒在艾瑞西娅的石榴裙下。哪怕我丧失理智，也不会忘记我们之间的永恒障碍。依据我父王严厉的命令，她弟兄们的血液绝不能通过她的后代得以流淌。他担心枯枝会长出新的枝芽，他要让他们的名字随着她一起埋葬，他要禁锢着她，直到她进入坟墓，婚宴的红烛永远不会为她点亮。难道我要违背我的父王去娶她，贸然激起他的愤怒，然后踏上逃跑的旅程？

塞拉门尼斯　亲爱的王子，一旦您的时候到了，众神对本应指引我们的道理将视而不见。哪怕您闭上眼睛，忒修斯也能让它们打开。他的仇恨，在您的内心激起叛逆的火焰，带给他的敌人新的魔力。归根结底，您为何要对无辜的爱情提心吊胆呢？

难道您不敢品尝它的甜蜜，只能踌躇不决、忐忑不安吗？难道您害怕在赫尔克里士游荡的地方走失吗？何人曾坚定到不被维纳斯征服？要是您的母亲对爱情嗤之以鼻，不曾对忒修斯的爱意怦然心动，哪儿还会有您这个爱神的敌人？什么使您感觉不到自己的骄傲已被影响？承认吧！一切都变了！过去一段时间经常见不到您，您兴高采烈地驾着战车沿着河岸飞驰，或者用尼普顿教授的技艺，将桀骜的战马驯得服服帖帖，在树林里不常回应我们的呼喊，深埋心里的精神负担已迷惑了您的眼睛。我怎么能怀疑您没在恋爱？您妄图掩盖这致命的心病。美丽的艾瑞西娅还没有触动您的心吗？

希波吕托斯　塞拉门尼斯，我要去寻找父亲了。

塞拉门尼斯　在您出发之前，难道不去与王后告别吗，我的王子？

希波吕托斯　我意已决，你可以转告她。不！我还是去看看她吧，我有义务这样做。但是什么新的不幸使她的心腹伊诺尼如此恼怒？

【两人退场。

第二场

【在王后的寝殿门前。希波吕托斯来向王后辞行，被王后的乳母伊诺尼拦下。

伊诺尼　唉！我的王子，有谁能像我这样悲恸欲绝？王后已命在旦夕，我夜以继日、无微不至地照看全是白费心血。未知的疾病甚至要在我的双臂之中将她夺去。她的神志已然恍恍惚惚，疲倦和不安使她从卧榻上起身，渴望呼吸外面的新鲜空气，并吩咐我不要让别人侵扰她的悲痛。她来了！

希波吕托斯　够了！她绝对不会被打扰，也不会看见让她讨厌的脸孔。

【两人退场。

第三场

【在宫殿外，王后菲德拉与乳母伊诺尼散步。

菲德拉　我们已经走得够远了。就待在这儿吧，亲爱的伊诺尼，我已经支撑不住了，必须休息一会儿。我被这许久不见的刺目阳光晃得眼花缭乱，我的膝盖在颤抖，忍不住要跌倒，唉！我怎么变成了这样！

伊诺尼　无所不能的神啊！愿我们的泪水能减轻痛苦！

菲德拉　啊！这些庸俗的首饰让我觉得压抑，这些头巾让我感到沉重。哪只多管闲事的手打的这些结，在我的额头上盘起成圈的发髻？所有这一切都图谋增加我的不幸。

伊诺尼　刚刚盼望的事情，下一刻就讨厌了。您刚刚不是厌倦了窝在家里，命令我们为您梳妆打扮出门去，忆起往昔的年轻朝气，渴望出门走一走，再看一看往日的阳光？您见到了，却头晕目眩，想要逃避您所追寻的阳光。

菲德拉　太阳神，您身为伟大的先祖，虽然现在家道中落，我的母亲，却对成为您的女儿引以为豪，看到我如此悲惨的命运，您也会羞愧难当！我这是来看您最后一眼，啊！太阳神！

伊诺尼　什么？您依然妄图寻死？难道我要离您而去，向命运屈服，接受命运的残酷，从而万念俱灰？

菲德拉　我当时应坐在森林里的树荫下！那时我能用愉悦的目光追随战车在沙场纵横驰骋，一骑绝尘。

伊诺尼　夫人，您在胡说些什么？

菲德拉　我失去理智了吗？我说了什么？我在哪儿？虚幻的希望何处躲藏？啊！神灵把我变得疯狂。伊诺尼，我觉得面红耳赤，困惑爬满了我的脸，因为我已经让你看到了悲痛的耻辱弥漫了我的双眼，虽然我也对自己恨之入骨。

伊诺尼　如果您非要觉得羞愧，那就为您的缄默惭愧吧？沉默不言只会加剧您的痛苦，拒绝我所有的关心，对我的问候不闻不问，难道您对自己毫无怜惜，就这样在风华正茂时香消玉殒？什么样的邪恶咒语耗尽了生命的源泉？黑夜已经三次遮盖了天空，您却一刻都未曾合眼，黎明已三次驱逐了黑暗，您却滴米不进，而您已弱不禁风、无精打采。您心里到底怀着什么样可怕的打算？您怎敢如此作践自己的生命，深深地冒犯赐予您生命的神灵？您要背叛忒修斯和您的婚姻誓言，还要辜负您那极其不幸的孩子，给他们的脖子套上沉重的枷锁吗？可以肯定的是，在他们失去母亲的那一天，别人的儿子将会重拾希望，他是您傲慢的仇人，家族的死敌，亚马孙人生育的儿子，我指的是希波吕托斯。

菲德拉　啊！天哪！

伊诺尼　嗬！我对他的责备使您激动！

菲德拉　不幸的女人，你的嘴里说出了谁的名字？

伊诺尼　您理应如此愤怒。幸亏这个不祥的名字能激起您的暴怒。那您就活下去！为了爱和责任。活下去！千万别让锡西厄人的儿子随意去蹂躏、践踏您的孩子，对诸神的后代颐指气使，他们都有着希腊高贵的血统。别再踌躇不决了！死亡随时可能降临，快些恢复您支离破碎的精力！趁生命之火尚未熄灭，依然能够绽放光明。

菲德拉　我已忍耐生命的罪孽和羞耻太久了！

伊诺尼　为什么？什么悔恨在啃噬您的心？什么罪行使您片刻都无法安宁？您的双手难道曾染上无辜的鲜血？

菲德拉　感谢上苍！我的双手依然纯洁无瑕，但愿我的灵魂也同双手一样清清白白！

伊诺尼　那您做了什么可怕的打算？您的心依然为它惶恐不安。

菲德拉　我说得还不够多吗？剩下的话别再让我说了。我宁愿带着满腹的忏悔死去。

伊诺尼　那您去死吧，保持这残忍的沉默，但您得找另一只手来合上您的眼睛。虽然您已命在旦夕，但我的灵魂必将比您先进入阴间。通往死亡的道路有千万条，我为您对我的隐瞒哀痛欲绝，我要选最短的那一条。您真是残忍！我对您的忠诚天地可鉴！回想一下，您还是婴儿时就躺在我的臂弯。为了您，我背井离乡，抛家弃子。您就是这样报答我的殚诚毕虑？

菲德拉　说这些辛酸的话，你指望得到什么？如果我打破沉默，你将会胆裂魂飞。

伊诺尼　不管您说什么，都不会比眼睁睁看着您死去更让我恐惧！

菲德拉　就算你知晓我犯下的罪行，我依然逃脱不了死亡的命运，只会增加我的罪孽。

伊诺尼　亲爱的夫人，看在我为您流的所有泪水的分儿上，看在我紧紧拥抱您虚弱的双膝的分儿上，消除这折磨我的忧虑吧！

菲德拉　如果你真这样想的话，那就起来吧！

伊诺尼　我听着！您说吧！

菲德拉　天哪！我该从何处讲起？

伊诺尼　先消除我的莫名恐惧吧！您对我的不信任深深伤害了我！

菲德拉　啊！维纳斯的致命敌意啊！爱情让我的母亲意乱神迷！

伊诺尼　时间会抹平一切，人们会渐渐地遗忘过去。

菲德拉　我的姐姐阿里阿德涅，她被怎样的爱情始乱终弃，被抛弃在孤寂的海岸郁郁而终！

伊诺尼　夫人，是怎样深沉的痛苦促使您这样侮辱自己的亲人？

菲德拉　这是维纳斯的旨意，这不幸家庭的遭遇让每个人都感到痛心，我也将最后一个死去，而且死状最为凄惨！

伊诺尼　您在爱吗？

菲德拉　我感受到了爱情所有的狂热和骚动。

伊诺尼　啊？对谁的爱？

菲德拉　你将要听到让你肝胆欲裂的事情。是的，我爱——一提到他的名字，我的嘴唇就止不住地颤抖。

伊诺尼　是谁？

菲德拉　你认识他，他是亚马孙族的儿子，被我压迫很长时间的人！

伊诺尼　希波吕托斯？我的老天爷啊！

菲德拉　这是你喊出来的名字！

伊诺尼　我全身的血液似乎已经冻结。啊！完了！啊！被诅咒的种族！倒霉的征程！苦难的国度！我们为何要跋山涉水踏上这片危险的土地？

菲德拉　我的心病由来已久。我刚和忒修斯许下婚姻的誓言要永结同心，就在雅典看到了我那傲慢的仇敌，我在他身上找到了幸福与安宁。我一看见他，脸色就青红交加，心烦意乱，眼前什么都看不见，连说话都结结巴巴，我如坠冰窟，浑身又似火烤。我体会到维纳斯那无边的欲火，如同我那不计其数的族人一样追逐爱情的狂热。我许下热诚的誓言，以摆脱她的折磨，为她建立神庙，精心装扮，在那里摆满祭品，以此寻回我失去的理智。但这些都毫无用处，我对他的爱情已无可救药！我白白在她的祭坛上焚香祷告。当我嘴里呼唤着女神的名字时，心里却不断地想起希波吕托斯。以至于我在祭台上为她献祭时，都不敢提起她的名字了。我到处逃避他，却在他父亲身上看到了他的影子，我的天呀！最后，我只能违背自己，奋起反抗，鼓起全部的勇气去迫害我深爱的敌人。为了驱逐他，我装成一个残酷苛刻、心胸狭窄的后母，不停地哭喊着要把他放逐，直到我将他从他父王身边赶走。伊诺尼！从他走后，我获得了重生，我的日子不像以前那样苦恼，过得清清白白。我隐藏起自己的悲伤，对丈夫言听计从，我们不幸的婚姻也获得了珍贵的结晶。但命运是残酷的！我丈夫又将他带到了这里，我再一次见到了被我驱逐的敌人，往日的伤口突然间又鲜血横流。这不再是深藏我内心的爱情，这是维纳斯在向她的猎物展示自己的威风。我知道自己的罪孽，我厌恶自己的生活，只能在恐惧中品尝爱情的滋味，我愿意用死来保持自己清白的名声，将这禁忌的爱情带入坟墓之中。但我未能抵挡住你的眼泪和恳求，向你坦白了一切。只要你考虑到我已经命在旦夕，就不要对我无端指责，使我烦忧，也不要白费力气试图从死神手中将我救起，我的生命只剩下微弱的火花。

【两人退场。

第四场

【在王后的宫殿外，侍女帕诺佩正在向菲拉德禀报国王的死讯。

帕诺佩　我很想将如此悲伤的消息对您隐瞒，但是我又不能不告诉您，夫人啊！死神已经夺去了您出类拔萃的丈夫，而您是最后一个听闻这噩耗的。

伊诺尼　帕诺佩，你说什么?

帕诺佩　王后轻信上天的许诺，祈祷忒修斯平安归来，而他的儿子希波吕托斯已从返回港口的战舰上得知了他父亲死亡的消息。

菲德拉　我的天哪！

帕诺佩　关于王位的继承，雅典分成了几派，有些人想拥立您的儿子为王，但有些人目无法纪，竟然妄图拥戴异族人的儿子。甚至听说有一伙放肆的人，想让艾瑞西娅和雅典娜的家人戴上王冠。我认为应当提醒您目前这危险的局面，希波吕托斯已经准备好动身，前往雅典为自己造势，我们要警惕无知的民众将会全部唯他马首是瞻。

伊诺尼　够了！王后听了你的这番话，绝对不会对你的及时提醒置之不理。

【二人退场。

第五场

【在王后的寝殿内，菲拉德正与伊诺尼交谈。

伊诺尼　亲爱的夫人，我不再苦口婆心地劝您要活下去，也不再唠叨要紧跟您的脚步进入坟墓，我将放弃对您的规劝，因为这飞来的不幸打破了原有的局面，我们必须采取其他的行动。夫人，忒修斯已经驾崩了，您必须找人来继承他的王位。他留下了一个儿子，如果您也死了的话，这个孩子就要成为别人的奴仆，如果您活下去，他将成为一位国王。除了您，他还能依靠谁？当他哭泣时，只有您才能擦去他的泪水。那就为他活下去，否则他那无辜的眼泪将能感动神灵，触动先祖，在他母亲头上降下滔天怒火。活下去！您的罪孽将一笔勾销。现在无人可以再指责您的感情。国王的死已经解除了您婚姻的枷锁，您的爱情不再是罪恶，也不会给您带来恐怖的后果。无须再惧怕希波吕托斯，从此以后您见到他莫再横加指责。他可能已误认为您厌恶他，也许将乘机报复，借机反叛。您去点醒他吧，柔化他冷酷无情的心，消除他的傲慢。别妄想成为这片沃土的君主，他的领地在特洛曾城。但正如他所知，根据律法您的儿子将成为密涅瓦建造和守护的这座城的主人。你们双方都有一个共同的敌人，联合起来一起对抗艾瑞西娅！

菲德拉　我听从你的忠告！我要活下去！即使人生不能再重来一次，但在这危难的时刻，对儿子的爱挽救了我这颗慨然赴死的心。

【两人退场。

第二幕

第一场

【在艾瑞西娅被囚禁的宫殿内，艾瑞西娅正与伊斯梅娜交谈。

艾瑞西娅　希波吕托斯要在这里和我见面？他想要和我道别？这是真的吗，伊斯梅娜？你确定没有搞错？

伊斯梅娜　这是忒修斯逝世后的第一个结果。准备好迎接那些被忒修斯拒之门外的人们从四面八方向您涌过来。艾瑞西娅终将成为自己命运的主宰，不久您将会发现整个希腊都要拜伏在您的脚下。

艾瑞西娅　伊斯梅娜，这难道不是毫无根据的谣言？我已不再是囚犯了吗？我没有别的敌人了吗？

伊斯梅娜　众神不再侵扰您的安宁，而且忒修斯的鬼魂已经去会见您的兄弟们了。

艾瑞西娅　可曾听到什么传闻讲他死亡的原因？

伊斯梅娜　到处散布着难以置信的谣传。有人说，他去抢夺新嫁娘，海浪吞噬了这个负心薄幸的男人。还有一种传说稳占上风，有人证实他和皮里托奥斯一起进入了地府，看到了科赛特斯河阴森的两岸，就这么血肉鲜活地出现在苍白的鬼魂面前，但他已无法离开那片黑暗的领域，不管是谁到了那里向来都有去无回。

艾瑞西娅　难道我会相信一介凡人未死之前竟然能踏入冥府阴间？什么样的魔力竟能使他战胜对地狱的恐惧？

伊斯梅娜　他已经死了，只有您一个人还在对此将信将疑。全雅典的人都在哀悼他的离去。特洛曾的民众已拥戴希波吕托斯登基为王。而菲德拉正在为她的儿子焦思苦虑，在这座宫殿里向她患难与共的朋友们咨询求助。

艾瑞西娅　你认为希波吕托斯会比他的父亲更加仁慈吗？他会取下我的锁链，同情我的不幸吗？

伊斯梅娜　小姐，我认为他会这样。

艾瑞西娅　唉！你一点都不了解他！你绝对想不到他的心到底有多么冷漠无情，以及他对女性的蔑视，他绝不会对我网开一面。他长期以来不是在回避任何一个我们常去的地方吗？

伊斯梅娜　我知道传说中骄傲的希波吕托斯是什么样子，但当他在您身旁时，我一双眼睛好奇地仔细打量，想看清这被称作冷酷无情的人的真实模样。他的行为举止与我想要印证的大相径庭。您看他的第一眼时，他就神摇魂荡，无法挪开自己的眼神，痴痴地盯着您看。用“爱”这个字眼可能会冒犯他的骄傲，但嘴里否认的事情，眼神却把它出卖了。

艾瑞西娅　亲爱的伊斯梅娜，我的心里多喜欢听你说的这些，尽管它可能只是一场镜花水月！你对我简直了如指掌，那你说说像我这样一个命运坎坷，日夜以泪洗面的不幸之人，有朝一日能够得到爱情的垂怜吗？作为皇家血统最后一位脆弱的子嗣，大地之神高贵的子孙，只有我在战火中幸存下来。我失去了六个手足兄弟，他们正值花样的年纪，却被利剑斩取首级，家族荣耀的希望也随他们而去，大地满怀悲愤地饮下它亲自创造的后代的鲜血。你知道，自他们死后，全希腊人都不准为我哀悼惋惜，唯恐妹妹的复仇火焰在她兄弟们的骨灰中重新燃起。除此之外，征服者对我满腹猜疑，严加防范，但你知道，我对此是多么不屑一顾，我对爱情向来都充满了抗拒。我常常感激国王的残暴无情，他使我对他更加的鄙视。但那时的我尚未见过他的儿子。我不只是被他的眼神所吸引，我爱他也并不是因为他的英俊和优雅，这些只是大自然慷慨的恩赐，连他自己都对这种魅力毫不在意甚至嗤之以鼻。我喜欢和欣赏他身上有他父亲那罕见的美德，却没有他的任何缺点。坦白地讲，我爱他那高贵的傲气，从未向任何风花雪月弯腰谄媚。菲德拉嫁给一个如此多情的郎君并没有什么值得炫耀，我不屑与千万人分享我的爱情，正如不想进去的地方一直开着门。但是让一个从未弯腰屈膝的人垂下他高傲的头颅，去融化他那石头般坚硬的心，让他神不知，鬼不觉地钻进爱情的圈套，然后白费力气想挣脱着甜蜜的镣铐，想一想就让我热血沸腾。我对此充满了向往，引诱大力神都比去引诱希波吕托斯更加简单，因为赫尔克里士常常为眼前的美色所迷惑，这种胜利唾手可得，不值一钱。但是，亲爱的伊斯梅娜！我是不是把一切想得太好了，他可能会毫不留情地拒绝我，到时你会看见我垂头丧气，被他打击得一败涂地之后，转而埋怨我此刻所赞赏的他的骄傲。难道他懂得爱吗？而我又有什么福气去降服他……

伊斯梅娜　他来了，你自己听听他怎么说。

第二场

【希波吕托斯上场。

希波吕托斯　小姐，在我临走之前，我不得不告诉您命运的转变。我最担心恐惧的事情已然发生，我的父王已撒手尘寰。是的，我早就预感他将不久于人世。死亡终结了他的丰功伟绩，将他带入了永世的长眠。众神最终毁灭了阿尔喀德斯的亲朋好友和继承人。我相信您对他心怀怨恨，但您不能否认他的功绩，您应该能心平气和地聆听我对他的这些赞美。有一种希望缓和了我的悲痛，我可以让您摆脱束缚。看哪！我废除了这些让我都失去了同情心的严酷法律，您可以自由支配自己，完全随心所欲。在我的封地这里，在特洛曾，我的先祖皮特修斯昔日君临之地，我现已被拥立为王，我给您自由，自此海阔凭鱼跃，天高任鸟飞！

艾瑞西娅　您的好意太伟大了，我真是受宠若惊。您的慷慨仁慈、宽阔胸襟比您为我解除的那些严刑酷法带给我更多的力量。

希波吕托斯　雅典正在为忒修斯的王位继承焦头烂额，有提您的，但立刻又有人提我，随后又有人推举菲德拉的儿子。

艾瑞西娅　王子，有人推举我？

希波吕托斯　我知道自己被一条严酷的法律排除在外——希腊齐声指责我的母亲是异族人。但是假如我的对手只有菲德拉的儿子一人，与他相比我占尽了优势，足够我越过这毫无道理的法律。但更加公平正义的理由阻挡了我前进的脚步：我要把这个位子让给您，或者更确切地说，这个位子本来就属于您，您理应加冕为王，正如从大地之神的伟大之子厄瑞克透斯手中传承一样。埃勾斯被收为养子之后继承了王权，雅典在他的守护下日益强大，然后选择了我父亲这样一位宽厚仁慈的国王，而遗忘了您那些不幸的兄弟们。现在雅典盛情邀请您重返门墙，旷日持久的纷争已使它怨声载道，它的土地上浸透了您亲人的鲜血，这些血液使田地里原有的沟壑都变成了膏腴之壤。我已经统治了特洛曾，菲德拉的儿子拥有了克里特这片富庶的领地，而雅典是您的。我将会竭尽所能消除您我之间的分歧，帮助您获得属于我这边的支持力量。

艾瑞西娅　王子啊！听到的这一切使我目瞪口呆，我害怕，我真担心这只是黄粱一梦！我真的醒着吗？我能相信这样的慷慨吗？什么神灵使您如此高义薄云？您的名望将四海远扬，流芳百世。即使这样，也难及您英名的万分之一。您要为我而成为叛国贼吗？您难道慷慨大方到绝不会恨我吗？我如此久地对您藏着敌意。

希波吕托斯　恨您？我？恨您？我强烈的自豪感被描绘成了如此不堪的模样？您认为我是恶魔转世吗？不管脾气多么残暴，仇恨多么炽烈，只要一看见您，就会变得温柔娴静。难道我能抗拒您那令人魂不守舍的魅力……

艾瑞西娅　什么？王子，您在说什么？

希波吕托斯　我已经说得太多，不能再说下去了。我小心翼翼却白费力气地抵抗着内心激情的宣泄。最终却功亏一篑，还是说出了口。那我现在索性向您表白，告诉您我心里再也隐藏不住的秘密。在您的面前站着的是一个狂妄自大的不幸者，一个需要人同情的可怜虫。我，一直以来都是爱情的死敌，嘲笑它的枷锁，鄙视它的俘虏。我同情那些海难沉船的可怜凡人，在看似安全的陆地上观察暴风雨，现在我自己也陷入了同样的命运，在烦恼的海洋里颠簸摇荡。我的勇气已在瞬间被征服，连我一向扬扬得意的骄傲也变得谦逊守礼。在过去的六个月，我满怀羞愧，充满绝望，无论走到哪里我的心都在忍受相思的折磨，我徒劳地想要逃避您，逃避我自己。看见您，我偷偷躲开；看不见您，我又总是想着您；在黑暗的森林深处，我依稀看见您那婀娜多姿的倩影；无论是黑夜的阴影，还是白日的光亮，我的眼前总是勾画出我意图逃避的倾城之美，所有的一切已把希波吕托斯变成了您的奴隶。我只能无奈地唉声叹息，我再也找不到以前的自己。曾经热爱的弓箭和标枪如今已索然寡味，战车已不知被我忘在何处，海神的教训也早被我抛诸脑后。森林里回响着我悲痛的呻吟，而不是我策马奔腾那欢快的声音。听到这番笨拙的真情告白，您可能忍不住立刻就会脸红。不管这些话语多么粗俗，但句句都是我的真心实意，我已套上枷锁，成为您的奴隶，此生不离不弃！您的明眸更应该珍视的是我献给您的浓浓爱意，而不是我嘴唇上说出的这些奇怪话语。千万不要拒绝这言不尽意的誓约，除了您，我从未对任何人承诺过。

第三场

【在艾瑞西娅的室内，几人正在交谈。塞拉门尼斯上场。

塞拉门尼斯　王子，王后来了。她让我来通报您一声，她在到处找您。

希波吕托斯　找我？

塞拉门尼斯　我不知道她找您有何用意？我只是受她之命而来。她想在您离开之前想和您谈一谈。

希波吕托斯　我和她有什么好谈的？她期待我说什么？

艾瑞西娅　尊贵的王子殿下，您可不能拒绝她的邀请，虽然您和她之间的仇恨已确定无疑，但您还是应该对她的眼泪稍加劝慰。

希波吕托斯　那我们就此分别如何？我这一走，不知道我的冒昧是否唐突了我爱慕的女神？我那诚挚的心，是否已被您接纳……

艾瑞西娅　去吧！王子。跟随您那慷慨大方的心灵所指引的方向，使雅典成为我的应许之地。您给我的所有礼物，我将一一收下，但这至高无上的王座在我眼里并不是最珍贵的礼物。

【众人退场。

第四场

【在宫外，希波吕托斯对塞拉门尼斯。

希波吕托斯　朋友，一切准备妥当了吗？但是王后要来了。去，看看船是否已准备好扬帆起航。快，速速让船员登上甲板挂上船帆。然后火速回来，将我从这让人厌恶至极的谈话中解救出来。

第五场

【在宫门外。菲德拉与伊诺尼正等希波吕托斯。希波吕托斯缓步入场。

菲德拉　（对伊诺尼）我看见他了！我的血液忘记了流动，我的舌头忘记了我找他来要说的话。

伊诺尼　想想您的儿子吧，他的希望可全部寄托在您的身上。

菲德拉　（对希波吕托斯）我听说您要离我们而去，如此匆匆忙忙。我来和您一起化解我们的悲痛，并为我那小儿乞哀告怜。他已经失去了父亲，不久之后将不得不亲眼看着母亲也离自己而去。已经有成千上万个敌人威胁着他的茁壮成长。只有您能保护他，但我的内心深处却悔恨不已，唯恐我已致使您对他的哭喊呼救充耳不闻。我担心您会把您那无可厚非的怒火发泄在他的身上，这是不久前他的母亲亲自造成的恶果。

希波吕托斯　夫人，我根本没有这种卑鄙的怨恨想法。

菲德拉　王子，哪怕您对我恨入骨髓，我也不会有丝毫怨言。我已经深深地伤害了您，但您只知道这些伤痛有多刻骨，却不明白我真正的心思。不遗余力地诱发您的敌意曾是我的目的。同一个地方无法容下我们双方，无论是在公开场合还是私下里，我都宣称自己是您的仇敌，直到大海将我们隔开，我才能平静下来不再惹是生非。我禁止任何人在我面前提起您的名字。如果您非要对这些伤害惩罚报复的话，那就只能以牙还牙、以眼还眼，女人向来都值得更多的同情怜悯，而不是您那滔天的仇恨。

希波吕托斯　做母亲的总是对自己孩子的利益体贴入微，很少有人会对上一房夫人的子女一视同仁。再婚的女人总是难免会充满各种忧虑，疑神疑鬼。换作另一个继母也会同样如此对我，或许还会更加的冷酷无情。

菲德拉　唉，王子！上天怎么就让我成为这人之常情的一个例外呢，而它却又见证着我的所作所为。这快要将我吞噬的苦恼与他人决然不同！

希波吕托斯　夫人，现在尚不是自我责备、自怨自艾的时候。您的丈夫可能还在人世，在我们的祷告恳求下，上天也许会让他平安归来。他的守护神是无所不能的尼普顿，从来不会对他的祈求无动于衷。

菲德拉　见过阴曹地府的人从没有活着从那里回来的。既然忒修斯到了那片阴沉的海岸，就别再指望上天会送他安然归来。王子，从来都没有人能在冥河的贪婪巨爪下逃离虎口。然而，我认为他并没有死，他活在您的身体里。我看见他仍然站在我的面前，我忍不住想要对他说：我的心——哦，天哪！我肯定是疯了。但我意已决，我再也无法隐藏我这如同火山般喷薄欲出的激情了。

希波吕托斯　是的，我明白爱情那诡异而神奇的魔力。忒修斯虽然已经死了，但他的音容笑貌却永远留在您的心里。您的灵魂永远为他燃烧着一片浓情蜜意。

菲德拉　是的，您说得对，我是为忒修斯盼得人憔悴，但却不是他现在在冥府的这副鬼样子，变化成千万种模样到处留情，甚至连冥王的新娘都意图染指，他已不再忠诚，骄傲甚至是有些不屑一顾，他那朝气蓬勃的魅力人人都爱慕，就像画上的神灵一样，或者说就像您这样。以前，他也有您这样的风采、眼神和谈吐，也像您这样会脸红。当他乘风破浪来到我儿时的故土克里特岛，他的英姿值得俘获米诺斯女儿们的芳心。您那时在做什么呢？为什么他在希腊到处拈花惹草，却抛下了希波吕托斯呢？唉，您那时为何如此年幼，无法登上将您父王带到克里特的那艘船呢？要不然那只怪兽将死在您的手下，不管它的洞穴多么的蜿蜒曲折。我的姐姐会为您提供线索，引导您在迷宫中走出正确的道路。哦，不不不，我必定会先她一步，爱情会启发我率先出手，将会使我及时地对您伸出援助之手，教导您通过迷宫里所有的曲径陷阱。为了心爱之人我耗尽了心血，没有任何路线能使您的情人畏缩恐惧——我宁愿自己亲自来为您带路，和您一起面对前路的艰难险阻。菲德拉会和您一起探索这迷宫，不管全身而退，还是粉身碎骨。

希波吕托斯　天哪！我听到了什么？难道您忘记了忒修斯是我的父亲，同时也是您的丈夫吗？

菲德拉　您凭什么说我已把他遗忘，不在乎自己的名声荣誉？

希波吕托斯　请原谅我，夫人。我为自己误解了您这一番清白无辜的话语感到脸红。我实在是羞愧难当，不敢再站在您的面前。我走了……

菲德拉　啊！王子，您太残忍了！您已对我的心思了如指掌。我说得如此直白，就是怕您再次误解。是的，我爱您！但是不要以为在我最深爱您的时刻，我就不会感觉到自己的罪孽。我对您的爱恋无法自拔，我的痴情早已无药可救。天理昭彰，我的罪行终究会得到报应。我对自己的憎恨远远超过了您对我的恨意。天上众神亲眼见证，你们点燃我的欲火，使我气血沸腾，你们使一个凡人的可怜心灵误入歧途，然后残酷地自鸣得意，以此为乐。王子，您是否还回忆得起过去，我总是在逃避您，甚至将您驱逐出境，妄图表现得不近人情，面目可憎。为了更好地抗拒您，我力图挑起您对我的仇恨。可这一切都是白费心思！您越是恨我，我却越是迷恋您。苦难使您让人心痛，更加惹人怜爱。我淹没在眼泪的海洋里，整日似在烈火上炙烤。您哪怕是只看我一眼，也必定会对我的话毫不怀疑。我都说了些什么？我刚刚向您吐露的这番可耻的真情告白，您可相信它们句句都是我的由衷之言？我不能抛弃我的儿子，他让我忧心如焚，我来乞求您不要对他心存怨恨。我的心里满满的全是对您的爱，除了这点小小的目的，其他别无所求！拿起您的复仇之剑，惩治我这丑恶的爱情，证明自己称得起英勇无畏的忒修斯的儿子，为这世界斩除一个寡廉鲜耻的恶魔！忒修斯的遗孀竟然爱上了他的儿子？可怕的恶魔啊！别让她从您的手上逃了。我的心就在这里。您就在这个地方刺下去。我已经为赎罪做好了准备，我感觉自己的心脏迫不及待地想迎上您的剑。来吧，击中我的要害。如果您觉得刺进如此肮脏的鲜血会玷污了您的手，或者说您觉得这样的惩罚对于平息您的仇恨过于轻描淡写，那么请把您的剑给我，不用您亲自动手。快些，给我吧。（伸手取下希波吕托斯的佩剑）

伊诺尼　夫人，您要做什么？我的老天呀！有人来了。快走，快些回去，一旦被人发现，您再也洗脱不了这场耻辱。

【塞拉门尼斯缓步入场。菲德拉与伊诺尼匆忙退场。

第六场

塞拉门尼斯　那急匆匆如漏网之鱼般逃走的可是菲德拉？您这满脸的悲伤是怎么回事？您的佩剑到哪里去了？您脸色为何如此苍白，疑惑不解？

希波吕托斯　朋友，我们赶快走吧！我从来没有如此惶恐失措、惊悸不安。菲德拉——哦，不！神啊，就让这可怕的秘密永埋心底直至腐烂。

塞拉门尼斯　如果您想走的话，船已经整装待发。但是雅典已落入了她的囊中，雅典人的领导们走访了她所有的部落，您的弟弟成功当选，菲德拉赢了。

希波吕托斯　菲德拉？

塞拉门尼斯　传令官带着雅典的委任状，已经到达此地，将统治国家的权杖交到她的手中。她的儿子即将登基为王。

希波吕托斯　神啊！你们可认识她的真实面孔？你们难道打算这样奖赏她的品行？

塞拉门尼斯　与此同时，有个微弱的谣传说忒修斯尚在人世，曾在伊庇鲁斯现过身。但是，我遍寻无果，我恐怕——

希波吕托斯　不要忽略掉任何一个细节，必须将这个谣传查个水落石出，看看它到底是真是假。我们起航前进吧，不管遇到何种艰难险阻，也要将权杖交到值得信赖的人手中。

【两人退场。

第三幕

第一场

【在王后宫中，菲德拉和伊诺尼正在商议。

菲德拉　啊！让他们把带给我的这些一文不名的荣誉拿到别处去！为何如此急迫地让我见到它们？没有任何阿谀奉承能抚慰我此刻受伤的心灵！将我深藏起来吧！我说了太多不该说的话。我的情欲就像洪水中的激流一样喷发而出，说出了永远都不应该让他听到的话。神啊！你没看到他听我说话时的样子！他总是顾左右而言他，沉闷冰冷得就像一块大理石，只想快点摆脱我！他害羞的脸红再三使我的耻辱加重！您为何要阻止我去寻死？哼！当他的剑抵住我的胸膛，他变得苍白无力了吗？他试图把剑收回去了吗？我只是轻轻地碰了一下他的剑，却足以使他肝胆俱裂、噩梦连连，似乎玷污了他拿剑的手。

伊诺尼　不要再对苦涩的失望耿耿于怀，您点燃的本就是不应存在的禁忌之火。您不觉得应该做些更崇高的事业才能配得上米诺斯那高贵的血统吗？不要再对这个逃之夭夭的恶棍念念不忘，统治这个国家吧！登上那唾手可得的王座！

菲德拉　我来统治？我能挥舞得了这帝国的权杖吗？我连自己的理智都驾驭不了！对自己的感情也失去了控制！内心耻辱的枷锁几乎使我窒息！我已不久于人世！

伊诺尼　那就走吧！

菲德拉　我离不开他。

伊诺尼　您忍心驱逐他，却不能离开他？

菲德拉　那是过去的事情。他现在已经知道了我的禁忌之恋。我已越过了礼义廉耻的界限，将自己的耻辱赤裸裸地展现在他的眼前。心底却情不自禁地燃起了希望。是你聚起了我快要溃散的力量！是你的谆谆告诫召回了我的灵魂！你苦口婆心地劝告，让我重拾生活的勇气，使我相信能够成为他的爱人！

伊诺尼　不管您将不将自己不幸的原因归咎于我，我都愿意竭尽所能拯救您！但如果您的愤怒是因被侮辱而引起，您能否原谅他的轻蔑？他的眼神是多么的残酷，一副高高在上的样子，俯视着您几乎匍匐在他的脚下！他那无礼的骄傲是多么的可恶！为什么他那时在您的眼中和我对他的看法完全不一样？

菲德拉　你所厌恶的这种傲气会随着时间慢慢改掉。他在山林中长大成人，难免带有野蛮习气，自小对残酷严厉的丛林法则耳濡目染，如今依然难以完全抛弃。他以前可能从未听人说起过爱情，他可能过于震惊以致目瞪口呆，而我做的一番表白又过于激烈。

伊诺尼　别忘了，他的母亲可是个蛮族之人。

菲德拉　虽然她是个斯基台人，但她却懂得爱情。

伊诺尼　他天生对异性深恶痛绝。

菲德拉　那就永远没有情敌能够占领他的心。你的劝告来得太晚了，伊诺尼，你是在迎合我的疯狂，而不是使我回归理性。他的心如磐石，对爱情无动于衷，那就让我们以他感兴趣之物引他开窍。看上去他似乎对炙手可热的王权意兴甚浓，他对雅典的觊觎众目昭彰，他的舰艇已经掉转了船头，所有的船帆都在和风中铆足了劲准备前行。快些替我前去勾起他的野心，许他以国君之位，使他目眩神迷。这神圣的王冠将戴在他的头上，没有什么比亲自为他系上王冠的头带更使我荣耀。他将接过我力所不及的权杖，亲自教导我的儿子怎样统治子民。他甚至可能愿意成为我儿子的父亲。他将如愿掌控这对母子。不惜一切代价都要打动他，你的话比我更能使他相信。去吧，痛苦呻吟、满面流泪也要煽动他，告诉他我马上就要死了。不要因低声下气、苦苦哀求而脸红。我将最后的希望寄托在你的身上。我就指望你对他说的话了，我的命运就看这番结果了。

【两人退场。

第二场

菲德拉　（独白）无情的维纳斯啊！您眼睁睁看着我蒙受耻辱、悲痛万分，难道我还不够谦卑吗？您怎么能残酷到这种地步？您的手段全部击中了要害，您大获全胜！您想继续赢得另一个名望吗？那就去折服希波吕托斯这个顽固的敌人吧！他对您不屑一顾，在您的怒火中泰然自若，从未在您的神坛前面弯腰屈膝。您的名字似乎辱没了他那高贵骄傲的耳朵！我们的目的是一致的——为您报仇雪恨！使他坠入爱河。唉！这是怎么了？伊诺尼，你怎么这么快就回来了？难道是因为他恨我，根本就不愿意理你？

第三场

【伊诺尼匆忙反回王后宫中。

伊诺尼　夫人，您必须扼杀这注定无望的爱情，召回您过去的美德贞操。大家误以为已驾鹤西去的国王很快将出现在您的眼前，忒修斯刚刚平安抵达，他就在这座城里。百姓们迫不及待地蜂拥至他的跟前。我奉您之命前去寻找王子，恰逢外面欢声雷动、喜气云腾。

菲德拉　我的丈夫还活着，不要再说了，伊诺尼。我坦诚的爱情是他的奇耻大辱。他还活着，别的我什么也不想知道了。

伊诺尼　什么？

菲德拉　我早就预料到了，但你就是不肯听我一言。你的眼泪战胜了我当时的悔恨。假若我死于今天早晨，众人还会为我痛苦哀悼，而听从了你的劝告，我只能在耻辱羞愧中死去。

伊诺尼　死？

菲德拉　刚正不阿的青天啊！今天我都做了些什么啊？我的丈夫快要来了，和他的儿子携手一起。我将目睹这熟知我通奸欲望之人以何种面目观看我迎接他的父亲，我的心底充满着他冷嘲热讽的叹息，我的眼里噙满着他不为所动的泪水。您想想，以他对忒修斯的尊重敬爱，他绝对会揭露我的无耻情欲。难道他会让他的父亲、尊贵的国王蒙羞？他能克制住对我的厌烦恐惧吗？即使他保持沉默也没有任何用。我知道自己的背叛，但我无法像那些肆无忌惮的弃妇一样，即使犯下滔天大罪也能问心无愧，任何时候都能神色自若。我了解自己的情欲，一切都记得清清楚楚。在我看来，这些拱形屋顶，这些冰冷石墙都能开口说话，随时准备揭发我，只等我的丈夫一出现就揭露我的不忠行为。只有死亡才能解除这不堪承受的恐惧。结束生命是如此的不幸吗？对悲痛欲绝的人来说死是最好的解脱。我唯一担心的是死后留下的名声。对于我的孩子们来说，这是多么可悲的遗产！朱庇特的血统可以使他们理直气壮地对自己来自神灵的高贵出身满怀骄傲，但一个母亲的罪孽终将成为她子孙后代的沉重枷锁。是的，我害怕他们将来得知真相，因为我的耻辱而遭受别人的冷言冷语。每当我想到这里浑身就止不住颤抖，在这残酷的诅咒下几乎粉身碎骨，他们永远也抬不起头。

伊诺尼　毫无疑问我对他们充满了同情，您的这种担心恐惧再正当不过。那么，为什么非要将他们置于这种耻辱的境地呢？为什么您非要谴责您自己呢？那样的话您就毁灭了仅存的唯一希望。人们会说菲德拉对自己的通奸行为心中有愧，以死来向她的丈夫谢罪。希波吕托斯将会为这个结果欢呼雀跃，您的死为他的指控提供了最强有力的支持。您让我如何应对他？他将会发现驳斥我的辩解是如此轻而易举，我将不得不聆听他志得意满地吹响胜利的号角向每一个张开的耳朵里灌输您的耻辱。还不如在这之前让上天降下烈火将我焚烧殆尽！不要欺骗我，坦白地说您还爱他吗？您现在究竟如何看待这个侮慢的王子？

菲德拉　在我眼里，他现在就是个可怕的魔鬼。

伊诺尼　那就不要让他如此轻易地获取胜利。您怕他？那就勇敢地先去控告他，将他欲指控您的罪名反加到他的头上。有谁能说这不是真的？所有的一切都于他不利——他的佩剑很幸运地落在了您的手里，您现在的麻烦，您过去的痛苦，您对他父亲的警告，还有在您过去的虔诚祈祷下他被放逐。

菲德拉　什么！你想让我颠倒黑白、陷害无辜？

伊诺尼　我的赤胆忠诚不需要您做任何事情，您只需保持沉默。我也像您一样心惊胆战，不情愿这样做，我甚至更愿意去死一千次，但是若不采取这个恶毒的计划我就要失去您，对我而言，您的生命高于世上的一切。我要去说，不管忒修斯再怎么暴跳如雷，最多只不过将希波吕托斯再流放一次。就算在严惩重罚时，父亲始终还是父亲，他的怒火也将随着这微不足道的处罚而得到平息。就算有人要为此洒出无辜的鲜血，也不能是您神圣庄严的荣誉，这是一个冒不起的风险。不管情况如何变化，您都必须毫不动摇，因为当我们的名誉危如累卵之时，一切都值得牺牲，包括我们的良心。咦？有人来了，是忒修斯。

菲德拉　啊！我还看见了希波吕托斯，我的毁灭清清楚楚地写在他那冷漠的眼睛里。随你的想法去做吧！我将自己的命运依托于你。我已无法自控。

第四场

【忒修斯和希波吕托斯步入王后宫中。

忒修斯　命运终于不再跟我作对，夫人，敞开您的怀抱——

菲德拉　站住别动，忒修斯！不要再亵渎这昔日甜蜜的示爱举动，我已无颜再投入您的怀抱。您受到了侮辱。在您外出期间，命运并没有放过您的妻子。我不配再承受您的深情厚爱，我只能独自一人忍受这份耻辱，从此与世隔绝。

【菲德拉和伊诺尼退场。

第五场

忒修斯　她对您父亲的迎接怎么如此古怪？这是什么意思啊？我的儿子。

希波吕托斯　只有菲德拉才能解开这个谜。但是您若能满足我卑微的期望，请再也不要让我和她见面。苦不堪言的希波吕托斯将从这个您妻子居住的家里永远消失。

忒修斯　我亲爱的儿子，你要离开我？

希波吕托斯　不是我去寻找的她，是您领着她的脚步踏上这座岛屿。陛下，您在出发之时，驾临了特洛曾，将艾瑞西娅和王后托付于我，我无微不至地护卫她们的周全。但今后还有什么事情需要我留在此处？我在无所事事的青春时代就已经展现出了足够的实力，只能百无聊赖地扫荡丛林中这些微不足道的敌人。难道我不能放弃这湮没无闻却悠闲舒适的生活，让自己的长矛染上更高贵的鲜血？您还没到我这个年纪之时，就已经不仅仅是一个君王，无数只猛兽都已在您孔武有力的拳头下簌簌发抖。您斩妖除魔，平定四方，将一切威胁到国家的危险统统扫除。远行者再也不用害怕受到伤害，听闻您的英勇事迹，连赫尔克里士也仰仗您的威名，放下武器去放松休息。而如此英勇无畏之人的儿子，至今都碌碌无为，我甚至连母亲的业绩都望尘莫及。让我展现自己的勇气，如果尚有怪兽在您的手下逃生，让我去将其灭杀，然后将这荣耀的战利品献到您的脚下；哪怕我不幸英勇死去，人们也会竖起大拇指，使我名垂青史，也向世人证明我不愧是您的儿子。

忒修斯　为什么？这究竟是怎么一回事？什么恐惧笼罩了我的家庭，使每一个人都想离我而去？如果对我的归来如此害怕，如此不欢迎，上天您为何要将我从牢笼中解救？我唯一的至交好友，被激情蒙蔽了眼睛，下定决心要将伊庇鲁斯暴君的王后抢夺到手。我为他的情欲拔刀相助，对此我追悔莫及，但命运已经迷惑了我们两个人的眼睛。我手无寸铁毫无反抗之力被暴君轻易俘虏。我满含泪水看着皮里托奥斯被抛给舔食人血的野兽，等待它残忍地张开血盆大口吞噬。而我被关押在一个阴暗的洞穴之中，深入地底，不见天日，紧挨着冥王的领地。我被羁押在那里已逾半年，上天终于起了怜悯之心，我成功逃过了看守的监视。然后我又为这个世界清理了一个恶魔，让他填了自己怪兽的口腹。但是当我满怀欣喜奔赴众神留给我的最珍贵之地，当我欣喜若狂急切盼望与亲爱的人开怀相聚时，迎接我的竟是恐惧战栗，一个拒绝我温柔的拥抱，一个急匆匆地要去远行。我不明白自己为什么能激发这样的恐惧？难道我仍然在伊庇鲁斯的囚牢中吗？菲德拉哭诉说我受到了侮辱。是谁背叛了我？说！为什么没人为我雪耻？我为希腊鞠躬尽瘁、殚精竭虑，难道它竟包庇罪犯？你怎么不回答？你是我的儿子，我最亲爱的儿子，难道你也和罪犯同流合污？我会严查此事。心头的疑虑压得我喘不过气。我要立即查明真相，抓住犯人，菲德拉也必须解释清楚她惶恐不安的缘由。

【忒修斯退场。

第六场

希波吕托斯　这番话意味着什么？为何使我感到冰冷刺骨，连血液似乎都要冻结？难道菲德拉精神错乱不打自招，不顾一切自寻毁灭？国王会怎么说？天哪！他的家人全都遭了爱情致命的荼毒！连我内心也燃烧着他痛恨反感的情火，他会发现儿子变化很多，已不再是昔日的我！心里有种不祥的预感使我惴惴不安，但是我问心无愧，又有什么值得害怕？走吧！找一个地方细细考虑怎样最好地打动父王的心，然后乞求他应允我这桩事情，但不管他如何反对我都不会放弃。

【希波吕托斯退场。

第四幕

第一场

【在国王的宫中，伊诺尼正在禀告国王。

忒修斯　啊！我听到了什么？放肆的叛徒！连他父亲的名誉都要侮辱？命运为何对我如此的残酷无情？我不知道该去往何方，也不知道我身在何处。唉！真心的付出竟换来这样的报复！胆大妄为的恶行！令人作呕的念头！为了满足他那无耻下流的欲望，这卑鄙之人竟不惜使用武力。我认得这把剑，他竟然用来发泄兽欲，我当初把剑送他是为了让他取得高贵的成就。他怎能对这神圣的血脉亲情不管不顾？菲德拉竟不忍心惩罚他，她缄口不提。难道这样就能放过这个万恶之徒？

伊诺尼　不是这样的，她这样做是为了挽救您这个不幸的父亲的颜面。应该是她的眼神点燃了他邪恶无耻的欲火，促使他犯下了令人发指的罪孽，这种羞愧使她不堪重负，差点一死了之。我看见她举起手臂欲寻短见，冲过去将她救了下来。她现在还活着，您真应该好好感谢我。我实在是对你们二人的痛苦起了恻隐之心，不惜越俎代庖为王后解释了她伤心的原因。

忒修斯　这个无耻的孽畜！怪不得他脸色苍白，原来是恐惧使他看见我时浑身发抖。我就奇怪为什么他看上去忧心如焚，他冷淡的迎接寒了我一颗满怀热情的心。那么在我将他逐出雅典以前，这几欲将他吞噬的罪恶感情已然露出苗头了吗？

伊诺尼　陛下，还记得当时王后怎样催促您驱逐他吗？是罪恶的爱情激起了她满腔的怨恨。

忒修斯　那么在特洛曾他又再次起了非分之想？

伊诺尼　陛下，我已经将一切都告诉您了。王后独自一人沉浸在悲伤中太久了，请允许我告退，前去照料她。

【伊诺尼退场。

第二场

【希波吕托斯入场。

忒修斯　啊！他来了！伟大的神啊！他那高贵的风采连任何人都能欺骗，连我对他也这样的宠爱！为何美德的神圣光辉会在一个卑鄙无耻之人的额头上闪烁？为何伪君子的人面兽心不曾露出马脚，继续道貌岸然地四处招摇撞骗？

希波吕托斯　我的父王，请允许我询问是什么悲惨不幸的愁云笼罩了您威严圣洁的面容？您愿意将这个秘密告知您的儿子吗？

忒修斯　逆子！你竟然还敢在我面前出现？孽畜！天雷为何一直没有劈死你！我清理了大地上所有的强盗恶徒，唯有你成了漏网之鱼。你残忍无耻的淫欲竟连你父亲神圣的婚姻也要玷污，我恨不得将你千刀万剐，你竟还敢来到我的面前，来到这个充满你丑事恶行的地方，而不是寻找一片不曾听闻我威名的陌生地方畏罪躲藏。滚吧！你这不孝之子！滚得远远的！不要留在这里激起我快要失去控制的愤怒，也不要试着挑战我的仇恨。养育了这样一个卑鄙肮脏的儿子，这个耻辱将会压得我永世不得翻身。除非你死了，要不然我高尚英勇的辉煌事迹也将永远黯然无色。滚吧！要不然我就立刻将你惩办，让你成为又一个被我亲手处决的罪犯，抬头看看正照耀在我们头上的太阳，永远不要再让我看见你踏上这阳光普照的地方。我再重复一遍：滚吧，快些滚吧，永远都不要再回来，我要在所有的领地洗净你邪恶的痕迹。伟大的海神！伟大的尼普顿！我在呼唤您，昔日我为您清除了两岸横行无忌的流寇盗匪，您曾承诺要报答我的功劳，这是我头一次祈祷，万望您慨然允诺。即使我身陷囹圄时日长久，也不曾祈求您雷霆万钧的力量助我脱困，我打算将您这珍贵无比的承诺用在我最需要的时候。这个时刻已经来了，我恳请您的帮助！为一个悲惨不幸的父亲报仇！我将这个逆子交由您处置，以鲜血浇灭他卑劣无耻的欲望之火，忒修斯将从您的愤怒中判断您对承诺的履行程度。

希波吕托斯　菲德拉竟然控告我犯下这不伦之恋！这极端的恐惧使我的灵魂都战栗发抖，如此多意想不到的打击纷至沓来，使我神情恍惚，哑口无言。

忒修斯　孽畜！你以为菲德拉胆小沉默就能掩盖得了你的无耻罪行？你逃离的时候不该落下你的剑，她手中拿着这把剑就是你兽行的最好证明，或者你真该一不做，二不休，直接把她杀了，这样就神不知，鬼不觉了。

希波吕托斯　我对如此颠倒黑白的谎言实在是满腔悲愤，只有讲明真相我才可能获得宽恕，尽管会冒犯您的威严，损害您的荣誉。之前为了维护您的尊严我只字未提，也不希望增加您的悲痛苦恼，仔细地想一想我的过往、我的德行操守，弥天大罪从来都不是一蹴而就，它们总是由以前的小过失酝酿而成。那些犯过小错误的人最终可能触犯全人类认为最神圣的一切。邪恶也如同美德一样，是一个由轻到重的累积过程，从未有人见过清白无辜能在一瞬间跌入罪恶的最深谷。一个品德高尚之人不可能转瞬之间就背信弃义，变成杀人犯或是乱伦的浑蛋。高尚贞洁的母亲将我抚养成人，我未曾做任何亏心之事玷污我这般出身。皮特修斯的智慧为世人所敬仰，在我离开母亲怀抱后由他亲自对我屈尊教导。我并不是想吹嘘自己的优良品性，如果我能对某个品德有所要求的话，我认为除开我所展示的这一切，那就是对指控我的那些无端罪名深恶痛绝。希波吕托斯因为这一点而在希腊全国闻名，他过于自制以致被当作冷酷无情。任何人都知道我那顽固不化的禁欲行为，连白天的阳光都没有我的心灵纯洁。您说，我怎么可能点燃这禁忌之火？

忒修斯　是啊，你这懦夫！正是这种骄傲使你受到谴责。我明白了你冷漠克制的可恶原因——菲德拉已完全迷住了你那双无耻的眼睛，你的心对其他人再也无动于衷，你对光明正大的爱情已经不屑一顾。

希波吕托斯　不，父亲，我是将爱情隐藏得太久了，我的心从未对神圣的爱情有丝毫蔑视。我要跪在您的脚下向您坦露我真正的罪行——我真的恋爱了，而且您绝不会赞成，我为艾瑞西娅神魂颠倒，雅典娜的孩子俘获了您儿子的心。我违背了您的法令，我爱她，为她哀婉叹息、魂不守舍。

忒修斯　你爱她？天哪！不！这一定是你的阴谋诡计。你想捏造一个罪行为自己辩护！

希波吕托斯　陛下，我已经逃避她六个月了，但依然爱着她。我胆战心惊地来到您的跟前，就是为了向您坦白此事。没有什么能使您相信您犯了一个错误吗？什么样的誓言才能打消您的疑虑？我可以对苍天、大地、自然万物的生灵起誓……

忒修斯　恶人从来都不害怕发誓，快停下来，不要再让我听到这些令人厌恶的誓言，你败坏的道德再也找不到其他有利的辩护。

希波吕托斯　尽管在您看来这些都是弄虚作假，但菲德拉的心底知道我说的话都是真的。

忒修斯　啊！你的厚颜无耻真让我怒火冲天！

希波吕托斯　您打算什么时候将我流放？流放到什么地方？

忒修斯　即使你滚出阿尔喀德斯的石柱，我依然觉得你的肮脏无耻离我太近。

希波吕托斯　还有什么朋友会同情怜悯我？如果您认为我犯下如此丑陋邪恶的罪行并将我驱逐？

忒修斯　滚吧！去寻找你那些狐朋狗友，以通奸为荣，以乱伦为傲，这群沉浸于恶行的卑劣无耻之徒，恰好为你这样的无赖流氓提供合适的庇护。

希波吕托斯　您不停地污蔑我乱伦和通奸，我对此保持沉默。请您想一想，菲德拉有个什么样的母亲？您心里很清楚她的血液里流淌着这些恐怖的污点，而不是我的。

忒修斯　你说什么？难道愤怒已经冲昏了你的头脑，你要在我的眼前横行无忌吗？最后一次提醒你——滚出我的视线！从此以后别再回来，孽畜！不要等到一个怒火中烧的父亲不留情面地将你从这里赶出去。

【希波吕托斯退场。

第三场

忒修斯　万恶的逆子！你终将在劫难逃。尼普顿对冥河发誓要兑现他的诺言，这是连众神都要惊恐万分的誓言。你不可能逃脱他的报复。我曾经深爱过你，即使你现在罪孽深重，我心里依然为你痛苦惋惜。但你的罪行实在是天理难容，何曾有父亲像这样怒火滔天？公正的神灵呀！悲伤痛苦快要将我吞噬，我到底造了什么孽？竟然生了这样一个混账儿子？

第四场

【菲德拉入场。

菲德拉　我的陛下，我满怀恐惧来到您跟前。您愤怒的声音冲破云霄，惊破我的耳朵，而我更加害怕的是您将这些怒火变成现实。啊！如果还来得及的话，请饶了您的亲生骨肉。我恳切地请求您看重自己的家族和血统。莫再让我听见这犹如来自地狱的血腥吼声，不要让我导致一个父亲双手染上了自己儿子的鲜血，这会使我一辈子都寝食难安、痛不欲生。

忒修斯　不，夫人，我的手绝不会遭到玷污，但这并不意味着我就这么放过了这个逆子。有位神灵将会亲手将他毁灭，尼普顿欠我一个天大的人情，他将为您报仇雪恨。

菲德拉　欠您一个人情？您在愤怒中乞求他……

忒修斯　不要担心他们会失手。您还是和我一起祈祷吧。如实地描述他邪恶无耻的罪行，彻底激起我这后知后觉的怒火。但您并不知晓他全部的恶行，他对您满怀怨恨，肆无忌惮地污蔑中伤，他说您满口都是谎言，他还说自己为艾瑞西娅神魂颠倒，他的心里只爱她。

菲德拉　艾瑞西娅？

忒修斯　对，他当着我的面说的！多么蹩脚的借口！我怎么可能被这种伎俩所欺骗！让我们期待尼普顿早日将他绳之以法。我马上亲自去他的神坛献祭，敦促他早日兑现自己的誓言。

【忒修斯退场。

第五场

菲德拉　啊！他被赶走了！这是多么令我心痛的消息！被扼杀了一半的情欲之火又在我心里复燃！犹如五雷轰顶，我几乎不能呼吸！懊恼悔恨折磨着我，使我永世不得安宁，我要挣脱伊诺尼的怀抱，飞向希波吕托斯的身旁，尽心竭力去帮助他。谁知道这种悔恨交加会将我折磨到何种境地？也许我会坦白一切。当时我的声音如果不是因为耻辱而哽咽，或许我已经供认了那令人丧胆亡魂的真相。原来希波吕托斯心里是有爱情的，但却不是对我！艾瑞西娅俘获了他的心，赢得了他的海誓山盟。天哪！他对我所有的叹息和泪水充耳不闻，他眼里总是充满嘲讽，眉头紧蹙，我以为他的心是一座坚不可摧的爱情堡垒，我的满腹情意永远攻不破他的心门。谁知另一个女人竟已先拔头筹，成功驯服了他的骄傲，获得了他的爱情。或许他有一颗容易动情的心，只是对我一个人无动于衷！那么我还要牺牲自己去为他恢复名声吗？

第六场

【在王后的宫中，菲德拉和伊诺尼交谈。

菲德拉　亲爱的奶娘，你知道我刚听到了什么？

伊诺尼　不知道。但是坦白地说，我四肢战栗地来到这里。我为您出门的目的忧心忡忡，您致命的疯狂使我惊骇得苍白无力。

菲德拉　奶娘，有谁能想到？我竟然有一个情敌。

伊诺尼　情敌？

菲德拉　是的，他爱着别人，我对此毫不怀疑。这野性不改难以驯服的希波吕托斯，对我的爱慕之情嗤之以鼻，对我的哀怨叹息麻木不仁，这头我不敢轻易掠其锋芒的猛虎，如今已抛弃了自己的骄傲，匍匐在另一个女人的膝下摇尾乞怜，艾瑞西娅叩开了他尘封的心门。

伊诺尼　艾瑞西娅？

菲德拉　是啊！这真使我的痛苦雪上加霜！还有什么别的折磨在等着我？我所经受的一切，情感的波折、渴望和恐惧、令人心惊肉跳的悔恨，以及被人傲慢拒绝所遭受的耻辱，所有这些只是我眼前痛苦折磨的微弱前奏。他们彼此相爱！他们究竟是通过什么秘密的途径欺骗了我的眼睛？他们在哪里相遇的？

他们何时见面的？又是怎样相见的呢？你肯定全都知道。为何就我一人蒙在鼓里？你从未把他们偷情幽会的事情告诉我。有人看见他们经常在一起交谈吗？他们是在莽莽森林的幽暗深处约会吗？唉！他们相见一面是如此自由随意。上天也赞成了他们的爱情，他们热烈相爱不会受到良心的谴责。每天早晨照在他们身上的阳光也清新纯净，而我惨被这世间无情地抛弃，只能躲避白天的明媚阳光，隐藏自己。我只敢乞求死神的帮助，只有走进坟墓我才能获得解脱。倘若以泪洗面，满脸怨恨，任谁都能一眼看出我的悲痛困恼。我不敢毫无节制地伤心流泪，我提心吊胆品尝着这危险的慰藉，在平静的面容下掩藏我蚀骨的恐惧，还得常常收起泪水，强颜欢笑。

伊诺尼　他们愚蠢的爱情能有什么结果？他们将再也见不到对方了。

菲德拉　但是他们的爱情会天长地久。即使在我说话的此刻，啊！令人窒息的想法，他们一定在嘲笑、蔑视我心烦意乱的疯狂。尽管希波吕托斯的流放很快会使他们分开，但他们的海誓山盟却让心灵紧密联系在一起。他们的幸福使我痛苦发狂，伊诺尼，这是对我赤裸裸的侮辱！我渴望你的同情。艾瑞西娅必须灭亡。必须激起我丈夫对他厌恶的血统的愤怒，一把怒火将她烧成灰烬。我妒火中烧，一定设法恳求他这样做。我在说什么？我疯了吗？菲德拉嫉妒得失去理智了吗？她要去乞求忒修斯的帮忙？我的丈夫还活着，我心里却为他人燃烧着情欲之火。为了谁？我的一片心意都是为了谁？我说的每一句话都令自己毛骨悚然。罪恶从此突破了我所有的底线。虚伪和乱伦自此融入了我的呼吸。我凶残的双手已做好准备沾染清白无辜的鲜血。难道我还活着？我罪孽深重，万死莫赎，怎敢再去面对我的祖先神圣的太阳神？我的祖先曾是众神之主；我的先辈们遍布寰宇。我能躲到哪里去？难道要躲进冥王的黑暗领域？但我父亲手持威力无穷的骨灰瓮，他的手做出不可更改的最终审判，因为米诺斯是地狱中所有鬼魂的审判官。啊！当他看见自己的女儿被带到他的面前，他的愤怒将会是多么让人不寒而栗！而我将被迫供认出那些连地狱里都闻所未闻的丑陋罪行！看到这悲惨可怕的一幕，您会说些什么，我的父亲大人？我相信您会怒不可遏地连骨灰瓮也摔了，然后寻找一种更加惨绝人寰的酷刑，亲自动手为我行刑。饶了我吧！一个残酷的女神已经摧毁了你的种族，我在疯狂错乱中终于看清了她的愤怒和仇恨。唉！犯下这可怕的无耻罪行，我的心却未曾获得一刻的欢愉，耻辱将伴随我走进坟墓，我将在苦痛的折磨中结束这一生。

伊诺尼　啊！夫人，祈祷可解除毫无来由的恐惧，不要将这情有可原的错误看得过于严重。您是恋爱了，但我们不能支配命运，您只是被命中注定的魅力所吸引。难道这是前无古人的奇异之事吗？难道爱情仅仅征服了您一个人吗？人类天生就有弱点，凡人的命运自有天注定。您所愤怒反抗的枷锁，他人其实早已在忍受。即使是奥林匹斯山上的居民，就连诸神自己，虽然害怕沾上凡人的罪恶，却也时常燃着非分的欲火。

菲德拉　我听到的都是些什么话？你胆敢又给我出这些馊主意！你是不是最终会往我的耳朵里灌毒药？你已经毁了我。我要你把我送回过去，我真不该在那天出现，听信你的谗言忘掉自己的本分去和希波吕托斯见面，这样一切都可避免。你都做了些什么？为什么你满是谎言的恶毒之口要谋杀他清白无辜的生命？也许你已经杀害了他，他冷漠无情的父亲许下的恶毒愿望可能已经得到了回应。不，一个字都不要再说了！去吧，可怕的魔鬼，快点走开，将我交给这可怜的命运。愿公正的上天给你应有的报应！希望对你的惩罚能够永远地警醒所有像你这类的人，用巧妙的诡计对公子王孙们的弱点曲意逢迎，对他们内心的欲望阿谀奉承，最终走向毁灭的边缘，为他们铺平了犯罪的道路。这些马屁精真是上天的怒火，赠送给君王们最致命的礼物。

伊诺尼　（独白）啊！天哪！为了侍奉她，我无所不做，这就是我应该得到的报答？

【伊诺尼投海。

第五幕

第一场

【在艾瑞西娅的禁宫内，希波吕托斯正与之交谈。

艾瑞西娅　您怎么能对这要命的诬陷缄口不言？您的父亲爱着您，难道您要让他就这样蒙在鼓里？如果您狠心对我的眼泪无动于衷，再也不想见到我了，那就走吧，离开可怜的艾瑞西娅。但在走的时候，您至少要确保生命的安全。不要让无耻的诋毁玷污您的荣誉，去恳求您的父亲收回他向神灵许下的誓言，现在还有时间。为何要这样不明不白地离开，任菲德拉将您随意地污蔑中伤？一定要让忒修斯知道事情的真相。

希波吕托斯　我还有什么好说的？难道我要将这可怕的丑事搅得众人皆知？我怎敢冒险揭露这一切，让一个父亲蒙受耻辱，从此无脸见人？这丑恶的秘闻只有您一人知晓。除了您和苍天，我未曾向任何人吐露这桩恐怖的秘密。我对您的爱全心全意，哪怕我连自己都要隐瞒，却无法对您有任何欺骗。但要记住我说的都是绝对的秘密。如果可能的话，请忘掉我说的一切，绝不要让您纯洁的嘴泄露这丑陋可怕的秘密。让我们相信上天会为我洗刷罪名，因为众神最是公平正义，为了他们自己的名誉，也不会眼睁睁看我蒙受冤屈。菲德拉迟早要为她的罪行受到惩罚，她将无法逃脱应得的耻辱，遗臭万年。我对您别无他求，只希望您对此事保持沉默，其他一切我都任您处置。您也逃离这座囚牢吧，勇敢地和我一起奔赴他地，不要还在这片肮脏恶心的土地上逗留，美德在这里都散发出腐臭的气息。我的丑事已经引起了宫廷的混乱，恰好为您的出逃创造了有利的条件。逃跑的诸般手段已准备就绪，万无一失。迄今为止，看守您的都是我的贴心侍卫。正义的捍卫者会为我们辩护，阿尔戈斯张开了热情的怀抱，斯巴达也伸出了热情的双手。让我们到朋友那里去寻求正义，远离菲德拉的迫害，她休想把我们俩赶尽杀绝，将我们从王座上赶下来，让她的儿子登上这窃来的王位。抓住这千载难逢的好机会。什么恐惧使您止步不前？您看上去犹豫不决。我如此大胆、冒昧只是因为我一心一意为您考虑。我一片热情似火，为何您却像千年寒冰？难道您害怕跟随一个流放之人浪迹天涯？

艾瑞西娅　不！这样的流放对我来说是多么的弥足珍贵！我的命运由此和您连接在一起，这让我觉得何等的欣喜！如果全世界都将我遗忘，我还怎样活下去？但是我们还没有许下神圣的婚誓。我怎么能就这样和您私奔？我知道严酷的法令禁止我逃脱您父亲的手掌，获得自由。这不是在自己家里，只有反抗暴君的逃离才称得上名正言顺。但是王子，您爱我，我更不能毁坏自己的名誉。

希波吕托斯　不，不，您的名誉对我来说同样珍贵无比。一个崇高的目的将我带到您的跟前。逃离您的敌人，和丈夫一起远走高飞。上天降下这些灾难到我们头上，使我们不再受到世俗婚姻形式的羁绊。不一定非要点上喜烛才能称得上婚礼。在特洛曾的大门外，古老的坟墓中埋葬着我的祖辈先贤，矗立着一座发伪誓的人绝不敢靠近的神殿，无人敢在此处发假誓，因为这些誓言会立刻应验。说谎之人明白没有什么比这个地方更能检验誓言，他们的后果将是难逃一死。如果您同意，我们就去那儿许下海誓山盟，让守护神见证我们庄严神圣的誓言，恳请他代为行使父亲的职权。我将以所有最圣洁的神灵之名起誓，对着纯洁的狄安娜，对着众神的皇后，对着所有明白我心的神明，他们都将证明我神圣的誓言至死不渝！

艾瑞西娅　国王来了。快走，不要再迟疑！为了掩饰我的出逃，我还要在此处稍作停留。您走吧！给我留下几个忠诚可靠的侍卫，让他们将我胆怯的脚步引领至您的身旁。

【希波吕托斯匆忙退场。

第二场

【忒修斯上场。

忒修斯　众神在上！请为我迷茫的心灵指引方向，让我在这里找到我所寻求的真相。

艾瑞西娅　（对一旁的伊斯梅娜悄悄说）亲爱的伊斯梅娜，快去为我们的逃跑做好准备。

第三场

忒修斯　您的脸色忽红忽白，看起来充满犹豫困惑。小姐，我的儿子找您所为何事？

艾瑞西娅　陛下，他来同我永别。

忒修斯　您美丽的眼睛似乎能驯服他顽固的骄傲，他平生第一次的哀怨叹息献给了您。

艾瑞西娅　我无法否认事实，陛下，他丝毫没有继承您的仇恨和不公，他不像对待罪犯那样对待我。

忒修斯　不用说，他肯定向您许下了天长地久的誓约。千万不要相信他那颗朝三暮四的心，因为他向别人也许下过海誓山盟。

艾瑞西娅　他？陛下？

忒修斯　您真应该阻止他这样到处拈花惹草。您怎能接受如此见异思迁的恶棍？

艾瑞西娅　那您怎能忍受如此恶毒的诽谤，将一个纯洁无瑕的生命玷污中伤？难道您对他的心一点都不了解？难道您无法辨别罪恶与清白？什么样的迷雾遮挡了您的双眼，竟对他如此显而易见的美德视若无睹？啊！他遭受的污蔑真如过江之鲫，不堪重负。陛下，您会后悔的，快收回您那残忍的誓愿。当心严厉的上天聆听了您的祷告并将它实现，借此报复对您的深仇宿怨。神灵往往在愤怒中接受我们献上的牺牲，却用他们的礼物对我们施以严惩。

忒修斯　住口，别再妄图掩盖他的罪行。爱情已经蒙蔽了您的双眼，看不见他的邪恶，但我有不容抵赖的如山铁证。我看到了眼泪，真实的眼泪，使我确信无疑。

艾瑞西娅　当心，我的陛下！您威武雄壮的双手为这世界清理了不计其数的妖魔怪兽。但并不是所有的恶魔都毁灭殆尽，还有一个在您的手下苟延残喘。您的儿子不肯让我说出来。他依然对您心虔志诚，恭敬有加，一旦我泄露这个秘闻，他知道后定当悲痛欲绝。我当效仿他的谨严守礼，为保持这个秘密，离您远行。

【众人退场。

第四场

【在国王宫中，忒修斯独自一人。

忒修斯　她脑袋里到底在想什么？她欲言又止究竟是什么意思？难道他们俩打着无用的幌子想将我欺骗？难道他们俩沆瀣一气密谋混淆我的视听？然而在我这严酷冷峻的面容下，内心深处为何有个哀怨的声音在如泣如诉？莫名的怜悯之情困扰着我，使我心烦意乱，我必须再找伊诺尼印证一下，将这桩丑事搞个水落石出。侍卫！带伊诺尼前来，就她一个人。

第五场

【国后的侍女帕诺佩入场。

帕诺佩　我不知道王后打算做什么，但从她魂不守舍的样子来看恐怕凶多吉少。她的面容布满深深的绝望，似乎万念俱灰，她的脸庞已爬上了死亡的苍白。伊诺尼满怀羞耻，被王后扫地出门，已纵身葬入深海。没有人知道是什么原因导致她如此轻生，惊涛骇浪现在已将她从我们身边永远带走了。

忒修斯　你说什么？

帕诺佩　她悲惨的命运似乎在王后狂乱的灵魂上火上浇油。有时为了抚慰她那不为人知的痛苦，她把孩子抱到跟前，她的泪水几乎将孩子淹没，而突然之间，她又忘记了自己的母爱，满脸惊恐地将孩子远远推开。她神思不属地四处徘徊，空洞的眼睛已认不出我们。她写了三次信，次次都改变了主意，刚刚开好头就把它们撕了个粉碎。去看看她吧，陛下，请您救救她。

忒修斯　天哪！伊诺尼死了？菲德拉马上也要步她的后尘？哦！快把我的儿子召回来！让他为自己辩护，我已准备好认真聆听。千万不要急着偿还您致命的恩情，尼普顿，但愿您尚未听到我祈祷的誓言。我太早举起了这双残忍的手，轻易地相信了可能是谎言的指控！啊！可别产生什么令人绝望的后果！

【帕诺佩匆忙退场。

第六场

【塞拉门尼斯快步入场。

忒修斯　塞拉门尼斯，是您吗？我的儿子在哪儿？他还是个幼童时，我就将他交由您指导照顾。但是您为何此刻泪流满面？我的儿子究竟怎么样了？

塞拉门尼斯　您关心得太晚了！您的慈爱已毫无用处！希波吕托斯已经死了！

忒修斯　天哪！

塞拉门尼斯　我看见人世间的花朵全部枯萎凋零，就算冒犯您我也要讲，他死得冤屈。

忒修斯　什么？我的儿子真的死了？我已张开了手臂准备迎接他，为何上天要如此迫不及待地结束他的生命。这当真是晴天霹雳！

塞拉门尼斯　我们刚刚走出特洛曾的大门，希波吕托斯坐在战车里，沉默不语，他的侍卫们垂头丧气，也默然无语，静静守护在他周围。他将战马掉头驶向通往迈锡尼的道路，然后陷入了沉思当中，任由缰绳随意地散落在马背上。这些高贵的骏马以往一听到他的声音，就热情似火，撒蹄飞奔，如今也无精打采低垂着头，眼神里满是忧愁，似乎懂得主人的悲伤，要与之同甘共苦。一只恐怖的眼睛从地底爬了上来，突如其来的吼叫撕裂了周围不安的空气，然后从地心又传来一声巨大的呼啸，与前面那可怕的叫声遥相呼应。我们被吓得亡魂皆冒，血液似乎都已冻结，战马惊骇得一动不动，鬃毛根根竖立，就在这时，漫无边际的海面上升起了一座巍峨的山峰，翻腾起一个巨大无比的泡沫状狂涛怒浪，向着岸边滚滚而来，泡沫破灭之后在我们眼前吐出一头瞋目裂眦的怪兽。额头上长着令人不寒而栗的犄角，全身上下覆盖着黄色的鳞甲，前看像一头野蛮残忍的公牛，后看像一条目眦尽裂不停翻转的夔龙。它绵延不绝的咆哮连海岸都忍不住发抖，天空似乎畏惧害怕不敢见它，大地在恐惧中颤抖，空气也染上了它有毒的气息，就连带它而来的海浪也惊恐地退缩。所有人都唯恐避之不及，早忘掉了毫无用处的勇气，冲到附近的庙宇里躲避。只有英勇无畏的希波吕托斯，真不愧是英雄的儿子，稳坐在战马上，握紧标枪，奋勇向前冲去，在怪兽的肋腹上刺了一个深不见底的伤口。疼痛使它恼羞成怒，不顾一切冲到了马匹脚下，怒吼着跌倒了，在灰尘中痛苦地扭动，张开了暴怒的喉咙，烈火、鲜血和烟雾瞬间包裹了战马。恐惧使它们不听使唤，对王子的呵斥充耳不闻，拉扯缰绳也无济于事，它们拼了命地向前逃离。主人白白在它们身上浪费力气，每匹骏马都口吐血沫，鲜血染红了马嚼。有人说在这场野蛮血腥的混乱中，看见一个神灵用力地刺战马的两肋。战马惊恐地在怪石嶙峋中横冲乱撞，车轴不堪负荷，很快就被撞碎。坚忍不拔的希波吕托斯眼看自己的战车破裂开来，化作碎片四处飞散。他跌落下来，却被缰绳缠住。请原谅我的悲痛，这残酷的场面令我老泪纵横，让我永远心碎神伤。陛下，我眼看您不幸的儿子，被自己亲手饲养的战马拖曳着，无力控制它们暴躁地四处狂奔，他怒声喝斥，却使它们更加恐惧害怕，很快他全身就遍布伤口，血肉模糊。惨绝人寰的哀号在原野上四处飘荡。骏马最终放缓了奔驰的脚步，慢慢地停了下来，不远处就是成群的古墓，那里葬着他英勇高贵的先贤列祖。我心痛欲裂向他奔去，他的侍卫紧跟着我，我们沿着被他鲜血染红的崎岖小道，路边的岩石也变得赤红，荆棘丛中悬挂着他的缕缕头发，鲜血淋漓！我跑到他的跟前，深情将他呼唤。他无力地伸出手，勉强睁开生机已失的双眼，马上又合上了。我听见他微弱地说："神灵夺去了我清白无辜的生命。在我死后，替我照顾伤痛欲绝的艾瑞西娅。亲爱的朋友，如果某天我的父亲幡然醒悟，为他儿子负屈衔冤的命运哀悼惋惜。为了安息我的在天之灵，告诉他一定要善待他的囚徒艾瑞西娅，要恢复她……”话未讲完，这位英雄就停止了呼吸，我的怀抱中空留一具千疮百孔的尸体，多么可怜的人啊！在上天的怒火中慨然赴死，尸身如此的面目全非，连他的亲生父亲都认不出。

忒修斯　哎呀！我的儿啊！我此生万念俱灰！无情的上天您对我实在是太好了！我将在怎样的痛苦和懊悔中度过这残生！

塞拉门尼斯　在那个时刻，艾瑞西娅逃脱了您的囚禁，满怀羞怯地跑过来，以众神之名起誓，欲成为您儿子的妻子。当她走近一看，青草全被鲜血染成了红色，散发着浓浓的血腥气，她肝肠寸断地看见希波吕托斯毫无血色地躺在那里，面容全非。但她一时还不肯相信这飞来的不幸，似乎认不出她所爱慕的英雄，她茫然四顾，痴痴问道：“希波吕托斯在哪儿？”最终徒然地发现她心爱的人就躺在身前，她泣如雨下，无声地谴责残忍的神明，她全身发抖，痛苦哀号，突然在他的脚下昏厥，生机全无。伊斯梅娜泪如泉涌，跪倒在她身旁，苦苦哀求她能苏醒过来，即使活过来，这条生命除了痛苦已别无他物。我发现这世界了无生趣，特意前来履行英雄交给我的使命，告诉您他的临终请求，这是一个悲壮的任务。哦！他的死敌朝这边走了过来。

【菲德拉扶着帕诺佩入场。塞拉门尼斯退场。

第七场

忒修斯　夫人，您赢了！我的儿子已经一命呜呼！唉！一切都没有了挽回的余地！我曾满腹疑虑，是不是错误地指责他犯了子虚乌有的罪名！但他已经死了，您收下这残忍的战利品吧！不管他是否死得其所，您就心花怒放吧！我的眼睛已经永远地瞎了，您诬蔑他的时候，我竟然马上就相信他有罪。每每想到他含冤而死，我的泪水就止不住地往下流。我已不想再对这件丑事追根究底，无论怎样也救不回他的生命，只会使我更加的伤痛欲绝。我将远离这座岛屿，远离您，儿子的怨灵在这里的一草一木上浮现，让我痛彻心扉，连灵魂都要失控。我从此将与世隔绝，隐匿江湖，整个世界似乎都在厉声谴责我，过去的辉煌荣耀使我今日的罪孽更加沉重。假如我的赫赫威名不曾远扬，我会更加容易把自己隐藏。我对众神的关爱照顾充满哀痛和悔恨，从此以后永不会向他们祈祷恳求。无论他们再怎么恩赐，也弥补不了他们从我这里拿走的东西。

菲德拉　忒修斯，我实在听不下去了，我要吐露真相，我必须恢复他被污蔑的名声，您的儿子是清白无辜的。

忒修斯　多么不幸的父亲！就是听信了您的谎言，我才将他惩罚！您以为您如此的残忍能够得到原谅？

菲德拉　此刻我的时间非常宝贵，认真听我讲，忒修斯。是我将邪恶无耻的目光投向了纯洁善良的希波吕托斯。上天激起了我心中乱伦的情欲，卑鄙的伊诺尼狡猾地在一旁煽风点火。她害怕希波吕托斯得知我的禁忌之恋后，会将这令他恐惧的丑闻宣之于众，她利用了我的软弱，赶紧到您跟前将他反咬一口。她已为此遭到了报应，尽管报应太轻，为了躲避我的愤怒，她纵身跳入大海。我本打算一剑结束我这罪恶的生命，但被我污蔑的清白在我的心底呐喊，我决定以一种更有意义的方式死去，到您跟前忏悔，揭露事情的真相。由美狄亚亲自带到雅典的毒药，此刻正在我的血管肆意流淌。毒液已经在我的心脏发作，一股从未感受过的寒意遍布我的身体。透过重重迷雾，我似乎看见那对因为我而冤屈惨死的情侣，死神降临，凡间的光明从我眼前消散，愿被玷污的纯洁恢复如新！

帕诺佩　她死了，陛下！

忒修斯　但愿关于她无耻勾当的记忆能够随她一起烟消云散！唉！我醒悟得太迟了！我们走吧，以我那可怜儿子的鲜血洗去我们的眼泪，去收拾他心爱的遗物，为我曾许下的可恨誓愿深深忏悔。我要授予他理所应得的荣誉。为使他的冤魂得到安息，不管艾瑞西娅的族人曾犯过什么样的罪行，从今开始她都是我的儿媳！

（全剧终）

伪君子

The Hypocrite

〔法〕莫里哀

主编序言

莫里哀，原名让·巴蒂斯特·波克兰，1622年1月出生于法国巴黎。他是法国喜剧界无人能与之比肩的泰斗。

莫里哀出生在一个宫廷室内陈设供应商家庭，从小接受良好的教育，在德·克莱蒙特耶稣会学院上大学。在大学期间，他学习了一段时间的法律，但很快就因为醉心于戏剧创作而放弃。

莫里哀的一生都在巴黎及附近省份度过，忙于表演、导演、管理剧院以及编写剧本。他多次赢得国王和大众的掌声，但由于他的戏剧充满讽刺，也招致了众多敌人，因此常常受到最恶毒的攻击和最不可思议的诽谤。

莫里哀的家庭生活也没有给他带来多少精神上的慰藉，因为他的婚姻并不美满，其所带来的不幸更加剧了公众的敌意给他带来的不幸。1673年2月17日，在表演他最后的杰作《无病呻吟》时，莫里哀突发疾病，几小时后便与世长辞了。

莫里哀的第一部戏剧作品是《可笑的女才子》，发表于1659年。在这篇杰作中，莫里哀将法国喜剧提升到了一个新的高度，并赋予其新的使命——通过简明扼要的刻画和挖苦，讽刺当时的繁文缛节和矫揉造作。在随后创作的《丈夫学堂》《太太学堂》《伪君子》《堂璜》《愤世嫉俗》《吝啬鬼》《布索那克先生》《醉心贵族的小市民》《贵人迷》《无病呻吟》以及其他杰作中，他无情地揭露了当时社会的陋习以及贵族的虚伪。

《伪君子》是莫里哀最重要的代表作品，在这部剧中，人物特征非常鲜明，很好地体现了莫里哀的艺术表现手法。尽管与莎士比亚笔下的人物相比，莫里哀对生活的复杂性刻画得还不够，但却正是凭借他的简练刻画，他笔下的答尔丢夫等人物充分体现了他们所代表的那一群人的弱点和恶习，从而作为人类本质的典型代表获得了广泛认可，莫里哀也因此在世界文学史上占据了重要地位。

查尔斯·艾略特

剧中人物

柏奈尔夫人	奥尔恭之母
奥尔恭	欧米尔之夫
欧米尔	奥尔恭之妻
达米斯	奥尔恭之子
玛丽亚娜	奥尔恭之女，瓦赖尔之情人
瓦赖尔	玛丽亚娜之情人
克雷央特	奥尔恭之妻舅
答尔丢夫	伪君子
桃丽娜	玛丽亚娜之女仆
郑直先生	执达官
爱尔卜特	柏奈尔夫人之女仆
宫廷侍卫官一人	

场景

巴黎

第一幕

第一场

【在奥尔恭家的客厅，几位女士正在交谈。

柏奈尔夫人　快走，快走，爱尔卜特，让我躲得远远的！

欧米尔　您走得这么急，我简直跟不上您了。

柏奈尔夫人　那就留步吧，我的少奶奶，别远送啦。甭跟我讲这些用不着的客套。

欧米尔　这是我们对您应有的礼节呀。不过我的娘，您为什么这么快就要走了啊？

柏奈尔夫人　因为我看不惯你们的做派，你们一点也不想讨我的喜欢。我跟你说，我是老大不痛快才走出你们家大门的。我说的话你们一句也听不进。你们什么顾忌也没有，每个人都管不住自个儿那张嘴，整个儿一个叫花子窝。

桃丽娜　如果……

柏奈尔夫人　丫头，你就是一个佣人，那么爱多嘴，一点儿规矩也不懂，不管什么事你都要插上那么几句。

达米斯　不过……

柏奈尔夫人　你呀迷糊得很，我的孩子，你的名字就是那三个字：大笨蛋。听你老祖母说，她早对她那倒霉儿子，也就是你老子，说过一百遍了，说你压根儿干不了什么好事，他就等着受苦遭罪吧。

玛丽亚娜　我以为……

柏奈尔夫人　乖乖，他的宝贝妹妹！平素矜持正经得很，金口难得一开，叫人另眼相看。可是人说得好，咬人的狗儿不露齿，我可不喜欢你背后搞的那些把戏。

欧米尔　可是我的娘啊……

柏奈尔夫人　我的少奶奶，不怕你见怪，你的一切行为也好不到哪里去。你本应该在他们面前树立起一个好榜样，他们已故的母亲在这点上就比你强得多。你太好花钱，你的穿着打扮简直跟一位公主一样，我可看不下去。仅仅为了讨丈夫的喜欢，是用不着这么披金戴银的。

克雷央特　不过，夫人，仔细想来……

柏奈尔夫人　好舅爷，我很看重你，也爱你，也敬你。不过如果我是我儿子的话，我一定要求你别再登我家的门。你整天鼓吹的那种生活方式，我们体面人家是无法容忍的。我对你说话未免太直率了一点，不过我的脾气就是这样，我心里想的事，我就得说出来。

达米斯　您的朋友，那位答尔丢夫先生可比我们幸运多了……

柏奈尔夫人　他是一位圣人，大家都应该听他的话。像你这样一个糊涂虫也敢抨击他，这是我不能容忍的，脾气再好的人也受不了。

达米斯　什么！难道就任凭这个鸡蛋里面挑骨头的老顽固在我们这里作威作福吗？没有这位老先生的允许，我们便不能有任何消遣了吗？

桃丽娜　如果定要听从他的话，遵从他的准则，那么我们无论做什么事，都成了罪恶了，因为这位热心的批评家，他是样样都要检查的。

柏奈尔夫人　凡是他检查过的事都应该被检查。他希望引导你们走向天堂；我的儿子应该好好教育你们，让你们喜爱他。

达米斯　不，祖母，父亲也罢，别人也罢，谁都不能强迫我跟他和好。我本应该控制自己的脾气不说这些，但他的一举一动都让我生气。我早料到早晚有一天，我非和这个卑鄙小人大闹一场不可。

桃丽娜　真是太让人气愤了，一个素昧平生的人竟然做起主人来！一个穷光蛋，来的时候连双鞋子都没有，全身的衣裳加起来顶多值六十个子儿，现在居然忘了自己的身份，居然对什么都要横加干涉，居然以主人自居起来！

柏奈尔夫人　看在老天的分儿上！如果一切按着他的虔诚方式来办，那么凡事就会好办多了。

桃丽娜　在您看来，他简直是一位圣徒了。事实上，他不过是一个伪君子罢了。

柏奈尔夫人　听听，又血口喷人了！

桃丽娜　没有一个可靠的担保人出来替他担保，他和他那个劳伦斯，我瞧着都靠不住。

柏奈尔夫人　他的仆人究竟是怎样的人，我不知道，不过我担保主人是个正人君子。你们之所以恨他、讨厌他，无非是因为他将你们的真情实况都给照直说了出来。其实他心里愤恨的是你们所造的罪孽，他所关心的只是上天的利益。

桃丽娜　好吧，不过为什么，尤其是这些日子，他简直不许任何人和我们来往了？正正经经的朋友前来拜访，有什么得罪上天的地方，要他这样大惊小怪？趁现在没有外人，要不要我说个清楚？（指着欧米尔）我敢保证，他是看上太太了。

柏奈尔夫人　住口吧你！张嘴之前你也不过过脑子。讨厌这些拜访的不只是他一个人，你们那帮狐朋狗友实在吵得太凶，一辆辆的马车接二连三地停在大门口，还有那么多的仆从乱糟糟地聚集在一起，实在吵得四邻都不安宁，难免招来风言风语。我很愿意相信啥事也没有，但是惹来闲话，这可要不得。

克雷央特　哎哟！老太太，您想阻挡别人乱嚼舌头吗？如果因为旁人对我们说的那些闲话，我们就和朋友们断绝来往，那可真是人生中太不幸的事了。并且即使我们这样做了，您以为就能让大家都不说闲话了吗？流言蜚语就是城墙也挡不住的。我们不必留意那些愚蠢的毁谤，我们只须努力过我们的纯洁生活，闲话让他们去说好了。

桃丽娜　我们的邻居达甫奈和她的年轻丈夫，我看这两位就是说我们坏话的人。自己的行为最惹人耻笑，却永远是头一个说别人坏话。别人的恋爱不过是刚刚露出一点苗头，他们总是立刻一把抓住再不放松，赶紧喜洋洋地将这新闻传播开去，并且还要按着他们的意思来添油加醋，硬要叫人相信。他们通过给别人的行为泼脏水，来替自己的行为辩护。他们妄想把别人描得和自己一样黑，就会使自己的阴险龌龊变成了纯洁无瑕，或者把自己受到的指责耻辱，分出一半给邻居来承担。

柏奈尔夫人　你这番话与本题毫不相干。大家都知道达甫奈过的是一种模范生活，她的心思全放在上帝身上。并且我听说，她很不待见你们那帮朋友。

桃丽娜　了不起的好榜样啊，这位贤惠的太太！不错，她的简朴、严厉堪称楷模，但是这种虔诚是她那个岁数逼出来的，她这样故作正经并不是出于本心，当她还能够吸引男人献殷勤时，她可没少享受种种好处。但是眼看着自己人老珠黄，浮华生活逐渐远去，她才想起远离这浮华。她这时才想到蒙上一层漂亮的道德面纱，来掩饰她魅力不再的悲惨。这些都是过气美人们的伎俩。她们难以忍受情人们渐渐散去，人走茶凉无人问津的凄凉。在这种情形下，除了安分守己做上帝的信女以外，确实也想不出别的更好法子。这种严格苦修的虔诚妇人对什么都要吹毛求疵，任何事都不肯饶人。她们对邻居家的生活横加指责，并不是出于虔诚，而是因为嫉妒心在作祟，她们限于年龄再不能享受的乐趣竟由另外一个妇人享受了，这是她们不能忍受的事情。

柏奈尔夫人　（向欧米尔）这种胡言乱语正合你的心意，我的少奶奶。在你这儿，谁也没机会插上话，因为这位小姐一说起来就叽叽喳喳没完没了。不过我想也该轮着我说几句了。告诉你，我的儿子把这位虔诚侍奉上帝的正人君子接到家里来，真是办了一件最聪明不过的事。上帝把这个人派到这里来，对你们再好不过了。上帝这样做是为了让你们忏悔。你们要想得到解救，就应该听从他的话。这里的拜访、聚会，还有舞会，都是魔鬼发明出来的玩意儿。在这里你永远听不到敬神的话，只有瞎扯闲聊、废话连篇和胡言乱语。大家议论了这个又议论那个，流言蜚语满天飞。总之，头脑最清楚的人到了这种聚会里也要头昏脑晕，听到各式各样的嚼舌根的话，都不晓得该说啥了。那一天有一位博学之士说得好，这里真正是巴比伦塔了，因为在这里大家都叽叽喳喳乱说乱叫。为了告诉你们这一点是怎么……（指克雷央特）看，这位先生不是已经在那里冷笑了吗！快去找跟你一样的笨蛋，好逗你大笑吧！千万别……（向欧米尔）再见吧！我的少奶奶，我啥也不说了。这座房子——我就不把话说死了，但一时半会儿我再也不会踏进这个门。（给爱尔卜特一个耳光）你！傻头傻脑的！贱货！看我回去怎么收拾你。走吧！你这个懒婆娘，走吧！

【柏奈尔夫人、爱尔卜特、欧米尔和达米斯退场。

第二场

克雷央特　我真不愿意送她出去，怕她又跟我斗嘴，这位老太太……

桃丽娜　老天保佑！可惜她没听见您这样称呼她，不然，她肯定管您叫老头儿，并且说她还没到被人称呼老太太的岁数！

克雷央特　你看她不分青红皂白，对我们发了这么大的火！对她的那位答尔丢夫却跟着了魔一样。

桃丽娜　跟她儿子比起来，她可是小巫见大巫呢。虽然我们国内最近几次变乱为他赢得了尊重，给国王效力的时候，他也确实表现得十分英勇。但是自从他迷上了答尔丢夫之后，简直变成了一个傻子。他称答尔丢夫为兄弟，爱他超过爱自己的母亲、儿子、女儿和妻子还胜出百倍。他把所有秘密都告诉答尔丢夫，一切行动都听从答尔丢夫的指挥，整个心都托付给了答尔丢夫。他爱抚答尔丢夫，拥抱答尔丢夫。我想一个人对待自己的情妇，也不会比这更温柔。吃饭的时候，他要答尔丢夫坐在首位，自己在旁边快快活活地看着他一个人吃下六个人吃的东西。无论什么菜，最好吃的那一部分，我们都得留给答尔丢夫吃。他如果打个嗝儿，（这是个女仆在说）[1]他就赶紧对答尔丢夫说，"上帝保佑你！"总之，他爱答尔丢夫都爱得发狂了。答尔丢夫是他的一切，是他所崇拜的英雄，不管什么时候他总是在赞扬答尔丢夫。不管什么场合总要提到答尔丢夫。答尔丢夫芝麻大小的举动，他看了都觉得是奇迹。答尔丢夫所说的话，他听起来都像是神的口谕。答尔丢夫呢，早摸准了那个甘心上当的人的脾气，充分利用这一点，打着各种虔诚的幌子来愚弄他。每次说几句假仁假义的话，便可以从他手里骗到钱财，还觉得自己有了对我们指手画脚的权利。甚至服侍他的那个浑蛋小厮也自以为是地教训起我们来，那小厮常常瞪圆了两只眼跑来申斥我们，把我们的绸带、胭脂、假痣都扔在地下。这个坏蛋那一天还撕碎了一片夹在《圣徒传记》里面的手绢，他说我们把魔鬼的饰品和圣物混在一起，是犯了骇人听闻的重罪了。

① 莫里哀的备注，所有的老版本中都插入在文本中。这显示了十七世纪的戏剧对风格的统一和端庄的追求。——译者注

第三场

【欧米尔和达米斯入场。

欧米尔　（向克雷央特）你真走运，没听到她在门口对我们讲的那一段大道理。我看见我丈夫回来了，他还没看见我，我到楼上去等他了。

克雷央特　我就在这儿等着他，省点时间，跟他道个早安我就走。

【欧米尔退场。

第四场

达米斯　（向克雷央特）关于我妹妹的亲事，请您跟他稍微谈一谈。我怀疑答尔丢夫在反对这门亲事，在那里指使我的父亲从中作梗。您也知道我对于这事是如何的关心。我的妹妹和瓦赖尔相爱，而我又爱着他的妹妹，如果这桩亲事能够……

桃丽娜　他进来了。

【达米斯退场。

第五场

【奥尔恭入场。

奥尔恭　嗨！早上好，老弟。

克雷央特　我正要走，很高兴见到你回来了。现在乡间的花还没有大开吧？

奥尔恭　桃丽娜！（向克雷央特）老弟，请你稍等。让我先稍稍打听一下家里的事，免得我挂念。（向桃丽娜）这两天一切都顺顺当当吗？发生了什么事？大家都还好吗？

桃丽娜　太太前天发了次烧，头疼得很，整天整夜地疼。

奥尔恭　答尔丢夫呢？

桃丽娜　答尔丢夫吗？他好着呢，好得不得了。又壮又胖，红光满面，嘴唇红得都发紫啦。

奥尔恭　可怜的人！

桃丽娜　到了晚上，太太觉得恶心，吃饭的时候什么也吃不下去，头痛得还是那么厉害！

奥尔恭　答尔丢夫呢？

桃丽娜　他一个人吃的晚饭，坐在太太对面，很虔诚地吃了两只松鸡，外带半只切细的羔羊腿。

奥尔恭　可怜的人！

桃丽娜　整整一夜，太太连眼皮都没闭一会儿，高烧折磨得她不行，我们只好坐在旁边陪着她，一直熬到大天亮。

奥尔恭　答尔丢夫呢？

桃丽娜　他离开饭桌，睡意盎然地回到卧室，径自钻进暖暖和和的被窝里，安安稳稳地一直睡到第二天早上。

奥尔恭　可怜的人！

桃丽娜　后来，太太听了我们的劝，鼓起勇气放了点血，病情才有所减轻。

奥尔恭　答尔丢夫呢？

桃丽娜　他振作精神，勇敢地保护自己的灵魂远离各种邪恶。为了补偿我们太太放血的损失，他在吃早饭的时候喝了四大杯葡萄酒。

奥尔恭　可怜的人！

桃丽娜　总而言之，现在他们两位身体都安好，我这就上去，报告太太您对她恢复健康感到多么欣喜。

【桃丽娜退场。

第六场

克雷央特　老哥呀，她这是当着你的面在讥笑你呢，我不是存心招你生气，不过老实说，她做得很对。我们几时听说过有像你这样痴迷一个人的呢？难道一个人会有这么大的魔力，竟然使你为了他把一切事情都丢开不管？让他住在你家，帮助他摆脱穷困之后，你还要……

奥尔恭　快别说了，我的好老弟，你不知道你所说的是怎样一个人哩。

克雷央特　既然你这么说，就算我不知道他好了。不过要知道他究竟是怎样一个人……

奥尔恭　老弟，你知道他这个人以后，你也一定会喜欢他的，并且你对他的喜欢永不会终止。他是这样的一个人，他……嗯，事实上……是一个严格遵守礼教，内心享受完美安宁，把全世界看成粪土的这样一个人。自从和他谈话以后，我就完全换了一个人，他使我断绝了所有的友情，教导我对任何东西也不要爱恋，甚至看着我的兄弟、子女、母亲、妻子一个个死去，我也无动于衷了。

克雷央特　您这种感情可真是人情味十足，我不得不说，老哥！

奥尔恭　哎！倘若你知道我是怎样遇见他的，你也会像我这样爱他的。每天他都到教堂来，满脸的忏悔，双膝着地跪在我对面。他向天祷告时那副热诚模样吸引了全教堂人的目光。他一会儿长叹，一会儿呼喊，不时毕恭毕敬地亲吻地板。每当我走出教堂，他必抢着走在我的前面，好在门口把圣水递给我。他的仆人跟他像极了，从他那里我打听到答尔丢夫的困窘和为人。有时我送点钱给他，但是他每次都很客气地退还我一部分。“太多了，”他说，“一半都已经太多，我配不上您这样怜悯我。”有时我拒绝收回，他便当着我的面把钱散给穷人。后来，上天教我把他接到我的家里，自从那时起，我们这里一切都兴旺起来。他对我家里的一切都加以督责，并且为了我的缘故，他对我太太也异常关心，谁跟她抛个媚眼，他都要告诉我，他所表现的那股醋劲比我本人还大六倍。你绝不会相信他的虔诚高到什么程度：一点点小事他都无比自责，认为自己罪孽深重，甚至啥事没有，他也会感到难受，他竟然虔诚到了这个地步，有一天他祷告的时候捉住了一个跳蚤，事后还一直埋怨自己不该生那么大的气竟把它捏死。

克雷央特　唉！我看，老哥，你准是疯了，要么就是在跟我开玩笑吧？你究竟是什么意思？这一套无稽之谈……

奥尔恭　老弟，你这番话颇有无神论者的意思，你的心灵上多少已沾上了这种污点。我劝告过你已经不下十回，你早晚要招来报应的。

克雷央特　你们这种人全是这副腔调。你们巴不得人人都和你们一样瞎了眼，遇到眼睛明亮一点的就说他们是无神论者，真看不惯你们这样装腔作势。算了吧，你这种话一点也吓不到我，我知道我在说什么，老天爷看得见我的心。我是决不受你们这些伪君子的欺骗的。世上有的是假英雄和假圣徒。真正的英雄从不大肆张扬自己的光辉事迹，那些值得我们效仿的真正圣徒也一样，不会这么装模作样铺排走秀的。真的，你就不辨别一下什么是伪善，什么才是真正的虔诚吗？你就毫无差别地对待这两种不同的东西？对于假面具与真面孔一样地尊敬？把伪装与真实混为一谈？对于矫作与真诚一样地重视？对于冒牌货和真材实料一样地看待？大多数的人生来就不可思议，他们的头脑里理智少得可怜，动不动就头脑发昏。往往最高尚的东西到了他们手里也被糟蹋得不成样子，因为他们过分夸大，把它推向极端。这些话，我也就是随便说说罢了，我的老哥。

奥尔恭　是的，你是权威，只有你才够资格解释教义，世界上的全部学识都汇聚在你一人身上，毫无疑问，好老弟，你是唯一的智者，唯一的悟者，你是神明降世，当世的加东。跟你一比，人人都是糊涂虫。

克雷央特　老哥，我并不是什么权威，学识也没有全部汇聚在我一人身上。不过，我知道怎样辨别真假，这就是我的全部学识。我认为无论什么样的英雄也比不上全心全意敬奉上帝的人那样值得钦佩，世界上没有任何东西比真正虔诚的圣德更高尚、更优美。因此我才觉得这些徒有其表的伪君子，这些厚颜无耻的江湖骗子，这些追名逐利的狂热分子，是再可恶不过了。他们肆无忌惮地亵渎神明，坑蒙拐骗，恣意妄行地嘲弄我们所有最神圣的东西。这些利欲熏心的人，把侍奉上帝当作了一门职业、一种商品，想依靠装腔作势、矫揉造作去赢得信任和爵位。这些人，在投奔天堂的道路上狂热地追求个人富贵。他们技艺纯熟地祈祷，狮子大张口地乞求，在宫廷中大讲特讲出世隐遁的道理。他们用宗教虔诚掩饰自己的邪恶，脾气暴戾，睚眦必报，毫无信义，诡计多端。陷害人的时候，他们会恬不知耻地借了上帝的名义来掩盖他们的私怨。尤其可怕的是当他们恼羞成怒时，会使用人们敬畏之物作为武器来对付我们，他们以上帝圣名作匕首来刺死我们，事后大家却还为他们的义愤填膺喝彩。这种伪善之徒现今太多了。不过那些真正虔诚的教徒也很容易辨别出来。在我们这个时代，就在我们眼前，就可以找到许多杰出的典范。你看看亚里斯东，你看看贝里央特、荷龙特、亚尔西达玛、格里唐德，还有包里道尔，他们的虔诚是无人质疑的。但他们绝不自吹自擂他们的美德，绝不会令人讨厌地铺排炫耀，他们的虔诚是合情合理的。我们的举动，他们不会样样都加以纠察，他们认为这样纠察别人未免有点自高自大，所以他们把自命不凡的话语让给别人去说，他们只是以身作则来纠正我们的行为。他们轻易不肯相信捕风捉影的坏话，他们总是愿意考虑他人最好的一面。他们不会耍阴谋诡计，他们一心一意只关注自己的生活方式是否正当。对于有过错者，他们不会将其置于死地而后快，他们所憎恨的只是过错本身。他们绝不会越俎代庖，过分热心地替上帝维护利益。这才是我们所称许的人，一个真正活着的人。他们才是我们应该效仿的表率。你的那个人是不属于这种表率之列的。你竭力赞扬他的热忱固然是发自内心的，但我认为你是被他的虚伪外表欺骗了。

奥尔恭　我亲爱的舅老爷，你说完了没有？

克雷央特　说完了。

奥尔恭　卑职告退。（作势走开）

克雷央特　还有一句话。刚才的话姑且撂在一边。你还记得瓦赖尔已得到你的允许要做你的女婿吧？

奥尔恭　是的。

克雷央特　你已经选定了大喜之日。

奥尔恭　不错。

克雷央特　那你为什么又把婚礼推延了？

奥尔恭　说不上为什么。

克雷央特　莫非你心里又有了别的打算？

奥尔恭　也许。

克雷央特　你要反悔？

奥尔恭　我并没这样说。

克雷央特　我希望没有什么事情会影响你履行诺言。

奥尔恭　这也得看情形。

克雷央特　有必要这么支支吾吾吗？瓦赖尔就是为这个事要我来见你的。

奥尔恭　谢谢上帝！

克雷央特　该怎样回复他呢？

奥尔恭　你爱怎样回复他就怎样回复他。

克雷央特　总得知道你的打算啊。你到底有何打算？

奥尔恭　上帝叫我怎样做我就怎样做。

克雷央特　说正经的，瓦赖尔已经得到你的许诺，究竟算数不算数？

奥尔恭　再会吧！

克雷央特　（自语）我觉得这门亲事凶多吉少，我应该去告诉瓦赖尔这一切情形。

【两人退场。

第二幕

第一场

奥尔恭　玛丽亚娜!

玛丽亚娜　爸爸，什么事?

奥尔恭　过来，我有话跟你说。

玛丽亚娜　好的……您找什么?

奥尔恭　（探头观察旁边一间小房间）我看看有没有人在里面偷听我们说话，因为这个小房间最适合偷听了。好了，现在我们可以放心说话了。玛丽亚娜，你一向是一个安分守己、温文尔雅的女儿，所以我一向很疼爱你。

玛丽亚娜　谢谢父亲的疼爱。

奥尔恭　说得很好，女儿，为了证明你配得上我的疼爱，现在你要一心一意按照我的心意行事。

玛丽亚娜　这正是我的最高理想。

奥尔恭　好极了。你说说，答尔丢夫这个人怎么样?

玛丽亚娜　要谁说?要我说吗?

奥尔恭　是的，就是你。我要听听你的说法。

玛丽亚娜　哎呀!他这个人——您要我怎么说我就怎么说吧。

第二场

奥尔恭　说得好，真是个好女儿。那么，女儿，我要你这么说，说他全身上下都散发出高尚美德的光芒，他已经赢得了你的心，如果我做父亲的选中了他，你很乐意让他做你的丈夫，如何？

玛丽亚娜　啊？

奥尔恭　你说如何？

玛丽亚娜　请问，您说的是什么？

奥尔恭　怎么啦？

玛丽亚娜　我肯定听错了，老爷？

奥尔恭　怎么听错了？

玛丽亚娜　您要我说有个人已经赢得了我的心，如果您做父亲的选中了他，我很乐意让他做我的丈夫，这个人到底是谁？

奥尔恭　答尔丢夫。

玛丽亚娜　但是，我发誓，这是绝对不可能的！父亲，为什么让我说这样荒唐的话？

奥尔恭　因为我愿意这句话成为事实。我已经替你决定了，这就够了。

玛丽亚娜　什么？父亲，您竟要……

奥尔恭　是的，孩子，我已经下定决心要让答尔丢夫成为我的家人，因此他一定要成为你的丈夫。我已决定下来，并且你有责任……

【桃丽娜悄悄入场。

（对桃丽娜）你在这里干什么？你未免太好管闲事了，丫头，你竟敢这样偷听我们说话！

桃丽娜　我发誓，我不知道这谣言是从哪儿来的。是瞎猜胡想的呢，还是纯属偶然流传出来的。反正我已经听到有关这门亲事的传闻，我可根本没把它当回事。

奥尔恭　怎么！这件事就这么难以置信吗？

桃丽娜　就是那么难以置信，老爷，即使是您亲口说出来，我也不信。

奥尔恭　我有法子叫你相信。

桃丽娜　是的，是的，您这是给我们讲笑话呢。

奥尔恭　我讲的恰恰是不久后就会发生的事实。

桃丽娜　说着玩罢了！

奥尔恭　我说的可是非常认真的。

桃丽娜　（对玛丽亚娜）算了吧，不要相信您父亲的话，他开玩笑呢。

奥尔恭　我跟你说……

桃丽娜　不，别浪费口水了，他们不会相信的。

奥尔恭　我可要生气了……

桃丽娜　好吧好吧，我们相信您，活该您倒霉就是了。怎么，老爷，像您这样成熟稳重的人，脸上还长着这么多的胡子，您会糊涂到要……

奥尔恭　你听我说！你在我面前这样轻狂随便，我实在不大喜欢，这是我的实话，丫头。

桃丽娜　好吧好吧，求求您，可别上火，老爷。但是您是在捉弄我们大家吗？您女儿可不是那个老顽固的心中所属，他惦记的是别的东西。再说这门亲事对您又有什么好处？像您这样的富人为什么单挑这么一个穷光蛋做女婿？

奥尔恭　你住口！他越是没钱，我们越有理由敬重他。他的穷困是一种可敬的穷困，比荣华富贵更能凸显他的伟大，只因他不关心世俗的身外之物，专注在永恒的事物上面，才让人把他的家产都侵占了。但是我的帮助可以让他东山再起，赢回他原有的家产——我听说他原本有好大一份家产呢，你别看他现在这副样子，他原是个地道的贵族呢。

桃丽娜　没错，他自己就是这样说的。老爷，这种虚荣心跟虔诚生活可不大相称。一个投身宗教的人绝不会像他那样炫耀自己的家世和出身。真要是谦逊地敬奉上帝，就容忍不了他那种虚荣显摆。他这样自吹自擂到底居心何在？我这番话您听了不舒服，咱们就撇开他的高贵门第不讲，谈谈他本人吧。把这么好的一个女儿，许给像他那样的一个男人，您就一点儿也不觉得难受吗？您也不想想这桩婚姻必将引起何等的愤慨！当一个女孩被逼嫁给一个自己憎恨的男人，她的名誉就难以预料了。一个女人结了婚能不能规规矩矩过日子，那全得看她所配的丈夫是怎样的人品。丈夫若是到处受人指责，做妻子的往往也就变成跟他们一样了。那些满脑子阴谋诡计的男人，做妻子的很难对他们不生二心。谁要是违背自己女儿的意愿，强迫她嫁人，那么她将来所犯的过失，上帝都会记在她父亲的账上。您想一想，这个计划给您带来多大的危险。

奥尔恭　（对玛丽亚娜）你瞧，这简直是要我跟她学习做人的道理啦！

桃丽娜　您听我的劝告是肯定没有坏处的。

奥尔恭　女儿，咱们不听她这些胡说八道，我知道什么对你好，我是你的父亲。虽然我曾经把你许配给年轻的瓦赖尔，但现在我发现他有两个问题：一是我听说他喜欢赌钱，二是我还疑心他的宗教信仰不够坚定。我很少看见他去教堂。

桃丽娜　您要他跟那些专为让您看见才去的人一样，按着您的钟点去教堂吗？

奥尔恭　我没问你的意见。总之答尔丢夫享有上帝最慷慨的恩惠，这就是他无与伦比的财产。这桩婚姻一定可以带来你渴望的种种欢乐，充满了甜蜜和幸福。你们必能像两个甜蜜的小孩，像一对鸽子一样，在你们的忠贞爱情里幸福生活。你们决不会有争吵、责骂或嘲笑，你想对他怎样，就可以对他怎样。

桃丽娜　对他吗？她只会给他戴绿帽子，我敢担保。

奥尔恭　你胡说什么，蠢丫头！

桃丽娜　我告诉您，他长的就是个王八脑袋。老爷，您女儿无论怎样谨守妇德，也挡不住他天生的王八命。

奥尔恭　不要再打断我的话，闭上你这张嘴，少管闲事。

桃丽娜　（在他转过去准备对他女儿说话时不断打断他）老爷，我是为您好才斗胆说的。

奥尔恭　你实在太多管闲事了。你还是闭嘴吧。

桃丽娜　人家是因为爱护您才……

奥尔恭　我不需要你的爱护。

桃丽娜　我偏要爱护您，先生，不管您愿意不愿意。

奥尔恭　你偏要，啊？

桃丽娜　对，我爱惜您的名誉，我不能看着不管，让您成为大伙儿的笑柄。

奥尔恭　你一定不肯闭嘴？

桃丽娜　由着您去结这门亲事，那是造孽。

奥尔恭　你这条放肆的小毒蛇，我说，你闭不闭嘴？

桃丽娜　咋啦！您不是很虔诚吗？怎么动起怒来了？

奥尔恭　是的，我听了你这些混账话，肝火不能不冲上来，现在我再说一次，给我闭嘴！

桃丽娜　好啦，我闭嘴就是。不过我嘴里尽管不说，我心里想得可更多。

奥尔恭　爱想不想，只是别跟我叽叽歪歪，否则……你知道的！（转身向玛丽亚娜）作为一个明智的父亲，任何事情我都已经仔细斟酌过。

桃丽娜　不准我开口，真把我气死了。（他回过头来，她立刻住口。）

奥尔恭　答尔丢夫虽然不讨女人喜欢，但是他天生就……

桃丽娜　一副好嘴脸。

奥尔恭　尽管你对他的崇高品德没有什么好感……

桃丽娜　嫁妆很可观哪！（奥尔恭转过来，面对桃丽娜，叉着双手注视她）倘若我是她，那些硬逼着我嫁给他的男人甭想过安稳日子，那是肯定的。不出一个星期，我就要让他知道一个女人的报复法子有多少。

奥尔恭　喂，我说的话，你当作耳边风啊？

桃丽娜　您又怎么啦？我也没跟您说话。

奥尔恭　那么你在这儿干什么？

桃丽娜　我跟我自己说话呢。

奥尔恭　很好。（旁白）我非得抽她一个大嘴巴，惩治惩治她这种狂妄无礼（他摆好要抽她耳光的架势，一边跟他女儿说话，一边瞥着桃丽娜。桃丽娜站在那里，一声不吭）。①

奥尔恭　女儿，你必须同意我的计划……想想这位丈夫……我替你选中的……（对桃丽娜）你怎么不跟自己说话啦？

桃丽娜　我没什么可以对自己说的。

奥尔恭　再说那么几句吧。

桃丽娜　不啦，谢谢。现在不想说。

奥尔恭　当然，我早就料到你要说这句话。

桃丽娜　我又不是傻瓜。

奥尔恭　（对玛丽亚娜）总而言之，女儿，你必须听我的话，要完全尊重、接受我的选择。

桃丽娜　（边说边逃开）我才不会嫁给这样一个丈夫呢。

---

① 在法语剧本中，这一情节描述如下：

奥尔恭说："你必须同意我的计划。"桃丽娜给玛丽亚娜打手势要她反对他的命令。奥尔恭突然转身，但桃丽娜反应敏捷地改变了手势，平静地用她抬起的那只手整理头发和帽子。奥尔恭继续说："想想这位丈夫……"话说一半，突然转身试图抓住桃丽娜打手势。但他这一回太早了，桃丽娜平静而惬意地看着他愤怒的表情。他转过去继续说话，倔强的桃丽娜再次在他肩膀后面举手催促玛丽亚娜表示反对。这回他抓了个正着，但正当他举起胳膊准备给她一个承诺过的耳光时，她改换了手势的意图，小心翼翼地从他衣袖上捡起一根绒毛，用手指捏住，吹到空中，专心地目送它飘走。奥尔恭被她这副假装无辜的表情气得目瞪口呆，不得不按下自己的怒火。——雷古纳，《喜剧人物答尔丢夫》——查尔斯·艾略特注

奥尔恭　（打她一个嘴巴，但是没打着）女儿，这丫头真是无法无天，和这个丫头在一起，我简直不能不犯打骂人的过失。这种情形我没法继续跟你说了，她这些没规矩的话气得我七窍都冒烟，我要出去散散步，平静一下。

【奥尔恭退场。

第三场

桃丽娜　您倒说说，您变成哑巴了吗？遇上这种事您还样样都让我替您说吗？您就这么任凭人家提出那样无理的计划，连一句拒绝的话都不会说！

玛丽亚娜　我有什么法子？父亲一向说一不二。

桃丽娜　什么法子？各种法子——来摆脱这场灾难。

玛丽亚娜　什么法子？

桃丽娜　您应该对他说爱情这种事是由不得别人做主的，结婚是为您自己，不是为他，这桩事既是为您办的，那么那个丈夫必须合您的心意，而不是合他的心意。如果他对那个答尔丢夫那么着迷，他自己可以嫁给他，谁也不会拦着他。

玛丽亚娜　做父亲的拥有无上权威，我从来是什么话也不敢说的。

桃丽娜　嗨，说出来吧。瓦赖尔已经向您求过爱了，请问您倒是爱他还是不爱他呢？

玛丽亚娜　哎哟！你真是冤枉死我了，桃丽娜，还用得着问我这个话吗？我跟你袒露我的心意不止一百次了吧？你还不知道我对他的爱有多热烈吗？

桃丽娜　您到底是不是心口如一，到底是不是确确实实爱上了他，我哪能知道呀？

玛丽亚娜　桃丽娜，你这样怀疑我的爱情，你真冤枉死我了，我已经表露了我内心的情感，再明显不过了。

桃丽娜　那么，您是爱他的喽？

玛丽亚娜　是的，一心一意地爱着他。

桃丽娜　显然，他也爱着您吧？

玛丽亚娜　我想是的。

桃丽娜　并且你们俩都盼着要结婚，是不是？

玛丽亚娜　当然。

桃丽娜　那么，您对答尔丢夫那门亲事作何打算呢？

玛丽亚娜　我就等着自杀了，如果他们真要强逼我。

桃丽娜　好极了。这个法子我倒没想到，您只须一死就一了百了了。您竟说出这样的蠢话来，真把我气死了。

玛丽亚娜　天呀！桃丽娜，你怎么变成这副脾气了呀！人家心里正难受呢，你却一点也不可怜人家。

桃丽娜　像您这样尽说蠢话，动不动就泄气的人，我才懒得可怜呢。

玛丽亚娜　你还能指望啥呢？人家天生胆小嘛。

桃丽娜　但要是没有勇气，爱情还有什么意义呢？

玛丽亚娜　我对瓦赖尔的爱情还不坚决吗？向我父亲求亲不应该是他的事吗？

桃丽娜　您的父亲是个神经病，对答尔丢夫着了魔，答应了的亲事又要反悔，这个错能赖到瓦赖尔身上吗？

玛丽亚娜　难道要我公开地拒绝和蔑视这门亲事，让大家都知道我已经有了爱人？不管瓦赖尔是怎样人才出众，我能为了他就不顾女孩儿的脸面和子女的孝道吗？你非要我把自己的爱情和盘托出让全世界知道？

桃丽娜　不，不，我什么也不要。您还是嫁给答尔丢夫先生好了。我想清楚了，我确实不该劝您拒绝这门亲事。我有什么理由要打消您这种心愿呢？多么好的亲事啊，万里挑一的好姻缘啊。嫁给答尔丢夫先生！哦！哦！这个提议不算坏啊！当然喽，仔细想来，答尔丢夫先生也不是等闲之辈啊！能做他的伴侣，算是撞了大运了。全世界都在为他大唱赞歌，在他家乡他是个贵族，又长得一表人才、红光满面——老天爷啊！

有了这样一个丈夫，您真是太幸福了。

玛丽亚娜　天啊！

桃丽娜　能够做这样一个美男子的新娘，您心里得多快活、多自豪啊！

玛丽亚娜　别说啦，我求求你。快帮我想个法子终止这门亲事吧！我服了你啦，现在你说什么我都敢干了。

桃丽娜　不，不，一个做女儿的就该听从父亲的话，哪怕他让她嫁给一只猴子呢。您的命太好了，还有什么可抱怨的呢！结了婚，您可以搭公共马车上他的小城里去，那里有的是他的叔叔伯伯和堂兄表弟们，您可以快快活活地跟他们在一起。然后他们会带您瞻仰一下当地的上流社会。您还会去拜拜客，拜完了市长太太，再拜征税官太太，她们一定会赏您一个面子，给您一张折叠椅坐。在那里，每年有那么一次狂欢节，您也许还能参加一两次舞会，带有乐队的那种——所谓乐队就是本地的两支短笛，偶尔还可以看到耍猴和木偶戏，不过倘若您的丈夫……

玛丽亚娜　哎哟！你真要了我的命了。你还是替我出个主意帮帮我的忙吧。

桃丽娜　您太看得起我了。

玛丽亚娜　哎呀，桃丽娜，我求你啦……

桃丽娜　为了好好地惩治您一下，非得把这门亲事做成不可。

玛丽亚娜　我的好姑娘呀！

桃丽娜　不行。

玛丽亚娜　如果我说我爱的是瓦赖尔……

桃丽娜　不行，答尔丢夫才是你的男人，一定要让您尝尝他的滋味。

玛丽亚娜　你知道我一向信赖你，现在帮我……

桃丽娜　不，总得叫您去答尔丢夫那儿一下。

玛丽亚娜　好吧！既然你对我的苦命一点也不可怜，那就任凭我一个人去绝望吧。我只有求助于绝望，让它给我建议和帮助，给我

勇气。我知道我的这些烦心事，总能找到一剂良药。（玛丽亚娜作势要走）

桃丽娜　喂！回来。我不生气了，不管怎样，我还是得可怜您。

玛丽亚娜　桃丽娜，你还看不出，如果我一定要去受这种苦难，我只有一死而已。

桃丽娜　您别烦躁。我们肯定能够想个法子来阻止……不过小姐，您的情人来了。

第四场

【瓦赖尔入场。

瓦赖尔　小姐，刚才有人告诉了我一个消息，这个消息真是有趣得很，我还是头一回听见哩。

玛丽亚娜　什么消息？

瓦赖尔　说你要嫁给答尔丢夫。

玛丽亚娜　我的父亲心里的确是有这个打算。

瓦赖尔　小姐，你的父亲……

玛丽亚娜　他改变主意了。刚才他已把这件事向我提出来了。

瓦赖尔　什么？当真？

玛丽亚娜　是的，他是当真的。他已公开地坚持这门亲事。

瓦赖尔　你的心里怎么个打算呢，小姐？

玛丽亚娜　我不知道。

瓦赖尔　这话回答得真漂亮。你不知道？

玛丽亚娜　不知道。

瓦赖尔　不知道？

玛丽亚娜　你有什么建议？

瓦赖尔　我？我看，你就嫁给他吧！

玛丽亚娜　这就是你的建议？

瓦赖尔　是的。

玛丽亚娜　你当真?

瓦赖尔　当然当真，多好的选择啊，你还不赶紧同意。

玛丽亚娜　好啊，先生，你这劝告，我接受了。

瓦赖尔　我担保你听从这个劝告不会有多大痛苦的。

玛丽亚娜　肯定比提出这个劝告的人更痛苦。

瓦赖尔　我这样劝你，是替你着想，小姐。

玛丽亚娜　我呢，听从你这劝告，也是替你着想。

桃丽娜　（退至舞台背后）我倒要看看这样斗下去会有什么结果。

瓦赖尔　那么这就是你的爱情喽?全是谎言，当你……

玛丽亚娜　我求你别提这些话。先生，是你先痛痛快快地对我说应该接受他们给我找的丈夫，我这才痛痛快快地对你说我也愿意接受这门亲事，这全是因为你给我出了这个高明的主意。

瓦赖尔　别拿我的建议来推卸你自己的责任。你早拿定了主意，这是显而易见的。你现在抓住一个无足轻重的借口不放，好冠冕堂皇地撤回你的诺言。

玛丽亚娜　您说得太对了。

瓦赖尔　当然了，你心里就从来没有真正爱过我。

玛丽亚娜　哎哟！你真要那么想，也只好随你的便了。

瓦赖尔　是的，是的，我爱怎么想就怎么想，不过，我这颗受伤的心也许会赶在你前头移情别恋，向别人献出我的心和承诺。

玛丽亚娜　那是毫无疑问的，像你这样的圣人能得到很多爱情……

瓦赖尔　老天呀，别提什么圣人啦！我知道自己没有多少才德，你已经证明了这一点。但是我也许能从别人那里找到更多好心，我知道有人能弥补我的损失，不会耻于当你的替补。

玛丽亚娜　你的损失本来也不大，再说换个人后你肯定能轻易地彻底抚慰自己了。

瓦赖尔　我会尽力的，这点你尽可以放心。既然被女人抛弃了，就得拿出点志气来，总得想方设法把这个人忘掉。即使不能真正忘掉，至少也得假装忘掉。对于那些抛弃我们的人，还要恋恋不舍，再没有比这种男人更下贱的了。

玛丽亚娜　的确，你这个观点高尚得很。

瓦赖尔　是啊，人人都该赞成这种观点。怎么？莫非还要我的心对你永远保持着炽烈的爱情？眼看着你就要投入别人的怀里，还不许我把你抛弃的这颗心放在别人身上吗？

玛丽亚娜　当然不，正相反，这正是我衷心祝愿的。

瓦赖尔　什么？你希望如此？

玛丽亚娜　是的。

瓦赖尔　你这是往我伤口上撒盐，小姐。我现在就走，让你称心如意。（他迈了一两步，作势要走）

玛丽亚娜　哼，很好。

瓦赖尔　（返回）请你记住，是你逼我做出这种绝望之举的。

玛丽亚娜　当然。

瓦赖尔　（再次返回）还有，我的这个打算不过是跟你学的。

玛丽亚娜　是的。

瓦赖尔　（在门口）够了，你眼看就要称心如愿了。

玛丽亚娜　那才好呢。

瓦赖尔　（再次返回）这是最后一次了。

玛丽亚娜　那才好呢。

瓦赖尔　（走到门边，又转过身来）嗯？

玛丽亚娜　干什么？

瓦赖尔　你没叫我吗？

玛丽亚娜　我叫你？你做梦呢！

瓦赖尔　很好，我走了，永别了，小姐。（慢慢走开）

玛丽亚娜　永别了，先生。

桃丽娜　我说，你们俩都是昏了头，发癫胡闹呢。我方才任凭你们闹下去，为的是看看到底闹到什么地步才算完。喂！瓦赖尔少爷。（她过去拉着瓦赖尔的臂，想让他留下。瓦赖尔夸张地做出抗拒的样子）

瓦赖尔　你要干什么？桃丽娜。

桃丽娜　到这儿来！

瓦赖尔　不，不，我真是受不了了。别拦着我，我现在就去遂了她的心愿。

桃丽娜　快打住！

瓦赖尔　不，你还看不出来吗？我已经打定主意了。

桃丽娜　的确如此！

玛丽亚娜　（旁白）他看见我就不痛快，巴不得走。还不如我自己走开，把地方让给他吧。（想毕即走）

桃丽娜　（桃丽娜放开瓦赖尔，追玛丽亚娜）这回轮到那位了。您到哪儿去？

玛丽亚娜　不要管我。

桃丽娜　回来。

玛丽亚娜　不，不，你拉住我也没用。

瓦赖尔　（旁白）我知道，我在这儿，她看着就是活受罪。毫无疑问，我还是别让她受罪的好。（想毕即走）

桃丽娜　（放开玛丽亚娜，追瓦赖尔）又来了？你俩真是活见鬼了。我说快别胡闹了，你，还有你，全上这儿来。（她拉来一个，然后拉来第二个，将两人拉拢在舞台中央）

瓦赖尔　（向桃丽娜）你这是什么意思？

玛丽亚娜　（向桃丽娜）你打算干什么？

桃丽娜　我打算给你们讲和，并且帮你们解决困难。（向瓦赖尔）您莫非疯了，跟她这么个吵法儿？

瓦赖尔　你没听见她跟我说什么吗？

桃丽娜　小姐，您莫非疯了，生这么大气？

玛丽亚娜　你没看见他是怎么对待我的吗？

桃丽娜　你俩都够糊涂的。（对瓦赖尔）她没别的念头，一心一意只想嫁您，我可以保证。（对玛丽亚娜）他呢，所爱的只有您，没别的人，一心只想娶您，我可以拿生命做担保。

玛丽亚娜　（向瓦赖尔）请问你刚才为什么给我出那样的主意？

瓦赖尔　那样一个问题，你为什么还跟我讨主意呢？

桃丽娜　你们两个全疯了，我跟你们说。把手伸过来。（向瓦赖尔）快点，您的手。

瓦赖尔　（伸手给桃丽娜）干吗？

桃丽娜　（向玛丽亚娜）现在，您的手！

玛丽亚娜　（伸手给桃丽娜）这有什么用？

桃丽娜　天啊！快点，全走过来。你们是那么相爱，你们自己也没想到呢。（瓦赖尔和玛丽亚娜互相牵着对方的手，一阵子谁也不看谁）

瓦赖尔　（最终转过身来对着玛丽亚娜）得了吧，别这样小气啦，别再这么横眉竖目地看着我呀！（玛丽亚娜转眼看瓦赖尔，略微一笑）

桃丽娜　说真的，恋爱的人实在跟傻瓜一样。

瓦赖尔　（向玛丽亚娜）你说，我埋怨你，难道不应该吗？老实说，你竟对我说出那种叫人伤心的话，不有点太狠心了吗？

玛丽亚娜　你呢，你不也是最没良心……

桃丽娜　这些争论留着下次再说，现在先得想法子阻止这桩讨厌的亲事。

玛丽亚娜　快告诉我们应该怎么办。

桃丽娜　嗯，我们什么法子都得使用。（向玛丽亚娜）您的父亲头脑简单，（向瓦赖尔）他的计划荒谬至极。（向玛丽亚娜）您对他的想法最好是表面上来个百依百顺，万一到了紧要关头，还能找到方法拖延这门亲事。相信我，只要工夫一长，什么事都好办了。一会儿您可以假装突然生病，婚期于是就得延缓几时；一会儿您可以推说遇到了不祥之兆：什么遇见葬礼啦，打碎镜子啦，或者梦见泥浆啦，等等。最有利的一点是只要不从您口里说出一个肯字，他们就没法儿让您嫁人。不过现在，依我看，千万别让人看见你们俩在一块儿谈天。（向瓦赖尔）您赶快走吧！快去发动您那些朋友，去敦促他们遵守给您的承诺。我们现在要去鼓动她的弟弟，叫他也出点力，并且把她的继母也拉到我们这一边。再会吧。

瓦赖尔　（向玛丽亚娜）不管我们怎样去努力，我的最大希望还是在你身上。

玛丽亚娜　（向瓦赖尔）我父亲的心血来潮我没法管。不过除了你瓦赖尔之外，我是任何人也不嫁的。

瓦赖尔　你真叫我开心死了！不管他们……

桃丽娜　哎哟！你们这些恋爱中的人，絮絮叨叨没完没了。赶紧走吧！

瓦赖尔　（走一步又退回）最后一句话……

桃丽娜　您怎么这么啰唆！您从这边出去，还有您，从那边走。

【推两人的肩，让他们从相反方向退场。

第三幕

第一场

【在奥尔恭家的客厅。桃丽娜正与达米斯交谈。

达米斯　什么敬老，什么尊上，都别想拦住我！我要是现在不大闹一场，就让天雷立刻把我劈死，就让大伙儿的口水把我淹死！

桃丽娜　求求你，先别发这么大的火，您的父亲不过是这样说说而已，他说的话不见得就实行，并且从计划到实行，路还远着呢。

达米斯　不行，我得阻止这个卑鄙小人的阴谋，我得好好教他一些做人的道理。

桃丽娜　慢来，慢来，跟对付您父亲一样，还是让您的继母动手来收拾他吧。她对这个答尔丢夫说话还管点用，她说什么他都喜欢听，我怀疑他是喜欢上她了，但愿如此——那可就更热闹了。现在她为你着想，叫我去请答尔丢夫，关于那桩亲事，她要探一探他的口气，看看他是什么意思，并且让他知道，如果他继续支持这项计划，会给他带来多大麻烦。方才我没见着他，他的仆人说他正在祷告，不过他就要下来了。您出去吧，让我在这儿等他好了。

达米斯　这种谈话我可以在旁听一听。

桃丽娜　不行不行。他们两人密谈，不能有外人的。

达米斯　我什么话也不跟他们说。

桃丽娜　您又胡闹了。您那火暴脾气我们是知道的，只会把事情弄糟。出去吧！

达米斯　不，我要看看，我不发火就是了。

桃丽娜　赶紧出去，你这个讨厌鬼！他来了，快藏起来！（达米斯藏到舞台后面的小房间里）

第二场

【答尔丢夫和他的仆人劳伦斯入场。

答尔丢夫　（看见桃丽娜。对他的男仆）劳伦斯，把我的鬃毛紧身衣跟鞭子都收好，求上帝永远赐你光明。如果有人来找我，你就说我去给囚犯们分发捐献去了。

桃丽娜　（旁白）真够矫情的！真会卖弄口舌！

答尔丢夫　你有什么事？

桃丽娜　我要告诉你……

答尔丢夫　（从衣袋里摸出一块手帕）哎哟！求求你，说话以前你先把这块手帕接过去。

桃丽娜　干什么？

答尔丢夫　把你胸脯遮起来，我不能看见。这种东西，看了灵魂就会受伤，给我们头脑带来罪恶的念头。

桃丽娜　你就这么禁不住引诱？肉体对于你的感官还有这么大的影响？我不知道你心里头会起什么念头，不过，我可没这么容易动心，你从头到脚脱得一丝不挂，你那张皮也动不了我的心。

答尔丢夫　你说话要客气点，否则我立刻就躲开你。

桃丽娜　不用，不用，还是我躲开你吧，我只有一件事要对你说，就是太太这就下楼来，请你允许她和你谈几句话。

答尔丢夫　嗯，我很乐意。

桃丽娜　（旁白）你看他一下又变得多么温柔！说真的，我还是相信我的第六感。

答尔丢夫　她就来吗？

桃丽娜　我已经听见她了，是的，真是她来了。让你们两人在这儿，我走了。

第三场

【欧米尔入场。

答尔丢夫　愿上帝大发慈悲保佑您的灵魂和身体全都健康，并且还保佑您的每一天，正如他最卑微的信徒所祝愿的那样。

欧米尔　谢谢您这番虔诚的祝愿。可是咱们还是坐下谈吧，可以舒服一点。

答尔丢夫　（坐下）您的病体恢复得如何？

欧米尔　很好。也不发烧了。

答尔丢夫　虽然我的祈祷恐怕还没有这么大的力量，能从上帝那里求得这种大恩典，可是我向上天做的每次祈祷，都是祈求您早日恢复健康。

欧米尔　您对我太关心了。

答尔丢夫　您的贵体安康，我无论怎么爱惜也是不够的。为了您的健康，我愿意牺牲我自己的健康。

欧米尔　您把基督徒的善心推广得未免太远了点。我对您这种好意真是感激不尽。

答尔丢夫　这是您应得的，我做的还差得远呢。

欧米尔　有件事情，我打算和您私下里谈谈，我很高兴现在旁边没人能听到。

答尔丢夫　我也很高兴，太太。能够和您单独会面，这的确是美妙的事。这种机会我已向上天请求过多次，可是在这以前上帝还没给过我。

欧米尔　我所希望的就是您说一句出于肺腑、毫无隐瞒的话。

（达米斯偷偷地把小房间的门打开一半）

答尔丢夫　蒙上天恩惠，我也只想把我整颗心呈献在您的眼前，我对您发誓，对那些爱慕您美貌而来的客人，我给他们找了不少麻烦，但这一切全不是因为对您有丝毫恶意，而多半是出于热爱，纯粹是出于……

欧米尔　我也是这么想的，相信您操这份心是为了我。

答尔丢夫　（握住她的指尖）的确如此，太太，我的热爱已经……

欧米尔　哎哟！您握得太紧了。

答尔丢夫　那是因为我太热爱了，我绝没有一点点握疼您手的意思。我会尽快……

（他把手放在欧米尔膝上）

欧米尔　您这只手要干什么？

答尔丢夫　我摸摸您的衣服，这料子多么柔软。

欧米尔　别动它，我最怕痒了。（她将座椅退后，答尔丢夫将座椅移近）

答尔丢夫　（摸摸欧米尔的衣服花边）天啊！这花边的做工可真细致，现下的手工活真是巧夺天工，从来没见过比这做得更好的。

欧米尔　对，的确如此。不过咱们还是先谈谈正事吧。有人说我的丈夫要悔婚，打算把玛丽亚娜许配给您。这是不是真事？

答尔丢夫　他倒是对我提过几句，不过，太太，老实说，那不是我所追求的幸福，我天天祈祷的甜美幸福却在别处。

欧米尔　这么说您对世俗之物不会产生爱恋？

答尔丢夫　我这胸膛里的那颗心也不是铁石做的。

欧米尔　我总以为您是一心一意想着天上的事情，在这人世间，没有任何东西值得您留恋。

答尔丢夫　我们对永恒之美所产生的爱并没有抹杀我们对世俗之美所产

生的爱。上帝创造的完美作品，我们凡人的感官很容易为它着迷。上帝的魅力在你们女人身上投射出异彩，尤其是在您身上，更聚集了他最稀有的奇迹，他把那最神奇的美都放在了您的脸庞上，叫人看花了眼，弄丢了魄。我一看见您这绝色美人就禁不住要赞美这伟大的造物主，并且面对着一幅上帝照自己模样画出来的最美的像，我的心不知不觉因为热爱而烧得滚烫。最初我很怕这种秘密的爱恋是魔鬼的圈套，心里甚至决意要躲避您的美貌，把它当作了我获得救度的障碍。不过到后来，可爱的美人呀！我才明白这种爱恋并不算是罪恶，我可以使它和庄重相辅相成，于是我就完完全全献出了我的心。我承认，胆敢把这颗心奉献给您，这是异常放肆的行为。不过我一切的希望都寄托于您的慈悲善心，我根本就没指望单凭自己会有什么结果，我的希望、我的幸福、我的安慰全都寄托在您的身上。我能享福或是受罪，全部取决于您，全凭您的判决，您要我享福，我就能享福，您要我受罪，我就会受罪。

欧米尔　您这番表白确实多情。不过，说真的，却有点令人惊奇，我以为您的心应该更坚强一些，对于我丈夫的提议总得有所考虑。像您这样一个虔诚的教徒，大家到处都称……

答尔丢夫　哎哟！尽管是教徒，我也有七情六欲呀，一看见您这样天仙似的美人，这颗心可就再也把持不住，什么理智也没有了。我知道由我口里说出这样的话来，未免有点奇怪，然而，太太，我毕竟不是一位天使，倘若您责怪我坦率的表白，那也只能归咎于您那迷人的丰姿。自从我一见您那世间少有的美貌，您便成为我整个心灵的主宰。您的双眸充满了难以形容的甜美，暴风雨一样击溃了我内心顽强的抵抗，征服了一切，禁食、祷告、眼泪，什么也抵挡不住，我的爱慕全都聚集在您身上。我的眼神、我的叹息已经表露过一千次，现在为了表示得更全面，我再用嘴来对您明说。如果您肯发发善心，体贴一下我这个无用奴才的烦恼，如果您肯发发慈悲，给我一点慰藉，屈尊俯就我这卑微的人，那么，甜美的宝贝呀！我一定回报给您举世无双的崇拜和热爱。再说跟我要好，您的名誉是不会有任何风险的，也不必害怕公众的风言风语。那些深受女人宠爱的宫廷里的风流男子，他们言语轻狂，喜欢吹嘘自己的风流事迹。他们总是大肆宣扬自己的情场得意。他们占了便宜，便按捺不住对外夸耀。你要是相信他们，他们那张管不住的嘴必定使接受他们爱情的人的名誉一败涂地。可是像我这种人呢，在爱情方面是格外谨慎的，您可以相信我是永远不会泄密的。我必须顾全自己的名誉，所以被爱的那方就可以高枕无忧。因此，接受了我这么诚挚的心，您将得到不会惹出任何流言蜚语的爱情，以及没有任何后顾之忧的快乐。

欧米尔　您说的话我都听见了。您这番话已经说得非常直白了。可是您就一点不怕我会把您这一份热烈的情意告诉我的丈夫吗？您也不怕一旦您这份感情告诉了他，会损坏他对您的友情吗？

答尔丢夫　我知道您仁慈又宽宏大量，一定会宽恕我这样胆大妄为。考虑到人的弱点，您一定会原谅我的热烈爱情对您的冒犯，并且您只要照照镜子，您就会想到谁也不是瞎子，人心都是肉做的。

欧米尔　别的女人也许做法不同，不过我愿意谨慎从事，不把这件事说给我丈夫听，不过我也有一件事要您替我办到，我要您老老实实，真心实意地促成瓦赖尔和玛丽亚娜的婚事，我要您放弃这种不公正的权利，不再用它来剥夺别人的权利，并且……

第四场

达米斯　（从他藏身的小房间走出）不成，不成，母亲，这个事非把它捅出去不可。我早就在这里呢，全都听得一清二楚。老天爷开眼，把我安排在这里，好让我来压一压这个恶棍的狂妄气焰，治一下他的假仁假义和狂傲蛮横，好让我父亲醒悟过来，让他看清楚这个方才调戏您的恶棍的本来面目。

欧米尔　不，达米斯，只要他以后肯老实一点儿，能不辜负我今天对他的大恩就够了。我既已答应他了，你就不要让我说话不算数。我是不愿声张的。遇到这种混账的事，我们做妻子的也只好付之一笑，不能因为这个吵得丈夫耳根不得清静。

达米斯　您有您的理由这样办，可是我也有我的理由不这样办，这回要把他放过，可真是丢人现眼。长期以来，这个老顽固骑在我脖子上，让我敢怒不敢言，我们这个家也让他扰得不得安宁。这个恶棍挟制了我的父亲，破坏我妹妹和我自己的爱情，也该是到时候了，我必须在父亲面前撕下这个叛徒的面具。老天爷给了我好机会，这都得感谢上帝。有了机会如果不好好利用，那就活该再也没有机会了。

欧米尔　达米斯……

达米斯　不，对不起，我已经打定主意了。我现在可真痛快极了。您就甭费心让我放弃这复仇的快乐。我现在就要了断这件事。看，我父亲已经来了，这回可该我称心如意了。

第五场

【奥尔恭入场。

达米斯　父亲，您来得正好，有大新闻要告诉您，这新闻新奇得很，说出来肯定让您大吃一惊。您这回好心有好报了，这位好先生正拿着一份厚礼来报答您的美意。我们刚才发现，他正在满腔热情地糟蹋您的名誉。他刚才正在向您的太太表白他那无耻的爱情，被我当场捉住。母亲的脾气一向温和又谨慎，所以一心要保守秘密，可是我不能纵容这样卑鄙无耻的行为，也不能把这事隐瞒起来不告诉您，那是对您不够敬重。

欧米尔　我相信我们做妻子的绝不应当拿这种无凭无据的闲话来打搅丈夫的清净，女人的名誉并不在嘴上，只要我们自己能够防卫也就够了。我的意思就是如此，达米斯，如果你的眼里还有我的话，你就什么都不会说了。

【欧米尔气愤退场。

第六场

奥尔恭　老天爷呀！我刚才听见的这番话能叫人相信吗？

答尔丢夫　老兄，是的，我是一个坏人、一个罪人、一个恶贯满盈的恶人，一个穷凶极恶的罪犯。我一生中无时无刻不沾满了污秽，我的一生只不过是一堆罪恶与垃圾。我也看出来了，上帝要处罚我，所以现在要我受辱，因此无论人们怎样错怪我，我都不会否认，我也决不敢自高自大来替自己辩护。您尽管相信他们的话好了，尽管发怒吧，把我当成一名罪犯撵出您的大门，因为我应该忍受的羞辱多着呢，这么一点儿，算不了什么。

奥尔恭　（向达米斯）你这个无赖，你竟敢用这种谎话来败坏他纯洁的名声。

达米斯　怎么？这个伪君子假装的逆来顺受竟然使得您不相信……

奥尔恭　住口，你这挨千刀的瘟神。

答尔丢夫　唉！别拦他，让他说下去吧！您错怪他了，您最好还是相信他所说的话吧。这种情形下您为什么还如此庇护我呢？您又怎么知道我不会干出些什么事来呢！您该不该相信我的外表呢？老兄，或由此就判定我是好人吗？不，您是让表面给蒙蔽了，我恰恰不是您所想的那样一个人。唉，大家都相信我无比虔诚，可事实是，我是一个一文不值的人。（向达米斯）我的好孩子，您尽管说吧！骂我是叛徒、无信无义的无赖、小偷和谋杀犯，再找出一些比这还丑恶的字眼来加在我的身上！我决不反驳，这正是我所应得的。我愿意跪在地下忍受这种侮辱，在耻辱中补偿我所犯下的罪恶。

奥尔恭　（向答尔丢夫）哎呀，老弟，您太过分了。（向达米斯）你还嘴硬？你这个下流胚！

达米斯　什么？他这番话竟把您迷惑到……

奥尔恭　住口，你这个无赖。（向答尔丢夫）老弟，快起来！我求您了。（向达米斯）不要脸的东西！

达米斯　他能……

奥尔恭　闭嘴！

达米斯　气死我了，我……

奥尔恭　再多说一个字，我就打断你的腿。

答尔丢夫　老兄，看在上帝的面子上，您千万别动气。我宁愿忍受最残酷的刑罚，也不愿令郎因为我而受到一点点伤害。

奥尔恭　（向达米斯）你这忘恩负义的东西。

答尔丢夫　算了吧。我跪下来请求您原谅他……

奥尔恭　（也跪下，抱着答尔丢夫）哎呀！您怎么能这样？（向达米斯）浑蛋！看看人家的大仁大义！

达米斯　那么……

奥尔恭　不许再闹！

达米斯　什么？我……

奥尔恭　不许再闹！听见没有？我知道你为什么攻击他，因为你恨他，你们个个都恨他，老婆、孩子、仆人，个个都放肆地害他，你们想尽一切办法想把这位圣人从我家中撵走。不过你们大家越是费尽心思想把他撵走，我就越是一心一意要把他留住。我现在就把我女儿嫁给他，就为了杀一杀你们的狂妄气焰。

达米斯　你要强迫我妹妹嫁给他吗？

奥尔恭　是的，小兔崽子！就在今天晚上，就为了让你气得半死。我就要跟你们斗一斗，让你们知道谁才是一家之主，谁才说话管用。你这个孽种，赶快跪在他的面前，收回你的话，请求他的宽恕。

达米斯　谁跪？我？让我来求这个招摇撞骗的无赖……

奥尔恭　浑蛋，你敢不听话，还敢骂他？给我一根棍子，一根棍子！（对答尔丢夫）别拦着我。（向达米斯）给我滚！马上给我滚出去，小王八蛋，休想再回来。

达米斯　好，我走，不过……

奥尔恭　赶快滚开，你这个天打五雷轰的！我不但剥夺你继承遗产的权利，我还要狠狠地诅咒你。

【达米斯退场。

第七场

奥尔恭　不像话，对于一位大圣徒，竟敢这样加以侮辱！

答尔丢夫　上帝啊！请您宽恕他给我的一切痛苦！[①]（向奥尔恭）您不知道我心里有多难受，眼看着他们在您面前中伤我……

奥尔恭　哎哟！

答尔丢夫　这种忘恩负义的举动，我一想到就觉得心如刀绞……我是这样痛恨这种举动……我心里悲痛得连话都说不出来了，我想我一定会因此而送掉性命的。

---

① 有些现代版本采用了最早时期舞台版本一直保留的台词："上帝啊！请您宽恕他，就像我宽恕他一样！"不过这里依然采用另一句台词："上帝啊！请宽恕我，就像我宽恕他一样！"这句台词是最原始的版本，但并没有出现在任何早期版本中，莫里哀也许觉得必须加以修改，因为它太接近《圣经》里的话语了。——查尔斯·艾略特注。

奥尔恭　（泪流满面，奔到把儿子逐出去的门边）浑蛋，我真后悔刚才放你走了，为什么不亲手把你当场打死。（向答尔丢夫）老弟，您消消气！别生气了。

答尔丢夫　不，老兄，让咱们把这些痛苦的争吵都一了百了了吧。我看出来了，我给您带来了不少麻烦，我觉得我真有离开此地的必要了。

奥尔恭　什么？你这是什么话？

答尔丢夫　这儿大家都恨我，我看得很明白，他们是在变着法子让你怀疑我的忠诚。

奥尔恭　那有什么关系，莫非你看出我听信他们的话了吗？

答尔丢夫　毫无疑问，他们是不会停手的。同样的话，今天你不肯信，也许下一次你就会信以为真了。

奥尔恭　不会的，老兄，绝不。

答尔丢夫　唉！老兄，一个做妻子的是很容易动摇丈夫的心意的。

奥尔恭　不会，不会。

答尔丢夫　赶快放我走吧！我远远地离开这儿，他们就找不到攻击我的理由了。

奥尔恭　不，你必须留在这儿，这跟我生命攸关。

答尔丢夫　好吧，我就留在这儿继续折磨自己吧，只要您愿意……

奥尔恭　不，绝不！

答尔丢夫　那就这样吧。咱们什么话也别提了。可是在这种情形下我要格外注意自己的言行举止，名誉是最娇嫩的东西，为了咱们的交情，我得尽量避开嫌疑，防止一切流言蜚语，以后我躲着你的太太就是。

奥尔恭　不！别管他们怎么样，你更得多多亲近她。让大家全气得发疯，我才高兴呢。我要他们看见你俩时时刻刻在一起。这还不算，为了好好跟他们斗一斗，我谁也不要，只要你一个人做我的继承人。我这就去办理正式手续，把我的财产全都赠送给你。一个忠厚诚实的朋友、我未来的女婿，在我看来比儿子、妻子和其他亲戚都更重要，你会接受我这提议，对吧？

答尔丢夫　一切都遵从上帝的旨意。

奥尔恭　可怜的人！咱们赶快去写一个字据吧！叫那些红眼病都气破肚子。

【两人退场。

第四幕

第一场

【在奥尔恭家的客厅，克雷央特与答尔丢夫交谈。

克雷央特　是的，全城的人都在谈论这个事，满城风雨对你名声可没什么好处。正好，先生，我在这儿遇见了你，让我把话挑明了跟你说吧。别人的风言风语，我先撇开不谈，姑且往最坏的一面去想，就当达米斯忘恩负义，的确是诬赖了你，但是一个基督教徒不就应该宽恕别人的侮辱，打消自己心里一切报复的念头吗？只因一场争吵，你就忍心看着一个儿子被他父亲从家里撵出去吗？我还是那句话，老老实实跟你说，现在大大小小的人没有一个不在那里愤愤不平的。你要是肯听我一句劝，那么赶紧把这一切都平息下去，不要把事情做绝。看在上帝的面上，息了你的怒，让他们父子二人言归于好吧！

答尔丢夫　哎哟，说到我，我是诚心诚意愿意这么办的。因为，先生，我对他是一点也没记恨，我宽恕了他所做的一切，一点也不怪他，并且愿意尽十二分的力去帮他。可是这件事关系到上帝的利益，上帝是绝不会答应的。他如果回来，那我就得离开这儿了。自从他做了那种荒谬绝伦的事情，我们俩若再交好，一定会引起旁人的非议。天知道大家对这件事会有什么想法！人家会说我是纯粹在耍手腕——说我原本有罪，良心不安，才对诬赖我的人假装仁慈，说我是心里怕他，不得不敷衍他，为的是可以暗中堵住他的嘴。

克雷央特　你所举的这些理由都很漂亮。可是，先生，未免扯得太远了。上帝的利益又何须你来操心？上帝惩罚恶人莫非还要我们帮忙吗？任凭上帝自己去报仇，只须记着上帝要我们去宽恕的命令就得了。你既是唯上帝之命是听，那就别再注意世人的批评了。怎么？因为顾虑到无足轻重的揣测之词，你竟不愿去做一件大好事？算了吧，咱们还是按照上帝的命令去做吧，不要让任何的顾虑来扰乱咱们的心思。

答尔丢夫　我已经告诉过你我宽恕他了，先生，这就是遵照上帝的旨意办事了。不过经过了今天这场笑话和侮辱，上帝再不会叫我和他在一起过日子了。

克雷央特　那么，先生，他父亲纯粹由于一时兴起才决定的主张，把照理压根儿没你的份的财产全赠给了你，你却信以为实赶紧接受下来，那也是上帝命令你的吗？

答尔丢夫　了解我的人决不会认为我这么做是出于私心。世界上的一切金钱财宝，我看了都无所谓，这些珠光宝气是迷不住我的眼睛的。我之所以决定接受他父亲坚持赠予我的这份产业，老实说，完全是担心这份产业落到坏人手中，怕的是有些人拿了这笔钱财去为非作歹，而不能照我所计划的那样拿来替上帝增光，替社会造福。

克雷央特　先生，你就别瞎操这份心了吧，这会让一个合法继承人抗议的。财产本是他的，让他得了去是做好事也罢，做坏事也罢，轮不到你掺和。你再想想，与其让人骂你霸占别人产业，还不如随他自己去胡花滥用好了。你居然能够恬不知耻地把这个提议接受下来，这真让我佩服。告诉我，哪儿有这么一条教规叫人去剥夺合法继承人的权利？再说，如果上帝真的让你和达米斯再也不可能在一块儿生活，那么与其伤天害理地看着旁人为了你把自己的儿子赶出家门，倒不如你自己知趣而又体面地离开，那不更好吗？相信我，先生，那才是正直的好榜样……

答尔丢夫　先生，现在已经三点半了，我得回房间做祈祷了，请你原谅我不能久陪了。

【答尔丢夫退场。

第二场

【桃丽娜，玛丽亚娜入场。

桃丽娜　（向克雷央特）做点好事吧，先生。我们恳求您尽最大可能帮我们维护她（指着玛丽亚娜）的利益，她心里难过得要死呢，她的父亲打算今晚就要举行订婚仪式，害得她无时无刻不在绝望之中。她父亲这就要来了。我请求您，赶快齐心协力，不管是用强还是使计谋，总得想法子让她父亲改变心意。

第三场

【奥尔恭入场。

奥尔恭　啊，你们全在一起呢，真让我高兴。（对玛丽亚娜）我带来了这份契约，将确保你的幸福，亲爱的，你已经知道这是什么意思了。

玛丽亚娜　（跪下）父亲，我求求您，看在知道我痛苦的上帝的分儿上，看在一切能够感动您的事物上，请您稍微放松一下父亲对儿女的权力！在这门亲事上，您别再硬逼着我出于孝心来服从您了，别再用这种残酷的命令来逼得我向上帝抱怨为什么您是我父亲。如果您不顾我的满心希望，禁止我嫁给我爱的人，至少，我双膝着地哀求您，您就别再折磨我，强迫我嫁给我所憎恶的人了。请您别在我身上用尽了您的权威，把我逼上绝路。

奥尔恭　（有点心软）喂，我的心，要强硬呀！不能有妇人之仁！

玛丽亚娜　我并不嫉妒您对他的宠爱，想怎么宠爱就怎么宠爱吧，把您的财产送给他吧，如果还不够，把我的那一份也全加上，我心甘情愿，完全放弃。只要您不要把您女儿这个人也送给他。啊，那还不如让我进修道院，在清规戒律中打发上帝分配给我的凄凉日子。

奥尔恭　这些傻丫头，只要父亲阻挠了她们那愚蠢的爱情，便要去当修女！站起来！你越不想嫁他，嫁了他才越有益于你的灵魂得救。你就好好利用这段婚姻来磨炼你自己吧。别再拿这件事来烦我了。

桃丽娜　不过……

奥尔恭　在主人面前没你说话的份儿！我警告你，别再说一个字。

克雷央特　如果你允许我再向你进一点忠告……

奥尔恭　老弟，我非常看重你的建议，都是经过深思熟虑的，再好不过了。不过请你允许我决不采纳。

【欧米尔入场。

欧米尔　（对奥尔恭）这种情形，我真不知道该说什么才好，你的眼睛竟瞎到这种地步，可真叫我佩服。你无论如何也不信我们的话，你真是叫答尔丢夫给迷住了。

奥尔恭　实在对不起，只有像和尚头上的虱子这样明显的事，我才肯相信。我知道你很溺爱我那无赖儿子，不敢戳穿他对那可怜人耍的诡计。另外，你当时的表现太冷静了，叫人难以相信。如果真有那么一回事，你肯定是另外一种激动的样子了。

欧米尔　那个人仅仅是说了几句不该说的爱慕之语，我们难道非得大吵大闹才算不失面子吗？难道只有眼里冒火，破口大骂才算应付得当吗？至于我，听了那种话，只会付之一笑，我决不愿意为这事闹个天翻地覆。我愿意用温和的态度叫人看出我们是规矩人，我根本不赞同那些粗野的假正经女人，她们依靠尖爪利牙来保护名声，听见了一句无所谓的话就恨不得把别人的眼抓瞎。感谢上帝可别让我染上这种假正经的作风！我可不要这种母夜叉的妇德，我相信那种不声不响的冷淡态度更能打消一个人的痴心妄想。

奥尔恭　总之，我已知道是怎么回事了，你们休想糊弄我。

欧米尔　你的糊涂让我再一次震惊，不过如果我能让你亲眼看见我们对你所说的事实，你这种什么都不相信的脾气还有什么话可说呢？

奥尔恭　亲眼看见？

欧米尔　是的。

奥尔恭　瞎扯。

欧米尔　说呀，如果我有法子让你看个清清楚楚？

奥尔恭　无稽之谈。

欧米尔　你这个人呀！你倒是回答我呀。我并不是叫你现在就相信我们，不过，假定我们挑一个地方，可以让你藏在那儿清清楚楚地把一切全都看见，也都听见，你对你那个正人君子还有什么话可说呢？

奥尔恭　如果是那样，那我就说……我什么话也没得说了，但这是不可能的。

欧米尔　我已经受够了你的糊涂，你冤枉我撒谎也够久了，光为了争这口气，我也得让你亲眼看到我们所说的一切。

奥尔恭　好，就这么一言为定。我倒要看看你还有什么花招，看你怎样实现你所答应的事。

欧米尔　（向桃丽娜）去把他请来。

桃丽娜　这个家伙狡猾得很，要抓住他恐怕没那么容易吧。

欧米尔　没事，一个坠入情网的人很容易哄骗的，并且他那种自负劲儿也必定叫他上当。让他下楼来见我。（向克雷央特和玛丽亚娜）你们走开吧。

第四场

欧米尔　把这张桌子抬过来，你钻到下面去。

奥尔恭　干吗？

欧米尔　你必须得好好藏起来。

奥尔恭　为什么要藏在这底下？

欧米尔　哎呀，你赶紧照办。我自有安排，等一会儿你就知道了。现在，我跟你说，赶紧进去吧，蹲在底下后，你可留神别让人看见你，也别让人听见你。

奥尔恭　老实说，我迁就你也够多了，我倒要看看你究竟有什么诡计。

欧米尔　我想你到时候就无话可说了。（向藏在桌下的奥尔恭）记住，我这就要干一桩稀奇古怪的事了，你要有心理准备，别大惊小怪。待会儿不管我说什么，都不许拦着我，因为正如我答应的，这一切都是为了让你心服口服。我一会儿要用甜言蜜语哄骗他，因为不这么做不行，我要诱使这个伪君子摘下他的假面具，我要迎合他种种无耻的情欲，听凭他的厚颜无耻任意张狂。我假装接受他的爱情，这都是为了你，为了给你证明他的罪恶。因此一旦你确信无疑，我就会停下来，不让局面发展到你不希望的程度。因此，当你觉得已经足够的时候，你可得出来阻止他那疯狂的追求，来顾全你的妻子，一旦你醒悟过来，就赶紧结束我的冒险。这可跟你自家利益攸关，必须及时终止……他来了。好好蹲着，别让人看见。

第五场

【答尔丢夫入场。

答尔丢夫　有人告诉我说您愿意在这儿跟我见面。

欧米尔　是的，有几句私话要对您谈谈。不过您先关上这扇门，到处去看一看，以免有人偷听。（答尔丢夫去关上门，然后返回）上次发生的事，这回可不能再重演一次了。从没见过这样被人当场捉住的，达米斯那样的做法真让我替您捏了好大一把汗。您也看到了，我曾尽力阻止他的企图，平息他的怒火。可是当时我也吓糊涂了，一点没想起反驳他的话，不过上天保佑，一切反倒因此更好了，我们现在更加安全了。我的丈夫对您的敬仰把这场风暴全给吹散了。他对您不但没有起疑，并且为了更好地来斗一斗那些血口喷人的无赖，他偏要咱们时时刻刻在一起，因此我可以和您关起门独处一室，不用害怕受到指责，并且，我可以向您袒露我的心事，准备接受您的热爱——这样说也许过于仓促了。

答尔丢夫　您这番话真有点令人想不明白，太太，您之前说话可不是这种语气啊！

欧米尔　如果之前的拒绝冒犯了您，那么您真是不懂得女人的心思了！您完全听不出言外之意吗？您没觉得当时的拒绝是那样微弱无力吗？通常在开始的时候，我们的矜持老是在抗拒你们用来鼓励我们的温情。虽然爱情已经完全控制了我们，无论我们找出什么理由来替它辩护，总还是羞于启齿承认，所以最初总是要先假意抗拒。不过从当时抗拒的情形来看，就已足以让他知道我们的心早已经被征服了，为了面子关系我们的嘴还在逆着我们的心说话，可是那样的拒绝早已等于把一切都答应了。我对您说的这番话无疑是过于放肆的自白，丝毫不顾及自己的矜持。不过话已经说出口了，索性说个明白吧。如果对于您的表白我没有一点动心，我怎么会去劝阻达米斯开口呢？我又怎么会那样心平气和地听完您的告白，默许了您的请求，并像刚才那样接受它？并且当我尽力劝说您拒绝他们所提的那门亲事的时候，您还不明白我那究竟是什么意思吗？那不正表示了我对您的关怀和苦恼吗？因为那门亲事如果成功，我原想整个儿得到的那颗心就得与别人平分了。

答尔丢夫　毫无疑问，能够从我所爱的人嘴里听见这番话，当然是莫大的幸福。您这几句甜蜜蜜的话给我全身毛孔都注入了无法形容的舒服。我的心原本就竭尽可能地希望得到您的欢心，现在蒙您这般垂爱，实在幸福至极。不过这颗心，还得请您准许它胆敢对于这份幸福还有一点怀疑，因为我很可能把这些话当作一种手段，要我来终止那桩即将到来的亲事。跟您痛快说吧，我难以相信这么迷人的话，除非给我一点我渴望已久的实惠，来替这话做担保，使我心里有底，才能死心塌地地相信您对我的好情好意。

欧米尔　（咳嗽一声，让奥尔恭注意）怎么，您竟这样心急？一下手就要吸干一颗心的柔情蜜意？人家正在拼命向您倾诉最甜蜜的情意，您还不知足，难道非得让我把最后的甜头给您，才能让您心满意足？

答尔丢夫　越配不上的幸福，我们越不敢抱有希望。我们对爱的渴望，光凭一套空话是难以平息的。这样一种充满了幸福的好运气叫人难以置信，我们必须在享受之后才能深信不疑，我知道自己配不上您的慈悲，因此很怀疑我的胆大妄为竟然梦想成真。太太，您若不弄出点真材实料让我的爱情心服口服，我是说什么也不能相信的。

欧米尔　哎呀！您的爱情做起事来可真像个暴君，把我的心弄得颠三倒四的，它又疯狂地支配着我的心！狂暴地要求满足它的欲望！怎么？您已经把我逼得无法躲避，连一点喘气的工夫都不给人家留下，您知道人家已经爱上了您，您就利用这个弱点步步紧逼，您这样做合适吗？

答尔丢夫　如果我的爱慕真的赢得了您的青睐，那您为什么不肯给我一些实在的保证呢？

欧米尔　不过答应了您的要求，又怎能不得罪您总不离口的上帝呢？

答尔丢夫　如果妨碍我们的只有上帝，我可以轻易地消除这个小小的障碍，您完全没必要因为这个束缚了您的心。

欧米尔　上帝的御旨大家说得那样可怕。

答尔丢夫　我可以替您消除这些可笑的恐惧，亲爱的太太，我知道平息这些顾虑的诀窍。不错，上帝禁止某些欲望的满足，不过我们总能找出一些方法，让上帝觉得合情合理（卑鄙小人的话语）。[①]太太，有一种学问，教导我们如何按照不同的需要来减少良心的束缚，用动机的纯洁来补救行为上的恶劣。这里面的诀窍，太太，我可以慢慢教您；您只要随着我的指示去做就成了。尽管满足我的希望吧！一点用不着害怕，一切都由我负责，有什么罪过全由我承担好了。（欧米尔继续大声咳嗽）您咳嗽得很厉害。

欧米尔　是的，我难受极了。

答尔丢夫　这儿有甘草糖，您要吃一块吗？

欧米尔　我这是老毛病了，再多的甘草糖也无济于事。

答尔丢夫　这真是烦人得很。

欧米尔　是的，简直没法儿说。

答尔丢夫　总之，您的顾虑是很容易打消的。跟我在一起您可以放一万个心。一件坏事只是被人嚷嚷得满城风雨的时候才成为坏事，叫人不痛快的，是大伙儿的风言风语。一件无人知道的罪过根本算不上罪过。

欧米尔　（再次咳嗽）说了半天，看来我不答应是不行的了。必须把我的一切都给了您，如果不这么办，我就别想让您心满意

---

① 莫里哀原始版本中的备注。

足，别想让您死心塌地。当然，走到这个地步是很为难的，我实在是身不由己，但是，既然有人逼着我这么办，不管我说什么他也不肯信，非得要更确凿的证据不可，那么我只好下了决心听人去摆布了，如果我的同意会带来什么过错的话，那也是逼着我这么办的人，他自己活该倒霉，有什么错处当然不能归在我身上。

答尔丢夫　当然不能，太太，这个事本来就……

欧米尔　请您把门打开一点儿，看看我的丈夫是不是在走廊里。

答尔丢夫　您又何必这么在意他呢？咱俩私下里说，他是一个可以牵了鼻子拉来拉去的人，咱们在这儿见面，他还认为是给他增光添彩呢，我已经把他哄骗得见什么都不信了。

欧米尔　不管怎么样，还是请您出去一会儿，到外面各处仔细看一看。

【答尔丢夫退场。

第六场

奥尔恭　（从桌下爬出来）这真是一个万恶的坏蛋，我承认了。我受不了了，这简直是要了我的命。

欧米尔　怎么？你这么早就出来了？你开什么玩笑！赶快回到桌子底下去，还没到时候呢，你应该坚持到底，把事情看个水落石出，不要相信那些揣测之词。

奥尔恭　地狱里跑出来的魔鬼也没有他这么邪恶。

欧米尔　天啊！你不要太随便轻信。不，还是得让你看个清清楚楚，确信无疑。你可别心急，免得把事情看错。（把奥尔恭拉在身后）

第七场

【答尔丢夫复上场。

答尔丢夫　太太，一切都顺遂人意。我亲眼把整个房子全看过了，一个人也没有。现在，我的心肝宝贝……

奥尔恭　（拦住他）慢着！你也未免太猴急了一点，用不着这么火烧火燎的。哎哟！好一个大圣人啊！还想骗我！你的灵魂就这么经不住诱惑啊！想娶我女儿，嗯？——还想勾引我老婆？我原本不肯相信这是真的，一直以为他们早晚会改变看法的，但现在这证据是确凿无疑了，这就够了，我不需要更多证据了。

欧米尔　（向答尔丢夫）依我的脾气是不愿意这么办的，不过他们要我这样对待你。

答尔丢夫　什么？你以为……

奥尔恭　算了吧！别再装模作样啦。马上给我滚蛋，别让我费事。

答尔丢夫　我的本意是……

奥尔恭　你那一套全都过了时啦，你马上给我离开这儿。

答尔丢夫　别看你像主人似的在这儿发号施令，应该离开这儿的人是你，这座房子是我的，我回头就让你知道，叫你看看，跟我耍这些阴谋诡计，敢跟我叫板，那是瞎费功夫，别想由着性子来侮辱我，我有的是法子来戳破你们的奸计，替被侮辱的上帝复仇，叫那个要撵我出去的人后悔都来不及。

【答尔丢夫退场。

第八场

欧米尔　这是什么话？他这是什么意思？

奥尔恭　说真的，我也昏了头了，这可不是闹着玩的事。

欧米尔　怎么了？

奥尔恭　他这番话让我意识到自己犯下了大错，赠送产业这件事麻烦大了。

欧米尔　赠送产业？

奥尔恭　是的，这已经无可挽回了。不过还有另一件事更让我担心呢。

欧米尔　什么事？

奥尔恭　你将来都会知道的。咱们赶紧去看看有一个小盒子是否还在楼上。

第五幕

第一场

【两人匆忙走出时，克雷央特和达米斯入场。

克雷央特　你急急忙忙地这是要去哪儿啊？

奥尔恭　连我自己也不知道？

克雷央特　我看大家应该先聚在一起商量一下，看看应该怎样对付这件事。

奥尔恭　这个该死的盒子真让我心慌，比什么都叫我着急。

克雷央特　这个盒子里放着重要的机密文件？

奥尔恭　是我的朋友阿加斯，他出了事，认为只有我可靠，逃走前亲自偷偷把它交给了我。据他说，里面是一些与他身家性命相关的文件。

克雷央特　你怎么能把它托付给别人呢？

奥尔恭　这涉及良心的问题。我把这个秘密吐露给了那个奸贼，他讲了一篇大道理，让我相信还是把盒子托他保存的好，为的是如果遇到公家来检查，我可以矢口否认我有这么一个盒子，即使发誓否认事实也能保持良心上的清白。

克雷央特　单从我这里看来，你的情形很不利，把产业赠给他之后还把这一桩秘密告诉他，我坦率说，这真是轻率至极。有了这种把柄，他不知要把你收拾到什么地步呢。这个人既然已经占了上风，你就应该更加谨慎，不要激怒他，你必须想一个比较和缓的方法。

奥尔恭　什么？表面上装得那样虔诚动人，竟能藏着那样卑鄙的兽心、那样狡诈的心肠？我收留他的时候，他无家可归，正在讨饭……太过分了！我再也不相信什么虔诚信徒了！以后我唯有痛恨他们，对待他们比对待魔鬼还要凶狠三分。

克雷央特　看，你又来了，又暴跳如雷了！无论对什么你都不能保持心平气和，你从来不知道什么是理性，总是从一个极端跳到另一个极端。你现在明白你的错误了，你承认是被虚假虔诚哄骗了，可是为了改正这个错误，看在理性的面子上，你为什么又要钻到一个更大的错误里，看不出阴险小人和善良之辈的品行上的差异？怎么？仅仅因为一个骗子用他那浮夸的虚假苦修欺骗了你，你便以为人人都和他一样，眼下再也没有一个真正的虔诚信徒啦？这些结论留给那些异教徒吧，你得把真正的美德者和冒牌货分别清楚，不要冒冒失失过早地崇拜一个人，在这上头，你必须保持中庸之道。如果你做不到，不要鼓励虚伪欺诈，但也不能谩骂真正的虔诚，如果你总得陷在一个极端里，那么还是宁可再次犯你的老毛病吧。

第二场

达米斯　怎么？父亲，那个恶棍竟敢恫吓您吗？忘了您待他的种种好处，还恼羞成怒，拿了您的恩惠当武器来攻击您？

奥尔恭　是的，我的孩子，我现在一想起来就心痛。

达米斯　您别拦我，我要把他的耳朵割下来。对付这样蛮横无理的人，就得狠狠治一治，让我一劳永逸地替您把他除掉吧。要彻底解决这件事只有狠狠揍他一顿。

克雷央特　真是毛头小伙子的话。请你先冷静下来，压压这股火气，好吗？在当前这个年头儿，还有当前这个国王的治理下，使用暴力是办不好事情的。

第三场

【柏奈尔夫人入场。

柏奈尔夫人　怎么啦？我听说这儿出了骇人听闻的怪事了。

奥尔恭　确实是怪事，我亲眼目睹的，您看看我的好心得了啥好报吧。我热心肠地收留了一个可怜的乞丐，让他住在家里，亲兄弟似的待他，每天都有多少好处给他，我把女儿许给他，把整个财产都赠给他，就在这个时候，这个恶棍、无赖、小人，却黑了心肠要勾引我老婆。但是这些无耻的勾当还不能使他满意，他居然拿我亲手给他的恩惠反过来恐吓我，我的愚蠢的好心肠给了他把柄，他竟然用这些来毁灭我，想把我的财产全部夺走，要把我逼到当年我救他时他所处的那种地步。

桃丽娜　可怜的人呀！

柏奈尔夫人　我的孩子，我绝不相信他会做出这种昧良心的事来。

奥尔恭　怎么？

柏奈尔夫人　木秀于林，风必摧之呀。

奥尔恭　您这话是什么意思，我的娘？

柏奈尔夫人　就是说你家里的人全都过着稀奇古怪的生活，并且大家都知道你们一家人都痛恨他。

奥尔恭　这与我告诉您的事有什么关系？

柏奈尔夫人　儿子，你小的时候，我已告诉过你好多次了，世界上有德之人总是受大家的嫉恨的，嫉妒的人有死的时候，而嫉妒本身是永远不会灭绝的。

奥尔恭　这句漂亮话跟今天的事情又有什么关系呢？

柏奈尔夫人　一定是有人编派了许多莫须有的罪状……

奥尔恭　我已经告诉过您，我是亲自看见的。

柏奈尔夫人　那些造谣中伤者的手段高明着呢。

奥尔恭　您真是让我气昏头了！我的娘。我对您说，他那无耻行径是我亲眼看见的。

柏奈尔夫人　那些乱嚼舌头、血口喷人的人，天底下多着呢，世间的人谁也没法儿躲过。

奥尔恭　您这种说法一点儿道理没有。我亲眼看见的，听我说，用我自己的两只眼睛看见的，我亲眼看见——难道您不知道“看见”的意思吗？难道非得趴着您的耳朵说上一百遍不可吗？

柏奈尔夫人　亲爱的，表象常常是靠不住的，不能看见什么就相信什么。

奥尔恭　我快气疯了！

柏奈尔夫人　胡乱猜疑常常导致误会，好事往往被解释成了坏事。

奥尔恭　他想抱着我的老婆亲嘴，我也应该当成一片好心吗？

柏奈尔夫人　要指责一个人，必须要有正当的理由，你当时应该多等一等，把事情看准了再说话。

奥尔恭　见鬼！还叫我怎么把事情看得更准啊？那么，我的娘，我应该等着他在我的眼前……您简直是逼着我说出难听的话了。

柏奈尔夫人　总而言之，他所怀抱着的那种虔诚真是太纯洁了，我是决不相信他会做出你们说的那些事的。

奥尔恭　您若不是我的母亲，我真想说……我也不知道说什么好。真把我气死了！

桃丽娜　（向奥尔恭）世界上的事总是一报还一报的，您当初不肯听我们的话，现在也有人不信您的话了。

克雷央特　咱们别为这些鸡毛蒜皮的事情再耽误工夫了，说正经的，咱们得赶紧想个办法，提防那个奸人提出的恫吓。

达米斯　您觉得他真的不要脸到这地步吗？

欧米尔　在我看来，他不会得逞的，因为谁都能看出来他的忘恩负义。

克雷央特　这点靠不住。他会找到种种的正当理由，来给自己陷害你的行动披上漂亮的外衣。往往为了比这还小的事情，一个精心策划的阴谋就可以让人陷入无穷尽的麻烦中。我还是那句话：他手上既然有那样的把柄，你们当初就不应该把他逼到这一步。

奥尔恭　这倒是真的，不过有什么办法呢？当时那个奸贼是那样得意忘形，我实在压制不住心头的怒火。

克雷央特　我现在真希望你们俩能够凑合着达成一些表面上的和平。

欧米尔　如果早知道他手里拿着那样的把柄，我绝不会搞出这么大动静来，并且我……

奥尔恭　（看见有人进来，向桃丽娜）来的那个人是谁？你赶快去问个明白。我现在这个样子怎么见客！

第四场

【执达官郑直先生入场。

郑直先生　（向桃丽娜）日安，好姐妹，请您让我见见这家的主人。

桃丽娜　他现在忙着呢，恐怕不能见客。

郑直先生　我不是不知趣的人。我的到来绝不会让他不高兴的。我要办的事，你们待会儿就会知道，对他大大有利的。

桃丽娜　您贵姓？

郑直先生　你只须对他说，我是他的朋友答尔丢夫先生打发来的，为帮他的忙来的……

桃丽娜　（向奥尔恭）是答尔丢夫先生打发来的一个人，样子挺和气的。他说是为了一桩您听了会高兴的事来的。

克雷央特　（向奥尔恭）你应该去见他，看看他是谁，要来干什么。

奥尔恭　（向克雷央特）他也许是来跟我们讲和的。我应该怎么对待他？

克雷央特　（向奥尔恭）你切不可发火。如果他谈到和解，那就接受吧。

郑直先生　（向奥尔恭）先生，日安。愿上帝替您消灾除难，赐福于您！

奥尔恭　（向克雷央特，旁白）开头这几句和气话果不出我所料，已经露出和解的苗头了。

郑直先生　我对尊府一向很是敬重，我当年还伺候过您的父亲呢。

奥尔恭　先生，请您原谅，我真惭愧，竟认不出您，也不知道您的尊姓大名。

郑直先生　我叫郑直，原籍是诺曼底，尽管很招人嫉妒，我一直是法庭的执达官，托天之福，我当这份差已经四十年了。我很荣幸今天来这儿履行一项公务。先生，我来这儿，劳您大驾，给您送达一份文书……

奥尔恭　什么？您来这儿是？……

郑直先生　先生，您别生气，这不过是一张小小的催告，命令您和您的家人离开这座房子，把您的家具用品搬出去，好给别人腾地方，即刻照办，不得拖延。因此，您必须……

奥尔恭　我？离开这座房子？

郑直先生　是的，先生，对不住。这个房子现在，您是知道的，已无可争辩地归那位答尔丢夫先生所有了，此后他便是您的所有财产的主人，依据是我带来的一张契约，这张契约格式完备，不容置疑。

达米斯　（对郑直先生）你的傲慢无礼真是登峰造极，令人震惊。

郑直先生　（向达米斯）先生，我跟您打不着交道，（指着奥尔恭）我是找您父亲来的，他既讲道理又和气，他知道绅士的本分是什么，决不肯违抗法律的。

奥尔恭　不过……

郑直先生　先生，我知道即使给您百万金钱，您也不肯违抗司法判决的，您一定会像一位良好市民那样，允许我在此执行法院的判决。

达米斯　法院执达官先生，你当心别叫你的黑色长褂稀里糊涂地挨上一顿痛揍。

郑直先生　（向奥尔恭）先生，请叫您的儿子住口或是走开，如果一定逼着我动笔把他的名字写在我的报告上，我心里也是怪不舒服的。

桃丽娜　（旁白）这位郑直先生的神气实在是不那么正直！

郑直先生　对于您这样可敬而又诚实的人，我一向颇有好感，先生，我之所以同意到这儿来执行公事，本是为您着想，免得官方派了别人来，他们就不会像我这样对您热心，就不会像我这样客客气气地执行命令了。

奥尔恭　强令人家离开自己的家，还能找出比这更可恶的事吗?

郑直先生　我们多给您一些时间吧，先生，我可以把强制执行延缓到明天。不过我得到这儿来过夜，还有其他十个手下，我们既不骚扰您，也不乱嚷嚷。纯粹为了走个形式，请您把各种钥匙在睡觉前给我送来。我一定留神不打搅你们睡眠，也不准有一点不适宜的行为。明天一清早，就得利索地把所有锅碗瓢盆全部搬走。我的手下可以帮你们把东西搬出去，我挑选来的都是些有气力的人。我想谁也不能办得比我更慷慨了吧。我既然厚道待您，我求您，先生，也要厚道待我，不要妨碍我执行公务。

奥尔恭　我情愿就在现在，把我剩下的那一百个最好的金币拿出来送人，只要能够顺着我的心意，在这张狗嘴上狠狠地打上这么一拳。

克雷央特　（在一旁向奥尔恭）小心！别把事情弄得更糟。

达米斯　太狂妄了，我真控制不住自己了，我的手痒痒得厉害。

桃丽娜　说真的，看这么圆滚滚的后背，这位郑直先生挨几下棍子肯定是挺合适的。

郑直先生　丫头，这种无礼的话，会让你受到起诉的，对于女人，法庭也一样可以出拘票的。

克雷央特　（对郑直先生）先生，够了，别提这些话了，求您赶快把那份文书给我们，然后走吧。

郑直先生　那么回头再见吧。上帝保佑你们大吉大利。

奥尔恭　但愿上帝罚你入地狱，还有那个派你来的人。

第五场

奥尔恭　好了，我的娘，我说得对不对？这份文书也许能帮您看清事实真相。难道您现在还看不出他的忘恩负义？

柏奈尔夫人　太出乎我的意料了，我都糊涂了，我都惊慌失措了。

桃丽娜　（向奥尔恭）您大错特错了，您根本没有权利指责他，这一举动才证实了他的好心好意。博爱使得他的道德尽善尽美了，他深知金钱是罪恶之源，他纯粹为了行善，才拿走您的一切财产，免得妨碍您灵魂得救。

奥尔恭　住口，总得有人时时刻刻对你说“住口”才行。

克雷央特　（向奥尔恭）咱们想想您下一步究竟该怎么办！

欧米尔　把他的厚颜无耻、忘恩负义到处去宣扬一下。这样做可以破坏契约的效力，必须让大家都看到并憎恶他那种背信弃义，他就无法获得他所期待的胜利了。

第六场

【瓦赖尔入场。

瓦赖尔　先生，很遗憾给您带来了坏消息，不过眼看大祸临头，我实在不能不来。我有一个交情最好的朋友，他知道我对您的事十分关心，千方百计替我探听到一桩有关国家大事的秘密消息，他刚给我送来了一封信，照那信上的说法，您只有马上逃走，别无办法。那个蒙混了您好久的坏蛋，找了门路，一个钟头之前在国王面前把您告下来了，不但说了很多陷害您的话，还亲手交给国王一个属于一个国家要犯的私人盒子，这个盒子的秘密，据他说您不顾子民的职责一直把它隐瞒下来。详情如何我不知道，不过逮捕您的命令已经下来了，并且为了确保万无一失，那个恶棍还要陪着逮捕您的那个官人一同到这儿来。

克雷央特　他这回可有了尚方宝剑了，这卑鄙小人一向企图霸占的产业，这一回他是要稳稳地抢了去了。

奥尔恭　现在我不得不承认，他真是一个万恶的畜生。

瓦赖尔　多耽误一会儿，您也许就会丢掉性命，先生。我的马车就在门口呢，我还给您带来了一千枚金币，作为盘缠之用。咱们别再耽误工夫了，局势万分凶险，对于这样的打击只能逃之夭夭。我送您到一个安全地方去，先生，我会一直陪着您，直到您到达那儿。

奥尔恭　我真是万分感谢你这番好意！将来我一定好好报答你，求上帝大发慈悲保佑我，让我有一天可以报答这个大恩。再见吧！你们大家，多多留心……

克雷央特　快走吧！老兄，这儿的事我们会照料的。

第七场

【答尔丢夫带领宫廷侍卫入场。

答尔丢夫　（拦住奥尔恭）慢着！先生，慢着！别跑得这么快。奉国王之命，我们前来逮捕你。

奥尔恭　奸贼，原来你最后还留着这么狠毒的一手啊，你的背信弃义真是登峰造极啊，我的性命是要断送在你手中了。

答尔丢夫　无论你怎么骂我，我都不会动气的，上帝教导了我怎样忍受一切。

克雷央特　你对我们还真是仁慈得很呢。

达米斯　真是不要脸，这个恶棍还敢打出上帝的旗号。

答尔丢夫　无论你们胡说什么，我都不在意，我只是一心一意地尽我的职责。

玛丽亚娜　你的这个差事可真体面，你肯定特自豪吧。

答尔丢夫　打发我到这儿来的那个人位高权重，他交派下来的任务是不会不体面的。

奥尔恭　你这忘恩负义的王八蛋，你忘了是我把你从水深火热中救出来的吗？

答尔丢夫　我知道你曾给过我一些帮助，不过现在维护国王的利益是我的头等大事，这种神圣职责的强大威力超过了我对你的感激之情，为了履行这种神圣的职责，即使牺牲我的朋友、妻子、父母，甚至我自己，我都在所不惜。

欧米尔　伪君子！

桃丽娜　凡是世人崇敬的东西，他都会拿来当作一件美丽的外衣，这套把戏他可精通得很！

克雷央特　你夸耀的动机，如果真是像你所说的那样纯洁，为什么必得等到他当场捉住你调戏他妻子的时候，你才把它显露出来？为什么非得等到他为了保持脸面不得不把你赶出去的时候，你才想到出首告密呢？并且，更别提他把全部财产都赠给了你，既然你今天认为他有罪，当初你又为什么接受他的财产呢？

答尔丢夫　（向宫廷侍卫官）先生，别再让他们跟我瞎嚷嚷了。请执行您所奉的命令吧！

侍卫官　是的，确实已经耽误得很久了。你催促我抓紧执行，这正是恰到好处，那么，请你立刻跟我到监狱里去，那儿便是你的家了。

答尔丢夫　谁去？先生，我吗？

侍卫官　就是你。

答尔丢夫　我为什么到监狱去？

侍卫官　我用不着跟你说理由。（向奥尔恭）您，先生，现在可以放心啦，咱们国王可不会支持这种奸诈行为，他的眼睛看人看得准得很，这种伪善的把戏可骗不了他。他那敏锐的洞察力最善于辨别是非，他的头脑可没那么容易糊弄，从不会丧失理智。他尊崇并表彰虔诚，同时又能看破伪善，对此深恶痛绝。这个坏蛋是绝对欺骗不了国王的，再精巧的骗局也休想骗得过他的睿智，他的火眼金睛一眼就看穿了他那一肚子坏水。他原本是去控告您的，结果却暴露了自己，仰仗上天的公道，国王看出他就是那个曾经使用其他化名行骗的骗子，他犯的那些骇人听闻的罪行，真是罄竹难书。总而言之一句话，国王十分憎恶他的忘恩负义和卑鄙下流，决定将这次罪行和以前的一并办理，国王让我跟着他到这里来，为的是要看看他的狂妄无耻到底会到哪步田地，并且叫他当面向您赔罪。您的文件——这个奸贼自称是他所有的——我从他手里取回来还您。您给他立下的赠予全部财产的契约，国王以他至高无上的权力一笔勾销了。还有您朋友把您牵连进来的那个罪名，国王也饶恕您了，这是因为当年您在拥护王室权力的时候，曾奉献过满腔忠诚，他老人家今天要犒赏那次功劳，同时也是因为他要在你们最不抱希望的时候，向大家显示，他知道如何奖赏高贵的行为，不让一切真正的美德得到错判，他总是记得别人的好而不是别人犯过的错。

桃丽娜　谢天谢地！

柏奈尔夫人　现在我总算喘过气来了。

欧米尔　好圆满的结局！

玛丽亚娜　谁敢想到这种结局啊？

奥尔恭　（向正在被侍卫官带走的答尔丢夫）喂！你这个奸贼！现在你还……

【侍卫和答尔丢夫退场。

第八场

克雷央特　老哥，快别这样！您不要降低身份跟这种人一般见识。求求您，让这个坏蛋自己去对付他的恶报吧，去忍受懊悔吧，您就别掺和了。希望他能迷途知返，悔过自新，赢得我们伟大国王的宽恕。您现在必须赶紧去跪在他面前，感激他高贵慷慨的恩典。

奥尔恭　你说得很对！我们现在就去跪在他老人家脚下，满心欢喜地感谢他的恩典。完成第一个任务后，我们还有一件事要做，就是用幸福的婚礼来报答瓦赖尔，表彰这个高贵诚挚的爱人。

（全剧终）

米娜·冯·巴恩赫姆

The Soldier's Fortune

〔德〕莱辛

主编序言

戈特霍尔德·埃夫莱姆·莱辛，1729年1月22日出生于德国卡门茨。他的父亲是一名路德教会牧师。莱辛曾在迈森和莱比锡求学，在二十岁之前就开始创作舞台剧。

1748年，莱辛去了柏林，在那里遇到了伏尔泰。在此后的很长一段时间里，莱辛受到伏尔泰的强烈影响。这一时期他最重要的作品是悲剧《萨拉·萨姆逊小姐》，该剧是美狄亚故事的一个现代版本，开创了德国中产阶级戏剧多愁善感的潮流。

1755~1758年，莱辛在莱比锡度过了三年，在此期间，他写了一些评论、抒情诗和寓言，然后返回柏林，发表了他的文学评论作品《关于当代文学的通讯》。这部评论集使莱辛的文学主张在当时的文学界展现出巨大的力量。离开柏林之后，莱辛前往布雷斯劳，在那里他完成了他最伟大的两部作品美学作品《拉奥孔》和戏剧《米娜·冯·巴恩赫姆》的草稿。在他返回到普鲁士首都之后，这两部作品得以公开发行。

在莱辛希望被腓特烈大帝任命为皇家图书馆督政官的梦想破灭之后，1767年，莱辛前往汉堡担任国家剧院的评论家。在从事这项工作期间，他发表了系列文章《汉堡剧评》，后来这些文章又集结成两卷书稿发表，这两卷作品为戏剧批评和戏剧理论提供了丰富的源泉。

从1770年直到1781年去世，莱辛都居住在沃芬布特尔，他在那里负责管理公爵图书馆。在那里，他完成了最成功的悲剧作品《爱米丽雅·迦洛蒂》，该剧一经推出，即陷入了激烈的争论中，随后，不伦瑞克当局勒令他放弃有争议的写作。后来，莱辛在戏剧《智者纳旦》中表达了自己对此的观点，这是他最后一部伟大的作品。

作为莱辛喜剧的代表作——《米娜·冯·巴恩赫姆》的重要性再怎么被夸大都不为过。它是德国国家戏剧的开始。它在特定历史背景下表现出来的爱国情怀、对德国军官和德国妇女的怜悯和同情，把可笑和可怜巧妙地混合在一起，所有这些都为它在国民心中赢得了一席之地，自此之后，从来没有任何喜剧能撼动它的地位。

查尔斯·艾略特

剧中人物

冯·特尔赫姆少校	被撤职的军官
米娜·冯·巴恩赫姆	
冯·布鲁赫萨尔伯爵	米娜的叔叔
弗兰西斯卡	米娜的女仆
尤斯特	少校的仆人
保罗·维尔纳	少校曾经的中士
旅馆老板	
一位妇人	
一名传令兵	
里考特·德拉·马里尼埃	

场景

在旅馆的客厅和毗邻客厅的房间之间转换

第一幕

第一场

【在狭小的客房，尤斯特独自一人。

尤斯特　（坐在一个角落打盹儿，说着梦话）这旅馆的老板真是个流氓！你就这样对待我们？上，同志们！用力地打他！（他挥舞着拳头，剧烈的动作使他醒了过来）哈！又是他！我没有哪次闭上眼睛，不和他打架的。我真希望他能吃上我梦里一半的拳头。啊！天亮了！我必须马上去寻找我可怜的主人。要是按照我的想法，他的脚再也不该迈进这被诅咒的房子里。让我想想，他昨晚在哪里过了一夜呢?

第二场

【旅馆老板入场。

旅馆老板　早上好，尤斯特先生，早上好！天哪，我该说起得这么早，还是该说起得这么晚啊?

尤斯特　你想说啥就说啥吧。

旅馆老板　我只想说声“早上好”而已，我觉得这句问候总值得尤斯特先生回答一声“非常感谢”吧？

尤斯特　非常感谢。

旅馆老板　如果一个人得不到适当的休息，他就会脾气乖戾。我敢打赌，少校没有回家，你一直在留神等他。

尤斯特　这个人怎么什么都能猜到！

旅馆老板　我推测而已，我推测而已。

尤斯特　（转身要走）再见！

旅馆老板　（阻止了他）且慢，尤斯特先生！

尤斯特　那好吧，我再待片刻！

旅馆老板　唉，尤斯特先生，我真不希望你还在为昨天晚上的事生气！有谁会记隔夜仇呢？

尤斯特　我就会！过再多个夜晚我也记得。

旅馆老板　这种行为像是基督徒所为吗？

尤斯特　一个品德高尚的人因为付不起一晚上的房租，就将他赶出旅馆，让他在大街上过夜，难道这样的人更像基督徒？

旅馆老板　呸！是谁这么缺德？

尤斯特　一个信仰基督教的旅馆老板——而被赶出去的正是我的主人！一个如此正直的人！一个如此可敬的军官！

旅馆老板　我把他赶出旅馆撵到大街上去了？我一向对军官毕恭毕敬，对被撤职遣返的军官更是怜悯同情，怎么可能做出这样的事？我那是情势所迫，我正在为他准备另一间屋子。别再想这件事了，尤斯特先生。（大声呼喊）喂，来人！（转向尤斯特）我有更好的办法让你消消气。（一个小伙子走上前来）拿个酒杯来，给尤斯特先生上点酒，上好酒！

尤斯特　不用麻烦了，老板大人。但愿这酒里有毒，这样……但我不能赌这个咒，我还没有吃早饭呢。

旅馆老板　（小伙子拿过来一瓶烈酒和一个酒杯，等候老板吩咐）放在这儿，走吧！来，尤斯特先生，尝一尝我们这儿的美酒，这酒酒性浓烈，甘醇可口，又延年益寿。（倒满一杯给尤斯特）喝完之后保你通体舒泰！

尤斯特　我真的不该喝！——但是，我为何要让他的粗暴言行损害我的健康呢？（端起酒杯，一饮而尽）

旅馆老板　但愿这杯酒让你觉得舒服，尤斯特先生！

尤斯特　（还回酒杯）这酒还不错！但是，老板，我还是不得不说，你真是个粗鲁无礼的野蛮人！

旅馆老板　不是，我绝对不是！……来，再喝一杯，好事成双，就像人要是只有一只脚岂能站得稳。

尤斯特　（又喝了一杯）我必须得说——这酒真好！太好了！自己家里做的吗？老板？

旅馆老板　自家酿的？这是正宗的但泽酒，真正的双燕美酒！

尤斯特　老板，你看，假如我装作伪君子，为了这香甜的美酒我可能就对你口是心非了，但是我不能这样做，所以我还是不得不说——你仍然是个粗鲁无礼的野蛮人！

旅馆老板　在我一生中从来没有人这样说过我……再来一杯，尤斯特先生，“三”是个吉利的数字！

尤斯特　客随主便！（又干一杯）确实是好酒，一流的货色！但是说实话也是一件好事情，老板，你确实还是个粗鲁无礼的野蛮人！

旅馆老板　如果我真是的话，你认为我会让你这样说我吗？

尤斯特　呵呵，当然会！野蛮人哪儿来的智慧？

旅馆老板　再来一杯，尤斯特先生，四股线拧成的绳子才能最结实。

尤斯特　不，凡事适可而止好，酒喝多了可不是什么好事！再说，酒喝多了对你有什么好处，老板？就算把瓶子里最后一滴酒喝完，我还是会坚持我对你的看法。这么好的但泽酒在你的手上，真是一种耻辱，你应该对自己的不礼貌感到羞耻！趁我主人不在的时候，打开他的房间——他已经在你这里住了一年多，你从他那里已经赚了大把大把闪亮的银币，他一辈子都不曾欠别人一分钱——就因为他晚交了几个月的房费，就因为他花钱不像以前那样大手大脚，你就把他赶了出去。

旅馆老板　但是，假如我真的很需要这个房间呢？假如我能够预料到，只要我们等待一段时间，少校回来之后会心甘情愿地让出这个房间呢？难道我要再一次将他们这样外地来的上流人士从我家门前赶走吗？难道我要故意将这份殊荣送到别的旅馆老板手中吗？再说，我不相信他们能在其他地方找到住处。所有旅馆的客房现在几乎都已客满。岂能让这样一位年轻、漂亮、端庄大方的夫人流落街头？你的主人向来对女士殷勤守礼，绝不会容忍这样的事情发生。再说，换个房间对他又有什么损失？我不是给了他另一个房间吗？

尤斯特　那个房间的背后是鸽子棚，一眼望去全是邻居的烟囱。

旅馆老板　在讨厌的邻居将那里遮挡住以前，外面的风景是极其优美的。这个房间在其他方面都很不错，还贴了墙纸——

尤斯特　曾经贴过！

旅馆老板　不，有一面墙壁纸还在。这个和原来的房间只有一墙之隔，它有什么不好？房间里有个壁炉，冬天的时候也许还能冒些烟——

尤斯特　但是在夏天恐怕它会让房间更温暖吧！老板，我认为你这是在拿别人不要的东西戏弄我们！

旅馆老板　好啦，好啦；尤斯特先生，尤斯特先生——

尤斯特　不要惹尤斯特先生发火——

旅馆老板　是我惹他发火？是但泽酒弄得他冒火才对。

尤斯特　像我主人那样的一名军官！难道你认为一名被遣散的军官就不是军官吗？他照样可以扭断你的脖子！为什么你们每一个旅馆老板在战争期间都恭敬守礼？为什么那个时候每一名军官都受人尊敬，连每一个勇敢的年轻士兵都得到大家的敬重？难道这一点点和平就让你们趾高气扬起来啦？

旅馆老板　你为什么勃然大怒，尤斯特先生？

尤斯特　我就是觉得非常生气。

第三场

【冯·特尔赫姆入场。

冯·特尔赫姆　（从外面走进）尤斯特！

尤斯特　（以为旅馆老板还在说话）尤斯特？我们什么时候这么熟了？

冯·特尔赫姆　尤斯特！

尤斯特　我觉得你还是应当称呼我“尤斯特先生”为好。

旅馆老板　（看见了少校）嘘！嘘！尤斯特先生，尤斯特先生，回头看看；你的主人——

冯·特尔赫姆　尤斯特，我想你是在吵架吧？我是怎么跟你说的啊？

旅馆老板　吵架？尊敬的阁下，绝对没有的事！您最谦卑的仆人怎敢与有幸服侍您的人吵架呢？

尤斯特　如果可以的话，我真想在这个马屁精的屁股上狠狠地踹上一脚！

旅馆老板　不过尤斯特先生真的是在为他的主人说话，而且非常的激动。但他说的都是对的。他越是这样做，我就越是尊敬他：我正是喜欢他这一点。

尤斯特　我很想把他的牙齿都打落！

旅馆老板　不过实在可惜，他这一番激情全是白费力气。因为我非常的肯定，尊敬的阁下不会因为这件事对我生气，因为——必须——有必要——

冯·特尔赫姆　够了，住口吧，先生！你趁我不在，把我的房间清理一空。我欠你的钱，会给你的，我必须在别的地方找个住处。这是再自然不过的事情。

旅馆老板　去别的地方？您要搬走，尊敬的先生？啊！我真是个不幸的苦命人！不行，您绝不能搬！我马上去请那位女士离开那套房间。少校不能、也不会把自己的房间让给她。这是少校的，她必须走，我爱莫能助。我这就去，尊敬的先生——

冯·特尔赫姆　我的朋友，你已经做了一件愚蠢的事情，就不要再做第二件了。那位女士必须住在那间屋里——

旅馆老板　可尊敬的阁下还是会认为我这么做是不信任您，害怕收不回房钱，我……好像我不知道似的，只要您高兴，您随时都能把钱给我。那个密封的钱包……值五百泰勒的金路易就贴在上面——尊敬的阁下放在写字台里面……现在还保存良好。

冯·特尔赫姆　我相信你说的话，就像我的其他财产一样。尤斯特付清欠你的房费以后，让他把它们取走保管起来——

旅馆老板　不瞒您说，当我发现这个钱包的时候，我真是大吃一惊。过去我一直以为尊敬的阁下是个有条不紊、谨慎节俭的人，绝不会花得身无分文……但是，如果我早点想到写字台里面有现钱——

冯·特尔赫姆　你一定会更加礼貌地待我。我理解你。走吧，先生，离开我吧。我想和我的仆人谈一谈。

旅馆老板　但是，尊敬的先生——

冯·特尔赫姆　过来，尤斯特，他不想让我在他的房子里对你发号施令。

旅馆老板　我这就走，尊敬的先生！我的整个旅馆都听候您的调遣。
【退场。

第四场

尤斯特　（顿了一下脚，朝旅馆老板背后吐口水）呸！

冯·特尔赫姆　到底是怎么回事？

尤斯特　我的肺都快被气炸了。

冯·特尔赫姆　这可比多血症还要糟糕啊！

尤斯特　先生，这还是我以前认识的您吗？要是您再继续偏袒这个恶毒无情的浑蛋，我就死在你的面前。哪怕把我绞死，用斧头劈死，对我严刑拷打，我都要……是的，我真想用这双手掐死他，用牙齿把他咬个稀巴烂！

冯·特尔赫姆　你真是头野兽！

尤斯特　做野兽也强过做这样一个人！

冯·特尔赫姆　那你究竟要干什么？

尤斯特　我就是想让您知道，他对您的侮辱有多深。

冯·特尔赫姆　然后呢？

尤斯特　找他报仇……不，这家伙根本不值得您出手！

冯·特尔赫姆　那就委托你去给我报仇？我一开始就是这么打算的。反正他再也不会看见我，再说，他是从你的手中收取他的房费。我知道，你可以用非常轻蔑的神态将一大把钱扔给他。

尤斯特　哈哈！这样报仇真爽快！

冯·特尔赫姆　但是我们必须再等上一段时间才能这样做。我手上一分现钱都没有，也不知道去哪儿能弄点钱来。

尤斯特　没有钱？那个装着值五百元金路易的钱包是做什么用的呢？旅馆老板在你的书桌发现了它。

冯·特尔赫姆　这钱是我代别人保管的。

尤斯特　您以前的旧部下四五个星期以前给了您一百皮斯托尔[1]，难道这钱也是别人的吗？

冯·特尔赫姆　没错。这是保罗·维尔纳的钱，正是他的。

尤斯特　这笔钱您到现在还分文未动吧？放心吧，先生，这笔钱您想怎么花就怎么花。这钱由我来负责——

冯·特尔赫姆　真的？

尤斯特　维尔纳从我这里听说了，陆军部那些人是怎样对待您的请求的。他听说——

冯·特尔赫姆　他是不是听说我很快就要成为一个乞丐了，如果我现在还不是的话。我实在是太感谢你了，尤斯特。你的消息诱使维尔纳要和我分享他那点可怜的微薄财产。我很高兴，我猜到了这一点。听着，尤斯特，你也立刻把你的账跟我算算，我们必须得分开了。

尤斯特　怎么？什么？

冯·特尔赫姆　别说话了。有人来了。

第五场

【一位妇人入场。

妇人　我请您原谅，先生。

冯·特尔赫姆　您找谁，夫人？

妇人　我此刻正荣幸地与之交谈的这位受人尊敬的绅士，您已经不

① 17世纪欧州使用的货币单位。后文中出现的泰勒、格罗中、芬尼达克特等都曾在当时的欧州使用。——译者注

认识我了吗？我是您已故上尉的遗孀。

冯·特尔赫姆 天哪，夫人！您的变化实在是太大了！

妇人 我刚从病榻起身，丧夫之痛使我伤心欲绝。抱歉这么早就来打扰您，冯·特尔赫姆少校，但我要到乡下去了，那儿有位非常善良，但也不幸的朋友，眼下能让我在她那儿借宿一段时日。

冯·特尔赫姆 （向尤斯特）你先下去，让我们单独聊聊。

【尤斯特退场。

第六场

冯·特尔赫姆 随便说吧，夫人！在我面前，您不必为自己的厄运感到不好意思。有什么我能为您效劳的吗？

妇人 少校——

冯·特尔赫姆 夫人，我对您深表同情！我怎样才能为您尽份力呢？您知道，您的丈夫是我的朋友。他是我的朋友，我不得不说，我一直愧对这个称呼。

妇人 有谁能比我更清楚您是多么配得上他的友谊？而他又是如何对得起您的友情？要不是夫妻的感情和血缘的亲情比友情更强烈，要不是心里牵挂孤苦伶仃的不幸妻儿，他死的时候心里肯定会只想着您，他死之前嘴唇发出的最后一个声音肯定是您的名字。

冯·特尔赫姆 快别说了，夫人！我真要忍不住和您痛哭一场，但我今天没有眼泪。宽恕我吧！您来找我的这个时候，恰是我最容易被他人弄得怨声载道的时刻。唉！诚实正直的马洛夫啊！快说吧，夫人，您有何请求？假如我有能力帮助您的话，假如我有能力——

妇人　没有完成他的遗愿之前，我是不能离开的。他去世前不久，想起还欠着您的钱。他恳求我一旦手上有了钱，就马上偿还他的债务。我卖了他的马车，来找您赎回他的借条。

冯·特尔赫姆　什么？夫人，您来就是为了这个目的吗？

妇人　没错。请允许我把钱如数还给您。

冯·特尔赫姆　不，夫人。马洛夫欠我钱？那是不可能的事情。还是让我们一起看一看吧。（掏出一个皮夹子，找寻起来）我没有找到任何借条。

妇人　您肯定把他的借条放错地方了，再说，有没有借条又有什么关系。请允许我——

冯·特尔赫姆　不，夫人，我绝对不会粗心大意把这类东西放错地方的。如果没有找到的话，那就证明我根本就没有那张欠条。要么就是这笔钱早已经还清了，我已经归还了欠条。

妇人　少校！

冯·特尔赫姆　这事无可置疑，夫人，马洛夫什么东西都不欠我——我也不记得他曾经欠过我什么。这事就这样定了，夫人。话说过来，我倒是欠他更多东西。我从来没有能够做点什么，来报答一个和我同甘共苦、荣辱与共长达六年的人。我不该忘记他还留下了一个儿子。只要我有能力履行父亲的职责，我立刻就会把他认作我的儿子。可我目前的尴尬处境——

妇人　多么慷慨无私的人啊！但是别把我想得那么吝啬小气。请把钱拿去吧，少校，这样我至少会安心一些。

冯·特尔赫姆　您还需要我怎样做才会安心？难道我保证这些钱不是欠我的还不够吗？难道您希望我连我朋友幼小的孤儿都要掠夺吗？掠夺，夫人，这才是赤裸裸的掠夺。这钱是他的，留着给他用吧。

妇人　我明白您的想法，请原谅我，如果我不知道怎样正确地接受您的仁慈和善意。您从哪里得知，一位母亲愿意为她的孩子做的事情，比保全她自己的生命还要多呢？我要走了——

冯·特尔赫姆　走吧，夫人，祝您旅途愉快、前程似锦！我不求您告知我您的消息，只希望在有用得着我的时候，您能想到我。还有一件事情，夫人，我差点忘了这件至关重要的事情。马洛夫也向我们以前的军团提出了索赔。他的索赔和我的一样光明正大。如果我的要求得到了赔付，他肯定也会得到。我会对这件事负责的。

妇人　哦！先生……我实在不知道该说什么才好。您这样心里为他人着想，在上帝眼里，就已经是为他人做了好事。愿您好人有好报，请接受我对您满怀感激的泪水。（下）

第七场

冯·特尔赫姆　多么可怜的好女人啊！我一定不能忘了撕毁这些借条。（从皮夹子里拿出几张纸撕掉）谁能保证某天我日子窘迫时不去利用这张欠条呢？

第八场

【尤斯特复入场。

冯·特尔赫姆　是你吗？尤斯特？

尤斯特　（擦拭着眼睛）是的。

冯·特尔赫姆　你怎么哭了？

尤斯特　我在厨房里不停地清算着我的账目，那个地方烟雾弥漫。账单在这儿，先生。

冯·特尔赫姆 把它给我。

尤斯特 可怜可怜我吧，先生。我虽然很清楚别人没有可怜过您，但是——

冯·特尔赫姆 你想要什么？

尤斯特 我宁愿马上就去死，也不愿从您身边被赶走。

冯·特尔赫姆 我无法再收留你了，我必须学会过没有仆人的生活。（打开账单，念道）“我的主人少校大人，欠我如下：三个半月的工资，每月六泰勒，计二十一泰勒。在本月的上旬，垫付杂货费一泰勒七格罗申九芬尼。共计二十二泰勒七格罗申九芬尼。”没问题，这个月我应当付你整个月的工资才算公平。

尤斯特 请把账单翻过来，先生。

冯·特尔赫姆 哦？还有？（继续念）“我欠我的主人——少校大人如下：为我向军队外科医生支付二十五泰勒。在我治疗期间，为我支付护理费三十九泰勒。还有，我父亲的房子被烧毁，然后又被抢劫，在我的要求下，您给了我父亲五十泰勒，这还不包括您送了他两匹马作为礼物。共计一百一十四泰勒，扣除上面的二十二泰勒七格罗申九芬尼，我仍然欠我的主人少校大人九十一泰勒十六格罗申三芬尼。”你疯了吧，我的好伙计！

尤斯特 我很乐意地承认我欠您的远远不止这些呢，但是把它们全部写下来完全是浪费墨水。我根本还不起这些钱，即便您连我的制服都拿走。顺便说一句，这制服都还属于您，我真宁愿您让我死在济贫院。

冯·特尔赫姆 你把我当成什么人了？你什么都不欠我，我将把你推荐给我的另一位朋友，你跟着他比跟着我日子要好过得多。

尤斯特 我什么都不欠您，那您为什么还要赶我走？

冯·特尔赫姆　因为我不想亏欠你。

尤斯特　就因为这个？仅仅是为了这个原因？毫无疑问的是我欠您的钱，而您永远都不可能欠我一分钱，所以您现在不应该把我赶走。随便您怎么做，少校，我都要留下来服侍您，我非得留下来不可。

冯·特尔赫姆　你固执己见、傲慢无礼，对那些你认为没有权利和你说话的人向来野蛮暴躁，你喜欢搞歹毒的恶作剧，有强烈的报复心——

尤斯特　随你的便，想把我说多坏就说多坏吧，我不会就此认为自己比家里的狗还坏的。去年冬天的一个黄昏，我沿着河边散步，听到什么东西在呜呜地哀嚎着。我弯下身来，沿着声音传来的方向走过去，当时我还以为救的是一个孩子，我从水里拉出来一看，原来是一条狗。我就想，这也不错。那条狗跟在我的身后，可是我这个人不喜欢狗，所以我就赶它走——它不走，我用鞭子打它走——它还是不走。晚上我把它关在我的屋子外面，它就在我的门前躺了下来。如果它和我走得太近，我就踢它，它汪汪地叫着，抬头看着我，摇着尾巴。我从来都没有亲手给它一口面包，但是它只听我一个人的话，除了我谁也不敢摸它。我没有对它做任何要求，它主动地在我面前跳来跳去，给我表演它的把戏。它虽然丑陋，却是一只很好的狗。如果它能多坚持一段时间，我最后肯定会喜欢上它。

冯·特尔赫姆　（旁白）就像我对待他一样。不，没有人会如此残忍无情。尤斯特，我们不分开了。

尤斯特　当然不分开！您还想不要仆人独自生活？难道您忘了您受的伤了？您只有一条手臂还听使唤。唉！您自己一个人连衣服都没办法穿。您离不了我，不是我吹嘘，少校，如果出现最坏最坏的结果，我这个仆人，为了他的主人，可以去沿街乞讨，甚至去偷窃。

冯·特尔赫姆 尤斯特，我们暂时分开吧。

尤斯特 好的，先生！

【尤斯特走到门外。

第九场

【仆人上场。

仆人 喂！先生！

尤斯特 有什么事吗？

仆人 您能带我去见昨晚住在这个房间里的军官吗？（指着他正走出来的房间）

尤斯特 这个我很容易就可以做到。你找他有何贵干？

仆人 我来向他表达谢意——这是我们哪怕一无所有也不会吝啬的东西。我的女主人听说因为她的原因，这位先生被赶了出去。我家女主人知书达礼，特地吩咐我前来向他道歉。

尤斯特 那么好吧，去向他道歉吧，他就站在那里。

仆人 他是干什么的？我怎么称呼他？

冯·特尔赫姆 （走过来，转向仆人）我已经听到你要说的话了，我的朋友。你家女主人完全没有必要如此礼貌，请如实向她转告，请代我向她致意。你的女主人叫什么名字？

仆人 她的名字？我们称呼她“我家大小姐”。

冯·特尔赫姆 那她姓什么？

仆人 这个我也没有听说过，而且我也无权过问。这不能怪我，我通常每六个星期就要换一个主人。鬼才记得住他们的名字！

尤斯特 好极了，伙计！

仆人 我几天前才在德累斯顿被现在的女主人雇用。我想她来这里是为了寻找她的恋人。

冯·特尔赫姆　够了，朋友。我只想知道你家女主人的名字，而不是她的秘密。走吧！

仆人　伙计，我才不会让这样的人当我的主人！

【仆人退场。

第十场

冯·特尔赫姆　尤斯特！想方设法使我们马上搬出这家旅馆！这位陌生女士的礼貌比旅馆老板的吝啬小气还让我不舒服。来！拿上这枚戒指，这是我剩下的唯一一件值钱的东西，我从来没想到它竟然会派上这样的用场。把它拿去当掉！当八十个金路易，我们欠旅馆老板的房费还没有超过三十。把钱给他，然后把我的东西都搬出去……呃，搬到哪里去呢？你爱搬哪儿就搬哪儿吧。旅馆越便宜越好。你可以到隔壁的咖啡馆来找我。我走了，我吩咐你的事情你都明白了吗？

尤斯特　请不要担心，少校！

冯·特尔赫姆　（转身回来）尤其重要的是，千万别忘了我的那些手枪，它们就挂在床头边。

尤斯特　我什么都不会忘的。

冯·特尔赫姆　（再次转身回来）还有一件事情，把你的狗也带上。听明白了吗，尤斯特？

【冯·特尔赫姆退场。

第十一场

尤斯特　狗不会待在后面不走的，它自己会跟上来。嘿！我的主人竟然还保留着这枚宝贵的戒指，并且放在他的口袋里，而不是戴在手指上！我的好房东，我们并不像表面看上去那么穷。

美丽可爱的小戒指，我要把你当了，就当给旅馆老板他自己！我知道他肯定会生气，因为你将不会全部花费在他的旅馆里。啊！——

【尤斯特走出旅馆。

第十二场

【维尔纳入场。

尤斯特　嗨！是维尔纳！祝您今天愉快，维尔纳。欢迎到镇上来。

维尔纳　这被诅咒的村庄！再次回来竟然连路都找不到了。欢呼吧，我的孩子们，欢呼吧！我又得到了不少钱！少校在哪儿？

尤斯特　他肯定遇见你了，他刚刚才下楼。

维尔纳　我从后面的楼梯上来的。他怎么样了？我本该上周就过来和你们在一起的，但是——

尤斯特　哦？是什么事让您耽搁住了？

维尔纳　尤斯特，你从来没有听说过赫拉克利乌斯王子吗？

尤斯特　赫拉克利乌斯？我没有听说过。

维尔纳　你难道不知道这个伟大的东方英雄吗？

尤斯特　我对东方的那些智者们倒是耳熟能详，他们在圣诞节前夕追随星辰游走。

维尔纳　兄弟，我相信你读报纸跟读《圣经》一样少。你不知道赫拉克利乌斯王子，更不知道这位勇敢的猛士已经攻占了波斯，并且将在几天之后攻进土耳其宫廷！感谢上帝，这世界仍然有地方存在战争！我已经希望这里再次爆发战争很久了。但是，他们只是坐在那儿，享受着安逸的日子。不，我过去曾是一名士兵，我必须还要成为一名士兵！总之一句话，（仔细地环顾四周，看看是否有人正在偷听）这件事只能你知我知，尤斯特，我要去波斯，在赫拉克利乌斯王子殿下的率领下，跟土耳其人做斗争。

尤斯特　你？

维尔纳　正是我自己。我们的祖先曾和土耳其人英勇战斗过，所以，如果我们还是诚实的男人、虔诚的基督徒的话，我们也应该这么做。我相信跟土耳其人打仗，还没有跟法国人打仗一半愉快，但这场仗必须打，这对当今这个世界意义重大。土耳其人的剑上都镶有钻石。

尤斯特　我连一英里都不会走，去让他们用军刀劈开我的头。你该不会如此疯狂，离开您那舒适的小农场吧？

维尔纳　嘀！我把它带在身上了。你看见了吗？农场被我卖了。

尤斯特　卖了？

维尔纳　嘘！这是一百达克特，我昨天才收到的款子，我把它给少校带来了。

尤斯特　少校拿这笔钱做什么？

维尔纳　他拿这笔钱做什么？当然是花掉，玩呀，喝呀，他乐意干什么就干什么。他一定要有钱，他自己的钱已经被别人搞得难以到手，这真是够糟糕的！但是如果我身处他的位置，我知道我会做什么。我会说："见鬼，你们全都跑这儿来了，我要和保罗·维尔纳一起去波斯！"真该死！赫拉克利乌斯王子如果没有听说过冯·特尔赫姆少校的中士保罗·维尔纳的话，他就一定听说过少校他本人。我们在卡森豪瑟的那场战役——

尤斯特　可以让我来给你讲讲这场战役吗？

维尔纳　你给我讲？我对你再了解不过，你连一个精妙的作战队形都理解不了。我才不会对牛弹琴、白费口舌。来！把这一百达克特拿去，转交给少校，告诉他，这些钱他也可以替我保管。我现在要去市场上，我运送了很多黑麦过来，把它们卖掉后得到的钱也会给少校。

尤斯特　维尔纳，您真是一片好心，但是我们不能要您的钱。我们会收好您的达克特，还有您那一百皮斯托尔，您任何时候想要，都可以分文不动地还给您。

维尔纳　怎么？少校手上还有钱？

尤斯特　没有。

维尔纳　他借到钱了？

尤斯特　没有。

维尔纳　那他靠什么生活？

尤斯特　我们所有的东西都欠着账，当他们不许我们再赊账，把我们赶出旅馆的时候，我们就把手上碰巧还有的东西当掉，然后去别的地方。我说，保罗，我们必须好好捉弄捉弄这家旅馆的老板。

维尔纳　如果他把少校惹生气了，我就跟你一起干。

尤斯特　您看，我们在晚上埋伏起来，当他从他的酒馆出来的时候，我们上去狠狠地揍他一顿怎么样？

维尔纳　黑暗里？偷袭他？二对一？不，不能这样做。

尤斯特　那我们去把他的房子烧个底朝天怎么样？

维尔纳　放火烧毁？哼！尤斯特，别人会说你是个挑行李的走卒，而不是一名战士！丢人！

尤斯特　那我们去把他的女儿毁掉怎么样？但是他的女儿实在是太丑了。

维尔纳　她可能很久以前就被别人给毁了。你到底是怎么了？究竟发生了什么事？

尤斯特　别问了，跟我来，您将亲耳听见让您义愤填膺的事情。

维尔纳　那么肯定是魔鬼挣脱地狱逃到这儿来了？

尤斯特　确实如此，快点走吧。

维尔纳　那就更好了！那就到波斯去，到波斯去！

【两人退场。

第二幕

第一场
米娜的房间

【米娜和女仆弗兰西斯卡正在交谈。

米娜　（穿着家庭便服，看着自己的手表）弗兰西斯卡，我们起得太早了，这漫漫长日将会非常难熬。

弗兰西斯卡　谁在这些讨厌的大城镇里能睡得着呢？马车嘎啦嘎啦不停作响，守夜人扯着嗓子叫喊，鼓声此起彼伏，夜猫喵喵地叫，士兵不住口地咒骂，就好像晚上根本不是用来睡觉的一样。喝杯茶吧，我的大小姐！

米娜　我不喜欢喝茶。

弗兰西斯卡　那我来做点巧克力。

米娜　如果你想要的话，给你自己做吧！

弗兰西斯卡　给我自己做？让我一个人喝，还不如让我自己跟自己说话呢！那样的话时间倒真会非常难熬。不管再怎么烦琐劳累，我们还是得好好梳妆打扮一下，试一下那条裙子吧，我们将穿着它发动我们的第一轮攻势！

米娜　你还谈什么攻势？你明知道我这一次来只是请求别人接受我

的投降！

弗兰西斯卡　但是那个因为我们而被赶出去的军官，就是那个我们向他道了歉的军官，在这个世界上绝对算不上什么好教养的人，否则的话，他至少应该恳求我们让他有幸拜访一下小姐您。

米娜　不是所有的军官都像特尔赫姆一样。实话跟你说吧，我让你去给他道歉，只是想找个机会从他那里打探到有关特尔赫姆的消息。弗兰西斯卡，我的心告诉我，这趟旅程必定马到成功，我一定会找到他。

弗兰西斯卡　心？我的大小姐！人可不能太依赖他的心。我们的心会随声附和嘴上说的话。如果嘴巴里说出的话能非常贴近心里面的想法，那么把嘴巴上面挂把锁的时尚早就流行起来了。

米娜　哈！哈哈哈！把嘴巴上面挂把锁！这时尚倒挺适合我。

弗兰西斯卡　与其时时刻刻让人看透我们的心，还不如不要露出整齐漂亮的牙齿张口说话。

米娜　什么？你有这么内敛吗？

弗兰西斯卡　不，我的大小姐。我只希望自己能够更加内敛一些。人们很少谈论他们所拥有的美德，但是却一直在谈论他们所不具备的。

米娜　弗兰西斯卡，你做了一个非常中肯的评价。

弗兰西斯卡　做评价？评价不是由人做出来的，它是顺其自然就溜到了人的嘴边。

米娜　那你知道我为什么觉得这句评价很好吗？因为它用在我的特尔赫姆身上实在是恰如其分。

弗兰西斯卡　在您眼里，有什么赞美在他身上不是恰如其分呢？

米娜　无论是敌是友，都说他是这世界上最勇敢的人。但是，有谁听他谈论过勇敢呢？他有最正直的心灵，但他嘴上从来没有提起过心灵的正直和高尚。

弗兰西斯卡　那他都谈些什么美德呢？

米娜　他什么美德也不谈，因为他一样都不缺。

弗兰西斯卡　这正是我希望听到的话。

米娜　等一下，弗兰西斯卡，我的话说错了。他经常谈到节俭，但我认为他这个人挥霍无度。

弗兰西斯卡　还有一件事，我的大小姐。我经常听到他提起对您忠贞不渝。天啊！如果他是一个朝三暮四的人怎么办？

米娜　可怜的姑娘啊！你这话是认真的吗？

弗兰西斯卡　他多久没有给您写信了？

米娜　唉！自从迎来和平以后，他就只给我写过一封信。

弗兰西斯卡　什么！——因为和平而唉声叹气？实在是太令人吃惊了！和平应该只会拯救战争导致的苦难，但看起来它似乎破坏了后者，也就是它的死敌可能带来的好处。和平不应该是这样反复无常！……我们拥有和平多长时间了？当没有什么消息的时候，时间似乎变得极其漫长。邮政系统恢复正常了也没什么用，没有人写信了，因为大家根本没有什么东西可以写。

米娜　“已经取得了和平，”他给我写信说，“我马上就要实现我的愿望了。”他就是在那时给我写了这一封信，只有这一次——

弗兰西斯卡　从那时起，他就迫使我们自己赶紧实现他的愿望……如果我们能够找到他，他将为此付出代价！假设在此期间，他可能已经实现了他的愿望，我们应该会在这里听到——

米娜　（焦急不安地）听到他已经死了吗？

弗兰西斯卡　对您来说死了，我的大小姐；他可能已经娶了别的女人。

米娜　你竟敢戏弄我！你等着，弗兰西斯卡，我要好好地收拾你！还是和我说说话吧，不然我会睡着的。他的军团在和平之后被解散了。谁知道他可能因此陷入怎样的财务危机？谁知道他可能被分配到其他什么军团，或派往什么遥远的驻地？谁知道什么情况——有人在敲门。

弗兰西斯卡　进来！

第二场

【旅馆老板入场。

旅馆老板　（把头伸进门里面）可以允许我进来吗，尊敬的小姐？

弗兰西斯卡　我们的旅馆老板？——快请进！

旅馆老板　（耳朵上面夹着一支笔，手里拿着一张纸和一个墨水瓶）尊敬的小姐，我来恭敬地给您请个早安，（对弗兰西斯卡）也祝您早上好，我漂亮的姑娘。

弗兰西斯卡　多么懂礼貌的人啊！

米娜　我们非常感谢你。

弗兰西斯卡　也祝你早上好。

旅馆老板　我冒昧地请问一下尊敬的小姐，您在我这间陋室的第一个夜晚过得怎么样？

弗兰西斯卡　屋子并不简陋，但是床倒有很大的改进空间。

旅馆老板　我听到了什么？没有睡好？可能是由于旅途过于疲累——

米娜　可能是吧。

旅馆老板　肯定是这样，肯定是这样，因为不然的话……如果还有什么不够舒适的地方，我的小姐，我希望您随时吩咐我。

弗兰西斯卡　非常好，老板先生，非常好！我们要是有什么需要的话，绝对会来麻烦你的。

旅馆老板　我来的另一件事……（从耳朵后面取出笔）

弗兰西斯卡　嗯？

旅馆老板　毫无疑问，我的小姐，您肯定已经了解了我们当地警署的英明法规。

米娜　一点都不了解，先生。

旅馆老板　我们这些旅馆老板接到了指示，在没有书面向有关当局汇报旅客的姓名、住址、职业、旅行目的、预计停留期限等信息以前，不论他是何地位，也不论他的性别，我们都不能留宿他二十四小时以上。

米娜　非常好。

旅馆老板　那么请问尊敬的小姐是否愿意……（走到桌子边，准备写字）

米娜　乐意效劳。我的名字叫——

旅馆老板　稍等一下！（他写道）“日期：八月二十二日，公元，等等。抵达西班牙国王酒店。”现在请告诉我您的名字，我的小姐。

米娜　冯·巴恩赫姆小姐。

旅馆老板　（写）“冯·巴恩赫姆。”来自……请问您从何处来，我的小姐？

米娜　从我在萨克森的庄园过来。

旅馆老板　（写）“萨克森的庄园。”萨克森！真的吗？真的吗？我的小姐，您来自萨克森？真的来自萨克森吗？

弗兰西斯卡　本来就是，难道不行吗？莫非在这个乡镇上来自萨克森是一种罪过？

旅馆老板　罪过？开什么玩笑！如果这也是罪的话，世间又多了一个崭新的罪恶！那么就是来自萨克森了？对，没错，从萨克森来，一个可爱迷人的地方，萨克森！但是，如果我没有记错的话，我的小姐，萨克森绝不是一个小地方，有好几个——我应该怎么称呼它们呢？——地区？省份？我们的警察要求得非常详细，尊敬的小姐。

米娜　我明白了。那么就是从我在图林根的庄园过来。

旅馆老板　来自图林根？不错，这个好很多，尊敬的小姐，这个要精确得多。（写完，然后念道）“冯·巴恩赫姆小姐，来自她在图林根的庄园，与之相随的有一名侍女和两名男仆。”

弗兰西斯卡　侍女？我想这指的是我吧？

旅馆老板　没错，我漂亮的姑娘。

弗兰西斯卡　嗯，老板先生，你还是不要把我写成“侍女”，请把我写成“女仆”吧。你说过，警察要求得非常精确，这样也许会引起误解，可能某天在宣读我的结婚预告时给我造成麻烦。因为我真的尚未婚配，我的名字叫弗兰西斯卡，姓威利格，弗兰西斯卡·威利格。我也是从图林根来的。我的父亲曾是一位磨坊主，这座磨坊也是我家小姐的产业。那个地方叫小拉姆斯多夫。我哥哥现在接管了磨坊。我很小的时候就被带到了庄园，和我家小姐一起读书识字。我们年纪相同——过完下一个圣烛节就都二十一岁了。小姐学习过的东西我都会。我想让警察对我有一个全面的了解。

旅馆老板　非常正确，我漂亮的姑娘；我会将这些牢记下来，以防将来不时之需。但是现在我想请问一下尊贵的小姐，您来此地有何贵干？

米娜　我来此地做什么？

旅馆老板　您的事情跟国王陛下有什么关联吗？

米娜　哦！没有！

旅馆老板　那您是来我们法院告状的吗？

米娜　不是。

旅馆老板　还是——

米娜　不，不。我来这儿仅仅是为了我个人的一点私事。

旅馆老板　很好，尊敬的小姐，但是都是些什么私事呢？

米娜　就是些……弗兰西斯卡，我觉得我们像在接受审讯。

弗兰西斯卡　老板先生，警察绝对不会去问一位年轻女士的秘密！

旅馆老板　当然会，我漂亮的姑娘，警察希望知道一切，尤其是秘密。

弗兰西斯卡　我们该怎么做，大小姐？……好吧！听着，老板先生——但是这件事除了告诉警察外，只能天知地知你知我知。

米娜　这个笨蛋要告诉他什么？

弗兰西斯卡　我们来这儿是为了从国王那里抢走一名军官。

旅馆老板　怎么？什么？我亲爱的姑娘！

弗兰西斯卡　或是让那位军官把我们俩抢去。不过这没什么区别。

米娜　弗兰西斯卡，你疯了吗？这个调皮的丫头是在跟您开玩笑的。

旅馆老板　我希望不是！作为您谦卑的仆人，她确实可以随意地跟我开玩笑，但是跟警察——

米娜　我这样跟你说吧，我不知道如何应对这种事情。麻烦你把整个事情推迟到我叔叔到达这儿再说吧。昨天我就告诉你了，为什么他没有跟我一起来。他的马车在距离这儿十英里的地方出了点问题，他不想让我在荒郊野外露宿一个晚上，所以我不得不先赶到这儿来。我肯定他将在二十四小时之内到达这里。

旅馆老板　没问题，小姐，那我们等他到这儿再说吧。

米娜　他能够更好地回答你的问题。他知道必须给谁说些什么话——关于他自己的事情哪些该说，哪些不该说。

旅馆老板　那就更好了！人们绝不能指望一个年轻的姑娘（意有所指地看着弗兰西斯卡）和严肃的人一起严肃地探讨严肃的问题。

米娜　我希望我叔叔的房间已经准备好了，老板？

旅馆老板　早就准备好了，尊敬的小姐，早就准备好了。但是有一点——

弗兰西斯卡　我想你又得把另一位德高望重的绅士从房间里赶出来吧！

旅馆老板　尊敬的小姐，萨克森的侍女似乎非常富有同情心啊！

米娜　先生，那样做确实非常不厚道。而你应该拒绝我们。

旅馆老板　为什么要这样？尊贵的小姐，为什么要这样？

米娜　我明白因为我们而被赶出去的那位军官——

旅馆老板　他只是个被撤职遣散的军官，尊敬的小姐。

米娜　即便如此，那又怎样？

旅馆老板　他几乎已经走到穷途末路了。

米娜　这样的话就更糟糕了！大家都说他是一个有功之人。

旅馆老板　但是我已经告诉您了，他是被撤职遣散的。

米娜　国王不可能熟悉每一个有功之人。

旅馆老板　哼！国王绝对认识他们，每一个人他都认识。

米娜　但他不可能对每一个人都论功行赏。

旅馆老板　如果他们生活的样子像是值得奖赏的话，他们早就得到奖赏了。但是他们一直生活在战争中，好像它永远不会结束似的，好像已经没有“你的”和“我的”之分似的。现在，所有的酒店和旅馆里面全都是他们这些人，而老板不得不提防着他们。我在这个人身上还没怎么亏本。即使他身上没钱了，但他至少还有些值钱的东西，我倒可以让他在这里继续安静地住上两三个月。然而，就像现在这个样子也好。顺便请教一下，尊敬的小姐，您懂珠宝吗？

米娜　并不是特别懂。

旅馆老板　您怎么可能不懂！我必须给您看一枚戒指，一枚贵重的戒指。我看到您的手指上戴着一枚非常漂亮的戒指，我越是看它，越是对您这枚戒指和我那枚的相似之处感到惊讶。来！好好看看，好好看看！（从盒子里拿出戒指，递给米娜）这枚戒指的光泽多么闪亮！仅仅是中间的那颗钻石就不止五克拉。

米娜　（仔细端详戒指）天哪！我看到了什么？这枚戒指——

旅馆老板　绝对值得上一千五百泰勒。

米娜　弗兰西斯卡！快来看！

旅馆老板　刚有人拿这个做抵押，我毫不犹豫地借出去了八十皮斯托尔。

米娜　你认出来了吗，弗兰西斯卡？

弗兰西斯卡　一模一样！你是从哪儿得到这枚戒指的，老板先生？

旅馆老板　得了吧，我的姑娘！你绝对没有权利索要它！

弗兰西斯卡　我们没有权利索要这枚戒指？我家小姐芳名的首字母都刻在上面，就刻在里面镶嵌钻石的地方。您看一下，我的大小姐。

米娜　就在这儿！就在这儿！你是怎样得到这枚戒指的？

旅馆老板　我？以世界上最光荣、最正直的方式得到的。你绝对不希望给我带来耻辱和麻烦，尊贵的小姐！我怎么知道这枚戒指本来属于谁？在战争期间，许多东西经常在主人知晓或不知晓的情况下转手易主。战争就是战争。还有许多其他的戒指越过了萨克森的边界。把戒指还给我，尊贵的小姐，快把戒指还给我！

弗兰西斯卡　告诉我你是什么时候从什么人手中得到的，我就把它还给你。

旅馆老板　从一个我认为不可能拥有此类物品的人身上得到的，在其他方面，他绝对是一个好人。

米娜　他是普天下最好的男人，如果你是从它的主人手上得到的话。马上把他带到这儿来！哪怕不是他本人，这个人至少也认识他。

旅馆老板　谁？请问是谁，尊贵的小姐？

弗兰西斯卡　你聋了吗？是我们的少校！

旅馆老板　少校？对，在你之前住在这儿的是一名少校！我正是从他手里得到这枚戒指的。

米娜　是冯·特尔赫姆少校吗？

旅馆老板　正是特尔赫姆。您认识他吗？

米娜　我认识他吗？他在这里！特尔赫姆在这里！他曾住过这个房间！他！他把这枚戒指抵押给了你！是什么让他陷入这种尴尬的处境？他在哪里？他还欠你什么东西吗？弗兰西斯卡，我的钱柜在这里！打开它！（弗兰西斯卡把钱柜放在桌子上，并打开它）他还欠你什么？他还欠其他人什么东西吗？把他所有的债主都给我带来！这是金币，这是纸币。这些全都是他的！

旅馆老板　这是怎么回事？

米娜　他在哪里？他在哪里？

旅馆老板　他一个小时以前还在这儿。

米娜　你真讨厌！你怎能对他如此无礼，如此苛刻，如此不近人情？

旅馆老板　尊敬的小姐，您得体谅——

米娜　快去！把他请到我跟前来。

旅馆老板　他的仆人可能还在这里。尊贵的小姐，您希望让他去找一下他的主人吗？

米娜　这还用问我？快去，飞奔过去。如果这件事你办好了，你之前对他的那些粗暴无礼就此一笔勾销。

弗兰西斯卡　还不快去，老板先生！快点走吧！快走！快走！（把旅馆老板推出去）

【旅馆老板退场。

第三场

米娜　现在我终于又找到他了，弗兰西斯卡！你听见了吗？现在我终于又找到他了！我欣喜若狂，几乎忘了我身在何方！和我一起欢喜吧，弗兰西斯卡。但是，你为什么要开心呢？对，你要开心，你必须和我一起欢喜。来吧，我要送你一件礼物，这样你就能够与我一起欢喜了。说吧，弗兰西斯卡，你想要什么？我这些东西里面你喜欢什么？你喜欢哪一样？你喜欢什么就拿什么吧，只要和我一起欢喜就行。我看你什么都不会拿吧。等一下！（把她的手推进钱柜里面）拿着，弗兰西斯卡，（给她一些钱）喜欢什么就给自己买什么。如果钱不够的话，再来找我拿，但你必须和我一起欢喜。一个人独自快乐实在是太悲哀了。快来，把钱拿上。

弗兰西斯卡　如果我这样做的话就等于是偷您的钱，我的大小姐。您陶醉了，完全陶醉在喜悦中了。

米娜　丫头，我虽然陶醉了，却还知道怎么骂人。把钱拿去，要不然（把钱硬塞到她手中）……如果你要感谢我……等一下，还好我想起来了。（从钱柜里拿出更多的钱）把它好好收起来，弗兰西斯卡，给第一个向我们乞讨的可怜伤兵。

第四场

【旅馆老板上场。

米娜　啊！是他来了吗？

旅馆老板　这脾气暴躁、粗鲁无礼的家伙！

米娜　谁？

旅馆老板　他的仆人。他不愿意去找少校。

弗兰西斯卡　那就把这个流氓带到这里来。我认识少校所有的仆人。这个人是哪一个呢？

米娜　马上把他带过来。他一旦看见是我们，绝对会跑得飞快。

【旅馆老板退场。

第五场

米娜　我真的忍受不了等待的煎熬。可是弗兰西斯卡，你也太冷漠了吧！你为什么不肯与我一起分享我的喜悦呢？

弗兰西斯卡　我会真心真意地为您高兴，只要——

米娜　只要什么？

弗兰西斯卡　只要我们真的又找到了他。但是我们会如何找到他呢？从我们听到的一切来看，他的处境一定非常糟糕。他的生活肯定很不幸，这使我感到悲痛。

米娜　你感到悲痛？让我为此拥抱你一下，我亲爱的伙伴！我永远不会忘记你的这片好心。我只是陷入了爱河，而你却是心地善良。

第六场

【旅馆老板和尤斯特入场。

旅馆老板　历经千辛万苦，我终于把他带来了。

弗兰西斯卡　这是一副陌生的面孔！我不认识他。

米娜　朋友，你是和冯·特尔赫姆少校住在一起的吗？

尤斯特　是的。

米娜　你的主人在哪里？

尤斯特　不在这儿。

米娜　但是你能找到他，对吗？

尤斯特　对。

米娜　你能快点去把他找来吗？

尤斯特　不行。

米娜　你这样做是帮我一个大忙。

尤斯特　不见得吧！

米娜　也是帮你的主人一个忙。

尤斯特　也许不是。

米娜　你为什么会这样认为呢？

尤斯特　我想，您就是今天早晨派人前来向他问候的那位陌生小姐吧？

米娜　正是。

尤斯特　那么我就没有搞错。

米娜　你的主人知道我的名字吗？

尤斯特　不知道，但是他对过于礼貌的淑女们向来不关注，就像对过于粗鲁的旅馆老板一样。

旅馆老板　我想这指的是我吧？

尤斯特　不错。

旅馆老板　好了，不要让这位小姐继续受折磨了，快去把你的主人请到这里来。

米娜　（对弗兰西斯卡）弗兰西斯卡，给他点钱——

弗兰西斯卡　（试图塞一些钱到尤斯特手中）我们不会让你白白跑腿的。

尤斯特　我也不会收了你们的钱不办事的。

弗兰西斯卡　各取所需而已。

尤斯特　我不能这样做，我的主人下令让我收拾行李。我马上就要着手去收拾了，我求求你们不要再继续妨碍我了。等我的事情做完了，我一定会跟他说，让他来这里一趟。他就在附近，在咖啡馆里面，如果他发现在那里无事可做百无聊赖，我想他会过来的。（打算离开）

弗兰西斯卡　等一下！我家小姐是少校的……妹妹。

米娜　就是，就是，我是他的妹妹。

尤斯特　这个我知道得比你们还清楚，少校根本没有妹妹。在过去的六个月里，他两次派我去他在库尔兰的家，不过好像真有各种各样的妹妹——

弗兰西斯卡　无耻小人！

尤斯特　一个人必须这样做，才能从别人那里获得片刻的安宁。（下）

弗兰西斯卡　他真是个流氓。

旅馆老板　我说对了吧。还是让他走吧！我知道他的主人现在在哪里，我立刻亲自去把他请过来。尊敬的小姐，我满怀谦卑，只求您为我向将军求求情，我一直太不幸了，不得不违背自己的意愿，冒犯了一个像他那样品德高尚的人。

米娜　你还是快点去吧！我会把事情摆平的。（旅馆老板下）弗兰西斯卡，快追上他，告诉他不要提到我的名字！（弗兰西斯卡下）

第七场

米娜　我终于又找到他了！——我是独自一个人吗？——（紧握着双手）但我并不孤单！（抬头向上望）心里有着感激上帝的

想法，才是最虔诚的祷告！我找到他了！我找到他了！（张开双臂）我满心欢喜、快乐幸福！除了喜悦的创造物，还有什么可以让造物主更高兴？（弗兰西斯卡回来了）你怎么回来了，弗兰西斯卡？你同情他！我可不同情他。不幸也是别有用处的。也许上天剥夺他的一切——是为了通过我再全部还给他！

弗兰西斯卡　他随时都可能到达这里——您还穿着您的晨服，我的大小姐。您难道不应该赶快梳妆打扮吗？

米娜　根本没必要，他以后会经常看到我穿成这样，而不是我盛装打扮的样子。

弗兰西斯卡　哦！您当然知道您怎样才最好看，我的大小姐。

米娜　（停顿了一下）确实如此，丫头，这次你又说对了。

弗兰西斯卡　我觉得女性的美丽往往在于她的朴实无华。

米娜　那样的话我们肯定就漂亮了？也许我们自己觉得自己漂亮才是最重要的。只要我在他的眼里漂亮，对我来说一切就都够了。我心地善良，却又充满骄傲；品行端庄，却又爱慕虚荣；激情似火，却又纯洁无瑕。我敢说你无法理解我。其实我也无法完全理解自己。喜悦已经冲昏了我的头。

弗兰西斯卡　快镇定下来，我的大小姐，我听到脚步声。

米娜　镇定下来？嗯？镇定地迎接他？

第八场

【冯·特尔赫姆入场。

冯·特尔赫姆　（走进来，一看见米娜就向她跑过去）啊！我的米娜！

米娜　（向少校冲过去）啊！我的特尔赫姆！

冯·特尔赫姆　（突然犹豫起来，向后退）对不起，冯·巴恩赫姆小姐，真没想到会在这儿遇见您——

米娜　您不会真觉得这不可思议吧！（向少校靠近，而少校愈加后退）请我原谅您，因为我还是您的米娜吗？

冯·特尔赫姆　小姐……（目不转睛地看着旅馆老板，耸了耸肩膀）

米娜　（看着旅馆老板，向弗兰西斯卡做了个手势）先生——

冯·特尔赫姆　如果我们俩都没有认错人的话——

弗兰西斯卡　哎呀！老板，你找来的是什么人啊？快过来！我们一起去把正确的人找到这儿来。

旅馆老板　他不是你们要找的人吗？肯定就是他！

弗兰西斯卡　绝对不是他！来吧，快！我还没有问候您的女儿早上好呢。

旅馆老板　哦！你这人真好。（依然没有挪动脚步）

弗兰西斯卡　（抓住他）来吧，我们去把菜单做出来。让我们看看吃点什么。

旅馆老板　你们将首先吃到——

弗兰西斯卡　别说了，我说你快别说了！如果我家小姐现在就知道了她午餐吃什么，那她将会一点胃口都没有了。来吧，我们必须私下商量这个问题。（把他硬拉出去，两人下）

第九场

米娜　呵呵，我们俩现在还认错了人吗？

冯·特尔赫姆　向上帝祈祷，但愿如此！——但这世上只有一个米娜，而您就是那个唯一！

米娜　何必如此客套！整个世界都可能听到我们俩之间的交谈。

冯·特尔赫姆　您怎么到这儿来了？您来这里做什么，敬爱的小姐？

米娜　我的使命已经完成了。（张开双臂向少校走去）我已经找到了我想要的一切。

冯·特尔赫姆　（后退）您应该找一个家财万贯、值得您爱的人，而您却找到了一个穷困潦倒的可怜虫。

米娜　难道您不再爱我了吗？难道您爱上别的女人了吗？

冯·特尔赫姆　嗳！我从来都没有爱过您，更不要提别的女人了。

米娜　您这只是从我的胸膛拔出一把剑而已，如果我已经失去了您的心，这是因为您本来就对我漠不关心，还是有比我更漂亮迷人的女人抢去了您的心？您不再爱我，也不爱别人吗？如果您什么都不爱的话，那您的确是个可怜虫！

冯·特尔赫姆　您说得没错，可怜虫肯定一无所爱。如果他不能够战胜自己、抛却爱情，如果他忍心让心爱的女人跟着他一起吃苦受罪，那他遭受悲惨不幸也是活该……唉！这场胜利是多么的艰难！……自从理智和现实迫使我不得不忘记米娜·冯·巴恩赫姆，我简直是痛不欲生！我刚刚开始希望我的这一番苦心不要永远地白费的时候——而您出现了。

米娜　我不知道自己是否正确地理解了您的意思。请先停一停，先生。在我们造成更深的误会之前，让我们理清一下思绪。您可以回答我一个问题吗？

冯·特尔赫姆　什么问题都行。

米娜　但是您愿意直截了当地回答我的问题，不找任何借口吗？干脆什么都不说，就用“是”和“不”来回答，您说可以吗？

冯·特尔赫姆　可以——如果我能够做到的话。

米娜　您绝对能够做到的。好吧，尽管为了忘记我，您已历尽千辛万苦，但您还爱我吗，特尔赫姆？

冯·特尔赫姆　小姐，这个问题——

米娜　您已经答应我了，只用“是”和“不”来回答我的问题。

冯·特尔赫姆　但是我也说了，“如果我能够做到的话”。

米娜　您能做得到，您肯定知道自己心里在想什么。您还爱我吗，特尔赫姆？爱，还是不爱？

冯·特尔赫姆　如果我的心——

米娜　爱，还是不爱？

冯·特尔赫姆　那好吧，爱！

米娜　真的吗？

冯·特尔赫姆　真的，我爱您！但是——

米娜　先别急！您仍然爱我，这对于我来说已经足够了。看看我们都陷入了怎样的一种情绪！痛苦、忧郁，而且这种情绪还在我们俩之间传染！我要再次找回我自己。好了，我亲爱的可怜人，您依然爱我，依然拥有您的米娜，那您为什么还不高兴呢？那您听听看，您的米娜曾经和现在都是多么的自以为是、愚不可及，她曾经幻想着，现在依然幻想着自己就是您全部的幸福。现在请将您所有的痛苦都讲出来。她想尝试一下，自己到底能够承受多少——怎么样？

冯·特尔赫姆　小姐，我这人不习惯向别人诉苦。

米娜　非常好。我不知道在听了一个战士的一番吹嘘之后，除了听他诉苦，还有什么能使我更开心？但这世界上确实有一种冷漠而无情的方式来谈论勇敢和不幸——

冯·特尔赫姆　这种方式说白了，其实还是吹嘘和诉苦。

米娜　您不要再诡辩了！其实您根本就不应该说自己是个不幸的可怜虫。要么您就将故事完完整整地告诉我，要么您就一个字都不要提。理智和现实迫使您不得不忘了我吗？我是个顽固的理智主义者，同时对现实也充满了敬意。那就让我听听，您的这种理智究竟有多理智，现实又是如何的现实？

冯·特尔赫姆　那您就听我说，小姐。您称呼我特尔赫姆，这个名字完全正确。但是请想一想，我已经不是您在家里时认识的那个特尔赫姆了。他年少有为、胸怀大志、渴望建功立业；他对自己的身体和心灵都掌控自如；崇高荣誉和锦绣前程在他面前敞开着大门；当时的他哪怕配不上您的爱情和婚姻，但却敢于奢望有一天能靠近这一梦想。而我已经不再是那个特尔赫姆了，就像我不再像我父亲了一样。我们曾经是那么的相像。现在的我是一个被撤职遣返的特尔赫姆，被人猜疑，已经成了一个残废，一个乞丐。小姐，您答应执手迈入婚姻殿堂的是原来的那个特尔赫姆，现在您还要遵守这个诺言吗？

米娜　这听上去真让人心碎……然而，特尔赫姆少校，在我再次找到原来的那一个之前——我对特尔赫姆一片痴心——现在的这一个必须帮助我度过困境。把您的手拿过来，亲爱的乞丐！（抓着他的手）

冯·特尔赫姆　（用另一只手抓着帽子挡住自己的脸，躲避她）这样做太过分了！……您把我当成什么了？……小姐，快放我走。您的好意对我是种折磨！让我走。

米娜　怎么回事？您要去哪儿？

冯·特尔赫姆　离开您！

米娜　离开我？（把他的手用力地抓向自己的心口）休想！

冯·特尔赫姆　绝望将会让我死在您的脚下。

米娜　离开我？

冯·特尔赫姆　离开您。永远，永远不要再见到您。或者至少我是这样决定的，心意已决，绝不会做出卑劣的行径使自己心怀歉疚，也

绝不能导致您做出鲁莽的行为。让我走吧，米娜！（挣脱开来，退场）

米娜　（哭喊着追他）　让您走，米娜？米娜，让您走？特尔赫姆！特尔赫姆！（下）

第三幕

第一场

客厅

尤斯特　（手里拿着一封信）为何我还非得到这个被诅咒的房间走一趟！我的主人差遣我把这封信送给那位小姐，她可能是他的妹妹。我希望这件事就到此为止，否则将会有送不完的信。我真想摆脱这件差事，我更不想进入那个房间。她们俩有数不完的问题要问，而我讨厌回答——啊！门打开了。正是我想要找的，那个侍女！

第二场

弗兰西斯卡　（向她刚进来的门里面喊）不用担心，我会注意的。看！（看见了尤斯特）我立即就遇到了，但跟那个禽兽没有任何关系。

尤斯特　您的仆人。

弗兰西斯卡　我可不想要这样的一个仆人。

尤斯特　好吧，好吧，请原谅我这样的表达方式！这儿有一封信，我的主人吩咐我把它送给你的主人——尊敬的小姐——他的妹妹，对吗？——是他的妹妹。

弗兰西斯卡　把信给我！（一把从他手中抢过来）

尤斯特　我家主人恳请你帮忙将这封信转交给你家小姐。然后我家主人还恳请你帮另外一个忙，请不要以为是我有何乞求！

弗兰西斯卡　说吧！

尤斯特　我的主人懂得如何处理此类事情。据我看来，他肯定知道接近年轻女士的最佳方式是通过她的侍女。你宅心仁厚，我家主人恳请你告诉他，他是否有荣幸与你聊上一刻钟。

弗兰西斯卡　和我？

尤斯特　敬请原谅，如果我对你的称呼有误的话。是的，和您聊一聊，只需要一刻钟，但是只是和您一个人，就您一个人，这是一个非常私人的谈话。我的主人有些非常特别的事情想对您说。

弗兰西斯卡　敢情好！我刚好也有很多事情要对他说。让他来吧，我会恭候他的大驾光临。

尤斯特　那他什么时候过来呢？什么时候你觉得最方便，年轻的姑娘？晚上怎么样？

弗兰西斯卡　你是什么意思？你家主人什么时候想来都可以过来，你现在就可以走了。

尤斯特　正合我意！（离开）

弗兰西斯卡　我还有一句话忘了说！少校其他的仆人都到哪里去了？

尤斯特　其他的仆人？去了这儿，去了那儿，无处不在。

弗兰西斯卡　威廉去哪儿了？

尤斯特　那个男仆吗？少校让他去旅行去了。

弗兰西斯卡　哦！那么菲利普呢，他在哪儿？

尤斯特　那个猎人吗？主人为他找了一个更好的去处。

弗兰西斯卡　怪不得，原来他已经没有猎物可打了。那马丁呢？

尤斯特　那个马车夫吗？他骑着马离开了。

弗兰西斯卡　那么弗里茨呢？

尤斯特　那个侍从吗？他晋升了。

弗兰西斯卡　少校那年冬天驻扎在图林根，和我们在一起的时候，你在什么地方呢？我记得你那个时候没跟他在一起吧？

尤斯特　哦！没错。我那时是他的马夫，但当时我躺在医院里。

弗兰西斯卡　马夫？那你现在是——

尤斯特　什么都是，我是他的猎人、马车夫、侍从和马夫。

弗兰西斯卡　哦？我真的从来都没有想到。他送走了那么多优秀出色的仆人，却唯独留下了这个最差劲的！我真想知道你的主人认为你哪点好！

尤斯特　也许他发现我是个诚实可靠的伙伴。

弗兰西斯卡　哦！如果一个人除了诚实之外毫无优点的话，那也太可悲了。威廉恰好是另外一种人！所以你家主人让他去旅行了！

尤斯特　没错，少校……让他去的——因为少校阻止不了他。

弗兰西斯卡　怎么会这样？

尤斯特　嗯，威廉在旅途中不会有任何困难的。他把少校所有的衣服全部都拿去了。

弗兰西斯卡　什么！他不会是偷了衣服逃跑了吧？

尤斯特　我不能确定地回答这个问题，但是当我们离开纽伦堡时，他没有拿着衣服跟随我们。

弗兰西斯卡　天哪！这个无赖！

尤斯特　他才是正确的那一类人！他会卷发修面，他口齿伶俐、妙语连珠，不是吗？

弗兰西斯卡　如果我处在少校的位置的话，无论如何我都不会把那个猎人遣送走的。如果少校不希望把他留下来作为一名猎人，但他仍然是个有用的家伙啊。少校把他送到哪里去了？

尤斯特　送到施潘道一个司令官那里去了。

弗兰西斯卡　那里是一座堡垒！在那些城墙里面也没有猎可以打呀！

尤斯特　哦！菲利普不是去那儿打猎的。

弗兰西斯卡　那他在那儿做什么？

尤斯特　他骑踏车。

弗兰西斯卡　踏车？

尤斯特　但是只干了三年。他和连队的人一块儿制造了一起小阴谋，通过前哨站带出去六个人。

弗兰西斯卡　这太让我吃惊了，真是个恶棍！

尤斯特　不！他是一个有用的伙计，这个猎人熟悉方圆五十英里内所有的曲径和小路，能穿过所有的森林和沼泽，而且他还会射击！

弗兰西斯卡　值得庆幸的是少校还留着那个诚实的马车夫。

尤斯特　少校还留着他吗？

弗兰西斯卡　我记得你说过，马丁骑着马离开了，那他当然还会回来了！

尤斯特　你真这么认为吗？

弗兰西斯卡　那他到底骑马去哪儿了？

尤斯特　他骑着主人最后一匹、也是唯一的一匹马去喝水了，距离现在已经十个星期了。

弗兰西斯卡　那他到现在还没有回来吗？天哪！真是个浑蛋！

尤斯特　可能是水把这个诚实的马车夫冲走了。啊！他是一位大名鼎鼎的马车夫！他曾在维也纳驾驶过十年马车。我的主人将永远不会再次得到这样的人物。当马撒蹄飞奔的时候，他只需要说声“喔”，它们就会立刻止住脚步，站得像一堵墙。此外，他还是一名出色的马医生！

弗兰西斯卡　我现在开始有点担心那个晋升的侍从了。

尤斯特　不用担心，不用担心，他的晋升完全是合乎情理的。他已经成为了一个边防团的鼓手。

弗兰西斯卡　跟我想的差不多一样！

尤斯特　弗里茨跟一个流氓地痞混在了一起，夜里从来不回家，以主人的名义到处欠账，还干了不计其数的龌龊事情。总之，少校意识到这样下去他肯定会踏上不归路，（惟妙惟肖地做出被绞死的动作）所以少校就把他送上了正确的道路。

弗兰西斯卡　啊！真是个蠢货！

尤斯特　但他确实是个完美的侍从，这一点毫无疑问。如果让他先跑五十步，我的主人就算骑着最好的马也无法赶上他。但另一方面，弗里茨如果让绞刑架一千步，我敢以我的生命打赌，他也能追得上它。他们全都是你的好朋友，对吗，年轻的姑娘？……威廉和菲利普，马丁和弗里茨！现在，尤斯特祝你度过美好的一天！（下）

第三场

弗兰西斯卡　（若有所思地看着尤斯特退场）遭受这种打击，我完全是自作自受！谢谢你，尤斯特。我低估了诚实的价值。我不会忘记这次的教训。啊！我们不幸的少校！（转身要进入她女主人的房间，正在这时旅馆老板上场）

旅馆老板　稍等一下，我漂亮的姑娘。

弗兰西斯卡　我现在没有时间，老板先生！

旅馆老板　就只需要一小会儿！还没有少校的消息吗？他肯定不可能就这样一走了之的！

弗兰西斯卡　为什么不可能？

旅馆老板　难道我们尊贵的小姐还没有告诉你吗？我漂亮的姑娘，我在下面的厨房离开你以后，无意之中又回到了这间屋子——

弗兰西斯卡　无意之中？恐怕你是故意想来偷听点什么吧！

旅馆老板　什么！姑娘，你怎么能这样怀疑我？旅馆老板最大的乐趣莫过于好奇心。我在这里待的时间并不长，小姐的门就突然被撞开了，少校冲了出来，小姐也追着他出来了。他们俩的情绪都非常激动，他们的表情和神态清晰地表明彼此之间产生了误会。小姐抓住了少校的胳膊，少校挣脱了，小姐又抓住了他——“特尔赫姆！”“让我走吧，小姐。”“去哪里？”紧接着少校把小姐一直拉到了楼梯。我真怕少校会把她拽下来，但他逃脱了。小姐站在最上面的一阶楼梯上，看着他的背影，呼喊着他的名字，狠狠地拧着她自己的手。她突然转过身子，跑到窗口；然后又从窗口走到楼梯，再从楼梯进入房间，不停地来来回回。我就站在那里，她从我身边走过去了三次都没有看到我。最后她好像终于发现了我，但愿上天保佑我们！可我敢肯定你家小姐错把我当成了你。“弗兰西斯卡，”她哭着说，眼睛盯着我，“我现在幸福吗？”然后，她直直地看着天花板，再一次说道：“我现在幸福吗？”说完之后，她擦干了眼睛里的泪水，微微一笑，问我：“弗兰西斯卡，我现在幸福吗？”我当时真觉得不知道该如何办才好。然后她跑到她房间的门口，又转身对我说：“来吧，弗兰西斯卡，你现在可怜谁啊？”说完这句话，她就走了进去。

弗兰西斯卡　嗬！老板先生，你一定是在说梦话吧！

旅馆老板　梦话？不，我漂亮的姑娘，有谁做梦能做得这么详细？不错，如果我不好奇的话，也就不会说出这番话，但是那些我没有钥匙的东西，我是不会说出来的！

弗兰西斯卡　钥匙？我们房间门的钥匙吗？老板先生，那把钥匙在房间里面，晚上的时候我们拿进去了，我们有些胆小。

旅馆老板　不是那种钥匙，我亲爱的姑娘，我指的是一种能解决问题、解除困惑的钥匙，能将我所看到的一切完整地联系起来。

弗兰西斯卡　原来如此！好了，老板先生，该说再见了。我们很快就可以吃饭了吗？

旅馆老板　我亲爱的姑娘，别忘了我刚过来跟你说的话——

弗兰西斯卡　真的吗？我会尽可能地忘掉。

旅馆老板　你家小姐还拿着我的戒指。那是我的戒指——

弗兰西斯卡　你不会失去它的。

旅馆老板　我对这个倒一点都不担心，我只需要让你记住。你看，我甚至不希望再拥有它了。我很容易就可以猜出她是怎么知道这枚戒指的，以及为什么这枚戒指跟她的那么相像。戒指最好还是在她的手中。我不想再要它了。用它抵押借出去的那一百皮斯托尔，我可以把它记在小姐的账上。这样做你觉得怎么样，我漂亮的姑娘？

第四场

维尔纳　（上场，看到旅馆老板，旁白）原来他在那儿！

弗兰西斯卡　一百皮斯托尔？我记得只有八十。

旅馆老板　没错，只有九十，只有九十。就这样算了，我漂亮的姑娘，我看就这样算了。

弗兰西斯卡　一切都会搞个水落石出的，老板先生。

维尔纳　（从后面走过来，轻拍一下弗兰西斯卡的肩膀）小姑娘——小姑娘。

弗兰西斯卡　（吓了一跳）哎呀！我的天哪！

维尔纳　不要惊慌！我看见你这么漂亮，又是一个外地人。漂亮的外地人都应当心怀戒备。小姑娘！小姑娘！我劝你要小心眼前这个家伙！（指着旅馆老板）

旅馆老板　啊！这真是个意外之喜！维尔纳先生！欢迎，欢迎！呵呵，你还是原来那样的快活、风趣幽默、诚实坦率！那你可要提防我了，我漂亮的姑娘。哈！哈！哈！

维尔纳　任何时候都不要和他走在一起。

旅馆老板　不能走在一起？难道我有那么危险吗？哈！哈！哈！听听他说的，我漂亮的姑娘！这个玩笑好笑吧？

维尔纳　像他这种人，别人告诉他真理，他总会把它称为玩笑。

旅馆老板　真理？哈！哈！哈！越来越好笑了，我漂亮的姑娘，是不是啊？他懂得怎样开玩笑！说我危险？我？二十年之前这样说我可能还不会错得太远。就是，就是，我漂亮的姑娘，那时的我可是一个非常危险的男人，这一点很多人都知道。但是现在——

维尔纳　嘿嘿！成了一个老傻瓜！

旅馆老板　说得真对！当我们老了的时候，危险也就随风而去了！等你老了也会这样，维尔纳先生！

维尔纳　你真是个彻底的老傻瓜！——小姑娘，你要相信我，根据常识也知道，我想说的不是他说的那种危险。虽然有一个魔鬼离开了他，但是又有七个钻进了他的身体。

旅馆老板　哦！听到他说的话没有？他是多么的妙语连珠、巧舌如簧！一个玩笑接一个玩笑，还总有新的东西！啊！他是一个出色的人物，保罗·维尔纳非常了不起。（对弗兰西斯卡说，好像是在耳语一样）家境富裕，而且至今还是单身。在距离此地三英里的地方，他拥有一个可爱的小农场。他在战争中挣了一大笔钱，是少校手下的中士。是的，他是少校真正的朋友，他为了少校愿意牺牲自己的性命。

维尔纳　没错，他也是少校的一个朋友——而这个朋友……少校应该取走他的性命。（指向旅馆老板）

旅馆老板　怎么？什么？不，维尔纳先生，这个玩笑开得可不好。难道我不是少校的朋友？我不明白你这个笑话。

维尔纳　尤斯特已经告诉了我很多事情。

旅馆老板　尤斯特？啊！我以为你被尤斯特附体了，说话和他一模一样。尤斯特是个龌龊卑鄙、脾气暴躁的浑蛋。但是幸好我们跟前站着一位漂亮的姑娘——她会讲话，她能告诉你我到底是不是少校的朋友，我是否为少校鞍前马后、鞠躬尽瘁。另外，我为什么不应该和少校做朋友呢？谁不知道他是个有功之人。谁知天意难料，他时运不济，最后被撤职遣返了。但是这又能怎么样？国王不可能熟悉每一个有功之人。再说，即使国王全都认识他们，也不可能对每一个人都论功行赏。

维尔纳　感谢上帝让你的嘴里说出这番美言。但是尤斯特……虽然尤斯特这个人没什么值得称道的地方，但他却从来都不说谎，那么如果他告诉我的事情都是真的——

旅馆老板　我不想听到任何跟尤斯特有关的事情。正如我所说的那样，眼前这位漂亮的姑娘可以告诉你一切。（悄悄地对弗兰西斯卡说）你知道，我亲爱的姑娘，那枚戒指！把这事跟维尔纳先生好好说一说。然后他就会真正地了解我。（对维尔纳）为了不让她说的话看上去像是顺我的意而说的，我会回避一下。我马上就走，但是你随后一定要告诉我，维尔纳先生，你一定要告诉我，尤斯特是不是个无耻的诽谤者。（下）

第五场

维尔纳　小姑娘，你认识我的少校吗?

弗兰西斯卡　冯·特尔赫姆少校吗? 当然认识他，我认识这个好人。

维尔纳　谁敢说他不是个好人? 你喜欢他吗?

弗兰西斯卡　我打心眼里喜欢他。

维尔纳　太好了！我不得不告诉你，小姑娘，听完你的这番话，我觉得你比之前还要再漂亮一倍。旅馆老板说他为我们的少校鞍前马后，那他到底为少校做了些什么呢?

弗兰西斯卡　这个我也一无所知，他的无赖行为有时会幸运地产生好的结果，但他认为这也是他的善举。

维尔纳　这么说尤斯特告诉我的事情都是真的了?（眼睛看向旅馆老板离开的地方）算你走运，已经滚蛋了！他真的把少校赶出了房间吗? ——这头蠢驴因为相信少校没钱了，竟然就如此对待这样一位品行高尚的人！少校会没有钱?

弗兰西斯卡　什么? 少校手上还有钱?

维尔纳　有的是钱！少校根本不知道自己到底有多少钱。他也不知道有谁欠他的钱，我就欠他的钱，如今把以前的一些旧账给他带来了。你瞧，小姑娘，这个钱包（从一只口袋里掏出钱包）里面有一百金路易，这个小包（从另一只口袋里掏出一个小包）里面有一百达克特。这些全都是少校的钱！

弗兰西斯卡　真的吗？那他为什么还要典当自己的东西？他把一枚戒指当了，你知道——

维尔纳　典当？你不会真的相信吧。也许他是不想再要那种垃圾了。

弗兰西斯卡　那可不是垃圾，它是一枚非常贵重的戒指。而且，我想，这枚戒指是别人送给他的定情信物。

维尔纳　这就解释得通了。定情之物！不错，不错，这种东西总是会提醒人们记起他们不想记得的事情，所以人们想方设法要摆脱它。

弗兰西斯卡　什么？

维尔纳　在冬天的时候，士兵总会做一些奇妙的事情。他在那个季节无所事事，所以就去找些乐子，为了消磨时间，他到处拈花惹草。而他只是想在这个冬天和别人虚情假意一番而已，谁知那些和他交往的姑娘们却情真意切，渴望和他共度一生。然后在转瞬之间，一枚戒指突然像被施了魔法一样出现在了他的手指上，他自己根本不知道这枚戒指是如何套上去的。很多时候，他甚至愿意把那根手指砍掉，如果他这样做能重获自由的话。

弗兰西斯卡　天哪！那你认为少校曾经做过这样的事情吗？

维尔纳　毫无疑问，肯定干过。尤其是在萨克森的时候。如果那个时候他每只手有十根手指的话，那他双手肯定会被戴上二十枚戒指。

弗兰西斯卡　（旁白）这个消息非常重要，值得好好调查一下。（对维尔纳）庄园主先生，或者中士先生——

维尔纳　小姑娘，如果不会给你带来不便的话，我更喜欢被人称呼为“中士先生”。

弗兰西斯卡　好的，中士先生，我这儿有一封少校写给我家小姐的信。我必须马上把它送进去，片刻之后我就会回到这儿。你能好心地在这儿等我一会儿吗？我非常想和你再聊一聊。

维尔纳　你很喜欢聊天吧，小姑娘？好吧，我乐意奉陪。赶快去吧。我也喜欢聊天，我会等你的。

弗兰西斯卡　好的，请稍等片刻。（下）

第六场

维尔纳　这个小姑娘人真的是太好了！但是我不应该答应她在这里等她，我想我现在最要紧的事情是马上找到少校。他宁愿把自己的东西当掉，却不愿意要我的钱，这真是他一贯的风格。我想到了一个好计策。两个星期前我到镇上的时候，去拜访了马洛夫上尉的遗孀。那个可怜的妇人当时生病了，满怀凄苦地对我说，她的丈夫死的时候还欠上校四百泰勒，她根本不知道如何偿还这笔钱。我今天又去拜访了她一次，本打算告诉她当我收到卖掉庄园的款项的时候，我可以借给她五百泰勒，因为我如果去不成波斯的话，必须得留下来一些钱备用。谁想她已经离开了，不用想也知道她肯定没把欠少校的那笔钱还上。好，我就这样做，而且越快越好。那个小姑娘千万不要因此责备我，我无法再等下去了。（他陷入沉思中，准备下场，差点和迎面而来的少校撞到了一起）

第七场

冯·特尔赫姆　为什么如此深思，维尔纳？

维尔纳　啊！原来是您啊！我正准备去您的新住处拜访您呢，少校。

冯·特尔赫姆　是想在我的耳边说之前那个旅馆老板的坏话吧。不要在我面前提这些事情了。

维尔纳　没错，我本来也想顺便提一下这件事情的。但是我更主要的还是希望向您表达谢意，感谢您一直好心地为我保管那一百金路易。尤斯特已经把这笔钱还给我了。如果您能为我再保管更长一段时间的话，我会觉得非常高兴。但是您已经搬到了新的住处，不管是您还是我对这个地方都不熟悉。谁知道那是个什么样的地方啊？钱带到那里去的话可能会被人偷去，然后您自己还得把这笔钱补上，这样的话我简直是在帮倒忙。所以我无法再请求您把这笔钱继续带上。

冯·特尔赫姆　（微笑）你什么时候开始变得这么小心谨慎了啊，维尔纳？

维尔纳　吃一堑，长一智。如今这个时期，一个人对自己的钱再怎么小心都不为过。此外，少校，我受马洛夫夫人所托要完成一件事，我刚从她那儿过来。她丈夫死的时候还欠您四百泰勒，这是她先还给您的一百达克特。下周她将把剩下的钱全部还给您。我相信是因为我的原因，她这次才没能把钱全部都还给您。因为她同样欠我差不多八十泰勒，她以为我来是向她要钱的——事实其实也差不多就是这样——因此她就把原本打算还给您的钱，拿出来一部分还给了我。您那一百泰勒再等上一个星期也没有什么大碍，我这点儿格罗申可有些等不及了。钱在这儿，请把它收下。（把一百达克特递给少校）

冯·特尔赫姆　维尔纳！

维尔纳　怎么啦！您为什么这样盯着我看？请把钱收下，少校！

冯·特尔赫姆　维尔纳！

维尔纳　您怎么啦？您为什么这么恼怒？

冯·特尔赫姆　（愤怒地敲着自己的额头，顿着脚）因为……四百泰勒这次没有全部还清。

维尔纳　消消气！少校，难道您没有听明白我的意思吗？

冯·特尔赫姆　恰恰是因为我明白了你的意思。唉！为什么这些最好的人今天统统都使我最悲痛？

维尔纳　您说什么？

冯·特尔赫姆　这句话只有部分跟你有关。你走吧，维尔纳！（把维尔纳的手连同钱一起往回推）

维尔纳　除非您收下这笔钱，否则我哪儿也不去。

冯·特尔赫姆　维尔纳，假如我告诉你，马洛夫夫人今天早晨亲自到我这儿来了——

维尔纳　真的吗？

冯·特尔赫姆　她现在什么都不欠我了——

维尔纳　您说的是真的吗？

冯·特尔赫姆　她把每一分钱都还给我了——那你现在还有什么话好说？

维尔纳　（考虑了一会儿）我只能承认我撒了个谎，而且撒谎是件无耻的事情，因为迟早有被发现的一天。

冯·特尔赫姆　你会为自己感到羞愧吗？

维尔纳　那您认为那个迫使我不得不撒谎的人应该怎么样呢？他是不是也应该觉得羞愧呢？您看，少校，如果我说您的行为没有使我懊恼的话，那我又在撒另一个谎了，但是我再也不想撒谎了。

冯·特尔赫姆　不要觉得懊恼，维尔纳。我明白你的心，也知道你对我的情意，但是我确实不能要你的钱。

维尔纳　不能要我的钱？那您宁愿把自己的东西卖掉、当掉，然后让别人在您的背后说些闲言碎语？

冯·特尔赫姆　哦！人们迟早会知道我没什么钱了。一个人不应该打肿脸充胖子，明明没钱偏要装作有钱。

维尔纳　但是为什么要装作非常穷呢？只要一个人的朋友有钱，那这个人就有钱。

冯·特尔赫姆　我觉得向你借钱不合适。

维尔纳　不合适？还记得那年夏天吗？有一天骄阳似火，敌人使我们燥热难当，而您的马夫拿着您的水壶，不知所终，您走到我的面前说："维尔纳，有水喝吗？"然后我把自己的水壶递给您，您接过去张嘴就喝，不是吗？难道这也不合适？说句良心话，当时的一口脏水比现在所有这些钱都要贵重得多。（从口袋里把钱包也拿了出来，把钱包和那些钱都往少校手里塞）请收下它们，亲爱的少校！就当它们是水，这也是上帝为所有人共同创造的。

冯·特尔赫姆　你这是在折磨我，难道你没有听见我说的话吗？我不愿意欠你的钱。

维尔纳　一开始您说不合适，现在您又说不愿意。啊！这是完全不同的两回事。（非常生气）您不愿意欠我的钱？但是假如您已经欠了我的债呢，少校？或者说，有人曾经挡下了差一点把您脑袋劈掉的刀剑，还有一次，他削掉了那条正准备扣动扳机射向您胸膛的手臂，您难道一点都不亏欠这个人吗？您还能欠这个人更多的债吗？或者说，我的脖子还没有我的钱重要吗？如果这是一种高尚的思考方式，那么我不得不真心地说它愚不可及。

冯·特尔赫姆　你这番话是说给谁听呢，维尔纳？还好就只有我们两个人，因此我还可以讲话，如果第三个人听到了我们的谈话，他肯定以为这是在自吹自擂。我很乐意承认你曾经两次救过我的命，对此我满怀感激。但是朋友，不要以为这种事情如果发生在你的身上，我就不会为你做出同样的牺牲？

维尔纳　如果真发生这样的事情，有谁能怀疑你不会那样做呢？难道我没有看见您无数次冒着生命的危险，去救那些陷入危难的低等士兵吗？

冯·特尔赫姆　你知道就好。

维尔纳　但是——

冯·特尔赫姆　你为什么就是不能理解我呢？我说，我借你的钱不合适，我也不愿意借你的钱。我这样说的意思是在目前这种处境下，我不能这样做。

维尔纳　哦！所以你要一直等到处境变好的时候了。你准备等你根本不需要的时候再向我借，等到你手头宽裕，而我身无分文的时候再向我借啦。

冯·特尔赫姆　当一个人明知道无力偿还的时候，就不该再向他人举债。

维尔纳　像您这样的人是不可能永远困顿的。

冯·特尔赫姆　你知道这个世界……不管怎么说，一个人都不应该向本来就需要用钱的人借钱。

维尔纳　嗬！您说得不错，我就是这样的一个人！请您告诉我，我要钱做什么用？那些招募中士的人，当然会给他足够的物资让他活下去。

冯·特尔赫姆　你当然需要钱，你要成为比中士更高的军官——要想在这条路上步步高升，即使功勋再高的人手上没钱也是白搭。

维尔纳　成为比中士更高的军官？我从来都没有想过这个。我是一个优秀的中士，如果我成为了上尉，表现一定会很糟糕。如果我成为了将军，情况只会更糟。

冯·特尔赫姆　不要逼我看不起你，维尔纳！尤斯特告诉我的事情让我感到非常失望。你卖掉了你的小庄园，打算再次踏上生死难料的征程。不要让我认为你喜欢这种血腥的职业，热爱那种野蛮放荡的生活方式，不幸的是这二者常常联系在一起，难舍难分。一个人只应为自己的祖国而战，或者为自己的信仰而战。漫无目的地四处征战——今天这儿，明天那儿——就像是屠夫的学徒一样血腥屠杀，毫无意义。

维尔纳 那好吧，少校，我会遵照您说的做。您比我更懂得什么才是对的，我要侍奉在您左右。但是，亲爱的少校，您一定要收下这些钱。您的事情迟早都会得到解决。到时您肯定会得到一大笔钱，然后您再连本带利一起还给我，我这么做只是为了得到那点利息。

冯·特尔赫姆 不要再提这件事情了。

维尔纳 我以自己的生命起誓，我这么做真的只是为了得到那点利息。我时常情不自禁地想："维尔纳，当你老了的时候会变成什么样子呢？假如你成了瘸子怎么办？假如那个时候你在这世上一无所有怎么办？假如那时你穷困潦倒、不得不沿街乞讨怎么办？"然后我又想："不会的，你不会穷困潦倒然后去沿街乞讨的，你可以去找特尔赫姆少校，他哪怕只剩一分钱也会分一半给你用，他会一直供养你，直到你死去的那一天。和他在一起，你才能像一个忠诚的男人那样死去。"

冯·特尔赫姆 （握住维尔纳的手）朋友，难道你现在已经不这么想了吗？

维尔纳 不，我再也不会这样想了。一个人在手头紧张的时候，不肯向我伸手求援，那么在我手头紧张的时候，肯定也不会对我伸出援助之手。那就这样吧！（准备离开）

冯·特尔赫姆 朋友，不要逼我发疯！你要去哪儿？（挽留他）假如我以自己的名誉担保，我现在手上还有钱——假如我以自己的名誉担保，我一旦没有钱了就告诉你，而且首先从你那里借钱，只向你一个人借钱，你觉得满意吗？

维尔纳 我对这个非常满意。让我们握个手，就这么说定了，少校。

冯·特尔赫姆 一言为定，保罗！好了，这个话题就到此为止。我来这儿是为了和一个年轻的姑娘谈点事情。

第八场

【弗兰西斯卡从米娜的房间里走出来。

冯·特尔赫姆 她来了！看上去你似乎认识她，维尔纳。

维尔纳 是的，我认识她。

冯·特尔赫姆 可是，如果我没有记错的话，我在图林根的那段时间你不在我身边啊！

维尔纳 您没有记错，当时我在莱比锡负责照看军装。

冯·特尔赫姆 那你是在哪儿认识她的呢？

维尔纳 我和她刚刚认识，一天的时间都不到。但是初交的友谊总是最热烈的。

冯·特尔赫姆 那你也见过她家小姐了吗？

维尔纳 她家小姐是位年轻的姑娘吗？她告诉我您认识她家小姐。

冯·特尔赫姆 你没有听说过吗？她来自图林根。

维尔纳 那位小姐年轻吗？

冯·特尔赫姆 是的。

维尔纳 漂亮吗？

冯·特尔赫姆 非常漂亮。

维尔纳 富有吗？

冯·特尔赫姆 非常富有。

维尔纳 那位小姐也像她的仆人一样喜欢您吗？这下惨了！

冯·特尔赫姆　你这话是什么意思？

第九场

弗兰西斯卡　（手里拿着一封信）少校——

冯·特尔赫姆　弗兰西斯卡，抱歉我未能在此处迎接你。

弗兰西斯卡　我敢肯定您在心里已经这样做了。我知道您对我非常友好，我对您也同样如此。但是去折磨那些对您如此友好的人可不是件仁慈的事情。

维尔纳　（旁白）啊！现在我明白了。原来如此！

冯·特尔赫姆　我的命运，弗兰西斯卡！你把信给她了吗？

弗兰西斯卡　是的，小姐让我把这拿给您……（拿出一封信）

冯·特尔赫姆　她的答复吗？

弗兰西斯卡　不是，这还是您原来那封信。

冯·特尔赫姆　什么！她不愿意读这封信吗？

弗兰西斯卡　她本来想读的，但是——我们无法辨认这些笔迹。

冯·特尔赫姆　你这是在开玩笑！

弗兰西斯卡　而且我们认为，当两个人想当面交谈就可以当面交谈的时候，是没有必要写信的。

冯·特尔赫姆　这是多么蹩脚的借口！她必须读这封信，信里包含着我的辩解——以及所有的理由和原因——

弗兰西斯卡　我家小姐想亲自听您讲一讲，而不是读这些文字。

冯·特尔赫姆　听我亲自当面讲？那么她的每一个眼神、每一句话语都会使我局促不安，在她的每一个目光中，我都会感受到自己惨痛的损失。

弗兰西斯卡　不要以为有人会同情您！拿去吧。（把信递给他）我家小姐希望您在三点钟的时候和她见面。她想坐车出去看看这座城镇，您必须陪她一起。

冯·特尔赫姆　陪她一起？

弗兰西斯卡　我会让你们俩单独坐着马车出游，您准备怎么报答我？我到时会待在家里。

冯·特尔赫姆　就我和她两个人？

弗兰西斯卡　乘坐一辆漂亮的封闭马车。

冯·特尔赫姆　绝对不可能！

弗兰西斯卡　少校，您到时不得不乖乖地坐在马车里，您哪儿也逃不了！这就是为什么要用封闭马车的原因。总之一句话，您一定要来，少校，三点钟准时到……哦，记得您说想单独和我谈谈。那您想和我说些什么啊？哦！这儿不止我们两个人（看着维尔纳）

冯·特尔赫姆　是的，弗兰西斯卡，你也可以当作这儿只有我们两个人。但是由于你家小姐没有看过那封信，我现在也没有什么要对你说的了。

弗兰西斯卡　当作这儿只有我们两个人？那么您对这位中士没有保留任何秘密了哦？

冯·特尔赫姆　没有，一点都没有。

弗兰西斯卡　但是我认为您应该还是有一些的。

冯·特尔赫姆　为什么这样说？

维尔纳　怎么可能，小姑娘？

弗兰西斯卡　尤其是某个方面的秘密……所有二十根手指，中士先生！举起她的双手，伸出所有手指头）

维尔纳　嘘！嘘！姑娘。

冯·特尔赫姆　你们俩在搞什么鬼？

弗兰西斯卡　转眼之间！就像被施了魔法一样戴在了他的手指上，中士先生。（装作把一枚戒指戴到她的手指上）

冯·特尔赫姆　你们俩在说些什么啊？

维尔纳　小姑娘，小姑娘，难道你连个笑话都听不出来吗？

冯·特尔赫姆　维尔纳，我希望你还没有忘记我经常跟你说的话，不要和一个年轻女子开过分的玩笑！

维尔纳　说句良心话，这事我可能真的忘了！小姑娘，我求求你——

弗兰西斯卡　好吧，就当它是一个笑话，这一次我就原谅你了。

冯·特尔赫姆　好了，如果我必须来的话，弗兰西斯卡，设法让你家小姐提前把那封信读一读。这会在我回想和谈论那些我想要忘记的事情的时候，减轻我的痛苦。来吧，把信拿给她！（他把信交还给弗兰西斯卡的时候，发现信被拆开过）但是我没看错吧？信为什么被拆开过？

弗兰西斯卡　这也有可能。（看了一下那封信）真的，信被拆开过，有谁能拆开它呢？但是我们真的没有读过这封信，少校，真的没有。而且我们也没有必要打开这封信，因为写信的人很快就要过来当面谈了。来吧，我得提醒您一下，少校！来的时候请不要像现在这个样子——穿着一双这样的靴子，梳着这样乱糟糟的发型。不过这情有可原，您并不知道我们会出现。来的时候穿上皮鞋，好好打理一下您的头发。在我眼里，您这样看上去太像战士了，太像普鲁士人了。

冯·特尔赫姆　谢谢你，弗兰西斯卡。

弗兰西斯卡　您看上去像是在野外露宿了一个晚上似的。

冯·特尔赫姆　也许你猜得没错。

弗兰西斯卡　我们也马上去梳妆打扮了，然后吃午饭。我们本想邀请您一起共进午餐，但是如果您在场的话可能会妨碍我们进餐。再说，我们并没有陷入那种疯狂的爱恋之中，可以连饭都不用吃。

冯·特尔赫姆　我马上离开，为她提前做些准备，弗兰西斯卡，我可不愿在她眼里显得卑鄙不堪，也不想让自己看不起自己。来吧，维尔纳，你来和我一起用餐吧。

维尔纳　在这家旅馆的餐厅吗？我在那儿一点都吃不下去。

冯·特尔赫姆　和我一起，在我的房间里面用餐。

维尔纳　我马上就随您一起去。我先和这个小姑娘说句话。

冯·特尔赫姆　我对此毫无意见。（下）

第十场

弗兰西斯卡　有何贵干，中士先生？

维尔纳　小姑娘，如果我再来的话，是不是也要打扮得潇洒英俊一点呢？

弗兰西斯卡　你想怎么样就怎么样吧，在我的眼中你没什么毛病。但是我的耳朵却不得不对你更加戒备。二十根手指，全都戴上了戒指。嘿！嘿！中士先生！

维尔纳　不是这样的，小姑娘，这正是我想要和你说的事情。我那是胡说八道而已，一点都不值得相信。对一个男人来说，一枚戒指就完全足够了。我听少校成千上万遍地说："那些欺骗年轻小姑娘的士兵全都是无耻的浑蛋。"我也是这样想的，小姑娘。对这一点你可以不用怀疑！我得赶快追上少校了。祝你有个好胃口！（下）

弗兰西斯卡　也祝你有个好胃口！我相信他说的话，我喜欢他这个人！走进房间，刚好碰到正要出门的米娜）

第十一场

米娜　少校已经走了吗，弗兰西斯卡？我觉得只要他不在这儿，我就能够恢复足够的镇静。

弗兰西斯卡　我还会使您更加镇静一些。

米娜　越镇静越好！他的信！哦！他的信！每一行都说出了这个尊贵高尚的男人的心。每一句拒绝我援助的话都表明了他对我的爱。我想他肯定已经猜到我们读过这封信了。只要他能来，我对此毫不介意。但是你肯定他会来吗？在我看来，他的行为有些太过于骄傲了。不愿意为自己生活过得舒适向别人借债，哪怕是自己心爱的女人也不行，这就是骄傲，这是不可饶恕的骄傲！如果他在我面前骄傲得过分的话，弗兰西斯卡——

弗兰西斯卡　您就会抛弃他！

米娜　别胡说！难道你开始同情他了吗？不，傻丫头，决不能因为一次过错就抛弃一个人，不能这样做，但是也不能就这么直截了当地原谅他。我想到了一个好计策——以牙还牙，让他也尝尝这种骄傲的滋味。

弗兰西斯卡　太好了，您能想到这样的计策，我的大小姐，看来您已经非常镇静了。

米娜　我确实非常镇静。来吧，你在我的这个计策里面还要扮演一个角色呢。（下）

第四幕

第一场

【米娜的房间。

【米娜穿着漂亮华丽、格调高雅的服装，她和弗兰西斯卡刚刚从餐桌上起身，一个仆人正在清理餐桌。

弗兰西斯卡　您不可能就已经吃饱了，我的大小姐。

米娜　你以为还能怎样，弗兰西斯卡？也许我一坐下来，就没有了胃口。

弗兰西斯卡　我们已经决定在吃饭的时候不提起他。我们其实还应该再做一个类似的决定，连想都不要想他。

米娜　确实应该这样做，我的脑袋里面除了想他，再也别无他物。

弗兰西斯卡　我也发觉了这一点。我刚才谈了不下一百件不同的事情，但是您每一次都答非所问。（另一个仆人端上了咖啡）现在一种更适合幻想的饮品端到了您的面前——甜蜜而忧伤的咖啡。

米娜　幻想？我一点都没有幻想。我只是在想要给他的教训。你明白我的计划了吗，弗兰西斯卡？

弗兰西斯卡　哦，明白了。但是如果少校能阻止我们实施这个计划的话就更好了。

米娜　你将会发现我对他了解得多么彻底。他现在拒绝我和我所有的财富，一旦他听说我遭遇不幸、孤立无援，到时哪怕和全世界作对，他也会来找我的。

弗兰西斯卡　（严肃地）这样肯定会激起那最微妙的自私自利之心。

米娜　你真是个道德家！你起先指责我爱慕虚荣——现在又说我自私自利。让我做点自己喜欢的事吧，弗兰西斯卡。你也为你的中士做点自己想做的事情吧。

弗兰西斯卡　为我的中士？

米娜　没错。如果你全盘否认的话，那就说明它是真的。我还没有见过他，但是从你所说的话里对他的敬意，我可以预见他将成为你的丈夫。

第二场

里考特　（在他入场之前）请问我可以进来吗，少校先生？

弗兰西斯卡　是谁？是找我们中的一个吗？（朝房门走去）

里考特　（在他入场之前）当然喽！不对，我搞错了。但是不可能啊！——我不可能搞错——这是少校的房间——

弗兰西斯卡　毫无疑问，我的大小姐，这位先生希望在这个房间里还能找到冯·特尔赫姆少校。

里考特　（在他入场之前）是的，就是这样的！冯·特尔赫姆少校，没错，我就是来找他的。他在什么地方？

弗兰西斯卡　他已经不住在这里了。

里考特　（在他入场之前）怎么会这样？（里考特入场）二十四小时以前他还住在这里，现在就已经搬到别的地方去了？那他现在住到哪儿去了？

米娜　（走到他面前）先生——

里考特　啊！夫人，请原谅，尊贵的小姐。

米娜　先生，您的错误情有可原，而您的惊慌失措也在情理之中。冯·特尔赫姆少校一片好心，把他的房间让给了我这样一个外地人，我无法在其他地方找到住处。

里考特　啊！他真有礼貌！这位少校是一个非常潇洒勇敢的人！

米娜　他现在去哪儿了？——这个我真的不知道，这真是让我觉得惭愧。

里考特　小姐您不知道吗？这太糟糕了，真使我感到难过。

米娜　我确实应该询问一下的。他的朋友们显然会到这儿来找他。

里考特　我是他非常要好的朋友，小姐。

米娜　弗兰西斯卡，你知道少校现在在哪儿吗？

弗兰西斯卡　不知道，我的大小姐。

里考特　我非常有必要和他谈一谈。我给他带来了一个消息，这个消息会极大地改善他目前的处境，让他过上舒适自在的日子。

米娜　这样的话我觉得更加抱歉了。但是我可能很快就要和他见面了，如果他从谁那里听到这个好消息都无所谓的话，我愿意传递这个消息，先生——

里考特　我理解。小姐讲法语吗？

米娜　先生——

里考特　难道不会？您不会讲法语吗，小姐？

米娜　先生，如果是在法国的话，我会尽力去说法语，但是为什么要在这儿说呢？我觉得您能听懂我说的话，先生，而我显然也能听懂先生您说的话，您想说什么语言就说什么语言吧。

里考特　很好，很好！我也可以用您的语言来表达我的意思。我刚从一个部长的宴会过来，什么部来着？是什么部来着？……那是哪个部的部长，住在那长长的街道，宽阔的广场上的那一位？

米娜　我对这儿一无所知。

里考特　对了，是陆军部的部长。我在那儿用的餐，我通常都在那儿吃午饭，吃饭的时候我们谈到了特尔赫姆少校。部长阁下对我非常信任，他说我们少校的事情很快就会有结果了，而且是个好的结果。他已经向国王递交了一份优待少校的报告，国王也已决定支持这份报告。“先生，”部长阁下说，“你非常明白，一切都取决于我们向国王表述的方式，你是知道我这个人的。特尔赫姆是一个非常亲切的人，我还不知道你喜欢他吗？我的朋友的朋友也就是我的朋友，特尔赫姆虽然花了国王不少钱，但是我们为国王的服务难道毫无价值吗？在这个世界上，大家需要互相帮助，如果出现损失的话，于情于理应该由国王来承担，而不是我们这些老实善良的人。这是我从未放弃的原则。”小姐，您对此有什么看法吗？他真是一个不错的人吧？啊！部长阁下的心地真的是太善良了！他还向我保证，如果少校还没有收到来自皇室的一封亲笔信的话，他今天一定会收到。

米娜　您说得没错，先生，对冯·特尔赫姆少校来说，没有比这个更好的消息了。我非常想在转告他这个好消息的时候，一起将这位朋友的尊姓大名告诉他，您为他的幸福殚精竭虑。

里考特　小姐，您想知道我的姓名？您看我——您看，小姐，我就是普兰朵的支脉、普兰朵瓦的领主、骑士里考特·德拉·马里尼埃。听到我来自这样一个伟大的家族，您觉得非常吃惊吧，这才是真正的皇家血统。应该这样说，我可能是我们这个家族最年轻的冒险家。我从十一岁那年就开始服役，一场决斗让我逃亡。我为神圣罗马教皇、圣马力诺共和国、波兰人、荷兰的议会服务过，直到最后我被带到这儿来了。啊！小姐，我真希望自己从来都没有见过这个国家！假如有人让我一直在荷兰议会服役的话，我现在至少应该是上校了。但是在这儿我一直停留在上尉的位置上，而且现在还成了一个被遣散的上尉。

米娜　您的运气实在是太糟糕了。

里考特　确实如此，小姐，我就这么被遣散了，如今流落街头。

米娜　我真的对您感到非常抱歉。

里考特　您的心地真善良，小姐……不过，在这儿美德从来得不到奖赏。像我这样的人竟然也会被遣散！像我这样在服役期间伤痕累累几近毁灭的人也要遣散！我在服役期间差不多损失了两万里弗。而我现在得到了什么？干脆这么说吧，我现在身无分文，马上就要面临一无所有的局面了。

米娜　我实在是太抱歉了。

里考特　您的心地真善良，小姐。但是正如大家所说的那样——灾祸向来都是接二连三地发生！祸不单行这句话就在我身上应验了。对于我这样家世的善良人来说，除了赌博还能做些什么呢？然而，在我不需要运气的时候，我赌起来总是顺风顺水。现在我非常需要运气了，小姐，可是我却倒霉得连谁都不敢相信。在过去的十五天，我一局都没有赢过，输了个精光。昨天，我输光了三次。我心里很清楚，这不仅仅是赌博，因为和我一起赌博的人有达官显要、贵妇小姐。我不能再多说了。对贵妇小姐们必须恭谨有礼。她们今天又邀请了我，给我翻本的机会，但是——您听我说，小姐——一个人首先要能生存下去，其次才能谈得上赌博。

米娜　先生，我希望——

里考特　您的心地真善良，小姐。

米娜　（把弗兰西斯卡拉到一边）弗兰西斯卡，我真的非常同情这个人。如果我主动给他一些东西，他会不会觉得难以接受呢？

弗兰西斯卡　在我看来，他不像是那样一种人。

米娜　（对里考特）非常好！先生，我觉得——您赌博的话肯定需要赌本，然后会把赌本毫无疑问地下在可以赢钱的地方。我必须承认，我……也很喜欢赌博。

里考特　太好了，小姐，实在是太好了！所有的聪明人都喜欢这种游戏。

米娜　因为我很喜欢赢钱，所以我总是把钱托付给知道怎么赌博的人。先生，您愿意让我加入吗？让我分摊您的一部分赌本？

里考特　怎么，小姐，您想和我输赢对半分？我求之不得。

米娜　一开始只是小试几把。（打开她的钱柜，拿出来一些钱）

里考特　啊！小姐，您太迷人了！

米娜　这是我不久之前赢来的钱；只有十皮斯托尔。我觉得很惭愧，只有这么点——

里考特　尽管给我吧，小姐，给我吧。（把钱收下）

米娜　不要有任何怀疑，先生，您的赌本将会非常丰厚。

里考特　哦！太好了，非常丰厚。十皮斯托尔！小姐，我赌博赢来的钱将有三分之一属于您，三分之一。没错，三分之一都将是您的——还会更多。一个人不能跟如此漂亮的小姐锱铢必较。我很高兴能借此与小姐您结交，从这个时候开始，我的赌运出现了好兆头。

米娜　但是在您赌博的时候，先生，我无法在场。

里考特　您为什么一定要在场呢？我和其他的赌友全都是正直诚实的人。

米娜　如果我们非常幸运、赢钱了的话，先生，您肯定会把属于我的那一份拿给我。如果我们运气不好的话——

里考特　我再到您这儿来拿钱去翻本，对吗，小姐？

米娜　翻本的钱最后也可能会输个精光。好好管理我们的钱，先生。

里考特　小姐，您把我想成什么人了？一个大傻瓜？一个愚蠢的魔鬼？

米娜　请您原谅我。

里考特　我赌技很好，小姐。您知道这意味着什么吗？我手段老练、精于此道——

米娜　还是不要掉以轻心，先生——

里考特　我知道如何出其不意地来一手——

米娜　（惊奇）难道您会？

里考特　我能轻巧灵活地换牌。

米娜　决不能这样做！

里考特　我还能灵活地切牌倒牌。

米娜　先生，您千万不要这样做！——

里考特　小姐，为什么不要这样做？为什么不？这钱给我，就像把羽毛给予鸽子，而且——

米娜　赌博的时候作弊！这是欺骗！

里考特　怎么，小姐？您把这个称为欺骗？君子爱财，取之有道，难道您把它叫作欺骗？欺骗！哦！你们的语言是多么的贫瘠！这是一种多么笨拙的语言！

米娜　不，先生，如果您这样认为——

里考特　随便我去做吧，小姐，请您安心！我怎么个赌法跟您没有关系！就这样吧，小姐，明天您或者看到我带着一百皮斯托尔来见您，或者再也看不见我了。您多保重，小姐，您多保重。（迅速地退场）

米娜　（惊讶地看着他，神色不悦）我希望是后一种结果，先生。

第三场

弗兰西斯卡　（生气地）我能说什么？啊！太傲慢了！太目中无人了！

米娜　嘲笑我吧，我活该！（沉思了一会儿，变得更加平心静气）不，不要嘲笑我，我不应该被嘲笑。

弗兰西斯卡　好极了！您完成了一件非常可爱的事情——把一个无赖又扶起来了。

米娜　我的本意是为了帮助一个不幸的人。

弗兰西斯卡　您知道这件事最好笑的是什么吗？那个家伙认为您和他是

一路人。噢，我得追上他，把钱从他那里要回来。（准备离开）

米娜　弗兰西斯卡，不要让咖啡变得冰冷，应该及时地把它倒出来。

弗兰西斯卡　他必须把钱还给您，您原本是一片好心，您才不会和他一起搭档赌博呢。十皮斯托尔！您听见了，我的大小姐，他简直就是个乞丐！（米娜亲自把咖啡倒出来）谁会给一个乞丐这么多钱？而且还竭尽全力使他免受乞求这笔钱的屈辱！您这位仁慈的小姐，慷慨大方，错看了这个乞丐，反过来却又被这个乞丐看错了。我的大小姐，如果他把您给的钱用来——我也说不清楚，那您也是活该。（米娜把一杯咖啡递给弗兰西斯卡）您想让我的血液更加沸腾吗？我一点也不想喝咖啡。（米娜又把咖啡放下来）“小姐，在这儿美德从来都得不到奖赏。”（模仿法国人说话）我也赞同这种观点，只要这种流氓还没有都被绞死，依然在四处走动。

米娜　（面容冷峻，慢慢地啜饮着她的咖啡）丫头，你对好人非常了解，但是你什么时候才能够学会容忍坏人呢？不管怎么说，他们也同样是人，而且通常情况下，他们并不像看上去的那么坏。一个人应该看到他们好的一面。我觉得这个法国人除了爱慕虚荣，也没什么其他不好的地方。为了一点点虚荣心，他在赌博时费尽心机地作弊，他不想将受我的恩惠表现出来，他希望将感激之情深埋心底。说不定他现在正在去还欠下的一些小债，用剩下的钱尽力去过清静而俭朴的生活，再也不想赌博的事情。如果是这样的话，弗兰西斯卡，他任何时候想来拿钱，都给他吧。（把她的杯子给弗兰西斯卡）来，把它放好！可是，告诉我，特尔赫姆是不是该在这个时候到这儿了？

弗兰西斯卡　不，我的大小姐，我既不能在好人身上找出坏的一面，也无法在坏人身上找出好的一面。

米娜　他一定会来的！

弗兰西斯卡　他应该会躲开！您在他身上察觉到——在这个最好的人身上———一些骄傲，因此，您打算如此残忍地戏弄他！

米娜　你怎么又提到这个事情了？不要再说了！我偏要这样做。如果你毁了我这次的兴致，如果你不按照我们事先商量的那样去说，那样去做的话……保证你吃不了兜着走。我会把你和他单独放在一起，然后——好像他已经来了。

第四场

【保罗·维尔纳走进场内，身姿笔直，好像在执勤一样。

弗兰西斯卡　不，来的只是他亲爱的中士。

米娜　亲爱的中士！这个“亲爱的”是对谁而言的呢？

弗兰西斯卡　求求您了，我的大小姐，千万不要把他弄得不好意思。向您请安，中士先生，您给我们带来了什么消息？

维尔纳　（径直走向米娜，一眼都没有看弗兰西斯卡）冯·特尔赫姆少校委托我，维尔纳中士，向冯·巴恩赫姆小姐致以最诚挚的问候，并让我转告您，他很快就会到达这儿。

米娜　那他现在在哪儿？

维尔纳　尊贵的小姐，请您原谅他，我们在钟表敲响三点之前就离开了住处，但是我们在半路上遇到了军需官，您知道，这些先生们说话总是没完没了，所以少校示意我先将这一情况向小姐您汇报。

米娜　非常好，中士先生。我只希望军需官会给他带来好消息。

维尔纳　这类先生很少会给军官们带来好消息——尊贵的小姐，您还有什么吩咐吗？（准备离开）

弗兰西斯卡　怎么啦，中士先生，您又要去哪儿啊？难道我们之间无话可说吗？

维尔纳　（严肃地对弗兰西斯卡耳语）别在这儿说，小姑娘，这样做太无礼了，有违风纪……你家小姐——

米娜　感谢您的一番辛劳。我非常高兴认识您。弗兰西斯卡在我面前对您不住口地称赞。（维尔纳僵硬地鞠了一躬，然后退场）

第五场

米娜　这就是你的那位中士吗，弗兰西斯卡？

弗兰西斯卡　（旁白）我没有时间去责备她故意用“你的”来嘲弄我。没错，小姐，那就是我的中士。毫无疑问，您肯定觉得他有些呆板和木讷。他刚刚在我眼里看上去也是这样。但是我发现，他好像是在接受检阅一样，认为自己必须严阵以待地从您面前走过。士兵们在列队接受检阅的时候，他们通常看起来更像木偶，而不是真人。您应该看一看、听一听处于正常状态的他。

米娜　我确实应该这样做！

弗兰西斯卡　他现在肯定还在隔壁的房间。我能去和他聊一会儿吗？

米娜　我非常不情愿拒绝你的这个请求。但是你必须待在这儿，弗兰西斯卡。我们谈话的时候，你必须在场。我突然又想到另外一件事情。（从手指上取下自己的戒指）来，把我的戒指拿去，替我保管它，把少校的那一枚给我。

弗兰西斯卡　为什么要这样做？

米娜　（在弗兰西斯卡去取戒指的时候）我自己也不知道；但是我觉得我事先就预料到会使用这枚戒指。有人在敲门！快把戒指给我。（把戒指戴在手上）就是他！

第六场

【冯·特尔赫姆少校除了还穿着原来那件外套，其余部分都按照弗兰西斯卡的建议打扮了一番。

冯·特尔赫姆　小姐，请原谅我迟到了。

米娜　哦！少校，我们不需要用这种军队的礼节来彼此相见吧。您已经到了这儿，而且等待愉悦本身就是一件愉悦的事情。呵呵，（微笑地看着他）亲爱的特尔赫姆，我们是不是有些孩子气？

冯·特尔赫姆　是的，小姐，我们都有些孩子气，应该乖乖听话的时候却用力反抗。

米娜　亲爱的少校，我们坐马车出去看看这座城镇，然后一起去见见我的叔叔。

冯·特尔赫姆　什么？

米娜　您看，我们尚未有机会谈一谈最重要的事情。他今天就要到这儿了。由于一点小事故，我提前一天独自来到了这儿。

冯·特尔赫姆　冯·布鲁赫萨尔伯爵？他已经回来了？

米娜　战争期间的动乱把他逼到了意大利，和平又把他带了回来。不要觉得不自在，特尔赫姆，如果我们以前担心他会成为我们结合最大的障碍——

冯·特尔赫姆　我们的结合？

米娜　他现在是您的朋友了。他听到不计其数的人对您交口称赞，不得不相信这些都是真的。他渴望亲自见一见他继承人选择的男人。他这次来，以一个叔叔、监护人、父亲的身份，把我许给您。

冯·特尔赫姆　啊！亲爱的小姐，您为什么不读一读我写给您的信？您为什么不愿意读一读？

米娜　您的信！哦！是的，我记得您给过我一封信。您把那封信怎么了，弗兰西斯卡？我们读过，还是没读过那封信？您在信里给我写了些什么，亲爱的特尔赫姆？

冯·特尔赫姆　没什么，只是些荣誉强迫我必须写的话。

米娜　那么就是决不能抛弃一个爱着您并且值得尊敬的女人。这显然是荣誉要求的事情。我确实应该读一下您的信，但是我没有读过的内容，却可以亲耳听一听。我不该听吗？

冯·特尔赫姆　是的，您应该听一听。

米娜　不，我甚至根本就不需要听。这一切都不言而喻。难道您能做出如此遭人唾弃的行为，不要我了吗？您知道我的余生都会被人指指点点吗？我的同乡女友们会对我议论纷纷，然后指着我说："这就是她，这就是冯·巴恩赫姆小姐，她以为自己有几个钱，就可以嫁给高贵的特尔赫姆，好像这类人也会因为钱委曲求全一样。"她们肯定会这么说，因为她们全都嫉妒我。我很富有，这一点她们谁也不能否认，但是她们却不愿意承认，我同样也是一个非常善良的好姑娘，我能够配得上我的丈夫。难道不是这样吗，特尔赫姆？

冯·特尔赫姆　是的，是的，小姐，这的确像是您同乡女友们的行事方式。她们还将更加嫉妒您，因为您找了一个遣散的军官、一个名誉扫地的残废、一个乞丐。

米娜　难道这就是您的全部吗？如果我没有弄错的话，您今天上午就跟我说过类似的话，这里面夹杂着好与坏。让我们更加仔细地一项一项地看。您被遣散了？就如您所说吧，我认为您的军团只是被编入别的团而已。像您这样功绩卓越的人竟然没有被留用，这是怎么回事呢？

冯·特尔赫姆　该发生的，迟早都会发生。达官显贵们毫不犹豫地相信，一个士兵参加战争不是为了向他们致敬，也不是完全出于责任心，而一切都只是为了他自己的利益。那他们怎么会觉得自己亏欠这名士兵呢？和平导致很多士兵在他们眼里看起来是多余的，比如说我。到最后，我们全部都是多余的。

米娜　您说出了男子汉应该说的话，在男子汉眼里，这些达官显贵们才是真正多余的。而且他们从未像现在这样多余。我要向这些达官显贵们致以我最崇高的谢意，感谢他们放弃了这样一位男子汉，我非常不情愿与他们一起分享这个人。我就是您的主宰，特尔赫姆，您再也无须其他主人了。发现您被遣散了，这是我从来都未敢梦想过的好事情！但是您不仅仅被遣散了，您的情况还更糟。那您什么地方更糟糕呢？您说自己是个残废！好吧！（从头到脚打量着特尔赫姆）这个残废四肢健全、身形笔挺——看上去依然丰神俊朗、身强力壮。亲爱的特尔赫姆，如果您想依靠您的四肢力量沿街乞讨的话，我敢说没有几家会施舍救济，除非您遇见像我这样心地善良的姑娘。

冯·特尔赫姆　我现在只听见一个爱开玩笑的姑娘，亲爱的米娜。

米娜　我在您的责怪中只听见了“亲爱的米娜”，我不再开玩笑了，因为我回忆起来您毕竟还是有点残废。您的右臂被一颗子弹击伤过，但是总的看来，我并不认为这有什么不好。您无法殴打我了，我由此变得更加安全。

冯·特尔赫姆　小姐!

米娜　您要说：“您跟我在一起只会更加的危险。”好了，好了，亲爱的特尔赫姆，我希望您不要把我逼到那一步。

冯·特尔赫姆　您尽情笑吧，小姐。我只悲叹不能陪您一起笑。

米娜　为什么不能？您难道对笑也有反对意见吗？一个人在笑的时候难道就不能很严肃吗？欢笑比苦恼更能使我们保持理性。

证据就摆在我们眼前。您这位正在笑的朋友对您当前处境的判断，比您自己的更加准确。因为您被遣散了，所以您说自己名誉扫地；因为您的手臂受伤了，您就说自己是一个残废。这正确吗？难道这一点都不夸张吗？难道这番夸大其词就能对我的一番心血肆意嘲弄吗？我敢说，如果我认真检验您行乞的说辞，它肯定也一点都站不住脚。您可能一次、两次甚至三次丢过所有的行囊和随从；您存放在这个或那个银行家手里的钱可能随着其他人的一起人间蒸发；您也许对拿回在服役期间垫付的一笔笔钱再也不抱任何希望，但是您因此就是一个乞丐吗？哪怕您真的一无所有了，叔叔将马上带给您——

冯·特尔赫姆　小姐，您叔叔什么都不会带给我的。

米娜　什么都没有，除了您曾经慷慨大方地为政府垫付的那两千皮斯托尔。

冯·特尔赫姆　要是您读过我那封信该有多好，小姐！

米娜　好吧，我其实读过那封信了。但是说到这一点的话，我从信里读出的只是一个毫无瑕疵的谜语。不可能有人希望把高尚的行为变成邪恶的罪行。好好跟我解释一下吧，亲爱的少校。

冯·特尔赫姆　小姐，您肯定还记得我接到命令，在您家附近的所有地区必须以现金的形式收集战争款。我当时想摒弃这一严苛的命令，就把不足的部分自己垫上了。

米娜　我记得非常清楚。我在见到您以前，就因为这一壮举爱上了您。

冯·特尔赫姆　政府把他们的票据给了我，而我希望在签署和平协议的时候，他们能够把这笔钱登记在案，然后偿还债务。这张票据大家都觉得没有问题，但是我对它的所有权却备受争议。当我宣布自己曾经用现金垫付了这笔款项的时候，大家都觉得不可思议。他们说这笔钱是贿赂，是从政府那里得到的一笔贿赂款，因为我毫不犹豫就答应拿走最小数目的钱，其实我个人觉得即使在最紧急的情况下这点钱也足够我应付。如此一来，这张票据就不属于我了，即使它被兑现了，钱肯定也不会给我。因此，小姐，我才会觉得自己的荣誉受到了侮辱，而不是因为被遣散。再说，哪怕我没有被遣散，我自己也会提出这样的请求的。您看上去很严肃，小姐！您为什么不笑了？哈！哈！哈！我在笑呢！

米娜　嘿！快别这样笑了，特尔赫姆，我恳求您！这是可怕的愤世嫉俗的笑声。不，您不是那种做了好事没有得到好报就后悔不已的人。再说，这些糟糕的结果也不可能长久持续下去。真相迟早都会大白于天下，我叔叔、我们的政府都会证明——

冯·特尔赫姆　您的叔叔！您的政府！哈！哈！哈！

米娜　您的这种笑声让我心碎，特尔赫姆。如果您还相信美德和上帝，特尔赫姆，就不要这样笑！我从来都没有听到过比这笑声还要恐怖的诅咒！还是让我们为这件事做最坏的打算吧，如果这儿的人们下定决心要误解您的品格，您就和我们在一起，我们没有人会误会您。不，我们不可能，我们也不会误解您，特尔赫姆。而且我们的政府哪怕还有一点点荣誉感，我相信它知道应该怎么做。也许我有些傻，但这又有什么关系呢？想象一下，特尔赫姆，在一个纵情欢乐的晚上，您输掉了这两千皮斯托尔。K在您的手上是张臭牌；但是Q（*指着她自己*）却对您有极大的帮助。相信我，上帝会一直护佑正人君子——他通常事先就已准备好保护措施。您的这番壮举，虽然使您输掉了两千皮斯托尔，却使您赢得了我。没有您的这番壮举，我根本就不会渴望与您相识。您知道，我未经邀请就去参加了第一次聚会，我想在那儿可能会遇见您。我完全是因为您才去的。我是抱着爱您的坚定决心去的——去之前我已经爱上了您！哪怕您像威尼斯的摩尔人一样又黑又丑，我也下定决心要拥有您。特尔赫姆，特尔赫姆，您真是一个难以操控、冥顽不灵的人！眼睛总是盯着那些虚名，对别人的感情无动于衷！您的眼睛看着这儿！看着我——我，特尔赫姆！（他继续沉浸在思考中，一动不动，眼睛固定在某一点）您在想什么？难道您没有听我说话？

冯·特尔赫姆　（茫然地）噢，在听。但是请告诉我，这个摩尔人为什么会为威尼斯效劳呢？这个摩尔人没有自己的国家吗？他为什么要在异国他乡浴血奋战呢？

米娜　（感到吃惊）您到底在想些什么啊，特尔赫姆？是时候结束谈话了。来吧！（抓住他的手）弗兰西斯卡，让马车过来待命。

冯·特尔赫姆　（挣脱自己的手，去追弗兰西斯卡）不要，弗兰西斯卡，我没有那种荣幸来陪伴你家小姐——小姐，让我今天依然保持自己的理智吧，请允许我离开。您快要逼得我失去理智了，我正在尽我所能地抵抗着。但是在我还没有对自己失去控制的时候，请听一听我的坚定决心，这世上没有任何事情能让我放弃这一决定。如果我在人生这场游戏中不会有更好的运气；如果我的命运不会发生翻天覆地的转折；如果——

米娜　我必须打断您，少校。我们应该一开始就告诉他那件事情，弗兰西斯卡——你什么都没提醒我——那样的话，我们的谈话就决然是另外一种情形，特尔赫姆，如果我以德拉·马里尼埃骑士刚刚带来的好消息开始我们这次的谈话。

冯·特尔赫姆　德拉·马里尼埃骑士？他是谁？

弗兰西斯卡　他也许是个非常诚实的人，冯·特尔赫姆少校，除了——

米娜　别作声！弗兰西斯卡！他也是一个被遣散的军官，曾为荷兰效力，他——

冯·特尔赫姆　啊！里考特中尉！

米娜　他向我们保证，他是你的朋友。

冯·特尔赫姆　我向你们保证，他不是我的朋友。

米娜　他还说某个部长秘密地告诉他，您的事情极有可能获得最圆满的结局。一封国王写给您的亲笔信现在肯定已经在路上。

冯·特尔赫姆　里考特怎么会和一个部长混在一起呢？关于我的事情肯定发生了一些变化，因为刚才部队里的军需官也跟我说，国王已经撤销了所有指控我的证据，而且我也可以收回我曾经书面许下的承诺，在被宣告无罪之前绝不离开这儿。但是也就如此而已。他们希望给我一个机会，从此远走高飞。但是他们错了，我不会走的。我宁愿在这些诽谤者眼前，在极端的穷困和痛苦中日渐憔悴，也不愿——

米娜　真是顽固不化！

冯·特尔赫姆　我不需要恩惠，我只想要正义。我的荣誉——

米娜　这样一个人的荣誉——

冯·特尔赫姆　（热烈地）不，小姐，您也许能够判断其他任何事情，但是这件事不行。荣誉不是良知的声音，也不是几个正人君子的证词——

米娜　不，不，我知道得非常清楚。荣誉就是……荣誉。

冯·特尔赫姆　总之，小姐……您没有让我把话说完——我想说的是，如果他们如此可耻地占有本属于我的东西；如果我的荣誉没有得到完全地恢复——小姐，我永远都不能属于您，因为在世人的眼里，我根本不配成为您的丈夫。米娜·冯·巴恩赫姆应该得到一位别人无可指责的丈夫。毫不犹豫就将爱慕的对象置于被人轻蔑的境地，这种爱情一无是处。依赖一个女人而获得自己的荣华富贵，这样的男人也一无是处。盲目的柔情蜜意——

米娜　您心里真是这么想的吗，少校？（突然转过身去）弗兰西斯卡！

冯·特尔赫姆　请不要生气。

米娜　（对弗兰西斯卡旁白）现在是时候了！你对我有什么建议，弗兰西斯卡？

弗兰西斯卡　我什么建议都没有。但是他显然太过分了。

冯·特尔赫姆　（走过来打断她们）您生气了，小姐？

米娜　（讽刺地）我？一点都没有生气。

冯·特尔赫姆　如果我不是爱您如此深的话——

米娜　（仍然在用同样的声调）哦！当然，它将会是我的不幸。听着，少校，我也不愿意成为您不幸福的原因。爱一个人应当全心全意、毫无私心。其实我也不够坦率！也许您的同情能够赐予我您的爱情不愿意给的东西。（慢慢地她从手指上取下戒指）

冯·特尔赫姆　这是什么意思，小姐？

米娜　没什么意思，我们两个人都没有必要使对方更幸福，或者更不幸。真爱自然会找到它的归宿。我相信您，少校，而您拥有了太多的荣誉，以至于无法真正地理解爱情。

冯·特尔赫姆　您是在嘲笑我吗，小姐？

米娜　来！把这枚戒指拿回去，您曾用它向我许下海誓山盟。（把戒指给他）就随它去吧！就当我们从来没有见过面。

冯·特尔赫姆　我听到了什么？

米娜　这让您觉得很吃惊吗？拿去吧，先生。您该不会一直都是在演戏吧？

冯·特尔赫姆　（从米娜手里拿过戒指）天哪！米娜竟然会说出这番话！

米娜　您在一种情况下不可能成为我的丈夫，而我在任何情况下都不可能成为您的妻子。您的不幸只是可能发生而已，我的不幸已然铁板钉钉。永别了！（准备离开）

冯·特尔赫姆　您要去哪儿？我最亲爱的米娜！

米娜　先生，您现在用这个爱称，就是对我的侮辱。

冯·特尔赫姆　您到底怎么啦，小姐？您要去哪儿？

米娜　别管我！我要躲着您偷偷地流泪，您这个骗子！（下）

第七场

冯·特尔赫姆　她的眼泪？要我别管她？（正打算去追她）

弗兰西斯卡　（把他拉回来）千万别去，少校。您不会追着她到她自己的房间里去吧？

冯·特尔赫姆　她的不幸？她刚刚不是提到不幸了吗？

弗兰西斯卡　是的，没错，失去您的不幸，在某件事情以后——

冯·特尔赫姆　在某件事情以后？在什么事情以后？看来情况不是这么简单。到底是怎么回事，弗兰西斯卡？告诉我！快说！

弗兰西斯卡　我的意思是说，在她为您付出如此多的牺牲之后。

冯·特尔赫姆　为我作牺牲？

弗兰西斯卡　好吧，您听我说。少校，对您来说，以这种方式解除和她的婚约，是一件好事情——我为什么不告诉您呢？反正这个秘密也不可能长久地保持下去。我们是从家里逃出来的，冯·布鲁赫萨尔伯爵已经剥夺了我家小姐的继承权，因为小姐不愿意嫁给伯爵为她选定的丈夫。因为这个原因，所有人都抛弃了小姐，每个人都对她视如敝屣。我们还能做什么呢？我们决定去寻找那个人——

冯·特尔赫姆　够了！走吧，我要去跪在她的脚下。

弗兰西斯卡　您在想些什么啊？您还是离开她吧，然后去感谢您的好运气。

冯·特尔赫姆　可怜的姑娘！你把我当成什么人了啊？不要再这样了，我亲爱的弗兰西斯卡，你说的这些话可不是出自你的真心。请原谅我的愤怒！

弗兰西斯卡　不要再继续挽留我了。我必须去看一看她要做什么。她现在是多么容易就发生点什么事情。快走吧！如果您想来的话，以后再来。（追随米娜而去）

第八场

冯·特尔赫姆　但是，弗兰西斯卡！嗨！我要在这儿一直等到你回来——不，这样实在是太折磨人了！——如果她是真心的，她肯定愿意原谅我——现在我需要你的帮助，诚实的维尔纳！——不，米娜，我不是个满嘴谎言的骗子！（急匆匆地退场）

第五幕

第一场

【特尔赫姆少校从一侧上场，维尔纳从另一侧上场。

冯·特尔赫姆　啊！维尔纳！我一直在到处找你。你到哪儿去了？

维尔纳　我也一直在找您，少校。如同往常一样——我给您带来了好消息。

冯·特尔赫姆　我现在不想听你的消息，我需要你的钱。快点，维尔纳，把你的钱全部都给我，然后尽可能去弄到更多的钱，越多越好。

维尔纳　少校！看吧，我敢以生命起誓，这正是我之前所说的：“当他自己有钱可以借给别人的时候，他才会找我借钱。”

冯·特尔赫姆　你该不会是在找借口吧？

维尔纳　您这样做实在是让我无可指责，您右手把钱借过去，然后用左手再把它还给我。

冯·特尔赫姆　不要再耽搁我了，维尔纳。我心里是想着要还你钱的，但是什么时候还，怎么还，这只有老天爷知道了！

维尔纳　那看来您还不知道财政部已经收到了命令，要把您的钱退还给您？我刚刚听到这个消息——

冯·特尔赫姆　你在胡说什么啊？你怎么能让这番鬼话欺骗了你的眼睛？你也不想一想，如果这是真的话，难道我不应该是第一个知晓的人吗？不要再废话了，钱！钱！

维尔纳　非常好，我很高兴！这儿有些钱！这是一百金路易，这是一百达克特。（把钱都给了少校）

冯·特尔赫姆　维尔纳，去把这一百金路易给尤斯特。让他把那枚戒指赎回来，他今天早晨用它当了一些钱。但是你从什么地方还能再弄点钱呢，维尔纳？我还需要一大笔钱。

维尔纳　把这事情交给我。买了我庄园的那个人就住在这个城镇里，尽管付款的日期离现在还有两周，但是钱已经准备好了，如果我给他减少0.5个百分点——

冯·特尔赫姆　非常好，我亲爱的维尔纳！你看到了，我只向你一个人请求帮助——我也必须把实情全部告诉你，你见过的那位年轻小姐陷入了困境——

维尔纳　那太糟了！

冯·特尔赫姆　但是明天，她将成为我的妻子。

维尔纳　那太好了！

冯·特尔赫姆　后天，我要和她一起离开这个地方。我会离开的，我愿意离开。我宁愿丢掉这里的一切！谁知道在其他地方是否有一些好运气在等着我呢？维尔纳，如果你愿意，也可以和我们一起去。我们将再次驰骋沙场。

维尔纳　真的吗？但是去的地方要有战争才行啊，少校！

冯·特尔赫姆　这个当然。去吧，维尔纳，我们晚点再谈这个问题。

维尔纳　哦！我亲爱的少校！后天！为什么不选明天呢？我可以把一切安排得妥妥当当。在波斯，少校，正进行着一场举世闻名的战争，您觉得怎么样？

冯·特尔赫姆　我们晚点再说这个。快去吧，维尔纳！

维尔纳　万岁！赫拉克利乌斯王子万岁！（退场）

第二场

冯·特尔赫姆　我现在是怎样的感受呢？……我的整个灵魂已经获得了新的动力。我自己的不幸使我一败涂地，将我变得烦躁不安、目光短浅、畏首畏尾、漫不经心，而她的不幸却激起了我的雄心壮志。我的双眼再次变得清晰，我觉得自己已经做好准备，为了她能够承担任何事情。那我还等什么呢？（朝米娜的房间走去，恰好碰到弗兰西斯卡从里面出来）

第三场

弗兰西斯卡　是您吗？我觉得好像听到您的声音。您想要什么，少校？

冯·特尔赫姆　我想要什么？你家小姐在做什么？来！

弗兰西斯卡　她正准备坐马车出去。

冯·特尔赫姆　她一个人吗？不跟我一起？去什么地方？

弗兰西斯卡　难道您已经忘记了吗，少校？

冯·特尔赫姆　你太傻了，弗兰西斯卡！我激怒了她，她很生气。我会乞求她的原谅，而她会原谅我的。

弗兰西斯卡　什么！在您拿回戒指以后吗，少校？

冯·特尔赫姆　啊！我一时糊涂才会那样做的。我几乎忘记了那枚戒指，我把它放到哪儿去了？（寻找戒指）它在这里。

弗兰西斯卡　这是那枚戒指吗？（在少校又把戒指放回自己口袋的时候，

弗兰西斯卡的旁白）他真应该仔细地看看这枚戒指。

冯·特尔赫姆　她满怀苦涩地把戒指硬塞给我。但是我已经忘记了她当时说了些什么。一颗满是柔情蜜意的心是不会在意这些话语的。她会毫不犹豫地再次收回这枚戒指。再说，我手上不是还有她的那一枚戒指吗？

弗兰西斯卡　她正在等着您把那枚戒指还给她。戒指在哪儿，少校？拿给我看看，拿出来吧！

冯·特尔赫姆　（尴尬地）我忘了……把它戴在手指上。尤斯特——尤斯特马上会把它送过来。

弗兰西斯卡　我觉得，这两枚戒指非常相像，让我看看您身上那一枚。我非常喜欢这类东西。

冯·特尔赫姆　换个时间再看吧，弗兰西斯卡。现在走吧。

弗兰西斯卡　（旁白）他决心要掩盖自己的错误。

冯·特尔赫姆　你说什么？错误？

弗兰西斯卡　我说，这是一个错误，如果您还认为我家小姐是您的佳偶良配。她自己的命运已经相当悲惨，只要她的监护人为自己稍作打算，他们就可以把她的财富减少到分文不剩。她一切都仰仗她的叔叔，但这个残酷的叔叔——

冯·特尔赫姆　让他去吧！难道我这个男子汉大丈夫还不能让她再次过上幸福的日子吗？

弗兰西斯卡　您听见了吗？她在敲铃，我必须进去了。

冯·特尔赫姆　我要和你一起去。

弗兰西斯卡　看在上帝的分儿上，千万不要！她特意叮嘱我不准和您说话。在我进去一会儿之后，您随时来都行。（走进房间）

第四场

冯·特尔赫姆　（在弗兰西斯卡身后叫喊）请为我通报一声！为我说几句好话，弗兰西斯卡！我马上就跟着你进去。我要对她说些什么呢？然而，真心想说的话，没有必要去做准备。只有一件事可能还需要好好研究一下……尽管她已经很不幸，却依然如履薄冰、小心翼翼地投入我的怀里；尽管她内心惶恐不安，却依然还假装拥有因为我而失去的幸福。怎样让她不再怪罪自己，因为我早已经原谅了她，怎样让她不再怀疑我的荣誉，怎样让她相信自己的价值……啊！她来了。

第五场

米娜　（一边往外面走一边说话，似乎没有注意到少校的存在）马车到门口了吗，弗兰西斯卡？把扇子给我！

冯·特尔赫姆　（走向米娜）您要去哪儿，小姐？

米娜　（假装冷漠的样子）我要出门，少校。我想您不辞辛苦又回到这里，是为了把我的戒指还给我吧——非常好，冯·特尔赫姆少校，请您好心地把它交给弗兰西斯卡吧——弗兰西斯卡，从冯·特尔赫姆少校手中接过戒指吧。我没有时间可以耽搁了。（准备离开）

冯·特尔赫姆　（跨步走到米娜跟前）小姐！啊！我听到了什么？我配不上这份爱。

米娜　怎么，弗兰西斯卡，你已经——

弗兰西斯卡　把一切都告诉他了。

冯·特尔赫姆　不要生我的气，小姐。我真的不是骗子。在世人的眼里，您因为我的缘故失去了很多，而在我看来却不是这样。在我的眼里，您因为这个损失得到了不计其数的收获。一切都太突然了。您担心这可能会在我心里留下一个不好的印象，起初您想把这件事瞒着我，对您的这种不信任我没有丝毫抱怨。您这样做只是希望留住我的感情，您的这种心意是我的骄傲。然后您发现了我的悲伤痛苦，而您不希望用自己的事情再来增加我的悲伤痛苦。您根本无法想象，您的悲伤痛苦比我自己的任何苦难都更使我痛彻心扉。

米娜　少校，您刚才已经拒绝了我，我也已经解除了您的婚约。您已经收回了戒指——

冯·特尔赫姆　我根本就没有同意！相反，我现在觉得自己对您的爱情比以往任何时候都坚定。您是我的，米娜，永远都是我的。（取下戒指）来，请第二次收下这枚戒指——这是我忠诚的誓言。

米娜　我再次收下那枚戒指？那枚戒指？

冯·特尔赫姆　是的，最亲爱的米娜，是的。

米娜　您在要求我什么？那枚戒指？

冯·特尔赫姆　您第一次从我手里接过这枚戒指的时候，我们处境相似，身处顺境之中。而今我们的处境已不再如意，但彼此的情形却依然相似。平等向来都是爱情最稳固的纽带。答应我吧，最亲爱的米娜！（抓住她的手，戴上戒指）

米娜　什么？你要强迫我吗，少校？不，在这世界上没有任何力量能强迫我收回那枚戒指！你以为我那么渴望一枚戒指吗？嗨！您看看，（指着她的戒指）我这里还有一枚戒指，丝毫不逊色于您的那枚。

弗兰西斯卡　（旁白）嘿，他到现在还没有看出来！

冯·特尔赫姆　（放开了米娜的手）这是怎么回事？我看得见冯·巴恩赫姆小姐，却听不见她——您这么说让我很难过。

米娜　（用她自然的声调）这些话冒犯了您吗，少校？

冯·特尔赫姆　它们使我悲痛万分。

米娜　（感动地）这些话不是我的本意，特尔赫姆。原谅我吧，特尔赫姆。

冯·特尔赫姆　啊！您这种亲切的语气告诉我，您又是您自己了。米娜，你还爱着我。

弗兰西斯卡　（突然呼喊）这个玩笑很快就要开过头了。

米娜　（以一种命令的口气）弗兰西斯卡，我请你不要干涉我们俩之间的事情。

弗兰西斯卡　（旁白，以一种吃惊的口吻）还没有开够！

米娜　是的，先生，我假装冷漠和轻蔑，这只是女人特有的虚荣心在作怪。不！我再也不会这样做了！您应该知道我像您一样的真诚。我仍然爱您，特尔赫姆，我仍然爱您，尽管——

冯·特尔赫姆　不要再说了，最亲爱的米娜，不要再说了！（再次抓住她的手戴上戒指）

米娜　（收回自己的手）尽管如此，我的心意却更加的坚定，决不允许那样的事情发生——决不允许！您在想什么呢，少校？我认为您自己的痛苦已经足够多了。您必须待在这个地方，您必须获得——此刻我找不到更好的字眼——最令人满意的完美结果，您必须得到它……而且，即使您在极端的穷困和痛苦中日渐憔悴，也要站立在这些诽谤者眼前——

冯·特尔赫姆　当我不知道自己在想什么、说什么的时候，我曾经这样想过，也这样说过。懊恼和令人窒息的愤怒笼罩了我的整个灵魂，就连爱情携带着幸福的耀眼光辉也无法照亮它。但爱情派出了自己的女儿——怜悯，她比较熟悉悲伤的不幸，她消除了我内心的阴云，并再次打开我的灵魂通往柔情的所有途径。当我有比我自己更珍贵的东西需要呵护，并且需要通过我自己的努力来呵护的时候，自我保护的欲望觉醒了。不要因为“怜悯”这个词语觉得生气，我们的痛苦不幸全都来自无辜的原因，因此，我们在听到这个词语时就不该感到羞耻。我就是那个原因。因为我的缘故，米娜，您失去了朋友和亲戚，财富和家园。而您将通过我，在我身上再把它们全部都找到，否则我的灵魂会因毁灭这最可爱的女人而万劫不复。不要让我生活在一个不得不痛恨自己的未来——不，没有什么能继续将我挽留在这里。从此刻起，除了蔑视我所受到的不公正待遇，我什么都不会反对。世界上只有这一个国家吗？太阳难道只在这片土地上升起吗？有什么地方我不能去？有什么样的部队可以拒绝我呢？假如我不得不去最遥远的地方建功立业，尽管满怀信心地跟我去吧，我最亲爱的米娜——我们什么都不会缺。我有一个朋友会非常乐意地帮助我。

第六场

【传令兵入场。

弗兰西斯卡 （看见了传令兵）嘘！少校！

冯·特尔赫姆 （对传令兵）您要找谁？

传令兵 我正在找冯·特尔赫姆少校。啊！我明白了，您就是少校先生。我专程前来将国王陛下的亲笔信交给您。（从他的包里取出一封信）

冯·特尔赫姆 给我的？

传令兵 根据信上所写，是这样的。

米娜 弗兰西斯卡，你听见了吗？那个骑士竟然说的是真话。

传令兵 （在特尔赫姆接信的时候）请您原谅，少校，您本来应该昨天就收到这封信的，可是我没能找到您。我今天早上才从里考特中尉那里得知您的地址，他当时正在出操。

弗兰西斯卡　您听到了吗，我的大小姐？——里考特骑士嘴里那位部长说的都是真的。“那是哪个部的部长，住在那宽阔的广场上的那一位？”

冯·特尔赫姆　我对您的这一番辛苦受累深表感激。

传令兵　这是我的职责，少校。（退场）

第七场

冯·特尔赫姆　啊！米娜，这是什么？这封信里面会写些什么呢？

米娜　我现在还没有资格在这上面展现我的好奇心。

冯·特尔赫姆　什么？您仍然把我的命运和您的分开来吗？——可是我为什么犹豫不决，不肯把信打开呢？它不可能让我变得比现在更不幸。不，最亲爱的米娜，它不可能让我们变得比现在更不幸——但可能让我们变得更加幸福！请允许我打开。

【在少校把信打开，念着信里面内容的时候，旅馆老板鬼鬼祟祟地走上舞台。

第八场

旅馆老板　（对弗兰西斯卡）嘘！我漂亮的姑娘！借一步说话！

弗兰西斯卡　老板先生，我们自己都还不知道信里面是什么内容。

旅馆老板　谁想知道这封信里面说些什么！我是为了戒指来的。您家小姐必须马上把戒指还给我。尤斯特来了，想要赎回那枚戒指。

米娜　（在这个时候也靠近了旅馆老板）告诉尤斯特戒指已经被人赎回了，顺便告诉他那个赎回戒指的人——是我。

旅馆老板　可是——

米娜　有什么问题我来负责。去吧！

【旅馆老板退场。

第九场

弗兰西斯卡　我的大小姐，去和可怜的少校和好如初吧。

米娜　好！你这个体贴的和事佬！好像问题不会马上自己迎刃而解一样。

冯·特尔赫姆　（读完信之后，情绪非常激动）啊！他在这封信里面丝毫没有掩饰自己的错误！哦！米娜，这是多么的正义！多么的宽厚仁慈！这比我预想的还要完美，比我应该得到的还要多！——我的财富，我的荣誉，全都恢复如初！——我是在做梦吗？（看着那封信，仿佛在说服自己）不，这不是我自己的心里产生的幻想！您自己读一下吧，米娜，您亲自读一下！

米娜　我可不能如此僭越，少校？

冯·特尔赫姆　僭越？这封信是写给我的，写给您的特尔赫姆的，米娜。信里面写着——您叔叔不可能从您那里夺走的东西。您一定要读一下这封信！拿去读吧。

米娜　如果这样做可以让您觉得快乐，少校。（拿过信，读道）

“我亲爱的冯·特尔赫姆少校：

“我谨告知阁下，那些使我有些焦虑不安的关于你荣誉的事情，现在已经水落石出，结果对你非常有利。我的弟弟对此事知之甚详，而且他的证词不仅仅证明了你的清白无辜。财政部已接到命令将你那尚在争议中的款项交付给你，并偿还你预先垫付的数额。我还下令军需部此前对你的所有指控全部都作废。请告诉我你的健康状况是否允许你再次披上戎装。我可不能这样错误地罢黜像你这样勇气可嘉、忠诚可靠的人。你亲切的国王。钦此。”

冯·特尔赫姆　现在，您对这封信还有什么话说，米娜？

米娜　（把信折叠起来，还给少校）我？没什么说的。

冯·特尔赫姆　没什么说的？

米娜　等等——我有些话要说。您的国王是位伟大的人物，也可能是一个好人——但这对我来说又有什么关系！他又不是我的国王。

冯·特尔赫姆　难道您没有别的话要说吗？关于我们俩您无话可说吗？

米娜　您又要去征战沙场了。您会从少校升到中校，然后可能升到上校。我全心全意地恭喜您。

冯·特尔赫姆　您为什么就不能更好地理解我呢？不，虽然我时来运转，得到了足以满足一个正常人渴望的一切，但是这全都仅仅取决于我的米娜，未来的我不属于任何一个人，只属于她。我的一生都将献给她，只为她一人服务！伴君如伴虎，而付出的辛苦、克制和谦卑总是得不偿失。那些爱慕虚荣的女人，除了爱丈夫的头衔和职位，什么都不爱，米娜绝不是那种人。她爱的是我，而为了她，我愿意忘记整个世界。我成为一名士兵只是出于个人的感觉——我根本不知道什么政治原则——只是心血来潮觉得每一个值得尊敬的人都应尝试一段时间的军人生涯，使自己熟悉危险，并学会冷静和果断，这是一件大有裨益的事情。只有在极端迫不得已的情况下，我才会把这种磨炼变成固定的生活方式，把这个临时的职业变成自己的事业。但是现在，没有什么东西强迫我，我全部的目标，也是唯一的目标，就是成为一个安宁而满足的人。最亲爱的米娜，和您在一起，我一定会成功地实现这个目标。在您的余生中，我都会保持这样，忠贞不渝。明天就让神圣的婚约把我们结合起来，然后我们就去浪迹天涯，在整个世界中寻找最和平、最明亮、最快乐的角落，那儿有了我们这对幸福的夫妻就会成为天堂。我们将在那里安家落户；在那儿的每一天……您怎么了，米娜？

米娜　（不自在地转过身去，努力隐藏自己的情绪，稍后恢复镇静）您太残忍了，特尔赫姆，在我不得不放弃的时候，为我勾勒出一幅如此幸福的图景。我的损失——

冯·特尔赫姆　您的损失！为什么要说您的损失？米娜能失去的所有东西，但不能失去米娜自身。您依然是这个世界上最甜蜜、最亲爱、最美丽、最好的姑娘，浑身充满了善良和慷慨，纯真和福佑！偶尔有一点点任性，有时会有点固执——这就更好了！这就更好了！否则米娜就是一个天使了，我只能敬畏地顶礼膜拜，却不敢去爱了。（抓起她的手想要亲吻）

米娜　（拉开自己的手）不要这样，先生。为何突然发生这般转变？这位奉承而急躁的情人难道还是冷漠的特尔赫姆吗？失而复得的好运才使得他这么热情吗？他会允许我在他激动兴奋的时候，为我们俩冷静地考虑一下。当他本人能够冷静思考的时候，我听见他说："毫不犹豫就将爱慕的对象置于被人轻蔑的境地，这种爱情一无是处。"没错，我也正像他那样，向往一份纯洁而崇高的爱情。现在，荣誉在呼唤他，一位伟大的君主在招揽他，我能同意他和我一起儿女情长而放弃他自己的梦想吗？我能允许一个杰出的勇士堕落成为一个打情骂俏的情郎吗？不，少校，跟随您崇高命运的召唤吧。

冯·特尔赫姆　那好吧！如果这繁华的世界对您具有更大的魅力，米娜，那我们就留在这繁华的世界！这繁华的世界是多么刻薄，多么可悲！您现在只知道它那光鲜亮丽的表面。但肯定的是，米娜，有一天您会……算了，就让它如此吧！到时就知道了！您的魅力不会缺仰慕者，而我的幸福也不会缺嫉妒者。

米娜　不，特尔赫姆，我不是这个意思！我忍痛将您送回这繁华的世界，让您踏上荣誉的旅程，不想再伴您左右。到时特尔赫姆将需要一个无可厚非的妻子。一个离家出走的萨克逊姑娘，虽然钟情于他——

冯·特尔赫姆　（突然跳起，凶狠地看看他的四周）谁敢说这样的话！啊！米娜，我能想象任何人说这话，除了您之外，我真为自己感到害怕。

米娜　正是如此！这就是我所害怕的东西。您无法忍受他人对我哪怕一个字的诽谤，但您自己却不得不每天都忍受极端的痛苦。总之，特尔赫姆，我已经下了坚定的决心，这世上没有任何东西能动摇我的——

冯·特尔赫姆　在您说这话之前，米娜，我恳求您仔细考虑一下，因为您这是要判我无期徒刑或是死刑。

米娜　根本无须考虑了！……就像我归还您之前对我许下海誓山盟的那枚戒指一样确定无疑，就像您收回了那枚戒指一样确定无疑，因此，不幸的米娜也确定无疑地永远不会成为幸运的特尔赫姆的妻子！

冯·特尔赫姆　您这是在宣判我的死刑。

米娜　平等是爱情唯一可靠的纽带。幸福的米娜只希望为幸福的特尔赫姆而活。即使米娜遭遇不幸，她还是允许自己被他人说服，通过自己来增加或减轻她朋友的不幸……他一定看出来了，在这封再次破坏我们之间所有平等的信到来之前，我只是表面上在拒绝罢了。

冯·特尔赫姆　这是真的吗？米娜，我感谢您还没有宣判我的死刑。难道您只能在特尔赫姆不幸的时候嫁给他吗？您可以拥有他。（冷静地）我现在觉得接受这个迟到的正义对我来说是不合礼节的，我觉得如果我不再寻求被这种可耻的猜疑所剥夺的东西，这样会更好。对，我就当作根本没有收到这封信。且看我如何回复这封信！（正准备把信撕碎）

米娜　（阻止他）您要干什么，特尔赫姆？

冯·特尔赫姆 收回您的手。

米娜 快停下来!

冯·特尔赫姆 小姐，如果您还不赶快收回您刚说的话，这封信肯定会被撕毁的。然后我们看看，您还有什么可以反对我的地方。

米娜 什么？您就是这样的口吻？难道我在自己眼里应该变得、必须变得卑鄙无耻吗？绝不能！将自己所有的幸福都依赖在一个男人盲目的情意上并且不觉得羞耻，这样的女人一无是处!

冯·特尔赫姆 错了！完全错了!

米娜 这是您说过的话，现在从我嘴里说出，您竟敢说它错了？

冯·特尔赫姆 狡辩！天性柔弱的女性岂能因为不能成为强者就觉得丢脸？那么男人能做女人适合做的所有事情吗？难道上天不是指定男人和女人彼此互相扶持吗？

米娜 不要惊慌，特尔赫姆！如果我必须拒绝您崇高的保护，我也不会变得弱不禁风。我已经向我们的大使通报了我的到来，我今天就去和他会面，我希望他能帮助我。时间飞逝。请允许我离开，少校——

冯·特尔赫姆 我陪您一起去，小姐。

米娜 不，少校，您离开我吧!

冯·特尔赫姆 还不如让您的影子离开您！来吧，小姐，不管您去哪儿，不管您去任何地方找谁，也不管您是去见朋友还是陌生人，我都将陪您前往——每天陪您一百次——我们心意相连、密不可分，而您却如此残忍和任性，想要破坏这份感情……

第十场

【尤斯特入场。

尤斯特　（急急忙忙地）少校！少校！

冯·特尔赫姆　怎么啦？

尤斯特　快点过来！快点！

冯·特尔赫姆　为什么？到我这里来。说吧，到底是怎么回事？

尤斯特　是这样的……（对少校耳语一番）

米娜　（对弗兰西斯卡旁白）你发现什么了吗，弗兰西斯卡？

弗兰西斯卡　啊！您的心真残忍！我在这儿简直是如芒在背！

冯·特尔赫姆　（对尤斯特）你说什么？这不可能！您？（凶狠地看着米娜）大声地说出来，当着她的面说出来。听着，小姐。

尤斯特　旅馆老板说冯·巴恩赫姆小姐拿走了我抵押给他的戒指，小姐认出了这是她自己的戒指，不愿意再把它还给旅馆老板了。

冯·特尔赫姆　这是真的吗，小姐？不，这不可能是真的！

米娜　（微笑）为什么不可能呢，特尔赫姆？这为什么不可能是真的呢？

冯·特尔赫姆　（激动地）那看来是真的了！我突然之间如梦初醒，这是多么可怕的打击！现在我终于认识您了——真是个虚伪做作、毫无诚信的女人！

米娜　（惊恐地）谁？谁毫无诚信了？

冯·特尔赫姆　是您，从今往后我连您的名字都不愿提起了。

米娜　特尔赫姆！

冯·特　忘记我的名字吧，您来这儿本就是打算和我断绝关系的，这

尔赫姆　是显而易见的！您以自己不再富贵为借口要跟我解除婚约。哦，如此一来，您叔叔剥夺您继承权的事恰好成全了您想解除婚约的想法！旅馆老板把您的戒指带回了您的手中，而您的一番诡计成功地把我的戒指送到了我的手中！这样我们的婚约就在你的谎言中完全解除了。

米娜　特尔赫姆，您脑袋里在胡思乱想什么啊？冷静下来，听我说。

弗兰西斯卡　（旁白）现在她自食其果了！

第十一场

【维尔纳入场。

维尔纳　（拿着一个装满金币的钱包）我已经来了，少校！

冯·特尔赫姆　（一眼都没看他）谁让你来的？

维尔纳　我带了更多的钱过来！一千皮斯托尔！

冯·特尔赫姆　我不需要这些钱！

维尔纳　而且明天，少校，您还可以拿到同样多的钱。

冯·特尔赫姆　收好你的钱！

维尔纳　这是您的钱，少校……我觉得您没有看清楚正在和谁说话！

冯·特尔赫姆　我说，把钱拿走！

维尔纳　您怎么啦？我是维尔纳啊！

冯·特尔赫姆　所有的善良都是虚伪，所有的好意都是欺骗。

维尔纳　您这是在说我吗？

冯·特尔赫姆 随便你怎么想！

维尔纳 我这样做只是听从您的命令而已。

冯·特尔赫姆 那就再听从一次，赶快滚蛋！

维尔纳 少校！（恼怒地）您惹怒我了！

冯·特尔赫姆 那就更好了！

维尔纳 我也会生气的。

冯·特尔赫姆 愤怒是我们所拥有的最好的东西。

维尔纳 我求求您了，少校。

冯·特尔赫姆 你还想要我告诉你多少次？我不想要你的钱！

维尔纳 （愤怒地）那谁想要谁就拿去吧！（把钱包扔到了地上，然后走到一边去）

米娜 （对弗兰西斯卡）啊！弗兰西斯卡，我真该听从你的意见。我这个玩笑开得太过分了。不过，当他听我说……（朝少校走去）

冯·特尔赫姆 （没有回应米娜，朝维尔纳身边走去）中士先生。

维尔纳 （怒气冲冲地）走开！

弗兰西斯卡 啊！这都是些什么人啊！

米娜 特尔赫姆！特尔赫姆！（特尔赫姆愤怒地咬着自己的手指，把脸转过去，不理米娜）不，您这样做实在是太不好了。您听我说！您误会我了！这只不过是一个误解。特尔赫姆，您不愿意听您的米娜说话了吗？您怎么能有这样的怀疑？我和您解除婚约？我来这儿是为了这个目的？特尔赫姆！

第十二场

【两个仆人分别从舞台两侧跑进房间。

第一个仆人　尊敬的小姐，伯爵大人到了！

第二个仆人　他马上就要到了，尊敬的小姐！

弗兰西斯卡　（跑到窗边）是他！真的是他！

米娜　真是他吗？时间到了，特尔赫姆，快点！

冯·特尔赫姆　（突然间恢复过来）谁，谁来了？是您的叔叔，小姐？这个残忍的叔叔！让他来吧，尽管让他来吧！不要害怕！他别想伤害您分毫。他得跟我好好较量较量，虽然您并不值得我这样做。

米娜　快点，特尔赫姆！给我一个拥抱，然后忘掉这一切。

冯·特尔赫姆　啊！您会后悔的，会时不时想着跟我解除婚约的。

米娜　不，我永远都不会后悔，因为我已经看明白了您的真心真意！啊！您是一个什么样的人啊！拥抱您的米娜，您幸福的米娜，这世上没有什么比拥有您更让我幸福快乐。（互相拥抱）现在去迎接他吧！

冯·特尔赫姆　去迎接谁？

米娜　您尚未认识的最好的朋友。

冯·特尔赫姆　什么？

米娜　就是伯爵大人、我的叔叔、我的父亲，也是您的父亲。我的离家出走，他的不愉快，我丧失的财产……您还没有明白吗？这一切都是编造的，您这个轻易相信人的骑士！

冯·特尔赫姆　编造的？但是那枚戒指呢？那枚戒指呢？

米娜　我还给您的那枚戒指在哪儿？

冯·特尔赫姆　您要把它再拿回去吗？啊！现在我觉得快乐了。在这儿，米娜。（从口袋里把戒指拿出来）

米娜　您先仔细看一下戒指！唉！那些不愿意睁开眼睛看一看的人是多么的瞎啊！那到底是哪一枚戒指？是您给我的那一枚？还是我给您的那一枚呢？难道那不是我不愿意旅馆老板收入囊中的那枚戒指吗？

冯·特尔赫姆　天哪！我看见了什么？我听到了什么？

米娜　要我现在把它拿回来吗？要不要啊？把戒指给我！给我！（从他手里抢过来，然后再亲自戴在他手指上）好啦，现在一切都完美了！

冯·特尔赫姆　我这是在哪里？（亲吻她的手）哦！您这个恶毒的天使，竟然如此折磨我！

米娜　这是一场预演，我亲爱的丈夫，如果您以后戏弄了我，我肯定也会回敬您一个……请您想一想，您不是也在折磨我吗？

冯·特尔赫姆　啊！你们真会演戏！我早就应该看破你们才对。

弗兰西斯卡　不，我可不是什么好演员，我的演技太差劲了。我刚才浑身发抖，胆战心惊，不得不用手捂住我的嘴。

米娜　我的戏演得也不轻松，但是达到现在这个结果……

冯·特尔赫姆　我还没有完全恢复过来。我觉得又幸福，又担忧。就像是从一场可怕的噩梦中突然惊醒过来。

米娜　我们没有时间了，我听见他过来了。

第十三场

【冯·布鲁赫萨尔伯爵同几个仆人一起入场。旅馆老板也尾随而至。

伯爵　（走进来）我想她已经平安到达了吧？

米娜　（跑过来迎接伯爵）啊！我的父亲！

伯爵　我来了，亲爱的米娜。（拥抱她）不过，怎么啦，姑娘，（看见特尔赫姆）你到这儿才刚刚二十四个小时，就已经交到朋友，有了玩伴了？

米娜　猜猜他是谁？

伯爵　该不会是你的特尔赫姆吧？

米娜　除了他还能有谁？来，特尔赫姆。（为他作介绍）

伯爵　先生，虽然我们从未谋面，但是我看到您的第一眼，我就觉得认识您。我觉得您应该就是冯·特尔赫姆少校。请伸出您的手，先生，我对您怀着最崇高的敬意，我请求获得您的友谊。我的侄女，也是我的女儿，她爱您。

米娜　您是知道这个的，我的父亲！我的爱情是盲目的吗？

伯爵　不，米娜，你的爱情不是盲目的，但是你爱的人，却是一个哑巴。

冯·特尔赫姆　（扑倒在伯爵的怀里）让我找回我自己吧，我的父亲！

伯爵　这样就对了，我的儿子。虽然你的嘴巴无法张开，但我看懂了你心里所想。通常情况下，我并不喜欢那些穿着这类军装的人，但你是一个正人君子，特尔赫姆，不管一个正人君子穿着何种装束，他都应该受到爱戴。

米娜　啊！您可知道全部的事情？

伯爵　我为什么不全部都听听呢？我的房间在哪里，老板？

旅馆老板　劳烦伯爵大人屈尊朝这边走。

伯爵　来吧，米娜！请一起过来吧，少校！

【与旅馆老板引领伯爵和仆人们一起退场。

米娜　来吧，特尔赫姆！

冯·特尔赫姆　我马上就过来了，米娜。我要先和这个人说句话。（转向维尔纳）

米娜　我认为应该是一句好话。难道会不是吗，弗兰西斯卡？

【米娜退场。

第十四场

冯·特尔赫姆　（指着维尔纳扔到地上的钱包）去，尤斯特，把钱包捡起来拿回家去。走吧！

维尔纳　（依旧心情不好地站在角落里，直到听到最后一句话才从心不在焉的状态中恢复过来）这才对，现在怎么样了？

【尤斯特捡起钱包，退场。

冯·特尔赫姆　（朝他身边走去，用亲切的语气说话）维尔纳，我什么时候能拿到另外的两千皮斯托尔？

维尔纳　（心情立刻又好了起来）明天，少校，明天。

冯·特尔赫姆　我无须成为你的债务人，但我会成为你的理财师。所有像你这样善良的人都该有守护者，你们的日子都有些挥霍无度。我刚刚激怒你了，维尔纳。

维尔纳　您确确实实惹我生气了！但是我也不该那样的傻！现在我一切都彻底明白了。我应该被鞭打一百下，您尽管打我吧，少校，如果您乐意的话。但是千万不要再满腹怨恨了，亲爱的少校！

冯·特尔赫姆　满腹怨恨？（握着他的手）从我的眼睛里你可以看出所有我无法对你说的话。啊！这世界上有谁能比我有一个更好的妻子和更值得信任的朋友。对吧，弗兰西斯卡？

【冯·特尔赫姆退场。

第十五场

弗兰西斯卡　（旁白）是啊，确实如此，他这个人实在是太好了！我以后再也不可能遇见这样的人了。我必须说出来。（害羞地走到维尔纳身边）中士先生！

维尔纳　（正在擦拭自己的眼睛）什么事？

弗兰西斯卡　中士先生……

维尔纳　你想要做什么啊，小姑娘？

弗兰西斯卡　看着我，中士先生。

维尔纳　我现在没办法看，我不知道眼睛里跑进来了什么东西。

弗兰西斯卡　请您看着我吧！

维尔纳　我恐怕已经看过你很多次了，小姑娘！好了，现在我能看见你了。说吧，什么事？

弗兰西斯卡　中士先生，难道您不想要一个中士夫人吗？

维尔纳　你这话当真吗，小姑娘？

弗兰西斯卡　千真万确。

维尔纳　你甚至愿意跟随我一起去波斯吗？

弗兰西斯卡　您想去哪儿我都陪您。

维尔纳　你会的！太好啦，少校，不是吹牛！不管怎么说，我已经拥有了一个像您一样好的妻子，和一个像您一样值得信赖的朋友。把你的手给我，我的小姑娘！我们永结同心！十年以后，你会成为将军夫人，或是寡妇！

（全剧终）

威廉·特尔

William Tell

〔德〕席勒

主编序言

1759年11月10日，约翰·克里斯托弗·弗里德里希·冯·席勒出生于德国符腾堡的马尔巴赫小镇上。在奥地利王位继承战[①]中，席勒的父亲扮演着外科医生和士兵的角色。在席勒诞生的时刻，他的父亲刚刚接受了符腾堡公爵的任命。

席勒最初接受神学教育以谋求圣职，但后来他被强制选入符腾堡公爵建立的军事学院学习。他还尝试学习过法律、医学，但他发现自己真正热爱的是文学。

在担任军医期间，席勒撰写了一部革命性的戏剧——《强盗》，但这部作品并没有得到公爵的赏识。当意识到自己的作品与当地的风气格格不入时，他离开了公爵的领地，并想方设法继续他的戏剧创作。后来，他开

① 奥地利王位继承战争，奥皇查理六世于1740年10月20日死后无嗣，其长女玛利亚·特蕾西亚承袭父位。但普鲁士、法国、巴伐利亚、萨克森、西班牙、皮埃蒙特、撒丁、那不勒斯王国拒绝承认玛利亚·特蕾西亚的继承权，而奥地利、英国、捷克、匈牙利、荷兰、西里西亚、俄国从其各自的既得利益出发，则全力支持玛利亚·特蕾西亚的继承权。由此而爆发了长达8年之久（1740~1748年）的由两次西里西亚战争所构成的奥地利王位继承战争。——译者注

始专注于哲学和历史，并于1789年凭借《尼德兰的反叛》做上了耶拿大学的副教授。

1790~1793年，席勒出版了《三十年战争史》。1794年，他开始和歌德亲密来往，并于1799年定居在离歌德很近的魏玛，直到1805年逝世。

在写作生涯中，席勒从未放弃过抒情诗。在他创作生涯的晚期，抒情诗和戏剧作品达到了顶峰，其中不乏伟大的作品：《华伦斯坦》《玛丽亚·斯图亚特》《奥尔良的姑娘》《墨西拿的新娘》和《威廉·特尔》。席勒的身体向来不好，周遭环境也很恶劣，但是他始终保持独立、热爱自由，这也是他的作品最显著的特色。

席勒希这种对自由的热爱在《威廉·特尔》中得到了充分的表达，这是他最受欢迎的戏剧之一。该剧基于一个在世界各地广为人知的传奇故事写作而成。这个故事诞生于15世纪的瑞士，被纳入了人民为摆脱奥地利统治而进行的解放运动历史。同时，这部作品宣扬了民主精神和原始生活的自然美，也表明了席勒对法国大革命所持的态度。

查尔斯·艾略特

剧中人物

冯·阿廷豪森	
赫尔曼·葛斯勒	施维茨和乌里的总督
维尔纳	阿廷豪森的男爵，瑞士的自由贵族
乌利齐·冯·鲁登兹	维尔纳的侄子
维尔纳·斯陶法赫尔	施维茨州人
康拉德·胡恩	施维茨州人
汉斯	施维茨州人
耶尔格	施维茨州人
乌利齐·德·施密特	施维茨州人
约斯特·冯·维勒	施维茨州人
易特尔·瑞丁	施维茨州人

沃尔特·弗斯特	特尔的岳父	乌里州人
威廉·特尔		乌里州人
罗塞尔曼	牧师	乌里州人
皮特曼	教堂执事	乌里州人
库奥尼	牧民	乌里州人
沃尔尼	猎人	乌里州人
鲁奥迪	渔夫	乌里州人
阿诺德·冯·迈尔西塔尔		昂特瓦尔德州人
康拉德·鲍姆加登		昂特瓦尔德州人
迈耶·冯·萨尔嫩		昂特瓦尔德州人
斯特鲁斯·冯·温克里得		昂特瓦尔德州人
克劳斯·冯·德·弗鲁		昂特瓦尔德州人
伯克哈特·布尔		昂特瓦尔德州人
阿诺德·冯·瑟瓦		昂特瓦尔德州人
琉森的菲弗尔		
格尔索的库恩茨		
詹尼	渔夫的儿子	
瑟皮	牧民的儿子	
格特鲁德	斯陶法赫尔之妻	
黑德维希	特尔之妻，沃尔特·弗斯特之女	
布鲁内克的柏尔塔	一个富有的女继承人	
阿姆加特	农妇	
梅希蒂尔德	农妇	
埃尔斯贝特	农妇	
希尔德加德	农妇	

沃尔特 威廉	}	特尔的儿子
福里艾斯哈特 勒特候德	}	士兵

鲁道夫·德·哈拉斯	葛斯勒的骑兵统帅
约翰尼斯·帕里斯达	士瓦本公爵
斯图希	监工

乌里市长

一名信使

几名泥瓦匠师傅、一位老人和几位工人

工头

一名传令官

慈善修道会的修士们

葛斯勒和兰登伯格的骑兵

许多农民——来自瓦德斯特腾的男男女女

第一幕

第一场

【施维茨对面的卢塞恩湖有一处巍然屹立、乱石嶙峋的湖岸。湖面折一个弯，深入陆地。在岸边不远处矗立着一间小屋，湖里一个渔童（詹尼）正在划着他的小船。湖的对岸可以看到成片的草地、成群的小村庄及施维茨的军队，一切都沐浴在明媚的阳光中。左边可以看到被云雾环绕的海肯山峰，在右边遥远的地方出现了成群的冰川。牧民库奥尼和猎人沃尔尼吟唱的瑞士牧歌和牛铃发出的叮叮声在幕布升起后仍持续一段时间。

渔童　【在小船里歌唱，瑞士牧歌的旋律。

微波荡漾的湖面微笑地邀请人们沐浴，
一个男孩躺在绿色的草地上怡然入睡，
这时他听到一段旋律，
绵延飘来，
那悦耳的曲调，
就仿佛天使在歌唱。
他欣喜若狂地从梦中醒来，

湖水正在他的胸前泛起丝丝涟漪，
从湖水深处传来一阵呼唤，
“你必须跟我走！
“我迷惑这年轻的牧民，
“我要将他诱入湖水深处。”

牧民　【在山坡上，空中传来瑞士牧歌的变奏曲。
再见，翠绿的草场！
再会，阳光明媚的湖岸！
牧民不得不和你道别，
因为炎夏已一去不返。
我们去往山丘，但你我还会再见，
那时布谷鸟鸣叫，鸟儿欢快地歌唱，
那时鲜花绽放在幽谷和平原，
小溪在春天和煦的阳光中闪耀。
再见，翠绿的草场！
再会，阳光明媚的湖岸！
牧民不得不和你道别，
因为炎夏已一去不返。

猎人　【出现在一处悬崖的顶上，瑞士牧歌的第二变奏曲。
雷霆在山顶肆虐，小桥颤抖不止，
令人目眩的山脊使猎人加快脚步，
在冰雪覆盖的荒野，他仍勇敢前进，
那里寸草不生，春天从未到访。
脚下弥漫着雾霭，
他的双眼难辨人烟，
透过这云层密布的缝隙，
才能瞥见一丝俗世人间，

在烟雾缭绕的最下方，
那里有青草牧场四处蜿蜒。

【风景忽然发生改变。群山之中传来一阵震耳欲聋的吵杂声。场景被滚滚而来的乌云笼罩。渔夫鲁奥迪从小屋中走出来。猎人沃尔尼从岩石上下来。牧民库奥尼双肩上扛着挤奶桶走进场来，后面跟着他的儿子瑟皮。

鲁奥迪　（对湖里船上的儿子）行动起来吧，詹尼，快把船拉上岸。灰雾王者即将来临，冰川也在咆哮，米滕斯滕正在被云雾笼罩。寒风从斯多姆克莱福特吹来，暴风雨转眼就可能到我们跟前。

库奥尼　雨即将落下，我的羊群正贪婪地吃草，牧羊狗正在那儿抓刨地上的泥土。

沃尔尼　鱼儿在跳跃，苦恶鸟不停地在水中钻进钻出，一场暴风雨即将来临。

库奥尼　（对他的儿子）瑟皮，看看牛群是否还在。

瑟皮　褐色小牛里瑟尔来啦，我听到了铃声。

库奥尼　那就是说它们全都在，里瑟尔之前去的地方最远。

鲁奥迪　你们在牛轭上挂的铃铛听来非常悦耳，牧民师傅。

沃尔尼　牛群也很可爱。它们是你自己的吗？

库奥尼　我可没有那么多钱。它们是阿廷豪森贵族领主的，分配给我放牧。

鲁奥迪　那边的小母牛脖子上的丝带真优雅！

库奥尼　没错，它清楚地知道自己是牛群的领袖，把丝带从它脖子上取下，它就不再吃草。

鲁奥迪　你是在开玩笑吧，牲口哪来的理性。

沃尔尼　这事说起来很可笑，但是的确兽类也有理性。我们这些追逐羚羊的猎人都知道得很清楚，它们是多么睿智的生物！
不在它们吃草的前方设置警卫，它们就绝不开始吃草。它们的警卫还会竖着耳朵，我们无论何时接近，它都会发出清晰而刺耳的警报。

鲁奥迪　（对牧民）你这是要回家吗？

库奥尼　山上的牧草已经被吃光了。

沃尔尼　平安归家，我的朋友！

库奥尼　祝你也是如此！你们这些猎人不一定总能从狩猎中归来。

【康拉德·鲍姆加登急匆匆入场。

鲁奥迪　但那个全速朝这边冲过来的人是谁？

沃尔尼　我认识那个人，他是阿尔泽堎的鲍姆加登。

鲍姆加登　（气喘吁吁地冲过来）看在上帝的分儿上，船夫，借你的船一用！

鲁奥迪　这是怎么回事？你为何如此匆忙？

鲍姆加登　快解开缆绳！我命在旦夕！把我送到对岸去！

库奥尼　为什么？到底怎么啦，朋友？

沃尔尼　谁在追你？先把这个告诉我们。

鲍姆加登　（对渔夫）快点，快点，伙计，快点！他们马上就要赶上来了！总督的人马对我围追堵截，如果他们追上我的话，我就一命呜呼了。

鲁奥迪　为什么这些骑兵要追你？

鲍姆加登　你先确保我的生命安全，然后我再回答你的问题。

沃尔尼　你的衣服上有血，这是怎么回事呢？

鲍姆加登　皇帝的总管，他住在罗斯伯格……

库奥尼　啊？什么？是沃尔芬希森！是他在派人追你？

鲍姆加登　他已经没法再伤害任何人；我已经杀了他。

所有人　（突然往后退）天啊！愿上帝宽恕你！你干的是什么事啊？

鲍姆加登　这是每个处于我的位置的男子汉都会做的事情。这个畜生勾引我的老婆，玷污我的荣誉，我采取了理所应当的措施对他予以惩戒。

库奥尼　什么？玷污了你的荣誉？他真这样做了？

鲍姆加登　多亏仁慈的上帝和我可靠的斧头，他那污秽的欲望才没有得逞。

沃尔尼　那你就用斧子砍下了他的头？

库奥尼　啊！把故事完完整整告诉我们，你还有足够的时间。（看了一眼正把船往岸边划的渔童）他正把船从湖滨划过来。

鲍姆加登　当时我正在森林里砍伐木材，我老婆在极度的恐惧中跑了过来，“总管，”她说，“来到我们家里。”命令我老婆准备好洗澡水，随后采取了不得体的行为。我老婆脱开身一路向我跑来，我手持武器找到了他，用斧子劈出他的狗血让他好好洗一洗。

沃尔尼　你做得没错！谁也不能责怪你。

库奥尼　这个恶霸！现在他已经得到了应有的报应，我们对此期盼已久。

鲍姆加登　此事已经泄露，他们此刻正四处追捕我。天啊！在我们说话的时候，时间已然飞逝！

（外面开始打雷）

库奥尼　快点，船夫——快把这个好人送过去。

鲁奥迪　没有办法啊！一场暴风雨已经迫在眉睫，必须得等到它过去！

鲍姆加登　万能的主啊！我不能等，耽搁一刻我可能就要变成亡魂。

库奥尼　（对渔夫）开船吧！上帝与你同在！我们得帮帮我们的伙伴，同样的不幸可能会降临到我们所有人头上！

（雷声滚滚，狂风呼啸）

鲁奥迪　南风已起！看湖水波涛汹涌！我无法在惊涛骇浪中驾船前进。

鲍姆加登　（双手抱住他的两个膝盖）你现在同情我，上帝将来会帮助你的！

沃尔尼　他危在旦夕。你可怜可怜他吧，老兄！

库奥尼　他是一个父亲，有老婆还有孩子。

（雷声不断翻滚）

鲁奥迪　你说的是什么话？难道我非得搭上自己的性命？难道我就不像他一样家里有老婆和孩子？看看那惊涛巨浪，波浪滔天，湖水深处翻滚出无数漩涡！我非常乐意拯救这位好汉，但实在是没有办法，你们自己也可以看见。

鲍姆加登　（仍然跪着）难道我真要落入恶霸的魔爪！而能护我周全的湖岸，近在眼前！它就在那边！我肉眼都能看清，我的呼喊在对岸都能听见回音，能载我过去的船就在身边，可我却只能躺在这里，无奈而绝望！

库奥尼　看，谁来了？

鲁奥迪　是特尔，啊，是伯格埐的特尔。

【特尔上场，背着一把弩。

特尔　这儿乞求援助的人是谁？

库奥尼　他来自阿尔泽埐，为了捍卫自己的荣誉不被邪恶的耻辱玷污，他打死了沃尔芬希森，此人是皇帝的总管，住在罗斯伯格。总督的骑兵现在正在追捕他。他乞求这里的船夫把他送到对岸，但船夫对暴风雨胆战心惊，拒绝援助这位好汉。

鲁奥迪　没错，特尔和我一样会掌舵，他会为我证明，现在是否可以驾船。（雷声震耳欲聋，湖水变得更加波涛汹涌）难道我应该纵身跳入地狱之门吗？我一定是疯了，才会采取这样不顾一切的行动。

特尔　勇者总是最后才为自己考虑，相信上帝会帮助那些患难的人们！

鲁奥迪　站着说话不腰疼。船就在这儿，湖就在那儿！你自己去试试！

特尔　这湖水也许会发发慈悲，但总督绝对不会，来吧，咱们冒险一试吧，兄弟！

库奥尼
沃尔尼　啊！救救他吧！救救他！救救他！

鲁奥迪　哪怕是我的亲兄弟，或是我亲爱的儿子，我都不会去。今天是西蒙和犹大的日子，湖水暴虐，想要俘获祭品。

特尔　在这儿闲谈注定毫无用处，每一刻都非常宝贵。这个人必须得到协助。说吧，船夫先生，你愿意冒这个险吗？

鲁奥迪　不，我不会开船。

特尔　那么，看在上帝的分儿上，把船给我！我会竭尽全力，看看能不能把他渡过湖！

库奥尼　了不起，好样的特尔！

沃尔尼　那才像是个真正的猎人！

鲍姆加登　特尔，你是我的天使，我的保护神！

特尔　也许我能保护你免受总督的迫害，但要逃出暴风雨的狂怒还需要一桩奇缘。不过，你最好落入上帝的手中，而不是落入那些人手上！（对牧民）牧民先生，如果我遭遇什么不测，请你安慰我的妻子，告诉她，我别无选择，只是做了我该做的事。（跳入船中，鲍姆加登也跳入船中）

库奥尼　（对渔夫）你是个真正的驾船能手！为什么特尔敢做的事情，你却不敢？

鲁奥迪　再强的男人也休想赶上特尔，像他这样的人，在我们山里面再也找不出第二个。

沃尔尼　（爬上一块岩石）他已经出发了。上帝保佑你，勇敢的水手！看，小船在风浪中不停颠簸起伏！就在那儿！汹涌的波涛淹没了小船。而现在……

库奥尼　（在岸上）小船消失不见了！等等，它又出现了。特尔英勇无畏地奋力划桨，高尚的人！

瑟皮　骑兵拼命驱使坐骑飞奔过来了。

库奥尼　天啦！的确是他们！这个帮助真是及时雨。

【一队骑兵上场。

骑兵甲　快把凶手交出来！你们不要妄图包庇他！

骑兵乙　他走的是这条路！你们是藏不住他的！

鲁奥迪
库奥尼　你们指的是谁啊？

骑兵甲　（发现小船）见鬼！我看见什么啦！

沃尔尼　（在山岩上）你们要找的人是不是在那边的船里？快马加鞭追过去，要是努力点还能抓住他。

骑兵乙　咒诅你们，让他给溜了！

骑兵甲　（对牧民和渔夫）你们协助他逃跑，你们要为此付出代价！驱散他们的牛群！拆毁这间小屋！把它烧掉！烧成灰烬！统统砸烂纵火焚烧！（匆匆离开）

瑟皮　（匆忙跟在骑兵后面跑）啊，我可怜的羔羊！

库奥尼　（跟着牛羊）我太不幸了，我的牛群！

沃尔尼　这群恶棍！

鲁奥迪　（捶胸顿足）青天大老爷啊！什么时候才能拯救这片忠实的土地？

【分别退场。

第二场

【斯陶法赫尔家在施维茨的斯坦宁村，靠近大路旁，屋前有棵菩提树，附近有座小桥。维尔纳·斯陶法赫尔和琉森的菲弗尔一边交谈，一边入场。

菲弗尔　唉，唉，我的朋友斯陶法赫尔，正如我刚才所说，如果可以的话，你千万不要向奥地利宣誓。如同往昔那样坚定地支持帝国，上帝会守护你，赐你往日的自由。（热情地和斯陶法赫尔握手，准备离去）

斯陶法赫尔　等我夫人回来以后你再走吧，请再留一会儿！你在施维茨是我的贵宾，而我到琉森就是你的客人。

菲弗尔　非常感谢！但是今天我必须赶到格尔索，无论统治者们如何骄奢淫逸，无论你遭受多么沉重的悲痛苦难，请你耐心忍受！很快就会发生转变，另一个皇帝可能就要执掌皇权。一旦归顺奥地利，你们就永远属于它。

【菲弗尔退场。

【斯陶法赫尔伤心地坐在菩提树下的一条长凳上。他的妻子格特鲁德上场，发现他就那样坐着，便坐到他的身边去，默默地注视了他一会儿。

格特鲁德　怎么如此悲伤，亲爱的？我差点认不出你。我已经默默地观察你好几天，发现一种郁郁寡欢的情绪爬上你的眉梢，你独自承受心里的悲痛。放心地把实话告诉我吧。我是你忠实的妻子，我要求分担你一半的烦恼。（斯陶法赫尔把手伸给她，仍然不发一言）告诉我是什么使你精神如此压抑，你的辛劳得到了回报，好运时常伴着你，我们的谷仓丰盛，我们的牛儿成群，我们的马儿膘肥体壮、丰朗神俊，从高山牧场顺利回到家中，在舒适的马厩里安然过冬。你的房子矗立在此，连贵族的宫殿都难以比拟，它全部用最好的木材新建而成，飞阁流丹、神工天巧，闪闪发光的窗户诉说着它的舒适！墙上画着五彩斑斓的纹章，刻着圣人箴言和哲人谚语，使每个路过之人都停下脚步阅读，思索不已。

斯陶法赫尔　房屋的确是非常坚固，而且美轮美奂，可是，唉！房子的地基，却风雨飘摇。

格特鲁德　告诉我，亲爱的维尔纳，你这话是什么意思？

斯陶法赫尔　一切都如同在眼前，它就发生在昨天，我坐在这棵菩提树下，心情愉悦地回想，我所完成的这一切是多么了不起的成就。这时总督和他的人马从库斯拉赫骑马路过此地，他在房子前停下脚步，啧啧称奇，我立刻站起身，恭敬地走上前去迎接他，以示对他地位的尊重，皇帝委派他在这里执掌大权，在我们这个地方他是最高法官。他问道：“这幢房子的主人是谁？”他心里明知这是在装模作样。我当机立断，这样对他回答：“房子属于皇帝陛下，他是我们的主人，在您的恩典下，小人暂住于此。”听到这个之后他说：“皇帝委任我在此摄政，我不允许粗鄙的农民根据个人喜好擅自建造房屋，给了他自由舒适的生活，他就把自己当成这片土地的主人。我会竭尽所能阻止这事发生。”说完这番威逼利诱的话，他骑马离去，而我则心情沉重地思索，他这番话所透露的险恶目的。

格特鲁德　我亲爱的上帝和夫君啊！你可愿意听你妻子的一句忠言？作为高贵的伊伯格之女，我引以为荣，他阅历极其丰富。很多时候，我们在冬天夜晚坐在一起纺纱，我和我的姐妹们，还有部族的首领们，习惯围着我们父亲的壁炉，阅读帝国旧时的宪章，睿智地交谈着关于国家幸福的问题。我聚精会神地聆听，牢记智者的思想，并在我的心底汲取他们的智慧。现在请你听好，记住我说的话，因为你会发现，这使你悲痛欲绝的事，我早就知道。总督讨厌你，满怀心思想要加害于你，因为你成了他前进道路上的绊脚石，他想使瑞士人向新崛起的王室效忠，然后使他们忠心耿耿，就像他们原来的祖辈对帝国誓死忠诚一样。说吧，维尔纳，难道不是这样？告诉我，我是不是一语中的？

斯陶法赫尔　的确是这样。葛斯勒正是因为这个对我恨之入骨。

格特鲁德　还因为他那熊熊燃烧的妒火，因为他看见你在这先辈的土地上生活得幸福美满，无拘无束，而他没有土地。你继承自你父亲的土地，得到皇帝亲自的谕示，哪怕是王子或是皇帝自己，也无法给自己的遗产更好的头衔，除了基督教那无所不能的上帝之外，在你的头上再也没有任何别的主子。我们都知道，葛斯勒只是家里的次子而已，他唯一的财富就是穿在身上那件骑士斗篷，因此他看见正人君子交了好运，就会满心怨念，眼睛发绿。他早就发誓要亲手把你毁灭。虽然你现在还毫发无损。难道你就这样等他想方设法实施他的邪恶报复？聪明人都知道要防患未然。

斯陶法赫尔　那应该怎么办？

格特鲁德　那就听从我的建议。你也知道得很清楚，我们施维茨这里所有的正直人士都对葛斯勒的贪婪和暴政怨声载道，心生不满。不用怀疑，昂特瓦尔德州和乌里州的居民，也和我们一样生活在水深火热之中，受够了无尽的压迫和令人心力憔悴的束缚。因为在湖的对岸，兰登伯格也和葛斯勒在这里一样横征暴敛，虽然不曾有一条渔船划到我们这边来，但我们却知道那边新的苦难消息，兰登伯格比葛斯勒还要残暴和横行无忌。那么，你们这些志同道合的男子汉，就应该秘密地聚在一起谋划商谈，如何才能摆脱这可恨的奴役。我敢打包票，上帝决不会抛弃你们，他会将自己的力量赐予正义的壮举。难道你在乌里没有至交好友？为何不向其袒露心迹，共商大计？

斯陶法赫尔　我在那儿认识很多勇敢的人，还有贵族。他们都是伟大的人物，德高望重，我和他们全都可以推心置腹。（站起身来）夫人，你在我平静的心里，激起了一场狂热而冒险的风暴！你把我的内心深处最黑暗的想法暴露在光天化日之下，一清二楚地摆在我的面前。我连想都不敢想的念头，你却毫不畏惧地袒露而出。可是你是否考虑过，你这样鼓励的后果？刀枪剑戟会随着战争一起降临，破坏着山谷长久以来的和平。我们这个柔弱的牧羊民族，如何统领世界的君王们做斗争。他们现在只是在等待合适的借口，可以让他们放出残酷的战争野兽来祸害蹂躏我们这片热爱的故土，最后以战胜者的权力奴役我们，然后披上法律的外衣进行惩罚，剥夺我们被特许的自由。

格特鲁德　你们也是男子汉，也能像他们一样挥舞战斧。上帝对勇士永不离弃！

斯陶法赫尔　啊，夫人！战争是一个恐怖而无情的魔鬼，瞬间就能杀死牧羊人和他的羊群。

格特鲁德　无论伟大的上天使我们遭受何种苦难，我们都必须忍受。但是高贵的心灵决不应忍受邪恶和不公正。

斯陶法赫尔　你对这幢房子感到骄傲，可是无情的战争一来，它就会化为灰烬。

格特鲁德　如果我发现自己的心被俗世之物所奴役和束缚，我将亲手纵火将其根除。

斯陶法赫尔　夫人，你相信人性的善良，可是战火一旦蔓延，就连摇篮里脆弱的婴儿也难以幸免。

格特鲁德　天堂有人会看顾那些无辜之人！眼光朝前看，维尔纳，而不是往后看。

斯陶法赫尔　我们男子汉手握兵器，战死沙场，可是我亲爱的格特鲁德，你将会是怎样的命运？

格特鲁德　再软弱无能的人也会有出路，如果只剩最后一个选择，我会从那边的桥上纵身跳下，从此获得无尽的自由！

斯陶法赫尔　（把她拥在怀里）只要能紧紧抓住你这样一颗珍贵的心，任何人都能为保卫家园驰骋沙场，他对皇帝的兵马还有何惧怕？再见了，格特鲁德！我即刻出发去乌里，我的好兄弟沃尔特·弗斯特住在那里，他和我对局势的看法不谋而合。那儿还住着高贵的阿廷豪森爵士，尽管他出身名门望族，但他热爱民众，尊重古老的习俗。我将和他们二人详细商议，如何英勇无畏地驱逐我们国家的敌人。再见了！在我离家外出期间，劳烦你打理家务、保持警惕。如果碰到去教堂朝圣的基督徒，或是为修道院化缘的虔诚僧侣，不要吝啬，施舍他们钱财和谷物。斯陶法赫尔的房子为他们敞开大门，就矗立在公路旁边，为过往的行人提供一个热情的歇脚之处。

【两人退场。

【威廉·特尔和鲍姆加登上场。

特尔　现在你已经不需要我的帮助了，去那边的房子，那是维尔纳·斯陶法赫尔的家，他是济危度困的好心的先生。看，他就在那儿！来吧，跟我一起过去！【两人慢慢退场，场景转换。

第三场

【阿尔特多夫附近的一块工地。

【舞台背景的高处正在建一座城堡，城堡的整个轮廓已经清晰可见。城堡后半部分已经完工，工人们正在建造前半部分。工人们正在脚手架上爬上爬下，可以在屋顶的最高处看见一个石瓦工。人们熙来攘往，忙忙碌碌。

工头　（手里拿着棍子，敦促工人）起来，起来！你们已经休息了足够长的时间！快点干活！这里的石头，还有砂浆和石灰！总督大人下次视察的时候，要让他看到工作的进展。你们这些家伙干活就像蜗牛在爬！（对两个背着货物的工人）什么？你们管这个也叫装料？去，给我再加一倍！你们这简直就是在混薪水，一群懒鬼！

工人甲　让我们搬运砖石为自己建造囚牢，这真是强人所难。

工头　你在嘀咕什么？你们真是一个卑劣的种族，除了给牛挤奶，在山里无所事事四处闲逛，你们什么都做不了。

老人　（筋疲力尽，无力地坐下来）我实在是不行了。

工头　（使劲摇他）滚起来，快滚起来，老不死的，赶快干活！

工人甲　难道你连一点同情心都没有吗？这位可怜的老人连脚都迈不动了，你还要强迫他起来干活！

众人　羞耻啊羞耻！真为你感到羞耻！简直就是天理难容！

工头　别多管闲事，我只是在履行我的职责而已。

工人乙　工头，请问这座城堡建成之后，会叫什么名字？

工头　叫乌里监牢，因为我们会把你们全部监禁在里面。

工人们　乌里监牢？

工头　嗯？这有什么好笑？

工人乙　难道你们就想用这间微不足道的茅屋监禁乌里？

工人甲 那你们得先建多少个这样的鼹鼠窝，然后把它们层层垒砌，才能赶上乌里最小的山！（工头退出舞台）

泥瓦匠师傅 我真想把这木槌扔进大湖的最深处，才不要用它来建造这被诅咒的监牢！

【特尔和斯陶法赫尔上场。

斯陶法赫尔 啊，但愿我没有亲眼看到这个景象！

特尔 这儿的状况有点不妙。我们继续前进。

斯陶法赫尔 我这是在乌里吗？是那个被称为自由之乡的乌里吗？

泥瓦匠师傅 啊，先生，但愿你能看见这些塔楼下面的地窖！那些住在这些地窖的人们，再也听不到公鸡啼鸣！

斯陶法赫尔 哦，上帝！哦，上帝啊！

泥瓦匠师傅 看看这些壁垒，还有这些桥墩，看上去它们似乎能永世长存！

特尔 我的朋友，用手造出来的东西，用手也能毁灭。（指向群山）上帝已在那里给我们建造了自由之家。

【传来阵阵鼓声。传令官身后跟着一群人一起入场，人群中矗立着一根木杆，木杆上挂着一顶帽子。女人和孩子拥挤而喧闹地跟在他们后面。

工人甲 这鼓声是什么意思？大家留心！

泥瓦匠师傅 为什么要搞这个化妆游行？看，那顶帽子！他们那样做会是什么意思？

传令官 皇帝诏令！大家听好！

工人们 嘘！别作声！嘘！

传令官 乌里的人们，你们一定要看清这顶帽子！它将被悬挂在阿尔特多夫一根高柱之上，柱子就立在市集之处。这是总督大人的善意和愿望，这顶帽子应该像他本人一样得到尊重，所有人看见帽子都得弯腰屈膝，脱帽致敬。这样，国王陛下就能看出大家的忠诚。任何拒绝服从此项命令之人，将被处以死刑，财产上缴国库。

【群众迸发出笑声。鼓声响起来，游行队伍朝前走去。

工人甲　这真是个荒诞不经的举措！向一顶帽子致敬！真滑稽！有谁可曾听过这种胡作非为？

泥瓦匠师傅　哼！向一顶帽子弯腰屈膝？哪怕有一点理智的人也觉得这是滑天下之大稽！

工人甲　不过，如果这是皇帝的王冠倒还说得过去！而它只是一顶帽子！还是顶奥地利的帽子，我曾经在葛斯勒宫殿里见它悬挂在王座上面。

泥瓦匠师傅　奥地利的帽子？留心这个！这是个圈套，想让我们归顺奥地利！天哪！

工人们　没有一个生而自由之人愿意遭受这种耻辱。

泥瓦匠师傅　都过来，同志们，我们好好磋商一下！

特尔　（对斯陶法赫尔）你现在明白事态多么严重了吧。再见了，我的朋友。

斯陶法赫尔　你要去向何处？啊，别这么急着离开我。

特尔　他们正在家里找我。我要走了，愿你平安！

斯陶法赫尔　我满腹心思，有很多话想对你说。

特尔　说话可不能使沉重的心情得以放松。

斯陶法赫尔　但是话语可能会带来行动。

特尔　默默忍受吧！我们别无他法。

斯陶法赫尔　难道我们就该忍受本不该忍受的事情？

特尔　残暴的统治注定不能长久。当狂暴的南风从峡谷吹来的时候，人们熄灭了他们的火焰，船只急忙寻找躲避的港湾，强大的精灵横扫大地，未留下一丝痕迹。让每个人都安静地待在家里，热爱和平之人总能得到和平。

斯陶法赫尔　难道你就是这样看待我们的苦难？

特尔　蛇在被激怒以前，不会咬人。随他们去吧，当他们发现我们无动于衷的时候，他们自己都会觉得厌倦。

斯陶法赫尔　我们坚守在一起，才能成就一番事业。

特尔　当船要沉没的时候，一个人最好还是独自逃生，休要去管他人生死。

斯陶法赫尔　难道你要这样冷漠地抛弃共同的事业？

特尔　唯有自己才能全身心依靠。

斯陶法赫尔　不是这样，哪怕是弱者团结起来也能变强。

特尔　强者只有在独自一人的时候才最强大。

斯陶法赫尔　这么说，哪怕你的祖国在和敌人的对峙中陷入绝境，也不能指望你伸出援助之手为国奋战了？

特尔　（伸手给他）特尔会从巨大的深渊中拯救迷失的羔羊，难道他会是抛弃自己朋友之人？可是，不管你们要做什么，都别找我商议！我生来就不知道如何权衡和选择。可一旦你们确定了行动路线，那就号召特尔，他决不会令你失望。

【两人分别退场，突然从脚手架周围传来一阵骚动。

泥瓦匠师傅　出了什么事？

工人甲　（跑上前来）泥瓦工从屋顶上摔下来了。

【富有的女继承人柏尔塔入场。

柏尔塔　（冲上场来）天哪！他摔得粉身碎骨了吗？快去救他！如果他还有救，一定要把他救活！这儿有黄金！（把自己的饰品扔向人群）

泥瓦匠师傅　把你的黄金收起来吧！你以为黄金能弥补一切、驱除罪恶？当你夺取了孩子的父亲，妻子的丈夫，在这片土地上撒播苦痛和灾难，你以为用黄金就能补偿一切。滚开！在看见你们以前，我们生活安宁幸福，而你们一来，痛苦和绝望也随之降临。

柏尔塔　（向走回来的工人问道）他还活着吗？（工人摇了摇头）这些塔楼在诅咒中完工，居住其中之人也注定要被诅咒！

【全部退场。

第四场

【沃尔特·弗斯特的住宅。

【沃尔特·弗斯特和阿诺德·冯·迈尔西塔尔从舞台两边同时上场。

迈尔西塔尔　你好，沃尔特·弗斯特！

沃尔特·弗斯特　我们最好别让他人发现！待在你那个地方别动。我们被探子包围着。

迈尔西塔尔　你没有给我带来昂特瓦尔德那边的消息吗？我的父亲怎么样了？事情不应该是这个样子，我为何像个重罪犯一样被囚禁在这里？我到底犯了什么十恶不赦的罪行，必须像个杀人犯似的藏匿在此？那个无礼的恶棍奉总督之命，想当面赶走我那乖顺的牛群，我只不过用棍条捆住了他的拳头。

沃尔特·弗斯特　你太过莽撞，他只不过是奉总督之命，做他该做的事情。你犯了法，就应该接受惩罚，无论这惩罚多么严厉，你都得默默承受。

迈尔西塔尔　难道我就该忍受这恶棍的冷嘲热讽，他说："如果乡下土包子想要吃面包，那他就自己去拉犁耕地啊！"当这个流氓把我那几头高贵的公牛从犁上面解下来时，我简直心如刀割、哀痛欲绝。牛群似乎也感觉到了异样，它们发出吼叫，用它们的牛角抵撞。此情此景使我愤懑难忍，被怒火冲昏头脑，把他打倒在地。

沃尔特·弗斯特　哦，连我们这些老人有时都控制不住自己，年轻人血气方刚不能自控也属正常！

迈尔西塔尔　我只是觉得对不起我的父亲！在他非常需要看护照顾的时候，他的儿子却逃亡他乡！总督对我父亲恨之入骨，因为只要时机一旦合适，他总是坚决地站出来要求权利和自由。所以他们一定不会容忍这位可怜的老人，而现在却没有人保护他，使他免遭折磨。该怎样就怎样吧，我必须返回家中。

沃尔特·弗斯特　镇定下来，耐心等待，直到从昂特瓦尔德那里传来消息。快走！快走！我听到敲门声！可能是总督派来的一条走狗。你在乌里不一定能逃脱兰登伯格的爪牙，因为历来都是官官相护，狼狈为奸。

迈尔西塔尔　他们在教导我们瑞士人该怎么行动。

沃尔特·弗斯特　快走！等这儿安全以后，我再叫你。（迈尔西塔尔退场）这可怜的年轻人！我不敢把一切都告诉他，我的心里预感到有灾祸即将发生。是谁在敲门？虽然门还没有打开，但我有种不祥的预感。怀疑和背叛潜伏在黑暗里的每一个角落，哪怕是我们最深处的院落，他们也能闯进，他们是权力的盲目信徒。很快我们就需要在我们的门上安装大锁和门闩。（他打开门，惊奇地向后退，进来的是维尔纳·斯陶法赫尔）我看见谁了？是你吗，维尔纳？真是天大的惊喜！这真是一位贵客。从来没有比你更值得尊敬的人造访寒舍。热烈欢迎！热忱欢迎维尔纳到寒舍做客！什么风把你吹到这儿来了？你来乌里有何贵干？（斯陶法赫尔和弗斯特握手）旧日的时光，往昔的瑞士，你把它们都带来了。看看我是多么的高兴，看见你的那一刻，我的心开始狂跳。请坐，请坐，给我讲讲你为什么离开了你的贤妻，漂亮的格特鲁德？她是伊伯格的女儿，像她父亲一样聪明睿智。所有从德意志跋山涉水，途经迈因拉德修道院前往意大利之人，无不对你家的热情好客赞不绝口。顺便问一句，你是从弗吕埃伦直接来到这里的吗？你在路上，在踏进我家门槛之前，有没有发觉什么情况？

斯陶法赫尔　（坐下）在我来的路上，看见有座宫殿正在被建造，它让我觉得讶异，让我觉得不舒服。

沃尔特·弗斯特　啊，朋友，我和你一样！

斯陶法赫尔　乌里以前从来没有这样的事物，在人们的记忆里这儿从来没有监狱，除了坟墓以外再也没有任何据点。

沃尔特·弗斯特　你说得没错，这是自由的坟墓。

斯陶法赫尔　我的朋友沃尔特·弗斯特，我要和你推心置腹。我来这里并不是因为无所事事，心怀好奇，而是由于我愁肠百结。为了摆脱奴役我背井离乡，却发现这里也到处是奴役。我们现在遭受的不公正已经忍无可忍，可是谁能告诉我们什么时候才是个尽头？瑞士人自古以来都一直自由自在，只习惯于最温和宽松的统治。自从牧民首次在群山之中放牧牛群，我们还从未遭受过这些痛苦。

沃尔特·弗斯特　是的，我们遭受的压迫史无前例！甚至我们高贵善良的阿廷豪森爵士，他经历过旧时代，也宣称我们不应该继续温顺地忍受。

斯陶法赫尔　对面的昂特瓦尔德州也是如此，群众遭到了血腥的惩罚。皇帝的总管沃尔芬希森，他住在罗斯伯格，意图染指禁果，想要非礼鲍姆加登的妻子。她住在阿尔泽埮，差点成为沃尔芬希森无耻欲望的牺牲品。她丈夫得知之后一斧头劈死了这个流氓。

沃尔特·弗斯特　啊，上帝的审判永远公平正义！你说的是鲍姆加登吗？他是一个非常值得尊敬之人。他获救了吗？找到安全的藏身之处了吗？

斯陶法赫尔　你的女婿已经把他载到湖对岸去了，现在他正藏在我位于斯坦宁的家中。他还带来了一个发生在萨尔嫩的消息，简直就是惨绝人寰，每个人听了心里都会止不住滴血。

沃尔特·弗斯特　（聚精会神地）说下去。到底是什么事情？

斯陶法赫尔　此事发生在迈尔西塔尔，在一条进入柯恩斯的大路旁，住着一位正人君子，人们称他为哈尔登的亨利，他在当地很有分量，一呼百应。

沃尔特·弗斯特　有谁会不认识他？但他怎么了？继续说下去。

斯陶法赫尔　兰登伯格为了惩罚亨利儿子犯的一点小过错，便下令让人到这个年轻人的耕地里，拖走了他最好的两头公牛，于是这小伙子把差役打翻在地，然后逃走了。

沃尔特·弗斯特　但是那位老父亲呢，告诉我，他怎么样了？

斯陶法赫尔　兰登伯格派人把他擒来，要求他把儿子找来归案。这位老人发出抗议，不过他也真的不知道逃亡的儿子身在何处，这个暴徒便命令对他严刑拷打。

沃尔特·弗斯特　（突然站起身，想把他拉到另外一边）嘘！不要说了！

斯陶法赫尔　（更加激动）“尽管你儿子从我手里逃脱了，”他大喊道，“但我牢牢地抓住了你，你来感受一下我复仇之火！”说完他们把老人用力地摔到地上，把锋利的钢针刺进他的双眼。

沃尔特·弗斯特　仁慈的上帝啊！

迈尔西塔尔　（冲了出来）刺进了他的双眼？他的双眼？

斯陶法赫尔　（吃惊地问沃尔特·弗斯特）这个年轻人是谁？

迈尔西塔尔　（双手痉挛地抓着斯陶法赫尔）刺进了他的双眼？说啊！说啊！

沃尔特·弗斯特　啊，多么悲惨的时刻！

斯陶法赫尔　他是谁？快告诉我！（斯陶法赫尔给沃尔特·弗斯特做了个手势）这是他的儿子吗？公平正义的上帝啊！

迈尔西塔尔　那我必须离开这里了！天啊！刺进了他的双眼吗？

沃尔特·弗斯特　冷静点，冷静点，像个男子汉一样承受这一切！

迈尔西塔尔　这一切都是我的错，因为我的疯狂、任性和愚蠢！你的意思是说他从此失明了吗！他的双眼完全失明了？

斯陶法赫尔　正是如此。他视觉的源泉已经干涸，他永远都无法再看见被祝福的阳光。

沃尔特·弗斯特　啊，不要让他更加痛苦了！

迈尔西塔尔　永远不会！永远都看不见了！（他把双手盖在眼上，沉默了一会儿，然后看看这个人，看看那个人，由于啜泣的缘故，用柔和的声音说道）啊，眼睛的光明在上帝赐予的礼物中最珍贵，最无与伦比！万物都因光明而生，造物主创造的每个事物都渴望光明，就连植物也愉悦地汲取光明。而他却从此将在无尽的黑暗之中度过余生！他再也不能欣赏青草在阳光中闪耀、繁花在盛开，也不能再次目睹冰山顶上玫瑰般绚烂的色彩。死亡不算什么，而活着，什么东西也看不见，这才是真正的悲痛。你们为什么这样可怜巴巴地看着我？我有两只明亮的眼睛，却无法把其中一只给我失明的可怜父亲。辽阔的光明海洋，闪耀着璀璨的光彩，我却一丝也给不了我的父亲。

斯陶法赫尔　唉，我非但不能减轻你的痛苦，还得增加你的悲伤。还有更糟的在后面，唉！他们已经剥夺了你父亲所有的财产！什么也没给你父亲留下，除了一根棍棒，双目失明，衣衫褴褛，他还得靠这根棍棒沿街乞讨。

迈尔西塔尔　只给这失明的老人留下一根棍棒！剥夺了他的一切，甚至连白日的光明，这是最卑鄙的坏蛋也能享受的福佑！不要再告诉我忍耐！也不要告诉我隐藏！我是一个多么可耻的懦夫，只为自己的安全着想，却不曾关心父亲的安危！滚开，懦弱和谨慎，统统滚开！我现在唯一的念头就是报仇雪恨，沾染暴君的污血！我立刻就去找他，现在没有什么能够阻拦我，我要亲自从他手里拿回我父亲的眼睛，哪怕他躲在千军万马之中，我也要抓住他！如果不能以他心头的鲜血冷却我滔天

的悲痛愤怒之火，我这一生又有何意义？（准备离开）

沃尔特·弗斯特　站住！这是愚蠢的疯狂！迈尔西塔尔！你打算用你脆弱的手臂去抵挡他的杀人机器？他傲然地坐在萨尔嫩那高耸入云的要塞之中，安然坐在固若金汤的城墙里，嘲笑你这白费力气的怒火。

迈尔西塔尔　哪怕他坐在那遥远之处的斯瑞克峰冰宫之中，唉，或更高一些，坐在披着永恒神秘面纱的少女峰上，我也要开辟道路找到这个暴君，带上二十个与我心思一致的兄弟，去把他坚固的堡垒夷为平地。哪怕无人随我前往，你们所有人都害怕失去自己的家园和牲畜，向暴君的奴役弯腰屈服，我将在那自由的天空之下，召集生活在群山里的牧民，那里的人们心地善良，彼此以诚相待，我要宣讲这邪恶的暴行。

斯陶法赫尔　（对弗斯特）暴君现在声势正旺，我们还需要等待，直到出现最坏的事情。

迈尔西塔尔　别说了！还有什么最坏的事情会让我们觉得恐惧？当我们的眼珠已经无法安全地留在我们的眼眶？天哪！难道我们真的无能为力？我们为何学会弯弓射箭，挥舞战斧？每个生物陷入绝望的时候，都会拿起武器奋力反抗！掉进圈套的牡鹿会奋起反抗，在绝境中向猎犬露出可怕的鹿角；羚羊会把猎人拖进深渊；就连牛儿，人类辛勤劳作的伙伴，生活在同一屋檐下，平时它们会温驯地把自己巨大的脖子屈服在牛轭下，一旦被激怒，它也会猛烈跳起，用它坚硬的牛角，把折磨它的人挑到天上去。

沃尔特·弗斯特　如果三州人民能像我们三个一样同心同德，那也许可以有番作为，成就大业。

斯陶法赫尔　如果乌里发出召唤，昂特瓦尔德响应号召，施维茨人将会铭记古老的同盟施以援手。

迈尔西塔尔　我在昂特瓦尔德有很多朋友，如果能得到他人的强力支援，没有人不愿意为国捐躯，驱除虎狼。啊！这片土地上贤明而可敬的两位父老！在你们的成熟睿智、饱经世故面前，我这样一个青涩的少年，在商议大事时，只能恭敬有礼保持沉默。但不要因为我涉世未深，才学疏浅，就忽略我的忠告和话语，灼烧我灵魂的并非年轻气盛的一腔热血，而是惨不忍睹的剧痛和折磨，哪怕是坚硬的石头也心生怜悯。你们自己作为人父，一家之主，肯定都希望能有个孝顺的儿子，崇敬你们的白发苍苍，虔诚而深情地保护你们的眼睛。啊，你们还未受伤害，但请不要因为你们尚未遭受苦难和不幸，你们的眼珠还在眼眶中顾盼生辉，就因此漠视我们遭遇的不公正！暴君的利剑也同样悬挂在你们头顶上。你们也曾竭尽全力使此地摆脱奥地利的魔爪，但未能成功，这正是我父亲唯一犯下的错误，你们和他同样，也将遭受同样的厄运。

斯陶法赫尔　（对弗斯特）那就下定决心！我将誓死追随。

沃尔特·弗斯特　我们得先听听冯·斯里嫩和冯·阿廷豪森两位贵族大人，看看他们建议我们采取什么样的措施。他们的名望会召来成千上万人共襄义举。

迈尔西塔尔　在这广袤的森林和巍峨的群山之中，有谁还能比你二位的大名更让人尊敬？患难之时，人们更愿意相信这种名字，这类名字家喻户晓，誉满天下。你们继承了先辈们的优良品德，自己的操守又使其发扬光大。为什么需要贵族呢？让我们自己完成这辉煌事业，没错，哪怕我们不得不孤军奋战，我们也应该能够维护自己的权利。

斯陶法赫尔　贵族遭受的苦难远不如我们深重，在低处奔腾肆虐的洪流，还未危害到暂时安全的高地。可他们一旦看到全国都武装起来，就一定会伸出援助之手。

沃尔特·弗斯特　如果在我们和奥地利之间有位公正的裁判，正义和法律就可以解决我们的争端。但是我们的压迫者同样是我们的皇帝，他还是最高法官。那我们就只好依靠上帝，还有我们的手臂！你负责唤醒施维茨的民众，我去乌里呼朋唤友。可是我们派谁去昂特瓦尔德州呢？

迈尔西塔尔　请让我去吧。有谁能比我更关心？

沃尔特·弗斯特　不，迈尔西塔尔，我不同意，你是我的客人，我必须对你的安全负责。

迈尔西塔尔　让我去吧！我知道每条林间小道和山间路口，放心吧，我能从四面八方找来朋友，心甘情愿帮我躲避敌人的追踪。

斯陶法赫尔　既然如此，那就让他去吧，那儿没有叛徒，因为暴政在昂特瓦尔德已经天怒人怨，没有人愿意充当朝廷的爪牙，在低地山谷也同样如此，阿尔泽垵人会召集同盟，唤醒全州人民。

迈尔西塔尔　可是我们怎样传达信息呢？千万不要引起暴君们的怀疑。

斯陶法赫尔　我们在特雷布或布鲁嫩见面如何？许多商船在那里装卸货物。

沃尔特·弗斯特　我们不能在光天化日之下聚集。听听我的意见，在湖的左岸，就在我们起航去布鲁嫩的地方，正对着米滕斯滕，有块草地隐蔽在树林深处，牧民们把这片草地称为鲁特利，因为那里的树木都已被连根拔起。（对迈尔西塔尔）那里正好是你我二州交界之处，（对斯陶法赫尔）小船可以把你从施维茨载到对岸，我们在午夜时刻，沿着偏僻的山间小路，前往那里，仔细商量我们的计划。我们每个人带上十个亲信，他们必须和我们同一条心，然后我们就可以一起共商大计，在上帝的引导下，策划下一步的路。

斯陶法赫尔　就这样吧。现在请伸出你忠实的右手！还有你的，年轻人！就让我们三人握紧彼此的手，团结一致，忠诚英勇，携手并进！我们三州也要紧密团结，同舟共济，荣辱与共，生死相依。

三人　生死相依！（三人默默地紧握着彼此的手，持续良久）

迈尔西塔尔　唉！我那双目失明的慈父啊！你无法亲眼看见我们获得自由之日，但你会听见这一天，烽火的光芒刺破苍穹，从一座高峰传递到另一座高峰，暴君们引以为傲的城堡被夷为平地，

瑞士人将疯了似的冲进你的茅屋，把这喜讯传进你的耳朵，
自由的光辉将闪耀在你黑暗的世界。
【三人退场。

第二幕

第一场

【阿廷豪森男爵的宅邸。

【一个哥特式大厅，装饰着盾形铭牌和头盔。男爵是一位八十五岁头发灰白的老人，身材高大，威风凛凛，身穿皮制长外衣，拄着一根镶着羚羊角的拐杖。库奥尼和六名庄稼汉站在他身边，手里拿着耙子和长柄大镰刀。乌利齐·冯·鲁登兹身着骑士装束，走上场。

鲁登兹　叔叔，我来了！您有何吩咐？

阿廷豪森　先让我遵照我们家族古老的习俗，和我这些忠心的仆人一起共饮清晨玉浆。（他从杯子里饮了一口，然后让这杯子在人群中传递）曾经我总是站在田间树林，亲眼观看他们辛勤劳动，就像我的旗帜在指挥他们战斗。而现在我无能为力，只能扮演管家。如果和煦的阳光不来看我，我已无法再去山间寻找它。我活动的范围就这样慢慢地越来越窄，直到最后已经无法再窄，生命的所有迹象到此停歇。现在的我只不过是过去的影子，而且还在迅速地消散，很快就会只剩下一个名字。

库奥尼　（把酒杯递给鲁登兹）干杯，少爷！（鲁登兹在犹豫是否去接酒杯）不要犹豫了，先生，干了这杯！同饮一杯酒，同结一条心！你知道我们的祝酒词吧，先生？

阿廷豪森　走吧，孩子们，在傍晚时分，收工之后，我们聚在一起谈谈国家大事。（仆人们下）你全身戎装，英姿焕发，是要去阿尔特多夫城堡吗，我的孩子？

鲁登兹　是的，叔叔，我不能再耽搁了。

阿廷豪森　（坐下）为何如此匆忙？难道说你如此吝啬你这年少时光，不愿施舍一些给你这年迈的叔叔？

鲁登兹　我发现这儿并不需要我，我在这栋房子里只是个外人。

阿廷豪森　（凝视着他很长一段时间）唉，真为你感到同情！唉，这个家对你来说已变得陌生！啊！乌利！乌利！我现在几乎不认识你了。你身着锦衣，孔雀翎毛在你帽子上飘扬，紫色的斗篷在你肩上舞动，你对乡亲们满眼鄙夷，对他们的热情问候不屑一顾。

鲁登兹　我乐意给予他们应受的尊敬，但我拒不承认他们篡夺的权利。

阿廷豪森　全国上下都在忍受君王造成的悲伤，每一个有血性的人都心情沉重，暴君的邪恶行为带来苦难，我们每个人都肝肠寸断，痛不欲生。唯独你对这种悲痛无动于衷，抛弃自己的亲友，和祖国的敌人混在一起，然后嘲笑我们的苦痛，寻欢作乐，为博取君王一笑极尽谄媚之能事，而你的祖国却在他们残忍的铁蹄下流血。

鲁登兹　叔叔，我知道这片土地正遭受压迫。可这是为什么呢？是谁把祖国陷入危难？一句话，只需要一句轻松而简单的话，就立即可以摆脱我们所有的苦难，并且赢得皇帝的善意和恩赐。可恨的是那些蒙住民众眼睛之人，诱使他们极力反对国家的幸福，这些人为了自己卑鄙而自私的目的，试图阻止森林各州向奥地利皇室发誓效忠，而周围所有其他的地区都已宣誓完毕。他们和贵族们一起坐在贵宾席上，心情非常愉快，开怀畅饮，他们全都愿意奉皇帝为主，也就是说，他们都会成为一方霸主。

阿廷豪森　孽畜！竟让我从你嘴里听到这番话语！

鲁登兹　是你迫使我说出这番话的。请听我说完，叔叔，您这一生中屈尊逢迎，成了什么样的角色呢？难道你就没有更高的荣耀，而不只是在这偏僻的荒野，当个地主或是掌旗官，做一个游牧民族的小头目如何？向我们的皇家大使归顺，加入他那高贵显赫的宫廷，跟碌碌无为地坐在这里，做这一群粗俗小丑的审判官比起来，难道不是一个更加光荣的选择？

阿廷豪森　啊，乌利！乌利！我总算听明白了，那充满诱惑的声音已经钻入了你的耳朵，它的毒药已经灌进了你的心。

鲁登兹　没错，我并没有隐瞒这一点。听到陌生人的嘲笑，总是深深地刺痛我的心，他们讽刺我们是“农民贵族”！你可以想象一下此情此景你会作何感想，周围所有的贵族青年，都在哈布斯堡王朝的旗帜下收获荣誉，而我则在先辈留下的遗产上，在可耻的安逸中四处游荡，在这无趣而粗俗的日常辛勤劳作中，失去了生命所有的光荣动力？而在别的土地上却可以成就一番伟业，群山对面的荣耀世界正波澜壮阔。而我的头盔和盾牌已在大厅里锈迹斑斑，战争的号角已然激动人心地吹响，传令官发出召唤，邀人前去参战，却未曾在这些山谷里发出回响，这里除了牧牛人的喇叭和牛铃铛那千篇一律、亘古不变的沉闷音调，再也听不见其他声音。

阿廷豪森　被迷惑的孩子，被虚名浮利遮住双眼！竟看不起这生你养你的故乡！竟为祖先古老美好的习俗感到耻辱！迟早有一天，你会痛哭流涕，渴望重返家园，怀念故乡的山山水水，还有牛铃那悦耳亲切的旋律，虽然现在你满怀骄傲地看不起它们。当某一天你在异国他乡听到这乐曲，定会勾起你思乡之情，触痛你的心灵。渴望回家的愿望会像咒语一样强烈！

不，不，那冷漠而虚伪的世界不属于你。在那傲慢的宫廷里，无论你如何忠心耿耿，你永远都会觉得自己是个外人。那个世界需要的是另外一种生存法则，不是你在这些淳朴的山谷里学会的那些。你还是走吧，去那儿吧，出卖你自由的灵魂，接受他们的封地，成为王室的奴才，而你原本可以在先辈馈赠的土地上，成为至高无上的君主。啊！乌利！乌利！和乡亲们生活在一起吧！不要去阿尔特多夫。啊！不要抛弃正遭受屈辱的祖国，还有她神圣的事业！我是我们家族的最后一个人，我的姓氏将随我成为历史。我的头盔和盾牌挂在那里，它们将与我一同埋葬在坟墓里。我忍不住会想，在我咽下最后一口气之时，你是不是会在我身旁等我闭上眼睛，向这个新的封建朝廷卑躬屈膝，然后以家臣的身份从奥地利人手里接过这片高贵的土地，而我从上帝得到它，自由自在、无拘无束，就像山间的空气！

鲁登兹　我们反抗国王的行动注定徒劳无功。他掌控着全世界，他已用巨大的铁蹄，征服了我们周围所有的国家，难道我们要孤军奋战，头脑发热、自以为是去打破这强大的铁链？市场属于他，法庭也属于他，交通要道还属于他，甚至连穿梭于高特哈德拉货的马匹都得向他支付通行费。他统治的领土已经织成了一张网，我们被团团包围，与世隔绝。帝国会保护我们吗？它现在自身都难保，奥地利不断增长的力量在旁虎视眈眈。我们应该寻求上帝的帮助，而不是那些皇帝们！他们的承诺一点都不可信，在他们解决自己急切需求之时，能把逃到鹰旗下寻求庇护的城镇抵押掉，甚至转手让给别人。不，叔叔！在这割据混战之时，向一些中坚力量的头领俯首称臣，也不失为明智谨慎之举。皇帝的王冠时常更换主人，它不会记得那些耿耿忠心的人，而为这些伟大的世袭君王效劳，这是在为未来的收获播种。

阿廷豪森　你竟如此聪明？难道你比自己高贵的祖先看得更清？他们为

了争取这宝贵的公平和自由，抛头颅、洒热血，牺牲个人的幸福。乘船沿湖而下，到琉森去问一问，奥地利的奴役是如何折磨各州人民！不久他们就会前来清点我们的牛羊，把阿尔卑斯山铲平，拉到他们自己国家去，在我们自己自由的森林里，阻止我们猎取雄鹰和牡鹿，在每一座桥梁和每一扇门上收取通行费，为满足自己膨胀的欲望把我们变得一贫如洗，驱使我们的血肉之躯为他们战斗。不，如果我们非得流血牺牲的话，那就让我们为自己的事业而流！我们追求自由的代价远低于成为奴仆。

鲁登兹　我们这个牧羊民族，怎么对抗阿尔伯特那无坚不摧的铁蹄？

阿廷豪森　愚蠢的孩子，你该仔细了解一下这个牧羊民族！我了解他们，我曾率领他们参加过战斗，我亲眼见证他们在珐闻兹的英雄战斗。现在这些敌人要来给我们戴上枷锁，什么？奥地利人试图给我们戴上枷锁，我们坚决不会容忍！啊，学着去体会你出生的血统，不要为了世俗的欢愉和虚妄的名利，抛却你自身的价值，这才是真正的宝石，要成为一个生而自由的民族首领，他们会把自己的爱无条件奉献给你，随时准备站起来战斗，为此出生入死，这才是你的骄傲，这才是你最该自豪的地方！你的心里一定要紧密抓牢血缘的纽带，依附家乡和祖国，这是你的先辈们热爱的土地，用你整个的心和灵魂紧紧抓住！你的力量来源于此，能在这里发展壮大，而在那边的陌生世界里你只能独自一人，就像一根瑟瑟发抖的芦苇，一遇狂风便被摧毁。啊，来吧！我已经好久没有看到你了，乌利！就逗留一天吧。只待今天一天！别去阿尔特多夫，行吗？今天别去！就把这一天赐予你的亲友！（抓住他的手）

鲁登兹　我已经答应别人了。放开我！我心有所属。

阿廷豪森　（放开他的手，严厉地说）你说你心有所属？哎呀，不幸的孩子！你非得过去，并不是因为承诺或誓言，而是因为你陷入了爱情那甜蜜的圈套！（鲁登兹转过脸）唉！你尽管掩饰吧。我知道是哪位小姐，她就是布鲁内克的柏尔塔，是她把你诱入宫廷，是她把你绑上了为皇帝效劳的锁链。你以为离乡背土，背叛祖国就能赢得这位高贵骑士小姐的芳心。千万不要上当受骗！她被人抛在你的面前当作一个诱饵，你还天真无邪地以为会赏赐给你。

鲁登兹　别再说了，我已经听够了。你自己保重。（退场）

阿廷豪森　站住，乌利！站住，鲁莽的孩子！唉，他走了！我无法阻止他离开，也无法阻止他走向毁灭。这么说来，沃尔芬希森已经抛弃了我们，另外一些人很快将追随他的脚步。这异国的巫术横扫了我们的山峦，用它强大的咒语带走了我们的少年。啊，真是不幸的日子，陌生的人群和习俗侵入了这平静而快乐的山谷，破坏了我们原始而淳朴的生活！新事物以不可抗拒的力量奔涌而来，旧时美好而简单的事物急速消失。新的时代来临，新的一代正在茁壮成长，和他们的父辈的想法迥异！我听到了什么？以前和我一起交往，谈天说地之人全都躺在坟墓，我的时代早已长埋于地底，他们真幸福，不用像我一样活着，看这个时代的人胡作非为！

第二场

【一片草地，附近乱石嶙峋，树木繁茂。岩石上有险峻的小路，还有扶手和阶梯，在后面可以看见农民沿着小路走下来。在舞台背景处可以看见一个湖，在场景的前期湖上有月光闪耀。舞台前景被崇山峻岭遮盖，冰川在其后上升。舞台一片黑暗，但湖面和冰川在月光下闪烁着光亮。

【迈尔西塔尔、鲍姆加登、温克里得、迈耶·冯·萨尔嫩、伯克哈特·布尔、阿诺德·冯·瑟瓦、克劳斯·冯·德·弗鲁，还有其他四个农民，所有人都全副武装。

迈尔西塔尔　（在幕后）山路已经打开了。大家跟着我！我认得这块岩石，它上面刻着一个小十字架，这就是我们要找的地方，这儿就是鲁特利。（他们手里拿着火把入场）

温克里得　听！

瑟瓦　没有危险。

迈耶　我们的盟友都还没有到，我们这些昂特瓦尔德人来得很早。

迈尔西塔尔　现在有多晚了？

鲍姆加登　塞里斯伯格灯塔上的钟刚敲了两下。（钟声从远处传来）

迈耶　别说话！听！

布尔　森林小教堂的晨祷钟声，从施维茨那边越过湖面传过来，听来非常清晰。

弗鲁　这里空气很纯净，所以声音绵长而悠远。

迈尔西塔尔　（指着两个农民）你和你过去点一些枯枝，让我们用愉快的火焰给他们一个热烈的欢迎。（两人退场）

瑟瓦　今晚的月色真漂亮。湖水沐浴在明亮的月光下，澄亮如镜。

布尔　他们会平安到达。

温克里得　（指着湖面）嘿，看那儿！你们什么都没看见吗？

迈耶　啊，天啊！我看见了！半夜里的一弧彩虹！

迈尔西塔尔　这是月光明亮的倒影所形成的！

弗鲁　这真是一个奇怪而又美妙的景色！很多人活了一辈子都从来没见过。

瑟瓦　这是一个两层彩虹，快看，上面还有一道浅色的彩虹。

鲍姆加登　刚有条小船从那儿划了过去。

迈尔西塔尔　那一定是维尔纳·斯陶法赫尔！我就知道这个可敬的爱国者不会耽搁太久。（和鲍姆加登一起朝岸边走去）

迈耶　乌里人喜欢最后才到。

布尔　他们不得不在崇山峻岭中绕上一圈，这样才能骗过总督的密探。

【与此同时，两个农民在舞台中央燃起了一堆火。

迈尔西塔尔　（在岸边）谁在那儿？暗号！

斯陶法赫尔　（从下面）国家的朋友。

【所有人缓步向船上下来的人走去。斯陶法赫尔、易特尔·瑞丁、汉斯、耶尔格、康拉德·胡恩、乌利齐·德·施密特、约斯特·冯·维勒，还有另外三个农民一起上场，大家全副武装。

所有人　欢迎！

【在其他人留在舞台后景互相问候的时候，迈尔西塔尔和斯陶法赫尔一起走到舞台前面。

迈尔西塔尔　啊，可敬的斯陶法赫尔，我已经看见他了，可他却再也不可能看见我。我把自己的双手放在他失明的眼睛上，在他空洞的眼眶上我发下复仇的誓言，只有鲜血才能冷却我满腔的仇恨。

斯陶法赫尔　别提报仇。我们在此相聚是为了铲除邪恶，而不是为过去复仇。现在告诉我，你在昂特瓦尔德做了些什么，为共同的事业完成了哪些筹备？农民阶级是怎么想的，你自己是怎样挣脱叛徒的诡计？

迈尔西塔尔　穿过苏勒嫩可怕的层峦叠嶂，那里枯燥的冰原笼罩四野，除了秃鹰嘶哑的叫声万籁俱寂，我抵达阿尔卑斯山的牧场，来自乌里和恩格尔伯格的牧民在那里安居乐业，一起驱逐他们的牛群吃草。我继续前进，渴了我就喝高大冰川渗出的苦涩清水，沿着裂缝流淌出泡沫，累了我就在牧民的小屋里安歇。在那儿我既是主人又是客人，直到我在人类群居之地找到舒适的居所。即使在这些偏僻遥远的山谷，关于最近暴行的谣言早已传遍，无论我走到哪里，敲谁家的门，人们都赐给我温暖的话语和温柔的表情。我发现这些淳朴的民众已做好准备，反抗我们的统治者暴虐的入侵，正如他们的阿尔卑斯山每年滋养着同样的草木，他们的溪流也沿着同样的河道流淌，不仅如此，连云彩和风儿也始终追求同样的方向，那里古老的传统也是如此，从祖辈传到儿孙，一成不变，始终如一。他们不能容忍自己平静无波、永恒幸福的生活被人强行改变。他们以自己坚强的双手欢迎我的到来，当我提到你和沃尔特·弗斯特的大名时，连绵群山里的每一个农民都把你们奉为神圣，他们眼里放出欢欣鼓舞的光彩，变得英勇无畏，信心百倍。任何你们宣称正确的事情，他们都坚决去执行。他们发誓要追随你们，生死置之度外，因此我得到这些人的庇佑，得以快速地从一家转移到另一家。当我最终抵达我家乡所在的山谷的时候，发现许多亲朋好友分散居住在那里，而我也找到了我的父亲，他一贫如洗、双目失明，躺在陌生人的稻草堆里，依靠好心人的救济……

斯陶法赫尔　我的老天啊！

迈尔西塔尔　但我没有哭泣！不，一滴软弱而无用的眼泪都没有流下，尽管我全身都被极度痛苦的火焰灼烧，我还是把它深埋胸口，就像这是一笔珍贵的财宝，我迅速收起悲痛，心里只剩下行动的念头。我匍匐爬过每一个蜿蜒的山丘，无论山谷再遥远，我都要去探索。不管我的脚步漫游至何处，都能找到痛恨这些暴君恶行之人。因为甚至在那寸草不生的不毛之地，土壤贫瘠，结不出任何果实，他们贪婪的双手也一直在肆意掠夺。我自己亲身遭受的苦难深深地打动了这些正直善良的人们的心，现在他们已成了我们的一员，与我们齐心协力。

斯陶法赫尔　你确实在短时间内完成了了不得的事情。

迈尔西塔尔　我做的远不止这些。罗斯伯格和萨尔嫩这两座堡垒是这个国家的噩梦，因为敌人躲在这铜墙铁壁之后，就像雄鹰躲在巢里，进退自如，高枕无忧，在这片土地上肆虐。我渴望亲眼探查它的力量，于是我去了萨尔嫩，探索了这座堡垒。

斯陶法赫尔　什么？你冒险闯入龙潭虎穴？

迈尔西塔尔　我乔装成朝圣者的样子混入其中，亲眼看见总督在宴会上穷奢极侈。你们说说我是不是完全能够自制，我见到暴君，却没有一刀杀死他！

斯陶法赫尔　您的勇敢莽撞这次真是走运。（与此同时，其他乡亲也走上前来，靠近他们）现在请你介绍一下和你一起过来的，这些优秀可敬的朋友是谁？我们从此就算相识了，彼此赤诚相待，肝胆相照。

迈耶　先生，在这三个州里，有谁不认识您？我是萨尔嫩的迈耶，这位是温克里得的斯特鲁斯，我的外甥。

斯陶法赫尔　温克里得家族也是赫赫有名。这个家族有人曾在维勒的沼泽里屠杀猛龙，而他自己也在这场英勇的战斗中同归于尽。

温克里得　维尔纳先生，那位是我的祖父。

迈尔西塔尔　（指着另外两位农民）这两位为恩格尔伯格修道院种地，他们就住在森林后面。你不要因为他们是农奴，不能像我们一样自由自在拥有土地就看不起他们。他们热爱这片土地，而且有着良好的声誉。

斯陶法赫尔　（对他们）把你们的手给我。只要身体还属于自己，就该满怀感恩。无论出身何种阶级，好人始终都是好人。

康拉德·胡恩　大人，这位是瑞丁先生，我们的老村长。

迈耶　我俩熟得不能再熟了。为了一块祖传的地产我们对簿公堂，瑞丁先生，在法庭上我们是敌人，但在这里却是盟友。（握瑞丁的手）

斯陶法赫尔　说得太对了！

温克里得　听！他们来了！乌里的号声！听啊！

【手持火把全副武装的人们从左右两边，沿着山岩走下来。

汉斯　看！那不是上帝虔诚的仆人吗？一位可敬的牧师！黑夜的恐惧，道路的艰辛和危险没有吓到他，正如一位忠诚的牧羊人关爱自己的羊群。

鲍姆加登　教堂执事和沃尔特·弗斯特跟随着他，可是特尔在哪儿？我在那里没有看见他。

【沃尔特·弗斯特、牧师罗塞尔曼、教堂执事皮特曼、牧民库奥尼、猎人沃尔尼、渔夫鲁奥迪，以及其他五名乡亲，总共三十三人，向前移动，围着火堆坐下。

沃尔特·弗斯特　我们不得不在我们祖辈遗留的土地上，像杀人犯一样偷偷摸摸地在黑夜里生活，大地笼罩着无比邪恶的罪行和见不得光的阴谋。我们要夺回我们正当的权利，这些权利如同正午太阳的光芒那般正大光明。

迈尔西塔尔　就这样吧！在夜晚的黑暗中酝酿的东西，在清晨的阳光中将会自由自在，格外耀眼。

牧师罗塞尔曼　盟友们，请聆听上帝在我心里赐予的启示！我们在此相聚，代表普通百姓的福利，我们代表了整个国家的民众。那就让我们遵照古老的习俗召开会议，就像我们在太平时期惯常所做的一样。由于形势的急迫，如果这次会上有不合规矩的地方，请多包涵。无论人类在何处为争取正义而斗争，上帝都将与他同在，此刻我们正沐浴在他的天恩之下。

斯陶法赫尔　感谢您的箴言！好吧，那就让我们遵照古老的习俗召开这次会议，此刻尽管是黑夜，但我们的伟业耀眼夺目。

迈尔西塔尔　尽管我们人数不多，但是整个民族万众一心，这里聚集了最优秀的人士。

康拉德·胡恩　尽管古书此刻可能不在我们手里，但它们都在我们内心深处铭记。

牧师罗塞尔曼　好吧，现在请大家围成一个圆圈，将力量的宝剑插入这土地。

汉斯　请盟主站到中央的位置，军师们站到他的两旁！

教堂执事　这儿一共有三个州。选谁来坐这个盟主之位呢！施维茨可以和乌里争夺这一荣耀，我们昂特瓦尔德人退出这场争夺。

迈尔西塔尔　我们不参与，我们来此只是为了祈求从强劲的朋友那里得到援助。

斯陶法赫尔　那就让乌里取过宝剑，在战争中它的旗帜可以优先，走在我们前面。

沃尔特·弗斯特　如此一来，施维茨也必须分享宝剑的荣誉，因为她是我们所有人都尊敬的祖先。

牧师罗塞尔曼　请允许我来平息这场宽宏大量的争议，那就让乌里统领战争，施维茨领导议会。

沃尔特·弗斯特　（和斯陶法赫尔握手）这个荣誉就归你了！

斯陶法赫尔　荣誉不该归我，应该属于年长的老者。

耶尔格　铁匠乌利齐是这里年纪最大的人。

汉斯　他是个正人君子，可并不是个自由人。不！在施维茨，没有奴隶可以当法官。

斯陶法赫尔　我们的老村长瑞丁先生不是在这里吗？我们去哪儿还能找到比他德高望重之人？

沃尔特·弗斯特　那就让他担任我们议会的首领！赞成我意见的人请举手！（所有人都举起右手）

瑞丁　（走到舞台中央）我无法把手放在法典上宣誓，但我对着远处那永恒的星辰，发誓永不背离公平和正义。

【大家在他身边围成一个圆圈，在他面前的地上插上两把宝剑。施维茨在中央，乌里在左，昂特瓦尔德在右。

瑞丁　（依靠在他的战剑上）为何在这妖魔鬼怪肆虐大地的时候，三州的人们要相聚在这险山峻岭、荒凉孤寂的大湖之畔？我们在这璀璨星空下新建的联盟，究竟会实现什么样的宏图伟业？

斯陶法赫尔　（走进圈子）这个联盟并不是我们新建而成，而是我们的祖辈在远古时期就已缔结，我们将要赋予它新的使命！盟友们，虽然层峦叠嶂、壮阔湖水阻隔了我们，现在每个州都独自为政，自给自足，但是我们同根同族，留着同样的血，出生于同一片故土。

温克里得　这么说我们的传说都是真的了，我们是从遥远的地方迁徙至此？啊，告诉我们，你们还知道些什么，我们的新联盟也许可以从旧联盟汲取养分。

斯陶法赫尔　那就听一听年迈的牧民们讲述的传说。在群山之后的北方，那儿有一片土地，上面居住着一个强壮的民族，他们遭到严重的饥荒，大家在困境之中做出决定，每十个人中有一个人必须离开家园，由抽签来决定，他们服从了命令。于是男男女女哀痛欲绝地背井离乡，他们是一支威猛的部队，一路向南而行。他们用刀剑穿过了德意志境内，一直走到我们这片松树覆盖的山丘。他们从未停止前进的脚步，直到抵达这片郁郁葱葱的山谷，穆塔河潺潺流过青翠而肥嫩的草地。这里杳无人烟，无人居住，除了在荒凉的湖岸有间破旧的茅屋，有个男子孤独地坐在那里等待过湖。可是暴风雨肆虐，湖面波浪滔天，阻挡了他们前进的脚步。于是他们停下来仔细欣赏这片土地，发现树木茂盛，泉水清澈，他们感觉到仿佛再一次回到了家园故土。于是他们决定在此安居乐业，施维茨的古镇就矗立在那儿，他们夜以继日地辛勤劳作，砍伐这盘根错节的森林。与此同时，他们的人口日益增多，这里的土地已不足以维持他们的生活，然后他们翻越黑色山岭，一直走到韦斯兰德，在永恒的冰墙后面发现另一个民族，他们说着另外一种语言。他们在柯恩瓦尔德旁边建造了斯坦兹村，在罗伊斯河谷建造了阿尔特多夫，可是他们连自己的血脉也记不清楚。施维茨人是所有这些陌生种族的混血，自此之后他们在这片土地定居下来，大家彼此熟识。他们同心同德，身体里流着兄弟般的热血。（向他的左右两边伸出手去）

汉斯　是的，我们所有人同心同德，流着同样的血，来自同一个种族！

所有人　（手全部握在一起）我们是同一个民族，一起共同奋斗。

斯陶法赫尔　我们周围的民族背着外国的枷锁，因为他们已向征服者屈服，哪怕在我们境内也有一些人，卖身他人不得自由，被奴役的命运代代相传。但是我们这些古瑞士的正宗传人，却自始至终保持住了自己的自由。我们从未向君王弯腰屈膝，我们自由追寻帝国的庇护。

罗塞尔曼　我们自由追寻帝国的庇护，我们得到了自由。弗雷德里克大帝的宪章中如此记载着。

斯陶法赫尔　即使最自由的人也必须有位首领，有位最高法官，出现冲突的时候，可以依靠他们予以裁决。这正是我们的祖先把他们从险山恶水中开创的荣誉献给皇帝的原因，他是德意志和意大利所有土地的主人，并且像帝国其他的自由人一样，在战争中用自己的刀剑捍卫皇帝，这是自由人唯一的义务，捍卫保护他们的帝国。

迈尔西塔尔　再承担多一些义务，他就变成了奴隶。

斯陶法赫尔　在帝国的铁骑英勇出击后，他们就会响应帝国的号召，浴血沙场！他们征伐至意大利，把恺撒的王冠戴到皇帝的头上。但是在国内，他们的统治和平而安宁，遵循着自己古老的法律和惯例。皇帝的唯一权利就是处决死刑，为此他委派某些强大的贵族作为他的代表，他在我们的国境内没有任何利害关系，在宣判死亡的时候，就请他出面，在青天白日下，宣读法令，他公正无私，毫不惧怕任何人的憎恨。有谁能说我们这是被人奴役？如果有人能反驳我的意见，尽管直言！

耶尔格　不！你说的一点都没有错，我们从来都没有在暴君的锁链下苟延残喘。

斯陶法赫尔　甚至连皇帝我们也曾不予服从，那时他在教堂的问题上忤逆我们。艾因西德伦大教堂意欲抢夺我们世世代代放牧的阿尔卑斯山区，他们拿出一份古老的诏书，说是这无主之地已被赠予他们，这完全忽视了我们的存在。我们是怎么应付的呢？我们说："这是无效的授权！没有哪个皇帝有权把我们的财产赠予他人，如果帝国否认我们应有的权利，那我们在群山之中可以自己争取权利。"我们的祖先就是这样答复的！战功彪炳的皇帝都不敢这样对待我们，难道我们就该忍受这新枷锁带来的耻辱和恶行？我们依靠着双手的辛勤劳动，亲自开垦了这片土地；我们把原来野熊栖息的莽莽森林，开辟成了肥沃的宜居之所；恶龙时常从沼泽中带着毒液爬出，我们一锅端了它们的老巢；雾霭的天幕悬挂在这林莽之上，我们驱除了笼罩这片荒芜之地的层层迷雾和厚重烟霭；炸开了坚硬的岩石；在峡谷之间为过往的路人建造了牢固的桥梁。我们拥有这片土地，已逾千年的历史，难道一个外国的君主，他本身还是别人的奴才，胆敢来此处冒险，用我们的壁炉之火锻造锁链，然后用来绑缚我们的双手，在我们自己的土地上羞辱我们？难道就没有办法改变这苦难的命运？（群情激愤）有办法！暴君的力量总有个极限！假如被压迫者无法伸张正义，假如他再也忍受不了沉重的苦难，那他就会以一颗无畏的心祈求上苍，从那里获得他永恒的权利，这些权利就如同满天星辰一样，全属于他，不可摧毁。大自然将再一次恢复原始状态，人类同胞之间彼此针锋相对，假如其他所有的手段都无法满足他的需要，那就剩下最后一招——拿起他自己锋利的宝剑。我们宝贵的财产在呼唤我们的帮助，呼唤我们反抗压迫者的暴力。我们来到此处，是为了捍卫我们的祖国、家庭、妻子，还有我们的孩子！

所有人　（敲击自己的剑）捍卫我们的家庭，我们的妻子还有我们的孩子！

罗塞尔曼　（走进大家围成的圆圈）在你们拔剑之前，一定要三思！也许还来得及做一些和平的让步，只需要一句话，你们将会看见现在压迫着你们之人，反过来匍匐在你们脚下。抓住他们经常提供给你们的条件，宣布和帝国脱离关系，发誓向奥地利效忠。

汉斯　牧师在说什么啊？向奥地利宣誓效忠？

布尔　别听他胡说八道！

温克里得　他是我们议会的叛徒，祖国的公敌！

瑞丁　安静，安静，盟友们！

瑟瓦　遭受这些苦难之后，还要我们对奥地利效忠！

弗鲁　我们拒绝了奥地利人的好意和恳求，难道人家就不该用暴力胁迫？

迈耶　那我们就全都成了奴隶，而且当之无愧！

汉斯　谁要是再说向奥地利的枷锁屈服，就要被剥夺一个瑞士人所有的权利！盟主，我坚持把这一点作为我们法律的第一条。

迈尔西塔尔　就这样办！谁要是再提向奥地利的枷锁屈服，就要剥夺他所有的权利和荣誉，任何人都不得再为他提供庇护。

所有人　（举起右手）同意！把它定为法律！

瑞丁　（沉吟几分钟）通过这项法律！

罗塞尔曼　你现在自由了，这项法律赐予了你自由。奥地利用甜言蜜语未能得到的东西，她用暴力也无法获得。

约斯特·维勒　让我们继续进行今天下一项议题！

瑞丁　盟友们！已经尝试过所有温和的手段了吗？也许皇帝对我们遭受的苦难并不知情，我们的痛苦也许并不是他的意愿，因此还值得做最后一次尝试，在我们拔剑之前，让皇帝听到我们的冤情。即使为了正义的事业，武力也始终是件可怕的事情，只有在人类走投无路的时候，上帝才会出手相助。

斯陶法赫尔　（对康拉德·胡恩）你来给我们讲讲更多的情况。

康拉德·胡恩　我在皇宫所在地瑞茵菲尔德，受各州人民委托，向皇帝控告这些总督们的残暴统治和压迫，向他要求宪章赋予我们的自由，这得到过每一个新即位国王的认可。我在那儿发现许多城市的使者，他们来自士瓦本和莱茵河谷，全都拿到了自己渴望的羊皮纸诏书，满心欢喜回家而去。而你们的使者我，却被送到了议会，他们用一些空洞的安慰把我打发走，“皇帝此刻抽不开身，晚些时候他会亲自处理我们的请求！”我心情沉重地转身离开，穿过皇宫的重重琼廊，看见约翰大公爵站在壁龛旁哭泣，他旁边站着瓦尔特和泰格菲尔德两位尊贵的大人。他们向我招手，对我说道："你们要头脑清醒。不要指望从皇帝这里得到正义。他不是连自己亲兄弟的孩子的合法继承权都剥夺了吗？"公爵请求得到他母亲的遗产，因为他现在年龄已到，聪明睿智，有能力统治自己的人民和财产，可是他得到的是什么答复呢？皇帝在他头顶戴上一顶花环，他大声叫喊："看呀！少年真配这个花环！"

汉斯　你们都听见了，不要指望从皇帝那里讨到权利和公道！你们要保持头脑清醒！

瑞丁　我们已经别无选择。现在大家商议一下，什么计划才最可能保证我们取得胜利。

沃尔特·弗斯特　摆脱我们深恶痛绝的奴役，保持我们得自祖先的古老权利不被侵犯，而不是争夺非法的利益，这就是我们起来反抗的目的。让皇帝依然保有他应得之物，如果本身是他人的家臣或奴仆，依然要忠于职守，兢兢业业。

迈耶　我租借奥地利的封地。

沃尔特·弗斯特　那就继续缴纳你的地租。

约斯特·维勒　我是拉帕斯维尔大人家的佃户。

沃尔特·弗斯特　那就继续支付他们租金和税费。

罗塞尔曼　我是苏黎世女修道院谦卑的奴仆。

沃尔特·弗斯特　那你就把修道院索要之物还给他们。

斯陶法赫尔　皇帝是我唯一的地主。

沃尔特·弗斯特　我们只做该做之事，不要太过分。我们从今往后要驱逐这些暴君和他们的奴才，把他们高耸的城堡夷为平地，可是如果有可能的话，不要大开杀戒。让皇帝看到我们是迫不得已，才抛弃了应尽的神圣义务。当他发现我们规规矩矩之后，也许他的怒火会转变为帮助。一个全副武装之后还能控制自己愤怒的民族，才最让敌人心惊胆战。

瑞丁　那么请告诉我们怎样才能做到这样？敌人也像我们一样手执武器，他们肯定不会和平地退去。

斯陶法赫尔　他们一旦看见我们手里拿着武器就会退缩，在他们还没有丝毫准备的时候，我们先发制人。

迈耶　说起来容易，做起来可就难了。两座坚固的堡垒耸立在我们国家，它们保护着敌人，一旦暴君入侵我们，我们的处境就会变得非常艰险了。在任何一州发动攻击之前，都必须先攻下罗斯伯格和萨尔嫩两座要塞。

斯陶法赫尔　如果我们耽搁太久，敌人很快就会察觉，我们人数众多，肯定保不住秘密。

迈耶　森林各州可没有叛徒。

罗塞尔曼　内心狂热之时，可能会无意泄露消息。

沃尔特·弗斯特　再拖下去，阿尔特多夫的监狱都要完工，总督就变得更加安全了。

迈耶　你们只想到你们自己。

教堂执事　你这话说得有失公正。

迈耶　你说我们不公正！乌里人竟敢这样嘲讽我们！

瑞丁　安静！记住你们的誓言！

教堂执事　如果施维茨赞同乌里，那我们马上就闭嘴。

瑞丁　让我当着父老乡亲的面告诉你们，你们这样急躁而草率会扰乱和平！大家聚集在此，不是为了共同的事业吗？

温克里得　我们把起事之日推迟到圣诞节那天怎么样？在这一天，农奴会依照习俗，把他们每年的贺礼送给总督。我们因此可以挑选十到二十个人，乔装打扮，混入城堡。他们随身带上铁枪头，可以迅速插在棍棒上，因为任何人不得携带武器进入堡垒。剩余的人马藏匿在附近的树林里，做好准备，一旦潜入城堡的人成功打开城门，就立即吹响号角冲上前去，城堡轻而易举就会落入我们手中。

迈尔西塔尔　我来承担攀登罗斯伯格城堡的任务。我在卫戍部队里有个心上人，几句甜言蜜语，就可以骗她在夜晚为我放置一条麻绳编制的梯子。等我爬上城墙，朋友们就可以紧随其后。

瑞丁　大家是不是都赞成推迟起事日期?

【大多数人举起了手。

斯陶法赫尔　（数举起的手掌）二十比十二，多数同意。

沃尔特·弗斯特　在指定之日城堡沦陷之后，我们就一座山接一座山地点起烽火，义勇军迅速在每一个州的首府起事。当暴君们看见我们果真拿起了武器，相信我，他们绝对不敢冒险与我们发生冲突，而会很乐意地采取安全的方式，退出我们的国界。

斯陶法赫尔　葛斯勒不会这样的，他肯定会奋起反抗。他手下有一批可怕的骑兵队伍，如果不血流成河，他不会撤离战场，即使被驱逐出境，他依然是个威胁，只要他活着，对我们来说都非常危险。

鲍姆加登　把我送到最危险的地方去！我欠特尔一条命，我非常乐意把我的性命献给我的父老乡亲。我已经恢复了自己的荣誉，为了国家我可以肝脑涂地。

瑞丁　我们会根据情况做出决议。大家要有耐心！我们相信这一刻终将到来。然而，就在我们连夜在此开会的时候，清晨已经爬上了山顶，朝霞漫天，我们就此分开吧，在耀眼的阳光暴露我们之前。

沃尔特·弗斯特　不要害怕，黑夜在我们这些山谷里消逝很慢。

【所有人都不由自主地脱下帽子，凝视着新一天的开端，默默地陷入了沉思。

罗塞尔曼　这美丽的朝霞首先照耀我们，先于我们下面的其他所有人，他们在恶臭的城市牢笼里痛苦地呼吸，让我们借这道霞光为我们的联盟宣誓！我们发誓要结成真正的兄弟，生死相依，不离不弃！（所有人举起三个指头，重复罗塞尔曼的话）我们发誓要像父辈一样永享自由，死也不当奴隶苟全性命。（其他人重复誓词）我们发誓要信仰至高无上的上帝，绝不在强人面前退缩！（其他人重复誓词后彼此拥抱）

斯陶法赫尔　现在每个人都去找自己的亲朋好友，回到自己的家里去。牧民请妥善安置好自己的牲畜，为我们伟大的联盟秘密招募朋友！大家必须忍耐一段时间，再多记暴君几笔账，等到伟大的一天来临的时候，他们立刻就会连本带利赔偿。请每个人控制好自己正义的愤怒，把自己的仇恨汇聚到大众的苦难，因为自私地只顾个人利益之人，必然损害属于大众的利益。

【大家在一片寂静中沿着三个方向离开，乐队演奏起庄严的音乐。空无一人的场景持续了一段时间，展现出了太阳在冰川上冉冉升起的景象。

第三幕

第一场

【特尔家门前的院子。特尔手里拿着斧子。黑德维希忙着做家务，沃尔特和威廉在舞台背景处，手里把玩一把小弓箭。

沃尔特　（唱）手里拿着弓和箭，
猎人加快了脚步，
穿过高山和河流，
踩着清晨的雨露，
雄鹰展翅翱翔，
在风的世界它是国王。
猎人穿梭在峭壁林海，
他是这里的主宰。
箭矢毫无轨迹划破空气，
飞到了遥远之处，
凡他所见都变为猎物，
无论飞禽还是走兽。

威廉　（跑上前来）我的弓弦拉断了！啊，爸爸，帮我把它修好！

特尔　我不能给你修，一个天生的弓箭手知道自己想办法。

【孩子们退场。

黑德维希　孩子们这么早就开始使用弓箭了。

特尔　只有尽早练习，才能成为高手。

黑德维希　哎，上帝保佑，他们永远也别学会这个！

特尔　但是夫人，他们应该完全掌握。谁要想在生活中独立自主，就得学会防御和发动攻击。

黑德维希　唉，唉！这样一来，他们再也不会安心在家待着了。

特尔　我也没法安歇了！我天生就不是个牧民的料。我无法安宁，总渴望发生改变，我每天只有不停地打猎，才能感觉到生命的活力和快乐。

黑德维希　你从来都不把老婆的担忧放在心上，她在家中焦急地漫长等待，听到仆人们讲述你的冒险经历，我心惊肉跳，恐惧战栗。每次我们分开，我的心都有种不祥的预感，害怕你再也无法回到我身边。我看见你在冰山的悬崖峭壁上来回跳跃，一不小心跌落下去；我看见一头羚羊拼死反击，把你拖进了万丈深渊；我看见雪崩就发生在你的头顶，危险的积雪裂开，你陷进裂缝中被活埋。啊！阿尔卑斯山的猎人在打猎的道路上，有一百种不同的死亡姿态。这显然是个不被祝福的职业，每一刻钟都有生命消失，或断肢残臂！

特尔　一个人如果反应灵敏，眼神沉稳，信任上帝和自己健壮的肌肉，任何时候都能逢凶化吉，不留一丝伤疤。高山不会吓唬自己的孩子。（干完了手里的活，他把工具放到一旁，拿起他的帽子）

黑德维希　你要去哪儿？

特尔　去阿尔特多夫看望你的父亲。

黑德维希　你眼里透露出一些危险的信息，坦白吧！

特尔　你为什么会这么想？

黑德维希　一些反抗总督的计划正在进行中，我知道不久前在鲁特利开过一次会，而且我肯定你也是联盟中的一员。

特尔　我没有去那儿，可是如果我的祖国召唤我前去援助，我一定会欣然前往，毫不退缩。

黑德维希　你会被派到最危险的地方去，最艰苦的任务也会落到你的头上。

特尔　每个人都会人尽其才。

黑德维希　你曾冒着狂风暴雨把昂特瓦尔德人送到湖的对岸，你们活下来了真是奇迹，难道你从来都没考虑过老婆和孩子？

特尔　亲爱的夫人，我考虑过，因此我才为那几个孩子救了他的父亲。

黑德维希　在惊涛骇浪的湖水中冒险前进！你这不是信任上帝的表现！你这是在触犯他！

特尔　胆小怕事之人，终将一事无成。

黑德维希　没错，你心地善良、乐善好施，可你自己有难的时候，会有谁来帮你？

特尔　上帝保佑我永远不需要别人的帮助！（他拿起自己的十字弓和箭矢）

黑德维希　你把弓箭带上做什么？把它放在这儿。

特尔　我的弓箭就像是我的左膀右臂。（孩子们围了过来）

沃尔特　爸爸，你要去哪儿？

特尔　去阿尔特多夫看望你外公，你想去吗？

沃尔特　想，我想去！

黑德维希　总督现在刚好在那儿。不要去阿尔特多夫！

特尔　他今天就走。

黑德维希　那就等他先走了再说，不要和他在路上相遇，你知道他对我们怀恨在心。

特尔　他的敌意无法对我造成什么伤害，我做事光明磊落，不在乎任何人的憎恨。

黑德维希　他恰恰最恨的就是光明磊落之人。

特尔　因为他拿他们无从下手。我想，他的骑士会很乐意让我安静。

黑德维希　唉！这事你确定吗？

特尔　不久之前，我在谢肯塔尔峡谷打猎，那里人迹罕至，我独自一人沿着陡峭的岩壁前进，这悬崖峭壁两边都没有落脚之地，头顶上怪石凸出，巨石嶙峋，谢肯河在脚下很深的地方奔腾呼啸。（孩子们忍不住向他凑近，神情紧张而好奇地看着他）我就在那里和总督迎面相遇，他孤身一人，我也是只身一个，我们四目相对，旁边就是万丈深渊。这位大人一看见我的脸，就认出了这是他不久前无缘无故罚了一大笔钱的人，他眼看我手里拿着锋利的弓箭，大步向他走去，他脸色变得苍白，双膝都不再受他的控制。我发现他就要摔落悬崖，心里对他起了同情，我走上前去，恭敬有礼地说道："总督大人，是我。"他的嘴唇一句话也发不出，无法做出回答。他只是向我挥挥手，示意我默默走开。于是我便离开了，告诉他的随从去找他。

黑德维希　那他在你面前浑身颤抖？你看见他的软弱，这真是个灾难，他永远都不会原谅你。

特尔　因此我回避他，他也不会找我。

黑德维希　但你今天别去那儿，你还是去打猎吧！

特尔　你在害怕什么？

黑德维希　我心神不安，你就待在家里！

特尔　为什么要这样无缘无故地折磨自己？

黑德维希　正是因为没有原因。特尔，特尔！留在这儿吧！

特尔　亲爱的夫人，我承诺别人今天要去的。

黑德维希　如果非去不可，那你走吧，但是把孩子给我留下。

沃尔特　不，亲爱的妈妈，我要跟爸爸一起走。

黑德维希　怎么啦？沃尔特，你不要妈妈了吗？

沃尔特　我会从外公那儿带好东西给你。（和父亲一同退场）

威廉　妈妈，我留下来陪你！

黑德维希　（拥抱他）太好了，太好了！你是我亲爱的孩子，你是我唯一剩下的东西！（她走到院子门口，忧虑地目送父子两人远去很长一段时间）

第二场

【树林里一片幽静的地方，溪流沿着岩石倾泻而下。

【柏尔塔身穿狩猎服装入场。鲁登兹紧跟其后上场。

柏尔塔　（旁白）他跟着我，那我现在终于可以说出我的心里话了。

鲁登兹　（急急忙忙赶上来）亲爱的小姐，我们终于单独见面了，在这荒野山谷，岩石四周环绕，没有嫉妒的眼睛可以窥视我们的约会，现在让我把真心话一吐为快。

柏尔塔　可你确定其他人不会尾随而来?

鲁登兹　看，他们去那边追捕了！现在不说，永远都没有机会！我必须抓住这宝贵的机会，你的嘴唇将判决我的命运，哪怕从此我要永远离开你的身边。啊！你那温柔美丽的脸庞不要露出严厉和苛刻的表情！我是谁，竟敢如此大胆向你倾诉衷肠?我现在还名不见经传，也未成为高贵的骑士军团一员，无法赐予你荣耀的光辉，吸引你的笑容。我别无他物可以献给你，只有一颗忠诚而爱你之心。

柏尔塔　（神情严厉而坚决）你竟敢跟我谈爱情，还有忠诚?你对自己的祖国和亲人都背信弃义！你这奥地利的奴隶，投靠外国入侵者，卖身于自己国家的仇人！

鲁登兹　什么?你竟然这样责备我?我投靠奥地利还不都是为了你，我的心上人。

柏尔塔　你想加入叛徒的行列然后找到我吗?只要我还活着，我宁愿嫁给葛斯勒本人，虽然他是一个骄奢淫逸的暴君，也胜过一个数典忘祖的瑞士人，他竟堕落成为暴君的奴才走狗。

鲁登兹　啊，天哪，这都是些什么话?

柏尔塔　想一想！在一个好人的心里，还有什么比亲朋好友更亲？对于一颗高尚的心灵来说，还有什么比保护弱小而受难的无辜者，争取被压迫者剥削的权利更加高贵？我的心灵真为你的同胞流血悲伤。我对他们的痛苦感同身受，因为我深爱着他们，他们如此谦恭有礼却又充满力量，他们俘获了我整个身心，我对他们的尊敬之情与日俱增。而你一生下来就发下骑士宣言，本应成为他们天生的保护者，可你却抛弃了他们，投入敌人的怀抱，助纣为虐，亲手对付自己的亲人和祖国。你深深地伤害了我的心，使我义愤填膺。我必须竭尽全力控制自己不去恨你。

鲁登兹　难道我不是在全身心为我的同胞谋取幸福？我所做的一切只是为了让她在奥地利强大的权势下取得和平！

柏尔塔　你这是给她带来奴役！你这是把地球上仅剩的最后一个自由之地摧毁。人民群众更清楚他们自己的幸福，任何花言巧语都不会迷惑他们的本色。你的脑袋已被纠缠不清的网套住。

鲁登兹　柏尔塔，你恨我，你看不起我！

柏尔塔　你错了！如果我真能做到这样，我倒能获得内心的平静。但是我却发现被人轻视、被人鄙视之人，却是我心爱之人！

鲁登兹　啊，柏尔塔！你让我看见了天堂的极乐，转瞬又把我推进绝望的深渊！

柏尔塔　不，不！你身上高贵的品性尚未泯灭！它只是在沉睡，我要唤醒它。你一定是历经了不计其数的挣扎，才扼杀掉了你与生俱来的美德。不过，感谢上帝，它比你还要顽强，即使你被侮辱，内心依然高贵。

鲁登兹　那你相信我啦？啊，柏尔塔，拥有你的爱，我能成为任何人！

柏尔塔　要牢记你天生的高贵品性注定你成为什么样的人。完成上天赐予你的使命，与你的人民和父老乡亲一起并肩作战，为你们神圣的权利而斗争。

鲁登兹　唉！如果我拿起武器反抗皇帝，我又怎么能赢得你，娶你为妻？你的亲戚难道不会对我们的婚事强加阻拦，极力反对吗？

柏尔塔　我所有的产业都在森林各州，瑞士获得自由之时，也是我得到自由之日。

鲁登兹　啊！柏尔塔！你给我展现了一个多么美好的前景！

柏尔塔　不要指望通过奥地利的恩宠来赢得我的芳心，他们对我的产业也虎视眈眈，想进一步扩大他们现在的疆域。他们掠夺你们，吞噬你们自由的欲望也同样发生在我的身上！啊，朋友，我已被选为牺牲品，也许会被用来奖赏某个谄媚者！他们因此会把我拖进皇宫，那里盘旋着可恨的虚伪和阴谋，我憎恶的婚姻枷锁在那里等着我，只有爱情，只有你的爱情可以拯救我！

鲁登兹　你愿意在这里生活，在我的故土家园和我厮守终生吗？啊，柏尔塔，我的心灵对这个遥远世界和动荡冲突的向往，只不过是对你的追求而已。在荣誉的道路上我只是在追寻你，我这番成名的渴望全都是因为爱。但是如果你能和我一起在这宁静的山谷长相厮守，摒弃人世间的繁华虚名，那我就实现了自己的雄心壮志。不管外面这波涛汹涌的世界携带何种狂风暴雨冲击这些安全的山谷，我再也不会看这繁华世界一眼，因为不会对它心存任何向往。就让这些环绕我们的岩石，在周围垒起无法穿越的巨大城墙，这与世隔绝的幸福山谷，只向天国敞开，成为我的天堂！

柏尔塔　现在你就跟我梦想的一模一样，你没有辜负我对你的信任！

鲁登兹　我那些愚蠢的虚无念想快些滚开！我只有在自己的故乡才能找到幸福。一个小男孩在那里快乐地长大成人，每一条小溪、每一棵树、每一座山峰都充满了幸福的记忆，你将会在我的家乡成为我的新娘！啊，我一直都热爱着它，我感觉到，如果失去它这世上还有什么欢乐？

柏尔塔　如果不在这淳朴自然的故土，我们还能去哪里探寻幸福？古老的忠诚在这里落地生根，欺诈和诡计在这里无影无踪，嫉妒从未玷污我们幸福的源泉，时光欢快地在我们头上流逝。我看见你在那里，一个真正的男子汉，你在自由的同龄人中首屈一指，众人自发地对你予以崇高的尊重，你英勇无敌，连国王都要羡慕你。

鲁登兹　我看见你成为女中豪杰，浑身散发着甜蜜的优雅和深情的爱，把我的家打造成天堂，宛如春天散播繁花四野，你迷人的魅力装点我的人生，给身边的人带来快乐和幸福！

柏尔塔　亲爱的朋友，这就是我悲伤的原因。眼看你亲自破坏这人生极致的幸福，啊！我的命运为何如此凄惨，不得不跟随这惨无人道、骄奢淫逸的暴君，进入为我准备好的悲惨的囚笼！这里没有城堡，没有铜墙铁壁，将我和我可以为之造福的人们分开！

鲁登兹　而我该如何解放自己，如何解开这些我亲手疯狂缠绕在自己头上的绳索？

柏尔塔　像个男子汉一样把它们撕成碎片，不论发生什么，都要和民众肩并着肩！你天生就是王者。（猎人的号角声从远处传来）快听！狩猎队伍回来了！再见，我们不得不分开了，快走！为你的祖国而战！为你的爱情而战！我们大家心里都害怕同一个敌人，除掉他，我们所有人都获得解放！（分别退场）

第三场

【阿尔特多夫附近的一块草地。舞台前景树木葱茏。舞台背景竖着一根高杆，杆子上挂着一顶帽子。巴恩伯格刚好阻挡了远方的景色，山外还耸立着一座冰雪覆盖的山峰。

【福里艾斯哈特和勒特候德在站岗。

福里艾斯哈特　我们白白地蹲守了半天。咄！鬼影都没有一个，根本没人来向这帽子敬礼。但是这儿昨天都还如集市样热闹，自从这吓人的玩意儿挂在那边的杆头，这过去的绿地就变得一片死寂。

勒特候德　只有那些卑劣的乌合之众露了面，嘲弄地向我们挥舞他们破烂的帽子。那些正经的市民宁愿拐弯抹角绕过半个城区，也不愿在我们这帽子大人前弯腰。

福里艾斯哈特　中午他们从市政厅出来的时候，必须要经过这个地方。我当时心想可以抓几个立功，因为没有人想给这个帽子鞠躬。可是牧师罗塞尔曼报复了我，他刚刚从某个病人那里回来，他就站到了那根高杆旁边举起圣物，教堂执事也不得不摇响他的铃铛，大家都跪下去了，我自己也随着所有人一起跪了下去，这是朝圣物致敬，而不是向帽子行礼。

勒特候德　嘿，兄弟，我内心开始有些疑惑，我们这样的行为实在惹人嘲笑。一名骑兵守在这儿为一顶空帽子站岗，这简直是奇耻大辱。每个正直的好汉都会看不起我们。向一顶帽子鞠躬敬礼！说真的我从来没有听说过如此荒唐的命令！

福里艾斯哈特　为什么就不能向一顶空空的帽子致敬？我敢肯定你曾经向很多没脑的人弯腰。

【三个农妇希尔德加德、梅希蒂尔德和埃尔斯贝特带着她们的孩子上场，站在木杆的周围。

勒特候德　你真是个趋炎附势的流氓，乐于陷正人君子于险境。在我看来，谁愿意绕道走就让他走，我会闭上自己的眼睛，对他不理不睬。

梅希蒂尔德　总督吊在那儿！孩子们，去表达你们的敬意吧！

埃尔斯贝特　我宁愿他去见上帝，留下这顶帽子！国家的情况一点也不会变差。

福里艾斯哈特　（驱赶他们）滚开！你们这些喋喋不休的婆娘！谁让你们来的？快滚，让你们的丈夫到这儿来，如果他们有勇气违抗命令的话！

【特尔拿着十字弓上场，牵着他的儿子沃尔特。他们经过那顶帽子，丝毫没有注意，然后走到舞台的前方。

沃尔特　（指着巴恩伯格山）爸爸，听说巴恩伯格山上的树，给斧子砍一下就会流血，这是真的吗？

特尔　谁这样说的，孩子？

沃尔特　牧民师傅说的，爸爸！他跟我们说，这些树都被施了魔法，谁要是伤害了它们，他的手将来会从坟墓里面长出来。

特尔　树木的确中了魔法，这是真的。你看看远处那些冰山，那些白色的犄角，仿佛要一直伸进天空？

沃尔特　它们是轰隆雷声在夜里肆虐之后降给我们的雪崩。

特尔　没错，如果不是山上的森林，顶天立地站在那儿充当壁垒，阿尔特多夫早就被这些雪崩掩埋了。

沃尔特　（沉思了片刻）爸爸，这世上有没有国家没有山呢？

特尔　有啊，如果我们沿着我们的高山，顺着河流的方向一直往下走，就会到达一个很广阔的平原国家，那里没有山洪咆哮肆虐，美丽的江河安详地流淌，那里四面八方都没有障碍，一眼就可以看见天堂。庄稼在辽阔肥沃的土壤里生长，整片土地看上去就像一座漂亮的花园。

沃尔特　但是，爸爸，告诉我，为什么我们不去这可爱的乐园，却要在这儿拼命挣扎，辛苦劳作呢？

特尔　那片土地就像天堂一样美丽而富足，但是在土地上耕种之人，却永远也享受不到勤劳的果实。

沃尔特　难道他们不像你一样，自由生活在祖辈传下来的土地上吗？

特尔　那些土地全都属于主教或国王。

沃尔特　但是他们可以在森林里自由打猎吗？

特尔　飞禽走兽全都属于国王。

沃尔特　那他们至少可以在河里捕鱼吧？

特尔　江河湖海全都属于国王。

沃尔特　那国王是谁呢，人们都如此怕他？

特尔　他就是养活和保护大家的人。

沃尔特　他们没有勇气保护自己吗？

特尔　在那个地方，连邻居都不敢信任。

沃尔特　住在这样的国度里，我连呼吸都难以持续，我宁愿被雪崩深埋进雪堆里。

特尔　这就对了，孩子。宁愿背后是冰冷刺骨的冰山，也不要阴险邪恶的坏蛋躲在身后！

【他们打算继续朝前走。

沃尔特　快看，爸爸，那边的杆子上挂了顶帽子！

特尔　那顶帽子关我们什么事？过来，我们走吧！（他正准备走的时候，福里艾斯哈特挺起长矛，阻止了他。）

福里艾斯哈特　以皇帝之名！我命令你站着别动！

特尔　（抓住长矛）你想干什么？你为什么要这样拦住我？

福里艾斯哈特　你违背了命令，必须跟我们走一趟。

勒特候德　你没有向帽子鞠躬敬礼。

特尔　朋友，让我走吧。

福里艾斯哈特　走，走到监狱里去！

沃尔特　爸爸要进监狱了。救命啊！（对着场边大声呼救）这边啊，大家快来啊！好心的人们，救命啊！他们要把他拽进监狱里去！

【牧师罗塞尔曼、教堂执事皮特曼和另外三名男子入场。

教堂执事　这儿出了什么事？

罗塞尔曼　你们为什么要抓这个人？

福里艾斯哈特　他是国王的敌人，是个叛徒。

特尔　（用力地抓住他）你说我是叛徒？

罗塞尔曼　朋友，你弄错了，这位是特尔，是个诚实、正直的市民。

沃尔特　（看见了弗斯特，向他跑了过去）外公，快帮帮忙，他们想抓走我爸爸。

福里艾斯哈特　快走，到监狱里去！

沃尔特·弗斯特　（急匆匆地跑进来）慢着！我来担保。看在上帝的份儿上，特尔，这儿出了什么事？

【迈尔西塔尔和斯陶法赫尔入场。

福里艾斯哈特　他蔑视总督的权力，对总督的命令不理不睬。

斯陶法赫尔　特尔会做这样的事情吗？

迈尔西塔尔　小子，你在歪曲事实！

勒特候德　他没有向帽子鞠躬敬礼。

沃尔特·弗斯特　这样他就该坐牢吗？算了吧，朋友，接受我的担保，放了他吧。

福里艾斯哈特　把担保给你自己好好留着吧，你会用得着的。我们只是在履行职责而已。把他带走！

迈尔西塔尔　（对民众）这样太残酷了，难道我们应该眼睁睁地看着他被带走吗？

教堂执事　我们人多势众。朋友们，别再继续忍耐了，团结起来，万众一心！

福里艾斯哈特　谁敢反抗总督的命令？

另外三位乡亲　（跑进场来）我们来帮你，出了什么事？把他们打倒！

【希尔德加德、梅希蒂尔德和埃尔斯贝特又退回场来。

特尔　走吧，快走吧，好心人，我自己会把事情摆平。你们以为一旦我决定释放自己的力量，他们这些长矛还能吓得了我？

迈尔西塔尔　（对福里艾斯哈特）你尽可以试试看，看你能不能把他从我们当中带走！

沃尔特·弗斯特　斯陶法赫尔　朋友们，大家都先消消火，平静下来！

福里艾斯哈特　（大声吼叫）造反啦，叛乱啦！

【狩猎的号角声在场外响起。

妇女们　总督来了！

福里艾斯哈特　（提高嗓门儿）叛乱啦，造反啦！

斯陶法赫尔　吼吧，把你的嗓子吼破，浑蛋！

罗塞尔曼　迈尔西塔尔　你还不闭嘴？

福里艾斯哈特　（更加大声地喊叫）救命啊，救命啊，大家快来救救这法律的仆人们吧！

沃尔特·弗斯特　总督来了，咱们这下得放聪明点了！

【葛斯勒骑着马上场，手里托着一只猎鹰。鲁道夫·德·哈拉斯、柏尔塔和鲁登兹，以及一大群全副武装的随从，他们手持长矛，在整个舞台上围成一圈。

鲁道夫·德·哈拉斯　快给总督大人让路!

葛斯勒　把这群小丑撵开。这些人为何聚在一起？谁在这儿大声呼救？（全场鸦雀无声）是谁叫的？快告诉我！（福里艾斯哈特站出来）你是谁？你为什么要拘留这个人？（他把手里的猎鹰交给一个随从）

福里艾斯哈特　尊敬的大人，我是您卫队里的一名士兵，被派到此处看管这顶帽子。这个人在经过帽子的时候，没有按照规定向帽子致敬，我就按照您的命令逮捕了他，而这群人试图把他救走。

葛斯勒　（停顿了片刻）特尔，你就如此蔑视你的国王吗？我作为他在这儿的代理人，为了考验你们是不是忠诚，我把帽子挂在高空之中，而你拒绝向它致敬，我从这一行为里看出你的险恶用心。

特尔　请原谅我，尊敬的大人！这完全是无心之失，而不是不敬。我这个人天生粗心大意。还望大人开恩，我以后再也不敢了。

葛斯勒　（停顿了一会儿）特尔，我听说你是个射箭高手，并且承让每个对手一掌的距离？

沃尔特·特尔　这事千真万确，大人！在一百码的距离，他可以从树上给你射下个苹果来。

葛斯勒　（指着沃尔特·特尔）这是你的儿子吗，特尔？

特尔　是的，我尊敬的大人。

葛斯勒　你还有几个孩子呢？

特尔　总共就两个儿子，大人。

葛斯勒　这两个孩子中你最喜欢哪一个？

特尔　大人，他们两个都是我的心头肉。

葛斯勒　那么，特尔，既然你能在百码的距离从树上把苹果射下来，那你就得在我面前露上一手。拿起你的弓，弓正好就在你手里面，那就做好准备，把你儿子头顶上的苹果射下来！但是要认真听好，射的时候瞄准点，一箭就要把苹果射中，如果没射中的话，你的脑袋就要被砍下来。

【大家胆战心惊，发出叹息。

特尔　我的大人，你的这个要求多么惨无人道！什么？朝我亲儿子的头上射箭！不，绝不可能！不会这样的，仁慈的大人，这不是你的本意。天恩浩荡，不能这样！你不会当真要求一个父亲做这种事的！

葛斯勒　从你儿子的头上射下一个苹果，这就是我的愿望，也是我的命令。

特尔　什么？我没听错？让我用自己的弓箭瞄准我亲儿子的头？不！我宁愿去死！

葛斯勒　你要么射落苹果，要么就和你儿子一起死。

特尔　让我变成亲手杀死自己孩子的凶手？大人，您自己没有孩子，您无法体会这会使一个父亲心神俱灭。

葛斯勒　特尔，怎么突然之间你变得如此谨慎？别人都说你是个梦想家，你的人生哲学与普通人迥然不同。你喜欢别出心裁，独树一帜。因此我现在才给你安排这个特别的任务，换一个人可能会对此踌躇不决，而你会欣然从命，毫无畏惧。

柏尔塔　啊，尊敬的大人，不要和这些可怜人开玩笑了！您看他们浑身颤抖，脸色苍白毫无血色，他们还不习惯听您和他们开玩笑。

葛斯勒　谁告诉你我在开玩笑？（在自己的头顶上抓起一根树枝）苹果在这里。我命令大家都让开！让他找到自己熟悉的距离，刚好八十步，就像传说中的那样，一分不多一分不少！他自吹自擂，说在一百码之内能射中任何物体。射手，现在该你表演了，千万别射偏！

鲁道夫·德·哈拉斯　天哪！这下看来是真的了！快跪下，孩子，求求总督饶了你的命。

沃尔特·弗斯特　（迈尔西塔尔几乎要失控，悄悄对迈尔西塔尔低语）控制好自己，镇定下来，我求求你！

柏尔塔　（对总督）大人，您这样做太过分了！如此玩弄一个父亲，实在是太残忍了。即使这个可怜人为了如此一个轻微的罪行，该被处死或遭受严刑拷打，那他现在已经感觉到十倍的死亡痛苦了。就让他平平安安地回家吧，他将来会对您感恩戴德，他和他的子孙后代都会牢记这一刻。

葛斯勒　大家让个道！快点！你还在拖延什么？你的性命已经被剥夺，我可以直接杀死你，但是你要明白，我仁慈地把你的命运，交到你自己训练有素的手中。你没有理由再抱怨自己命运残酷，因为你手里掌握着自己的命运。你炫耀说自己的箭法很准。非常好！现在就借这个时机展现你的技艺，靶子很有价值，奖品也很丰厚。正中靶心，别的很多人也可以像你一样做到。但是本总督认为，只有不受心神影响，能够控制自己的眼睛和手，随时都能命中，这才算是真正的神射手。

沃尔特·弗斯特　总督大人，我们服从您至高无上的权威，但是恳求您为此格外开恩。请收下我一半的家产，不，全部收下，只求您不要让一个父亲做如此不近人情的事情！（准备跪下）

沃尔特·特尔　外公，不要给这个坏人下跪！说，要我站在哪儿？我丝毫不惧！我爸爸能射中鸟儿的翅膀，他现在也绝不会失手，伤害自己亲生的儿子。

斯陶法赫尔　难道这孩子的纯真就一点儿也没有打动你的心？

罗塞尔曼　大人，请您三思，天堂中有上帝，您要为自己的行为向他负责任。

葛斯勒　（指着孩子）把他捆到那边的菩提树上！

沃尔特·特尔　什么，把我捆起来？不，我不要被捆上！我会站着不动，就像小羊羔那样一动不动，连呼吸都停止！但是如果你把我捆起来，我就无法静止了，我会扭动挣扎，想要摆脱捆绳。

鲁道夫·德·哈拉斯　但是至少把你眼睛蒙起来吧，孩子！

沃尔特·特尔　为什么要蒙上眼睛？不！你觉得我会害怕一支从我父亲手中射出来的箭吗？根本不会！我要稳稳地站在这儿，连眼睛都不眨一下！快点！爸爸，让他们见识一下你射箭的技术。他怀疑你的技艺，他想以此毁掉我们。射吧，一箭就中，让这暴君脸上挂不住！

【他走到菩提树下，一个苹果被放在他的头上。

迈尔西塔尔　（对父老乡亲）什么？我们就眼睁睁看着被人肆无忌惮地施暴？我们的铮铮誓言去哪儿了！

斯陶法赫尔　我们现在根本就没有办法反抗，大家都手无寸铁。看看我们的周围，刀枪剑戟密布。

迈尔西塔尔　啊，老天保佑我们能够一举成功！上帝宽恕那些建议缓些时日之人！

葛斯勒　（对特尔）现在该你上了！人类的武器可不只是装装样子。携带致命武器是一件很危险的事情，弓箭手经常被自己射出的箭所伤。这些自大的乡下土包子时常这么做，冒犯他们主人的特权。除了身居其位之人，其他人都不应该带武器。既然你喜欢随身携带弓和箭，好吧，就这样吧！我来给你提供靶子。

特尔　（拉开弓，调整箭头方向）请大家让开一条道！让开！

斯陶法赫尔　什么，特尔？你要……别，千万别这么做！你在颤抖！你的手在哆嗦，你的膝盖在摇晃。

特尔　（无力地放下手里的弓）有什么东西在我眼前飘来飘去！

妇女们　伟大的上帝啊！

特尔　免除我射这一箭的痛苦吧！我的心在这里！（他撕开胸前的衣衫）让你的骑兵过来，让他们在这儿刺下去吧！

葛斯勒　我想要的不是你的命，我只要你射这一箭，你才华横溢，无所不精！没有什么能吓倒你！射箭其实就和掌舵一样，当一个人命在旦夕的时候，再大的狂风暴雨你也不怕。救世主，你四处救人，现在是时候救救你自己了！

【特尔站在那儿，内心激烈挣扎，双手不由自主地抽搐，双眼时而看向总督，时而看向苍天。突然，他从箭袋里取出第二支箭，把它插在自己腰带上。总督注视着他所有的动作。

沃尔特·特尔　（在菩提树下）射吧，爸爸，快射吧！我一点都不怕！

特尔　一定要射吗？（他镇定下来，举起了弓）

鲁登兹　（一直情绪激动地站在一旁，此时勉强控制住自己，走向前来）尊敬的大人，您不会在此事上继续苦苦相逼吧。您不会这样做的，这肯定只是一次考验，您已经实现了目标。太过分的话，就失去了它的意义，无论初衷多么美好，正如弓如果绷得太紧的话就会折断。

葛斯勒　住口，这儿没你说话的份儿！

鲁登兹　我就要说！而且我有勇气说！我尊敬我的国王，但是类似这样的暴行必然玷污他的声名。他的处罚绝对没有如此残忍，我敢保证。你如此对待我这些善良淳朴的同胞，完全就是僭越了自己的职权。

葛斯勒　哈！我发现你胆子变肥了！

鲁登兹　看见所有这些我无法改变的暴行，我一直保持着沉默。我闭上双眼假装对它们视而不见，把这一切压在心底，其实我怒火冲天，只是一直把所有的挣扎都囚禁在胸膛里面，但是再继续沉默下去，就是对我的国王和祖国背叛。

柏尔塔　（冲到鲁登兹和总督之间）啊，天哪！你这样做简直是往他的怒火上浇油！

鲁登兹　我抛弃了我的同胞、与亲人断绝了关系、打破了自然的一切纽带，只为了投靠您，为您效劳。我傻傻地以为增加皇帝的力量，就是为大家谋取幸福的最好方式。迷住我双眼的障碍已然脱落，我看见自己站在可怕的悬崖边缘。您将年轻的我带入歧途，欺骗了我诚实的心。我带着满心的好意，却几乎差点毁灭了我的祖国。

葛斯勒　乱臣贼子，胆敢这样和你的主人说话？

鲁登兹　皇帝陛下才是我的主人，而不是您！我是自由人。我和您一样生而平等，我可以和您比拼一个骑士所拥有的所有优良品德。如果您站在这里不是以国王的名义，虽然陛下的名声被滥用了但我依然尊敬，那我将扔下自己的手套向您发起挑战，而您应当按照骑士规矩前来应战。尽管召唤您的骑兵！我就在这儿站着，但我可不像这些人那样（指了下民众）手无寸铁。我有佩剑，谁敢向前迈进一步……

斯陶法赫尔　（大声叫嚷）苹果射下来了！

【在柏尔塔冲到鲁登兹和总督之间的时候，大家的注意力都被吸引到了这边，而特尔射出了一箭。

罗塞尔曼　孩子还活着！

大家异口同声　苹果被射中了！

【沃尔特·弗斯特头晕目眩，眼看就要跌倒，柏尔塔扶住了他。

葛斯勒　（惊讶地）什么？他真的射了？真是个疯子！

柏尔塔　可敬的老人！老天保佑，快醒醒吧！孩子毫发未伤！

沃尔特·特尔　（拿着苹果跑过来）苹果在这儿，爸爸！我早就知道，你不会伤害你儿子的。

【特尔站在那儿，身子向前弯曲，仿佛还在追随那支箭。弓从他手上滑落。当他看见儿子跑过来，他赶紧张开双臂迎了上去，深情拥抱着他的儿子，身心疲惫地无力倒下去。围观的群众无不为之深深动容。

柏尔塔　啊，仁慈的上帝啊！

沃尔特·弗斯特　（对特尔父子）我的孩子们，我亲爱的孩子们！

斯陶法赫尔　赞美上帝！

勒特候德　这可真是有如神助啊！如此精准！这将永远被人们所传诵。

鲁道夫·德·哈拉斯　只要这些山峰不倒，永世长存，神射手特尔这桩壮举就会被人们争相颂扬。（把苹果交给总督）

葛斯勒　我的天哪！正好从苹果核的位置射穿！我必须承认，这实在是神乎其技。

罗塞尔曼　这一箭射得精妙，但是强迫射手以此壮举冒犯上帝之人，不得善果！

斯陶法赫尔　振作起来，特尔，站起来！你以崇高的方式解放了自己，现在可以平平安安地回家了。

罗塞尔曼　走吧，让我们把孩子带到他妈那里去！（他们正打算把他

带走）

葛斯勒　话还没有说完，特尔！

特尔　大人，您还有何吩咐？

葛斯勒　你刚才还插了一支箭在你的腰带里。就是这样，就是这样！我看得一清二楚。你这样做有何目的？说！

特尔　（困惑地）这是所有弓箭手的习惯，大人。

葛斯勒　不，特尔，我可不相信这个回答。我清楚这里面一定还有其他动机。你就畅快地坦白出来吧，不论目的是什么，我都保证不杀你。你为什么要保留这第二支箭？

特尔　好吧，我的大人。既然您承诺不取我性命，我就一五一十地告诉您吧。（他从腰带里拔出这支箭，目光凶狠地凝视总督）假如我不幸失手射中了我亲爱的儿子，我打算把第二支箭瞄准您，而且可以确定的是，这次我绝对不会失手。

葛斯勒　非常好，特尔，我既然答应饶你一命，作为骑士我是不会食言的。但是，既然我知晓了你这些恶毒的想法，我就得把你囚禁起来，严加看管，在那里你将永远看不到日月光芒。这样，我的安全再也不会受到你弓箭的威胁。抓住他，卫兵们，把他捆住！

【卫兵把特尔捆起来。

斯陶法赫尔　怎么能这样，大人，上帝之手已在他身上明白显露，您竟然还要如此这般对待他？

葛斯勒　非常好，那我们就看看上帝会不会救他两次！把他押到我的船上，我随后就到。我要亲眼看着他被牢固地囚禁在库斯纳赫特。

乡亲们　您无权这样做。连皇帝自己都不敢如此违背我们宝贵的自由诏书赋予的权利。

葛斯勒　诏书，它们在哪儿呢？得到皇帝的批准了吗？他从来都没有批准过。你们只有先表示自己的顺从，然后才能希冀从他那里得到如此的恩惠。你们全都是反抗国王权力的叛徒，内心有股不顾一切的造反精神。我很了解你们，我已经把你们看得一清二楚。我现在只是从你们当中随便抓走这么一人，但是他的罪行你们人人都有份。如果你们聪明的话，就给我闭上嘴，乖乖听命！

【葛斯勒退场，柏尔塔、鲁登兹、哈拉斯和随从们紧跟其后退场。

沃尔特·弗斯特　（心痛欲裂）一切都完了！他已经下定决心要摧毁我和我的家庭。

斯陶法赫尔　（对特尔）哎，你为何要去激怒这个暴君呢？

特尔　让为我痛苦的人镇定下来。

斯陶法赫尔　唉！唉！我们什么希望都没了。我们所有人将和你一起被锁链束缚起来了！

乡亲们　（围着特尔）我们最后仅存的一点安慰随您一起消逝了！

勒特候德　（接近特尔）我很抱歉，特尔，但是我必须服从命令。

特尔　再见！

沃尔特·特尔　（极度痛苦地紧紧抓着特尔）啊，爸爸，爸爸，亲爱的爸爸！

特尔　（指向天空）你爸爸在上帝身边，有事你就祈祷上帝！

斯陶法赫尔　特尔，你没什么话对你妻子说吗？

特尔　（深情地把孩子抱在胸口）孩子安然无恙，上帝会保佑我的！（突然站起身离开，跟随卫兵一起退场）

第四幕

第一场

【琉森湖东岸。崎岖而嶙峋的怪石阻挡了人们西面的视线。湖面浪涛汹涌，风声呼啸，雷声和闪电不时传来。

库恩茨　这是我亲眼看到的！相信我吧，朋友，事情发生得跟我讲述的一模一样。

鲁奥迪　怎么可能？特尔变成了一个囚犯，被押到库斯纳赫特去了？他在这片土地上超群绝伦，英勇善战！

库恩茨　总督亲自把他押到了船上去，我从弗吕埃伦出发的时候，他们正打算登船。但是从天而降的暴风雨，使我不得不紧急在这里泊船。可能他们也遇到了麻烦，无法顺利出发。

鲁奥迪　我们的特尔戴着镣铐，落入总督手中！啊，相信我吧，葛斯勒会把他埋葬，让他再也看不见白昼的光明。因为特尔一旦重获自由，他为自己遭受的冤屈进行正义的报复，会让暴君寝食难安。

库恩茨　听说尊敬的老州长，冯·阿廷豪森公爵也已经生命垂危了。

鲁奥迪　那我们最后的一丝希望也灰飞烟灭了！他是唯一一个敢为了争取民族的权利而高声呐喊之人。

库恩茨　暴风雨越来越猛烈，你们好好保重！我要去村里找个地方落脚，今天显然无法再出航了。

鲁奥迪　特尔陷入牢笼，男爵命在旦夕。残酷的暴政，你现在就为所欲为吧！将礼义廉耻丢到一边！真理的呼声已经沉默！注视我们的眼睛已在黑暗中紧闭，本该救人的手臂已被套上锁链！

詹尼　狂风暴雨太猛烈了，快来，进小屋躲会儿吧！爸爸，这种鬼天气可不适合在外面过夜！

鲁奥迪　狂风啊，呼啸而来吧！闪电啊，纵横肆虐吧！浮云啊，遮天蔽日吧！天上的洪水，倾泻而下吧！淹没这个国家！把尚未出生的子孙后代都摧毁在萌芽中吧！野蛮的自然，主宰这个世界吧！狂暴的野熊，你们重返此处吧！原始的恶狼，你们莅临这里吧！这块土地属于你们，假如没有自由，谁还愿意在此生活！

詹尼　听，狂风怒吼，波涛汹涌。我从未见过如此猛烈的风暴！

鲁奥迪　拉弓瞄准自己儿子的脑袋！从来都没有哪个父亲像这样被命令过。大自然难道不该对此恶行愤愤不平，降下雷霆之怒吗？哪怕这些怪石奇岩崩裂滚入湖中，哪怕远处那些从创世之日起就从未融化的冰山雪峰从高耸的山顶开始消融，哪怕远处的群山和远古悬崖轰然倒塌，哪怕再来一次洪水淹没世人所有的居所，我一点也不感到惊讶！（钟声传来）

詹尼　听，有人在那边的山上敲钟！他们肯定是看见有船在湖中遇险了。敲响钟声，我们可以为其祈祷。（爬上一块岩石）

鲁奥迪　为这只帆船默哀，它现在正努力寻求活路，在这狂风巨浪里不断颠簸！舵柄已经不听指挥，舵手也无能为力，暴风雨才是主宰。可怜的人类就像小球一样在风暴和巨浪里被抛来抛去。无论远近，都找不到避难所从而得到友善的庇护！无丝毫着力之处，到处都是怪石险峰，神情冷漠地俯视着这小船，迎接它的只有坚硬、危险的暗礁。

詹尼　（站在上面喊）爸爸，一条来自弗吕埃伦的船，漂过来了。

鲁奥迪　愿上帝同情这些可怜人！当风暴在这峡谷中肆虐时，它就像是追逐猎物的野兽，想要挣脱兽笼的铁栏杆！他大声咆哮，四处寻找出口，却都徒劳无功。因为参天巨岩从四面八方把它团团围住，形成一个高耸入云的狭窄山口。（他爬上一处悬崖）

詹尼　这是乌里总督的船，我认识那红色的船尾和旗帜。

鲁奥迪　上帝明鉴啊！没错，正是总督本人。他在那儿乘船航行，随他一起的还有他犯下的罪行！复仇者的胳膊很快就会触摸到他！现在他知道了在他之上还有更强的统治者。这些波浪根本不会听从他的命令，这些山岩也不会在他帽子前鞠躬敬礼。孩子，不要祈祷，不要打扰上帝的裁决！

詹尼　我不是为总督祈祷，我是在为特尔祈祷，他也和总督一起在那条船上。

鲁奥迪　啊，毫不讲理的狂风暴雨，你们瞎了眼啊！难道你们为了惩罚一个有罪之人，就得毁灭整只船和所有船员吗？

詹尼　快看，快看，他们已经成功渡过了布吉斯格拉特，可是新一轮的冲击波从魔鬼大教堂折返而来，又把他们抛回了大阿克森贝格。我现在看不见他们了。

鲁奥迪　哈克梅瑟尔就在那附近，许多雄伟的船只在那儿沉没。如果他们无法熟练地绕过那个地方，他们的船只就会触礁，撞成碎片，因为锯齿状的山峰就隐藏在湖底。孩子，他们船上有一个最优秀的舵手。如果有人能拯救他们的话，那个人就是特尔，但是他的手脚都被捆住了。

【特尔手持弓箭上场。他神情仓促，疯狂地四处张望，情绪异常激动。当他走到舞台中央的时候，双膝跪地，伸开双手先触摸大地，随后又伸向天空。

詹尼　（看着特尔）爸爸，快看。有个人跪下了，他是谁啊？

鲁奥迪　他双手用力抓着土地，看上去似乎神经错乱。

詹尼　（跑到前面）我发现什么了！过来，爸爸，快来看啊！

鲁奥迪　（走过去）这是谁啊？哦，无所不能的上帝啊！什么，是特尔！你是如何到这儿来的？快说啊，特尔！

詹尼　你不是在那艘船上，双手戴着镣铐，成了一名囚犯吗？

鲁奥迪　他们不是要把你押到库斯纳赫特去吗，特尔？

特尔　（站起身）我逃掉了。

鲁奥迪和詹尼　逃掉了！哦，这真是个奇迹！

詹尼　你打何处而来？

特尔　从那艘船上来。

鲁奥迪　什么？

詹尼　那总督在哪儿？

特尔　他还在波浪里颠簸呢。

鲁奥迪　这可能吗？可是你？你是怎么来这儿的？你是怎样摆脱手上的枷锁，并从风暴中逃脱的？

特尔　全凭上帝最仁慈的眷顾。听我说！

鲁奥迪和詹尼　说下去，快说下去！

特尔　发生在阿尔特多夫的事情你们都知道吧。

鲁奥迪　我全都知道了，你接着说！

特尔　知道我是如何被人抓住，捆起来，然后在总督的命令之下被押送到库斯纳赫特吧。

鲁奥迪　我还知道你和他一起在弗吕埃伦登船出发，这一切我们都知道。讲一讲你是怎么逃脱的吧？

特尔　我躺在船上，被绑得严严实实，手无寸铁，万念俱灰。我觉得我再也见不到白昼那令人欣喜的光明，再也见不到妻子和孩子那心爱的脸庞。我闷闷不乐，呆呆地望着湖水……

鲁奥迪　啊，可怜的人！

特尔　然后我们就这样起航了。船上有总督，鲁道夫·德·哈拉斯和他们的随从。我的弓和箭壶放在船尾的舵柄旁边。就在我们刚刚驶进拐角，靠近小埃克森的时候，上帝突然显灵，一阵狂风起自高特哈德峡谷，携带不可抗拒之力向我们横扫而来。所有的船员都亡魂皆冒，心沉了下去，全都以为这次要葬身湖底。这时我听到有个随从转身对葛斯勒说："尊敬的大人，您看您和我们大家都已危在旦夕，我们全都徘徊在死亡边缘。船夫们都被恐惧吓倒，惊慌失措，他们已经无法继续航行。可是特尔在这儿，他身体强壮，无所畏惧，驾船的技艺也出类拔萃。在这种危急情况下，我们借他之力逃出生天如何？"于是总督便对我说："特尔，如果你能帮助我们安全地逃脱这场暴风雨，我将答应为你解除这些镣铐。"我回答道："好的，大人，在上帝的帮助下，让我竭尽所能试一试。"听完这句话，他们便解开了捆绑我的绳索，然后我就站在舵柄旁边，尽最大努力驾船，可是我眼睛一瞥就看见我的弓箭，眼睛仔细地搜寻着湖岸，想找到一个我可以跳下去着陆的地点，突然之间我看见一块倾斜的峭壁，顶部平滑地凸起伸入湖中……

鲁奥迪　我知道这个地方。它就在大埃克森山脚下，但它看起来如此陡峭，我绝不认为有人能从船上跳到那儿去。

特尔　我吩咐船员们朝那块倾斜的峭壁使出全身力气划去。我告诉他们，一到那儿，就能够摆脱危险了。他们使出吃奶的力气向前划，我们很快就要到达那儿，我便向上帝祈祷赐予我力量，然后使出自己全身的力量，把船尾朝悬崖峭壁靠过去，然后一把抓住我的弓箭，纵身一跃，跳到了岩石平整的表面上。同时竭尽全力用脚一蹬，将那弱不禁风的小船又推进了狂风巨浪，让它随着上帝的意旨随波逐流吧！我就这样到达了这里，逃出了狂风暴雨的虎口，更摆脱了残暴昏君的魔爪。

鲁奥迪　特尔，特尔，上帝明确无误地在你身上展现了他的奇迹。我简直不敢相信我自己的眼睛。但是你现在打算去哪儿呢？因为如果总督在这暴风雨中得以生还，你的生命就危在旦夕了。

特尔　当我被绑在船上的时候听他说，他打算在布鲁嫩上岸，穿过施维茨把我押送到他的城堡。

鲁奥迪　他打算走陆路过去吗？

特尔　他有此打算。

鲁奥迪　啊，那你还不赶快躲起来，不要耽搁。上帝不会第二次从他手中把你救出来。

特尔　去阿尔特和库斯纳赫特最近的路怎么走？

鲁奥迪　走大路的话就是通往斯坦宁之路，但是这儿有一条更近的路，也更加隐秘，这条密道经过洛维尔兹，我儿子可以带你过去。

特尔　（和鲁奥迪握手）愿上帝报答你的大恩大德！你多保重！（离开又折了回来）你是不是也在鲁特利宣誓入盟了？我总觉得我听说过你的名字。

鲁奥迪　是的，我当时在那儿，宣誓参加了这个联盟。

特尔　那就请你帮我一个忙，快去伯格埈，我妻子一定在为我的离去坐立不安，请你转告她我已获得自由，毫发无损。

鲁奥迪　可我应该告诉她你逃到哪儿去了呢？

特尔　你找到她的时候肯定会看到她父亲和其他人，这些人和你一起在鲁特利宣过誓，告诉他们要勇敢顽强、坚决果断，特尔已经重获自由，用不了多久他们就会听到我进一步的消息。

鲁奥迪　你到底有什么打算？说吧，跟我坦白吧。

特尔　此事一旦成功，大家都会争相传诵。（退场）

鲁奥迪　孩子，给他指路去吧，愿上帝保佑他！不论他的计划是什么，都会取得成功。（退场）

第二场

【阿廷豪森男爵的府邸。男爵躺在一张长沙发上，生命垂危。沃尔特·弗斯特、斯陶法赫尔、迈尔西塔尔和鲍姆加登守候在他身旁。沃尔特·特尔跪在这位处在弥留之际的老者跟前。

沃尔特·弗斯特　他的生命已经结束了，他已经去世了。

斯陶法赫尔　他躺在那儿一点都不像个死人。你们看，他唇边的胡须还在颤动！他睡得很安详，脸庞上还带着温和的微笑。

【鲍姆加登走到门边，和什么人在说话。

沃尔特·弗斯特　门口是谁？

鲍姆加登　（走回来）是特尔的妻子，您的女儿。她非要跟您谈话，她想看看她的儿子。

【沃尔特·特尔站起身来。

沃尔特·弗斯特　我自己都需要安慰，我能安慰她吗？为什么这么多的苦难全都集中到了我头上！

黑德维希　（挤进门里面来）我的孩子在哪里？放开我，我一定得见他！

斯陶法赫尔　冷静一点！你要明白，你现在是在一个死者的房间。

黑德维希　（抱住他儿子的脖子）我的沃尔特！啊，他还是我的！

沃尔特·特尔　亲爱的妈妈！

黑德维希　这么说都是真的啦？你毫发无伤？（她焦急而温柔地凝视着自己的儿子）他真的向你瞄准射箭吗？他怎么能这样做？啊，他真没良心，竟然会朝自己的儿子射一箭！

沃尔特·弗斯特　他这么做的时候心痛欲绝，肝胆欲裂。他根本毫无选择，要么射出这一箭，要么一起死。

黑德维希　哦，如果他还有一点点做父亲的良心，他应该选择死亡一千次而不是这样下毒手。

斯陶法赫尔　你应该感激上苍的关怀，使得事情得到如此巧妙的安排。

黑德维希　我怎么也不能忘记这件如此残忍无情的事情！上天啊，哪怕我活上几个世纪，依然能看到自己的儿子被捆在那里，成为父亲的靶子，那支箭会一直在我的心里颤抖。

迈尔西塔尔　你根本不知道总督当时是如何嘲弄他！

黑德维希　啊，男人的心是多么冷酷无情！一旦他的骄傲被人冒犯，男人就会失去理智。在他盲目的愤怒中，甚至会拿孩子的性命和母亲的心来做赌注！

鲍姆加登　难道你丈夫的命运还不够凄惨吗？竟要遭受你如此无情的指责？难道你丝毫没有感觉到他的痛苦吗？

黑德维希　（转向鲍姆加登，对他瞪着眼睛）难道你只会为朋友的悲痛流泪吗？那你说说，当我高贵的特尔被人捆上锁链的时候，你的友谊在那个时候去了哪里？这可耻的罪行就发生在你的眼前，你耐心地站在那儿，眼睁睁看着你的朋友被人拖走。特尔可曾如此对待过你？当总督的骑兵对你穷追不舍，挡在你面前的大湖波涛汹涌的时候，难道他也只是站在那里发发牢骚表示惋惜吗？啊，他从未因为同情而落下一滴泪水，而是直接跳进小船，忘记自己的家庭，忘记自己的妻儿，把你送到了湖的对岸。

沃尔特·弗斯特　我们当时手无寸铁，而且人数稀少，冒险去救他简直就是疯狂而愚蠢的行为！

黑德维希　（扑到他的怀里）哦，爸爸！你也已经失去了特尔！这个国家，还有黎民百姓全都失去了他！大家都为失去他而痛苦哀悼。唉！他应该也很怀念我们！愿上帝拯救他的灵魂不要陷入绝望！朋友的安慰之语全都无法穿透那沉闷凄凉的地牢墙壁。他会生病的！哎，在黑暗潮湿的地牢之中，他肯定会生病。即使阿尔卑斯山的玫瑰也会在这沼泽之地枯萎凋谢，特尔定会命丧黄泉，除非他能见到阳光，享受来自天堂的清爽微风，可他已陷入牢狱之中！自由对他来说就是呼吸，在那恶臭的地牢空气中他绝对活不下去。

斯陶法赫尔　请你冷静！我们必须众志成城，团结起来才能攻破他的牢门！

黑德维希　他都不在，你们又能怎么样呢！只要特尔是自由之身，我们就还有希望。软弱的无辜者只要还有一个朋友，那么受迫害的人就会得救。特尔曾经救过你们所有人！你们团结一致，才能打开他那残忍的镣铐。

【男爵苏醒过来。

鲍姆加登　嘘，嘘！他动了！

阿廷豪森　（坐了起来）他在哪儿？

斯陶法赫尔　您说的是谁？

阿廷豪森　他离开了我，他竟然在我生命的最后一刻抛弃了我！

斯陶法赫尔　他是在说他的侄子，他们派人去找他了吗？

沃尔特·弗斯特　已经找到他了。高兴起来吧，先生！请您宽心！他终于回心转意了，他成了我们的一员。

阿廷豪森　告诉我，他为自己的祖国辩解了吗？

斯陶法赫尔　是的，他就像个英雄！

阿廷豪森　为什么他没有来这里？在我死之前接受我最后的祝福。我已感觉到我油尽灯枯，命不久矣。

斯陶法赫尔　千万不要这么说，尊敬的先生！您刚刚只是小憩一下，使得您现在精神百倍，双目有神。

阿廷豪森　人生本来就是痛苦，我现在终于摆脱了这份痛苦。我的苦难，连同我的希望已经随风消逝。（他看到了沃尔特·特尔）那个男孩是谁？

沃尔特·弗斯特　祝福他吧，我尊贵的好大人！他是我的外孙，一个没父亲的孩子。

【黑德维希和孩子一起跪在这个生命垂危的老人面前。

阿廷豪森　我的离去把你们都变成了孤儿。唉，所有人！啊，可怜的命运，在临死的时候，让我这双老眼看到自己国家的毁灭！难道让我在人世间活到如此高龄，就是让我的希望随我一起逝去吗？

斯陶法赫尔　（对沃尔特·弗斯特）难道就让他像这样带着悲伤和忧郁离去？为何不用希望的美好光芒照亮他的弥留时刻？我尊贵的大人，振作您的精神！我们并不是完全地被遗弃，我们依然能够获得拯救。

阿廷豪森　谁来拯救你们呢？

沃尔特·弗斯特　当然是我们自己。您不知道的是，三州人民已经彼此宣誓，全力以赴把暴君从这片土地驱逐。联盟已然结成，神圣的誓言使我们的联盟无比牢固。在新的一年开始轮回之前，我们将要发动致命一击，您的骨灰将在自由的土地上安息。

阿廷豪森　啊，联盟已经结成！这是真的吗？

迈尔西塔尔　三州已经决定在同一天共同起义。反叛的一切都已准备就绪，计划直到此刻都还在保密中，只有几百人知晓。暴君脚下的基业已经被掏空，他们独断专治的日子快要走到尽头，不久之后他们暴政的痕迹全都会被抹除。

阿廷豪森　唉，如何攻破他们坚固的堡垒？

迈尔西塔尔　它们将会在同一天里被夷为平地。

阿廷豪森　贵族党派有没有参加这个联盟呢！

斯陶法赫尔　在需要的时候，我们会依靠他们的援助，暂时只有农民阶级宣誓入盟。

阿廷豪森　（非常吃惊地坐了起来）在没有贵族相助的情况下，农民阶级竟依靠自己的力量采取如此壮举，并且对自己的实力信心十足！那他们就真的不再需要我们的帮助了。我可以含笑九泉，安心离开了。在我逝去之后，人类的威严将会通过他们的手得以延续。（他把自己的手放在跪在他面前的沃尔特·特尔头上）新的自由和彻底的解放将会从这个被放过苹果的孩子头上萌芽，旧的一切已经支离破碎，时代正在改变，更美好的生活将从废墟中绽放。

斯陶法赫尔　（对沃尔特·弗斯特）看，快看，他的眼睛闪烁着绚丽的光芒！这绝对不是临死之前的回光返照，而是获得新生后的荣光。

阿廷豪森　贵族们正从他们古老的塔楼上走下来，宣誓成为一名普通的市民。乌科特兰德和特乌尔高已经发生转变，高贵的伯尔尼抬起了她睥睨天下的头颅，弗雷伯格已经成为自由者的堡垒，苏黎世激动人心地号召各行各业武装起来。现在看啊！国王们往昔的权威已经在万古长存的城墙上碰得粉碎。（他以先知的口吻说出了下面的话，他的话语变得慷慨激昂）我看见王侯和他们傲慢的随从，全身披挂精钢铁甲，踏着铁蹄，想要毁灭一个善良的牧民种族。尽管经历了拼命反抗和殊死搏斗，随后的数年里，在同敌人的鲜血奋战中我们获得了不计其数的光荣胜利。农民们挺着裸露的胸膛，心甘情愿牺牲，冲进枪林剑雨。敌人最终屈服投降——骑士的荣耀之花被砍断，自由获得胜利，高高地挥舞着战旗。（抓住沃尔特·弗斯特和斯陶法赫尔的手）因此你们要紧紧团结在一起！自由之地的人应当心手相依！记住在你们的山顶上要设立岗哨，以便在起义时刻来临的时候，联盟能够迅速机动作战。要万众一心——万众一心——万众一心——（他向后摔倒在垫子上，毫无生机的双手还用力地抓着沃尔特·弗斯特和斯陶法赫尔两人的手，他们继续默默地注视着他很长一段时间，然后走开，悲痛万分。与此同时，仆人们静静地挤进了房间，表现出不同程度的悲伤。有些人跪倒在他身边，趴在他身上哭泣。在这场戏进行之时，城堡的钟声响起。）

鲁登兹　（急匆匆地上场）他还活着吗？啊，你们说啊，他还能听见我说话吗？

沃尔特·弗斯特　（转过自己的脸）您现在是我们的领主和保护者了，这座城堡从今以后换主人了。

鲁登兹　（深情地凝视着尸体，肝肠寸断）啊，上帝啊！难道我的后悔已经太迟了？为什么他不能再多活一会儿，看看我的心已发生天翻地覆的变化？唉，当他还能在地上行走的时候，我对他的谆谆告诫装聋作哑。但现在他已远赴天国，永远地离开了，给我留下无法偿还的债。啊，你们说，他走的时候是不是还带着对我的愤怒呢？

斯陶法赫尔　他在弥留之际听说了您的壮举，而且赞赏了您发表那番言论的英勇。

鲁登兹　（跪在尸体旁边）是啊，心爱之人的神圣遗骸！此刻已变成毫无生机的尸体！我在此以您冰冷的手发誓：我将永远断绝所有的外国关系！献身于祖国的伟大事业。我是瑞士人，我会用整个的心和灵魂做好瑞士人。（站起身）请为我们的朋友和共同的父亲哀悼，但是千万不要就此萎靡不振！我继承的不仅仅是他的土地，他的心、他的精神全都移交给了我。他老态龙钟未能为你们完成的一切，将有我年轻的肩膀来代他完成。请把你们的手给我，尊敬的父亲们！迈尔西塔尔，还有您的！不要再犹豫，也不要不信任我而转身离开。接受我许下的誓言，我骑士的誓言。

沃尔特·弗斯特　我的朋友们，把你们的手伸给他！像这样一个明白并改正错误之人，值得我们的信任。

迈尔西塔尔　您一直对农民朋友们肆意嘲讽，我们怎么肯定您会公平公正呢？

鲁登兹　唉，请原谅我年少轻狂犯下的错！

斯陶法赫尔　（对迈尔西塔尔）万众一心！这是我们父亲临走前的最后一句话。这句话一定要牢记！

迈尔西塔尔　这是我的手！一个农民的手，握住它，尊敬的先生，这代表男子汉大丈夫的承诺和保证！先生，如果没有我们，世上又哪来的贵族？我们农民阶级的历史也比你们悠久。

鲁登兹　我尊敬这个阶级，我会用我的宝剑来保护它。

迈尔西塔尔　我的大人，这手臂既能驯服顽固的土地，在大地的怀抱里收获丰盛的果实，同样也能在需要的时候保护它主人的胸膛。

鲁登兹　你们要保护我的胸膛，我也同样愿意这样做，在彼此的扶持下，我们的力量会变得更强大。可是我们的祖国尚在外国暴政下呻吟，我们为什么还在这里夸夸其谈！先让我们把敌人从这片土地上驱逐出去，然后我们在和平中解决我们的分歧。（稍停片刻）怎么了？你们都沉默了！没有话跟我说吗？难道我还不值得你们信任？那我只好不顾你们的意愿，强行加入你们秘密组建的联盟。你们在鲁特利开过会，我知道这个，也知道你们在那里商讨的全部内容，虽然你们不愿意把这个秘密告诉我，但我仍然把它当作圣物严加保管。相信我，我从来都不是祖国的敌人，绝对不会做跟你们作对的事情！而你们推迟起义这件事情办错了，时间不等人！我们必须反抗，而且要迅速！你们的拖延已经让特尔失去了生命。

斯陶法赫尔　我们发誓等到圣诞节的时候起事。

鲁登兹　我没去过那儿，我没有发誓。如果你们接着等的话，我恕不奉陪！

迈尔西塔尔　什么？你要……

鲁登兹　我现在也把自己当作国家的一个首脑，那我的首要任务就是捍卫你们的权利。

沃尔特·弗斯特　您最首要、最神圣的义务，是把这可敬的尸骸安然下葬。

鲁登兹　等我们解放了祖国之后，我们可以在他的灵柩之上摆满鲜艳而胜利的花环。啊，我亲爱的朋友们！我不仅仅为你们的事业，还因为一些更私人的原因，我必须和这暴君血战一场。我的柏尔塔走了，消失了，被人偷偷地夺走了，用他们邪恶肮脏的手从我们当中把她偷走了。

斯陶法赫尔　这个暴君竟敢对一个自由而高贵的小姐，做出这样恃强凌弱的无耻勾当！

鲁登兹　啊，我的朋友们！我答应要帮助你们，但是我得首先恳求你们助我一臂之力！我的心上人被抢走了，被迫转移他处，有谁知道暴君把她藏到哪儿去了，又有谁知道暴君的爪牙们会采取何种暴行，强迫她去接受满心恨意的婚约？不要抛弃我！帮我把她救出来，她爱你们！啊！她非常值得我们所有人为她抓起武器。

沃尔特·弗斯特　你打算如何行动？

鲁登兹　唉！我怎么知道？她的命运被黑暗和神秘笼罩，这悬而未决的痛苦使我肝胆俱焚，我一点把握也没有，唯有一丝安慰的光芒闪耀在我的身上。只有彻底摧毁暴君的统治，才能把她从坟墓里救出。在我们钻进囚禁她的地牢之前，每一个堡垒都必须被攻陷。

迈尔西塔尔　来吧，你在前面带路！我们在后面紧紧跟随！为什么要把今天能做的事推迟到明天？当我们在鲁特利宣誓时，特尔还是自由人。这邪恶的暴行也没有发生。誓言也应随着情况的改变而改变，谁还摇摆不定，那他就是个懦夫！

鲁登兹　（对沃尔特·弗斯特）大家拿好武器，准备行动，等待山顶上燃起烽火信号！你们很快就会得到我们胜利的信息，比小船穿过湖水的速度还要快。但你们看见那欢迎的火焰升起，然后就如闪电般向敌人猛冲，毫不手软地摧毁暴君和他们的走狗。

第三场

【库斯纳赫特附近的一处山口，后面非常陡峭，两边岩石嶙峋。过往的行人出现在舞台之前，在山顶可以看见他们。舞台上到处围绕着奇峰怪石，最前面的山峰上凸出来一处峭壁，上面长满灌木丛。

特尔　（背着弓上场）他一定会经过这条深谷，再没有其他的道路可以通向库斯纳赫特。我要在这里结束他，我唯一渴望的就是他路过下面的平地。那边茂盛的灌木丛刚好使我躲开他的视线，站在那里我的弓箭可以万无一失。狭窄的山路正好挡住他的随从。

葛斯勒，现在是你向上天做个交代的时候了！你必须以死赎罪，你时日已经不多。

我一直过着平静而与世无争的生活，我的弓箭只为了猎杀野兽，我的心里从来没有产生过杀人的念头。但是你扰乱了我平静生活的美梦，把我体内流淌的善意仁慈变成了置人于死地的毒药，使我的心灵对骇人听闻的暴行习以为常。可以把自己儿子的头颅当作靶子之人，也一定能一箭射穿敌人的心。我的孩子，无辜的人们，还有我忠贞的妻子，必须被保护起来，免遭你这暴君的怒火袭击！

在我被迫拉满弓，手颤抖不已的时候，而你带着恶魔般冷酷无情的笑容，强迫我瞄准自己儿子的头。我在你面前苦苦乞求你的同情，在我灵魂的极度痛苦中，我许下了一个可怕的誓言，只有上帝听见，我下一次拉弓射箭的时候，靶子就是你的心。当时我是在地狱般折磨中立下的誓言，我欠下神圣的债务，我必须要偿还。

你是我的主人，皇帝陛下的代理人，可是任你在此如此胡作非为，皇帝都没有出手干预。他派你来到此处，是为了让你秉公执法、从严执法，彰显他的威严，而不是让你肆无忌惮地横征暴敛、昏庸无道、骄奢淫逸。天地之间有上帝，他会惩治邪恶、恢复正气。

做好准备吧，我的箭矢，你曾经带来痛苦的灾难，现在却是我珍贵的宝石、我至高无上的财宝，我要为你找个靶子，你去终结他痛苦的叫喊，然后一下把它射穿。而你，我信赖的弓弦，在以往的打猎活动中你忠于职守，发挥精湛，在我最需要你的时刻千万别把我抛弃。就这一次，我的好弓弦，你曾经无数次使我锋利的箭离弦飞奔，倘若这一次你使我失手，我再也没有机会射出第二支箭。

（行人走过舞台）我要在这条石凳坐下来，它是旅途劳累的行人短暂休息之处，因为这儿没有人烟。人们匆匆忙忙和他人擦肩而过，面容冷漠，谁也不曾停下脚步询问他人的悲伤痛苦。焦虑不安的商人从这儿路过，衣着朴素的朝圣者打这里经过，虔诚的僧侣、愁眉不展的强盗和天性欢乐的演戏者，以及牵着负载沉重的马匹的传令官，他们从人类居住的各个角落向我们走来，而每条路都通向世界的尽头。大家都埋头前进，每个人都专心致志地想他自己的事情，而我的事便是杀人！

（坐下来）我亲爱的孩子们，你们曾经满心欢喜地迎接你们的父亲，从跋山涉水的打猎中平安归来，因为他每次回家的时候，都会随身带一些小礼物——一朵可爱的阿尔卑斯山花朵、一只稀奇古怪的小鸟，或是在山间谷地发现的精灵小船。但是现在他却要去猎杀另一种野兽，坐在这幽暗的峡谷里，心里想着杀人，他在这里等待着取走敌人的性命。可是亲爱的孩子们，他心里依然只想着你们。这么做是为了保护你们的纯真，使你们免遭暴君的报复，他只能拉开弓进行血腥的屠戮！

（站起来）我正在这里等待一只珍贵的猎物，一个心志坚定的猎人在冬季的冰天雪地里，能够整天整天地四处搜寻猎物，冒着生命危险在岩石之间来回跳跃，攀登那些陡峭而光滑的险峰峻岭，他的四肢被自己的鲜血所粘住，这一切只为了捕捉一只可怜的羚羊！而我现在的猎物更加珍贵，这是我

仇敌的心脏，他想要我的命。（远处传来的活泼而愉悦的音乐，乐声渐行渐近）

我还是个垂髫小儿的时候就开始使用弓箭，并一直苦练射箭技艺。我的弓箭无数次射中野牛的眼睛，我在无数的比赛中赢得丰盛的奖品，但是今天我将射出最强的一箭，赢得我们群山之中最高的荣誉。

【一个迎亲的队伍走过舞台，走进了山口。特尔依靠在自己的弓箭上，凝视着他们。森林看守员斯图希走到他身边。

斯图希　这儿经过的是莫埃尔里斯卡肯修道院总管的迎亲队伍。他腰缠万贯，在阿尔卑斯山上差不多有十座牧场。他从易密歇过来迎娶他的新娘，库斯纳赫特今晚将会有一场盛宴，跟我们一起来吧，每一个正直的人都被邀请。

特尔　一个沮丧的客人不适合参加婚礼的盛宴。

斯图希　如果你有烦恼，就先把它从你心里赶走！今朝有酒今朝醉！现在世事维艰，我们必须及时行乐，以免后悔莫及。这里在办喜事，其他地方却在办丧事。

特尔　一件事情往往紧跟另一件发生。

斯图希　我们生活的世界本就如此运转。每个地方都是灾难深重，祸不单行。在格拉鲁斯发生了滑坡，格拉尔尼奇整整一边都得塌陷。

特尔　怎么？连雄伟挺拔的高山也会摇晃？那这世上再也没有稳固的东西了。

斯图希　我们从别的地方听说了一些奇怪的事情。我和一个来自巴登的人聊天，他说有个骑士想要去皇宫，他骑到半路的时候遇见了一大群黄蜂，它们包围了他和他的坐骑，马匹被蜇得非常严重，倒地而亡，于是这个骑士徒步走到皇宫。

特尔　弱者身上也会带刺。

【农妇阿姆加特和几个孩子一起上场，她自己站在峡谷的入口处。

斯图希　据说严重的灾难会降临这片土地，某种违背天理的可怕事情将要发生。

特尔　怎么会呢？这种可怕的事情天天都在发生，根本不需要预示它们将要发生。

斯图希　唉，那些在自己田地里平静地辛勤耕耘，无忧无虑地与家人围坐在一起的人真是幸运。

特尔　如果讨厌的邻居让人不得安宁，即便是再温顺的人也无法得到安静。（他不时地注视着峡谷的顶部，神情焦躁不安）

斯图希　那你多多保重吧！你是在这儿等什么人吗？

特尔　对，没错。

斯图希　愿上帝保佑你早日平安回家！你是乌里人，对吧？我们尊敬的总督大人今天要从那儿回来。

路人　（走来）今天别指望见到总督了。大雨倾盆，河流里面洪水肆虐，所有的桥梁都已经被冲毁了。（特尔站起来）

阿姆加特　（走上前来）葛斯勒不来了吗？

斯图希　你找他有什么事吗？

阿姆加特　唉，我找他当然有事！

斯图希　那你为何要来到此处，阻挡他通过这条峡谷的路口？

阿姆加特　在这个地方他无法躲开我。他不得不听我说话。

福里艾斯哈特　（匆匆忙忙地从峡谷的高处下来，在舞台上大声喊叫）大家让开，全都让开！我的主人，总督大人，就在我后面，正骑马沿着峡谷下来。

【特尔退场。

阿姆加特　（兴奋地）总督来了！

【阿姆加特带着自己的孩子走到山口。葛斯勒和鲁道夫·德·哈拉斯骑着马出现在山口较高的地方。

斯图希　（对福里艾斯哈特）所有的桥梁不是已经全部被冲垮了吗，你们是如何渡过这滚滚洪流的？

福里艾斯哈特　朋友，我们在大湖上和狂风巨浪殊死搏斗过，阿尔卑斯山的山洪根本不值一提。

斯图希　什么？那场恐怖的暴风雨来临的时候，你们在水上？

福里艾斯哈特　没错！只要我还活着就不会忘记。

斯图希　请等一等，跟我们讲讲……

福里艾斯哈特　现在不行，我必须赶紧前往城堡，通报他们总督即将驾到。（退场）

斯图希　如果正人君子也在那艘船上，船上每个人都会葬身湖底，反而有些坏人总是好运，水火不侵。（环顾四周）刚刚和我说话的那个猎人去哪儿了？（退场）

【葛斯勒和鲁道夫·德·哈拉斯骑着马上场。

葛斯勒　说，你到底想怎么样，我是皇帝陛下的仆人，如何取悦他是我的首要之责。他派我到这儿来不是为了阿谀奉承，去将这些粗野乡民哄开心。不是这样！他要求的是绝对的顺从。我们要搞清楚到底是国王还是农民统治这个国家？

阿姆加特　现在是时候了！现在请听一听我的申诉！

葛斯勒　我在阿尔特多夫放的那顶帽子不是闹着玩的，我把帽子放在那儿，是为了让他们学会低下他们顽固而骄傲的头。我很清楚，他们的自尊心绝对无法容忍我放在路上的帽子，但他们却必须经过那儿，这样当他们的眼睛看见帽子的时候，他们或许会想起那已经被他们长久遗忘的主人。

鲁道夫·德·哈拉斯　可是先生，民众毫无疑问也有　些权利……

葛斯勒　现在还不是解决这些权利的时候！伟大的工程正在如火如荼地进行。皇室正在壮大自己的力量，那些由父辈开启的征服世界的光荣事业，将由儿子来完成。这弹丸之地如果成为绊脚石，不论以什么方式，它都将被摧毁。

【他们打算继续向前走，阿姆加特扑倒在葛斯勒马前。

阿姆加特　发发慈悲吧，总督大人！赦免我们！赦免我们！

葛斯勒　你为何要冲到大道上来阻挡我的去路？我命令你退下！

阿姆加特　我的丈夫被囚禁在监狱里，我可怜的孤儿们正嗷嗷待哺。我的大人，请同情同情我们的痛苦吧！

鲁道夫·德·哈拉斯　你是谁？而你丈夫他又是谁？

阿姆加特　他是里基伯格一个可怜的野外割草工，善良的大人。他在深渊的边缘，在陡峭的山岩和崎岖的峭壁上收割无主的野草，这些地方就连牲口也不敢攀爬。

鲁道夫·德·哈拉斯　（对葛斯勒）老天啊！多么悲伤可怜的生活！我请求您放了这个可怜人吧。不论他犯的罪有多么重，他这可怕的生计已经是足够的惩罚了。（对阿姆加特）你会等到公平正义，把你的诉讼状送到城堡里去，这儿不是处理它的地方。

阿姆加特　不，不，如果总督大人不把我丈夫还给我，我就一步也不离开这里！他已经被关押了六个月，徒然等待着法官的判决。

葛斯勒　怎么？你真打算强行拦着我，婆娘？给我滚开！

阿姆加特　评评理啊，总督大人！啊，还我个公道吧！你是法官，是皇上和上帝的代理人。那就请你恪尽职守！正如你希望上天给你公道，请你也为我们主持公道！

葛斯勒　滚开！把这大胆泼妇从我眼前拖走！

阿姆加特　（拉住他坐骑的缰绳）不，不，上帝明鉴，我已经没有什么可以再失去了。总督大人，你别想从这个地方离开，除非你还我一个完全的公道。你爱皱眉就皱眉，爱瞪眼就瞪眼，我一点都不害怕。我们的悲痛无边无际，已经达到极限，我们根本就不会在乎您的横眉怒目。

葛斯勒　死婆娘，快给我滚开！否则我的马儿就会踏过你的身体。

阿姆加特　好，就让它从我身上踩！这儿！（她和她的孩子们扑倒在总督前面的地上）我和我的孩子们就躺在这个地方。让你的马把这些可怜的孤儿踏得尸骨无存！跟你以前做的恶事比起来，这还不算惨绝人寰！

鲁道夫·德·哈拉斯　婆娘，难道你疯了？

阿姆加特　（继续情绪激动地说道）你已经把皇帝的国土践踏在你的脚下很多时日！啊，可惜我只是个女流之辈！如果我是个男人，我肯定会找到更好的解决办法，而不是躺在这儿的灰尘中。

【迎亲队伍的音乐声再一次从峡谷的高处传来，但是声音更加柔和。

葛斯勒　我的仆人都在哪里？把这婆娘拖走，以免我发起火来，可能会做出连我自己都后悔的事来。

鲁道夫·德·哈拉斯　我的大人，仆人们无法挤过来，一支迎亲队伍堵住了山口。

葛斯勒　我对这帮刁民实在是太柔和了，他们的舌头都太大胆了，他们还没有被驯服到他们应该表现的谦恭。我必须采取措施纠正这个歪风，我要征服他们这股顽固的习气，我要摧毁他们爱慕自由的精神，我要在这个国家颁布一项新的法律，我要……（一支箭射穿了他的身体，他伸手去摸自己的心脏，摇摇欲坠地快要摔落下马）上帝啊！求您怜悯我的灵魂！（用微弱的声音说道）

鲁道夫·德·哈拉斯　我的大人！我的大人！哦，上帝啊，这是什么？这箭从何而来？

阿姆加特　（突然站起来）死人啦，死人啦！他在摇晃，他倒下去了！一支箭正好射中他的心脏！

鲁道夫·德·哈拉斯　（从他的马上跳下来）实在是太可怕了！无所不能的上帝啊！骑士大人，祈求上帝赐予您怜悯吧！您已经奄奄一息了！

葛斯勒　这一箭是特尔射的。（他从马背上滑到鲁道夫·德·哈拉斯的怀里。

【鲁道夫把葛斯勒放到一条长凳上。特尔出现在山岩高处。

特尔　你知道弓箭手是谁，是我，是我一个人射的！我们的家园从此得到自由，无辜之人的生命从此不会受到你的威胁，你再也无法成为我们的诅咒了。

【特尔消失了。群众涌上舞台。

斯图希　出什么事了！告诉我发生什么事了？

阿姆加特　总督被人一箭射穿了。

民众　（冲上场来）谁被射死了？

【迎亲队伍最前头的人已经走到舞台上，而最后面的人还在山峰上。音乐声依然持续。

鲁道夫·德·哈拉斯　他血流不止，命不久矣。快去寻求帮助！快去追捕凶手！不幸的人啊，难道你就这样死去？你不肯聆听我的警告之语。

斯图希　上帝啊！他脸色苍白无血！生命消逝得太快！

众人的声音　谁干的这事？

鲁道夫·德·哈拉斯　什么？难道这些人疯了吗？在谋杀现场奏乐？安静下来！（音乐突然停止。人们继续涌过来）我的大人，您倒是说说话啊！难道您已经不再信任我了？（葛斯勒做了个手势，当他发现没人明白他意思的时候，他又急切地重复这个手势）你让我把你带到哪儿去？去库斯纳赫特？我不是非常明白您所表达的意思。啊，不要失去耐心！俗世之事您就放手让它们去吧，和天堂好好和解。（整个迎亲队伍都围着这个垂死之人）

斯图希　快看！他变得多么惨白！死亡现在已经爬上了他的心脏，他的眼睛失去了光彩。

阿姆加特　（举起一个孩子）看啊，孩子们，暴君就是这个下场！

鲁道夫·德·哈拉斯　疯婆娘！看到如此恐怖可怕的景象，难道你一点感情都没有？你就高兴看到这样？帮帮我，抓住他。什么？没有一个人愿意帮我把这支折磨人的箭从他胸口拔出吗？

妇女们 （纷纷后退）什么？去碰这个被上帝亲手惩罚的恶棍！

鲁道夫·德·哈拉斯 （拔出他的剑）诅咒你们这些人！

斯图希 （抓住他的手臂）别冲动，骑士先生！你的权力已经走到尽头。你最好还是克制一下。我们国家的公敌已经命丧黄泉，我们不会再继续容忍暴力，从此我们自由了。

大众 全国都自由了！

鲁道夫·德·哈拉斯 一切都到了如今这步田地了？恐惧和顺从这么短暂就结束了？（对挤进来的众多战士和卫兵）我的朋友们，正如你们看到的那样，这里发生的血腥谋杀已经无力回天。现在找人救命已毫无意义，追捕凶手也注定是白费力气，我们还有其他事情需要考虑。前往库斯纳赫特，让我们为皇帝陛下拯救那些堡垒！因为在此时此刻，天下必定已然大乱，忠诚和信仰肯定已被抛在脑后。任何人的忠心我们都不能信任了。

【鲁道夫·德·哈拉斯和士兵们一起离开的时候，六名修道士上场。

阿姆加特 悲天悯人的修道士来了，大家让开！

斯图希 死者已经躺在地上，乌鸦现在坠落夺食。

修道士们 （在尸体身旁围了半圈，用庄严的声调唱道）死神脚步匆忙突然降临，不会给人多留片刻光阴。他正值壮年，人生的画卷尚未完全铺开，就被带走。时刻来临的时候，不论准备与否，他都必须接受最终的审判。

【在修道士们反复吟唱最后两行的时候，幕布缓缓落下。

第五幕

第一场

【阿尔特多夫附近的一块公地。舞台背景的右边是乌里监狱，手脚架依然矗立在那里，跟第一幕第三场一模一样。左边视野开阔，可以看见无数的山峰，每一座上面都燃烧着烽火。天正破晓，钟声从远近各处四面八方传来。

鲁奥迪　快看那儿！山峰上燃起了烽火！

泥瓦匠　听！森林那边传来了密集的钟声？

鲁奥迪　敌人被驱逐了。

泥瓦匠　那些堡垒被攻陷了。

鲁奥迪　那我们乌里人还要继续容忍暴君的监狱安然矗立在我们土地上？难道我们要成为最后争取自由的人？

泥瓦匠　难道还要让这个扼住我们咽喉的枷锁继续存在？大家站起来！把它推倒在地！

众人　推倒！把它推倒在地！

鲁奥迪　乌里的发号人在哪里？

乌里的发号人　在这儿呢，你有什么吩咐？

鲁奥迪　爬到你的塔楼，为我们吹一阵猛烈的号角，让号角声在群山之间远远回荡，在每座山峰和峡谷中激起回声，迅速把山里所有的人召集起来！

【乌里的发号人退场。沃尔特·弗斯特上场。

沃尔特·弗斯特　留步，朋友们！请留步！我们现在根本不知道在施维茨和昂特瓦尔德那边发生了什么。我们还是先等等，得到情报再行动吧！

鲁奥迪　等，还等什么？被诅咒的暴君已命丧黄泉。辉煌的自由之日已在我们头上展现曙光。

泥瓦匠　还要怎样？附近每一座山顶上燃起的璀璨烽火难道还不足够？

鲁奥迪　大家都来啊，来啊，男男女女，全都一起来！摧毁这脚手架！炸掉这些拱门！把这些墙全都推倒，一块石头都不留！

泥瓦匠　来啊，同志们，都来啊！我们建造了它，我们知道怎么做最容易把它夷为平地。

众人　都来吧！把它夷为平地！（他们从四面八方进攻这幢建筑物）

沃尔特·弗斯特　大家就像闸门泄洪一样，根本拦不住。

【迈尔西塔尔和鲍姆加登上场。

迈尔西塔尔　什么？萨尔嫩已经成了一片废墟，罗斯伯格已落入我们手中，而这个堡垒还屹立不倒？

沃尔特·弗斯特　迈尔西塔尔，是你来这儿了吗？你给我们带来了自由吗？是不是各州已经从我们的暴君手里重获了自由？

迈尔西塔尔　（拥抱沃尔特·弗斯特）我们已经把敌人从这片国土上驱除干净。庆祝吧，我的朋友，就在我们俩谈话的此时此刻，在瑞士再也找不到一个暴君！

沃尔特·弗斯特　你们是怎么攻陷那些城堡的？

迈尔西塔尔　鲁登兹功不可没，他英勇无畏，冒死发动袭击，一举攻下了萨尔嫩城堡。我在前天晚上闪电般地袭击了罗斯伯格。可是你听，世上的事情是多么凑巧！我们在城堡里几乎全歼了敌人，然后把它付之一炬，熊熊燃烧的火焰直到此刻还直冲天际，正在此时，葛斯勒的侍从官迪特尔姆从火里冲了出来，大声叫道："柏尔塔小姐快要被烧死了！"

沃尔特·弗斯特　我的上帝啊！（脚手架横梁倒塌的声音传了过来）

迈尔西塔尔　真的就是她。在葛斯勒的命令下，她被秘密地囚禁在这个地方。鲁登兹疯狂地冲了过来。横梁和大量的柱子轰然倒地，这位不幸小姐可怜的尖叫声从浓浓烟雾中传出来！

沃尔特·弗斯特　她得救了吗？

迈尔西塔尔　当时已经没有时间犹豫或停顿！如果鲁登兹仅仅只是我们的一名贵族，那我们可能会更加珍惜自己的生命，但是他是我们的盟友，而柏尔塔又很尊重民众。于是我们毫不犹豫地冒着最大的危险，冲进烈焰浓烟之中。

沃尔特·弗斯特　那么她得救了吗？

迈尔西塔尔　她得救了。鲁登兹和我一起把她抬出了炽烈的火焰，身后的柱子纷纷向四处倒塌。当她苏醒过来，发现危险已经过去的时候，她睁开眼睛仰头看向太阳。这时男爵给了我一个拥抱，然后我们彼此默默地许下了结盟的誓言，这誓言经过了烈焰猛火的锤炼，经得起时间和命运的每一项考验。

沃尔特·弗斯特　兰登伯格在哪里？

迈尔西塔尔　他已经越过了布鲁尼格，他下手弄瞎了我父亲的双眼，我可没打算让他这样双目健全。他逃跑，而我紧追不放，并很快就把他抓住了，把他拖到了我父亲脚下。我手中的宝剑已经抵在这卑鄙小人的脖子，他像个懦夫一样乞求双目失明的老人饶他一命，老人心生同情，放过了他。他发下毒誓，永远不会再回来，他会遵守他的誓言，因为他已经知道我们的厉害。

沃尔特·弗斯特　啊，你做得很好，你没有让鲜血玷污我们纯洁无瑕的胜利！

孩子们　（拿着木头碎片跑过舞台）我们自由了！我们自由了！

沃尔特·弗斯特　啊！多么欢乐的场景！这些孩子哪怕将来变成了白发苍苍的老人，依然会记得这一天。

【姑娘们把那根挂着帽子的木杆拿上场，舞台上挤满了群众。

鲁奥迪　帽子就在这儿，我们非得向它鞠躬！

鲍姆加登　我们该怎么处理这顶帽子？你们来决定！

沃尔特·弗斯特　天哪！我的外孙当时就站在这顶帽子下面！

几个人齐声说　摧毁这个象征着暴君权力的东西！把它烧成灰烬！

沃尔特·弗斯特　不。把它保留下来更好！它曾是暴君的专制工具，现在它将成为我们永远自由的标志！

【男人们，女人们和孩子们，有些人站着，其他人坐在倒塌的脚手架的横梁上，如同油画般围在一起，形成一个很大的半圆。

迈尔西塔尔　朋友们，此刻我们站在暴政的遗骸上，满心欢喜，心情愉悦。

我们在鲁特利许下誓言要做到的事，如今已经光荣地完成了。

沃尔特·弗斯特　不，尚未完成。伟业才刚刚开启。我们还需要勇往直前和精诚团结。毫无疑问，国王会施以雷霆手段，为他委派的总督之死报仇，以强大的武力恢复被我们驱逐的暴政。

迈尔西塔尔　那就让他率领所有的军队过来！我们既然能把在国内压迫我们的敌人赶走，我们同样已经准备好打跑外来的敌人！

鲁奥迪　通往我们各州的山口只有少数几个，我们将用自己的血肉之躯把它们堵死。

鲍姆加登　结盟使我们紧密团结在一起，牢不可破，他的大军不会让我们有丝毫退缩！

【罗塞尔曼和斯陶法赫尔入场。

罗塞尔曼　（一边上场一边说话）上帝的这些审判真可怕！

乡亲们　出了什么事？

罗塞尔曼　我们生活在一个怎样的时代啊！

沃尔特·弗斯特　快说，到底是怎么回事？嗬，维尔纳，是你吗？有什么消息？

乡亲们　出了什么事？

罗塞尔曼　听完之后你们绝对会瞠目结舌！

斯陶法赫尔　我们刚从一场伟大而恐怖的事业中解脱。

罗塞尔曼　皇帝被谋杀了。

沃尔特·弗斯特　我的老天啊！

【农民们站起来，蜂拥而上把斯陶法赫尔围住。

所有人　谋杀！皇帝？什么！皇帝被谋杀了！听听！

迈尔西塔尔　这不可能！你是如何得到这个消息的？

斯陶法赫尔　此事千真万确！在布鲁克附近，阿尔伯特国王遇刺身亡了。一个非常可靠的人，约翰·穆勒，从沙夫豪森带来这条新闻。

沃尔特·弗斯特　谁竟敢做出如此可怕的事情？

斯陶法赫尔　更可怕的是，凶手竟是皇帝的侄子，他亲弟弟的儿子，奥地利的约翰尼斯公爵犯下了这杀人的罪行。

迈尔西塔尔　是什么导致他采取如此极端的行动？

斯陶法赫尔　皇帝扣留了他本该继承的遗产，尽管他向陛下表达了自己的迫切需求。据说皇帝是想把它完全占为己有，然后打发他去当个主教。不管怎么样，公爵听信了他军队朋友的邪恶建议，和冯·艾森巴赫、冯·泰戈尔菲尔德、冯·瓦尔特和帕姆几位贵族一起决定，既然他对正义的要求被藐视，那最终只能用自己的双手来复仇。

沃尔特·弗斯特　可是，这恐怖的罪行是怎样发生的？

斯陶法赫尔　国王正骑马从斯坦宁到巴登，前往瑞茵菲尔德的宫廷，年轻的约翰尼斯公爵和利奥波德公爵，以及一批出身高贵的绅士随行。当他们抵达罗伊斯河渡船的时候，几名刺客也挤到了船上，把皇帝和他的随从分开。皇帝陛下着陆之后，骑马穿过一片新开垦的田地，据说在异教徒时代有一座强大的城市曾屹立在此——哈布斯堡王朝古老的塔楼就在眼前，这是他们皇族起源的地方。就在这时约翰尼斯公爵把匕首刺进他的喉咙，帕姆用自己的长矛刺穿了他的身体，而艾森巴赫劈开了他的头盖骨，完成致命一击。皇帝倒了下去，浸泡在自己的血泊之中，在自己的土地上，死在自己的亲人手中。其他人在对岸亲眼目睹了这罪行，可是被河流阻隔，除了无用地大声哭号表示哀痛，什么也做不了。一名贫穷的老妪，坐在路中央，抱起了他，皇帝在她怀里流血身亡。

迈尔西塔尔　这个贪婪的皇帝什么都想霸占，结果他给自己早早地挖了坟墓！

斯陶法赫尔　全国范围内充满了可怕的警报，所有的路口全都被封锁，每一个边境都设立了岗哨，甚至连古老的苏黎世都关闭了城门。因为残酷的、没有一点女性的温柔的匈牙利王后艾格尼丝，正带着满腔仇恨和诅咒携雷霆之军而来，为她父皇流出的皇家鲜血进行恐怖的复仇，她一心要灭绝凶手的种族，他们的仆人、孩子、孩子的孩子，甚至连建造他们城堡墙壁的石头都不放过。王后发下毒誓，要把凶手整整几代人都送进父亲的坟墓里陪葬，还要用凶手的鲜血沐浴，就像沐浴在五月的露水之中。

迈尔西塔尔　有人知道凶手们逃跑的方向吗？

斯陶法赫尔　他们一完成这弑君的恶行，马上就逃跑了，每个人都逃往不同的方向，他们全都分开了，而且永远不会再见面。约翰公爵应该正在群山之间徘徊。

沃尔特·弗斯特　他们犯下如此罪行，绝对没有好结果！复仇注定不会结出果实！它从恐惧中汲取营养，它把谋杀当成一种享受，并在绝望中得到满足。

斯陶法赫尔　刺客们不会从他们的罪行中获得好处，但是我们却可以用纯洁的双手摘取他们这血腥暴行的丰硕果实。因为我们刚摆脱最可怕的噩梦，自由的最顽固的敌人已经垮台。据悉，王冠将会从哈布斯堡王室传到另外一个皇家分支，我听说帝国已经下定决心要维护它传统的选举权。

沃尔特·弗斯特　（以及其他几个人）有人获得提名了吗？

斯陶法赫尔　卢森堡伯爵已经获得了最高的呼声。

沃尔特·弗斯特　还好我们一直忠诚地站在帝国这边！现在我们可以期望得到公正和宏图伟业了！

斯陶法赫尔　新即位的皇帝会需要一些勇敢的朋友，他将为我们提供庇护，抵御奥地利的复仇。

【父老乡亲们拥抱在一起。教堂执事和一名帝国信使一起入场。

教堂执事　瑞士可敬的领军人物都在这里。

罗塞尔曼　（和其他好几个人）教堂执事，有什么消息？

教堂执事　传令官带来了这份诏书。

所有人　（对沃尔特·弗斯特）打开看一看。

沃尔特·弗斯特 （读出声）“致乌里、施维茨和昂特瓦尔德的杰出人士：伊丽莎白王后示以诚挚的问候和最美好的祝愿。”

众人 王后想要我们做什么？她的统治已经结束了。

沃尔特·弗斯特 （接着念）“皇帝陛下遇刺驾崩，使我不胜悲伤，沦为寡妇，王后之位也岌岌可危，可我内心依然铭记对瑞士这片土地的忠诚信仰和热爱。”

迈尔西塔尔 她在荣华富贵的时候可从来没有这么想过。

罗塞尔曼 嘘！让我们听完！

沃尔特·弗斯特 （念）“王后非常肯定，她的子民一定会对凶手弑君的恶行充满无尽的怒火和满腔仇恨。因此，王后坚信三州的子民，绝不会给这些凶手提供任何帮助，并会念及鲁道夫皇室曾给予他们的热爱以及恩赐，给皇室复仇者以援手，将凶手们交到他们手中。”

【乡亲们露出不满的情绪。

众人 热爱以及恩赐！

斯陶法赫尔 我们确实曾从他父亲那里得到过恩赐，可是这个儿子却让我们无可颂扬！他可曾像历代皇帝那样，批准我们的自由宪章？他可曾做出过公正的宣判，或为无辜的被压迫者提供庇护或支持？不仅如此，我们派人去向他陈述冤情时，国王也无动于衷。假如我们不是通过自己坚强的双手，争取属于自己的权利，他永远也不会为我们承受的冤屈所打动！我们还要感激他？他从来没有在这些山谷里撒下感恩的种子，他高高在上、目空一切，他本可以成为黎民百姓的再生父亲，可是他所有的目标和兴趣都在于如何使他自己以及他的嫡系的生活更有乐趣。而现在，王室应该祈祷那些他一手提拔之人，为他悲痛哀悼！

沃尔特·弗斯特 我们不会为他的驾崩而满心欢喜，现在也不要去回忆我们所蒙受的冤屈。这一切都已成为过去！然而，让我们为这个从来没对我们好过的亡君报仇，去追捕那些从未骚扰过我们的人，这不是我们的为人，也不是我们的责任。爱应当是不要求回报，也毫不勉强的。死亡免除了所有强加的义务，我们对他再也没有任何亏欠。

迈尔西塔尔　假如王后在闺房之中痛哭哀悼，在悲痛绝望中指责上帝，那就来这儿看看，这里的人正是因为国王的去世才能从痛苦中获得解脱。要想收获他人的泪水，必须先播下慈爱的种子。

【帝国信使下场。

斯陶法赫尔　（对民众）可是特尔在哪儿？他是我们自由的缔造者，怎能让他独自一人缺席我们盛大的庆典？他做得最多，却承受了最大的苦难。我们大家都去他家里弥补这一切，为我们国家的拯救者欢呼。

【全体退场。

第二场

【特尔家的茅屋内。壁炉内有火焰燃烧。大门朝舞台方向开着。

黑德维希　我亲爱的孩子们！你们的爸爸今天回家。他活着，他自由了，我们所有人都自由了！你们的爸爸解放了这个国家。

沃尔特　妈妈，这功劳也有我一份！我应该和他一起名垂青史！爸爸的箭差点要了我的命，但我一点都没有退缩。

黑德维希　（拥抱沃尔特）没错，没错，你福大命大，再次生还！我满眼悲伤地看你出生了两次！为了你，我两次遭受当母亲的苦痛！但是这都是过去了，我拥有你们两个好儿子！而且你们亲爱的爸爸今天也要回来！

【一位僧侣出现在门口。

威廉　快看，妈妈，那边站着一位神圣的修道士，毫无疑问，他肯定是来布施的。

黑德维希　去带他进来，我们要好好款待他，让他觉得自己进了欢乐的殿堂。（退场，然后又迅速地拿着一个杯子入场）

威廉　（对僧侣）进来吧，好人。妈妈会给你一些吃的。

沃尔特　进来休息一下，填饱肚子，恢复精神再走。

僧侣　（惊恐地四处张望，表情焦急）我这是在哪儿？请告诉我这是哪个国家！

沃尔特　不会吧！你迷了路吗，竟然不知道自己在哪里？你现在在伯格堎，在乌里州的土地上，此地刚好处在谢肯塔尔的入口。

僧侣　（对黑德维希）就你一个人吗？你先生呢，他在这儿吗？

黑德维希　我正在等他。可是你没什么事吧，兄弟？你的脸色不太好，透露出不祥的征兆！不论你是谁，你肯定非常口渴，喝吧！（把杯子递给他）

僧侣　不论我饥渴的心多么渴望饮食，我都不会去品尝，除非你先答应我……

黑德维希　别碰我的衣裳，也不要靠近我，僧侣！如果你想让我听你说话，就朝后站远点。

僧侣　就凭这热情好客的温暖炉火，凭我拥抱着的你亲爱的孩子们的头——（抓住两个孩子）

黑德维希　我要求你退后！你到底有什么目的，兄弟？不要碰我的孩子！你不是僧侣！不，不是，你身穿的这件长袍下面应该是平和的心，可你脸上的表情没有一点平和之色。

僧侣　我是这世上最不幸的人。

黑德维希　不幸总是能引起他人心灵的共鸣，可是你的表情使我的心冰冷冻结。

沃尔特　（跳起来）妈妈，爸爸回来了！

黑德维希　哦，上帝啊！（正打算跟着出去，可是却浑身颤抖地停下来）

威廉　（跟在他哥哥后面跑）爸爸！

沃尔特　（在外面）爸爸，你终于又回来了！

威廉　我的爸爸！我亲爱的爸爸！

特尔　（在外面）是啊，我又回来了！你们的妈妈在哪儿，孩子们？

【父子三人进来。

沃尔特　她就站在那边的门口，无法前进一步，她满心害怕和喜悦，全身颤抖。

特尔　啊，黑德维希，黑德维希！亲爱的妻子！上帝如此仁慈，与敌对战中助了我们一臂之力，再也没有暴君能把我们分开。

黑德维希　（搂着他的脖子）啊，特尔！你不知道我为你受了多少的苦！（僧侣开始留心起来）

特尔　把一切都忘记吧，从此快快乐乐地生活！我又回到了你的身边！这是我的茅屋！我又一次站在了自己的炉石之上！

威廉　可是，爸爸，你的弓箭在哪儿？你没有带着吗？

特尔　你永远也不会再看见它了，我的孩子，它被放在一个神圣的殿堂，再也不会被用来打猎。

黑德维希　啊，特尔！特尔！（往后退，甩开特尔的手）

特尔　亲爱的妻子，什么使你如此惊慌？

黑德维希　你，你是怎样回到我身边的？这只手，我还敢抓住它吗？这只手，哦，上帝啊！

特尔　（坚定而兴奋地）这只手保护过你们，解放了这个国家，即使面对上帝，我也可以问心无愧地举起它。（僧侣突然动了一下，他看着特尔）这位修道士是谁？

黑德维希　啊，我都把他忘了，你和他聊聊吧，他让我感到不寒而栗。

僧侣　（向前靠近）你就是那个杀死总督的特尔吗？

特尔　没错，正是在下。我向谁都不隐瞒。

僧侣　你真的是特尔！啊，是上帝之手把我引领到你的屋檐下。

特尔　（仔细地打量他）你不是僧侣。你是谁？

僧侣　你杀死了总督，因为他对你们惨无人道。我也一样，杀死了一个敌人，因为他抢夺了我的权利。他不仅是我的敌人，也是你们的敌人。我已经解放了他御下的子民。

特尔　（向后退）你是，啊，太恐怖了！孩子们，孩子们！赶快进去，进去吧，我亲爱的老婆！走，快走！不幸的人啊，你一定是……

黑德维希　天哪，他是谁？

特尔　不要问。快走！快走！孩子们不该听到这事。离开房子，走远一些！你不能和这个不幸之人同处一个屋檐下！

黑德维希　唉！到底是怎么回事啊？走吧！（和孩子们一起退场）

特尔　（对僧侣）你是奥地利的公爵，我猜出来了。你把皇帝，也就是你的叔叔和君主杀害了。

约翰尼斯　他抢夺了我的遗产。

特尔　什么？杀死了你的叔叔，你的皇上！而你还活在这世上，阳光还照耀在你的身上！

约翰尼斯　特尔，你听我说，你是不是……

特尔　你身上还散发着你的皇帝、你的亲人的血腥气，竟敢这样踏进我纯洁无瑕的家门，还敢在善良、正直之人面前出现，要求别人热情友好地对待你？

约翰　我原本希望在你这儿获得同情怜悯，因为你也像我一样报复了自己的敌人！

特尔　可怜的人啊！你怎敢把狼子野心犯下的血腥罪行和一个父亲被迫采取的自卫行为混为一谈？你这么做可是为了保护你孩子亲爱的头颅，捍卫你家庭的安全和完整，摧毁降临到所有你爱之人头上最后一个可怕的厄运？我向上帝举起我纯洁的双手，诅咒你和你的罪行！我已经为你所亵渎的神圣天性报了仇。我和你完全不同。你是个谋杀犯，而我是在守护我心爱的一切。

约翰尼斯　你把我抛入了无法安慰的绝望！

特尔　和你谈话，我感到心惊胆战，走吧！你已经踏上了可怕的旅程！不要再玷污这无辜者的家园！

【约翰尼斯转身欲走。

约翰尼斯　我无法再活下去，我也不愿再过这样的生活了！

特尔　而我的心在为你滴血。仁慈的上帝啊！你是如此年轻，拥有如此高贵的出身，我曾经的主人和皇帝鲁道夫的嫡孙，如今成了一个无家可归的杀人犯，站在我家门前，一个穷苦人家的门前，乞求同情，陷入绝望！（用手捂住自己的脸庞）

约翰尼斯　如果你愿意哭泣的话，那就请为我的命运同情流泪吧。它实在是太可怕！我是一位王子，更确切地说，曾是一位王子。我本可以生活得幸福美满，无忧无虑，如果我能抑制住急躁的激情欲望。可是妒忌啃噬着我的心，我看见年轻的堂兄利奥波德被授予无上的荣誉，赐予广阔无垠的肥沃领地，而我和他年龄差不多大小，却可怜地像奴隶一样被当作毛头小子。

特尔　不幸的人啊，你叔叔对你一清二楚，因此他扣留了你的土地和臣民！你以自己疯狂而不顾一切的行动，为他的英明睿智提供了可怕的证明。和你一起犯下这血腥罪行的同犯在哪儿？

约翰尼斯　复仇女神想把他们带到哪儿就带到哪儿，自从这不幸的事情发生之后，我再也没有见到他们。

特尔　你知道帝国已经发布通缉令了吗？你的朋友被严加看管，而你的敌人可以肆无忌惮地追捕你！

约翰尼斯　因此我避开了所有的大道坦途，不敢冒险去敲任何一个家门。我在荒郊野外穿梭，在崇山峻岭中徘徊，自己都对自己产生恐惧！如果在小溪里看见自己不幸的身影，我自己都会被吓得肝胆欲裂，直往后退！如果你还有一点同情心，或是人类善良的心……（跪倒在他面前）

特尔　站起来！我让你站起来！

约翰尼斯　除非你答应助我一臂之力。

特尔　我能帮助你吗？一个有罪之人能帮助你吗？你赶快起来——不论你犯了多么骇人听闻的罪行，你都是个男人。我也是。来找特尔之人，从来没有失望而归，我会竭尽所能来帮助你。

约翰尼斯　（跳起来，激动地抓住特尔的手）啊，特尔！你从绝望的恐惧中拯救了我。

特尔　放开我的手！你必须离开。你不可能待在这儿一直不被发现，一旦被发现，你也不可能指望得到救助。那你打算去往哪个方向？你希望在什么地方得到安宁？

约翰尼斯　唉！我根本不知道。

特尔　那就听好，我的心灵得到的天启，你必须去意大利，去圣彼得城。到那儿之后，你就跪在教皇脚下，向他忏悔你的罪行，解除你灵魂的痛苦！

约翰尼斯　他不会把我交给那些复仇者吧？

特尔　无论他做什么，你都接受，当作上帝的安排。

约翰尼斯　可是我怎样才能到达那未知的国度？我不知道路，也不敢和其他路人结伴通行。

特尔　我会告诉你怎么走，你要好好记住！你要沿着罗伊斯河一直往上走，这条河从高山奔腾而下。

约翰尼斯　（大吃一惊）什么？路过罗伊斯河？它是我罪行的见证！

特尔　你要走的道路就在这条河流的峡谷里面，许多十字架插在那个地方，纪念那些在雪崩中埋骨他乡的旅行者。

约翰尼斯　我对大自然的恐怖毫不畏惧，因此我才能安抚我的灵魂受到的折磨。

特尔　你每看见一个十字架就下跪，流下忏悔的眼泪来为自己赎罪，如果你通过了这条道路的艰难险阻，也没有被来自冰山雪峰滚滚而下的厚重积雪所压垮，你就会到达一座被蒙蒙水雾笼罩的桥。假如你的罪孽没有让这座桥垮掉，在你安全顺利地走过它之后，便会发现你的面前是一个阴暗的巨石之门，太阳从未照耀过这里。穿过这石门，你就会到达一个明亮而迷人的山谷，可是你必须加快脚步离开此处，你不能在平静祥和之处停留。

约翰尼斯　啊，鲁道夫！鲁道夫！皇家祖父！您的孙子就这样第一次踏上了您的领地！

特尔　还要一直往上走，到达高特哈特的顶峰，那里环绕着永恒的湖水，星罗棋布，汇聚天堂之水而形成，到此你就告别了德意志的国土，那儿有另外一条奔流而下的河流，把你引到意大利，上帝的应许之地。（从舞台之外传来阿尔卑斯山号角吹奏的瑞士牧歌声）我听见有人来了！赶快走吧！

黑德维希　（匆匆忙忙地进来）你在哪儿，特尔？我父亲来了，所有的盟友们带着喜庆的乐队兴高采烈地奔这边来了。

约翰尼斯　（遮挡住自己）这下我大难临头了！我可不敢在这群喜庆之人中间逗留！

特尔　去吧，亲爱的妻子，给这个人一些食物。不要吝啬你的粮食，因为他要走的路很远，而且在路上几乎找不到歇脚的地方。赶快，他们马上到了！

黑德维希　他是谁？

特尔　不要问了！他走的时候，你的眼睛要看向别处，千万不要朝他离开的方向看！

【公爵匆忙地向特尔走去，而特尔做个手势让他到一边去，然后退场。当他们两个都离开舞台后，场景发生变换，内幕开始显现。

第三场

【特尔家房前的整个山谷，四周被山峰围绕，此刻上面挤满了父老乡亲，他们聚在一起形成生动的画面。还有一些人正在通过一座横跨高耸谢肯的高桥。沃尔特·弗斯特和两个男孩在一起，维尔纳和斯陶法赫尔朝前面走来，其他人簇拥在他们后面。特尔一出现，所有人都对他大声欢呼。

所有人　我们的守护者，我们的拯救者，英勇的特尔万岁！

【当前面的人聚集在特尔周围和他拥抱的时候，鲁登兹和柏尔塔上场。鲁登兹和乡亲们打招呼，柏尔塔和黑德维希拥抱。群山之中传来的音乐继续演奏，当乐声停止的时候，柏尔塔走到人群中央。

柏尔塔　父老乡亲们！盟友们！请接纳我进入你们的联盟，我是第一个幸运地在这自由的国度里获得拯救之人。我现在把自己的权利委托到你们勇敢的手里，你们愿意像保护自己的公民一样保护我吗？

乡亲们　当然愿意！我们会以生命和财产来保护你。

柏尔塔　太好了！现在我就把手给他（转向鲁登兹），真诚地接受他的求婚，一个自由的瑞士姑娘愿意嫁给一个自由的瑞士男子！

鲁登兹　从此刻开始，我所有的农奴都恢复自由之身！

【音乐响起，幕布落下。

（全剧终）